OS IRMÃOS HAWTHORNE
JOGOS DE HERANÇA 4

OS IRMÃOS HAWTHORNE

Não há nada mais Hawthorne do que vencer

OS IRMÃOS HAWTHORNE

JOGOS DE HERANÇA 4

JENNIFER LYNN BARNES

Tradução
Carolina Cândido

Copyright © 2023 by Jennifer Lynn Barnes
Copyright da tradução © 2023 by Editora Globo S.A.

Os direitos morais do autor foram garantidos.

Todos os direitos reservados. Nenhuma parte desta edição pode ser utilizada ou reproduzida — em qualquer meio ou forma, seja mecânico ou eletrônico, fotocópia, gravação etc. — nem apropriada ou estocada em sistema de banco de dados sem a expressa autorização da editora.

Título original: *The Brothers Hawthorne*

Editora responsável **Paula Drummond**
Editora assistente **Agatha Machado**
Assistentes editoriais **Giselle Brito e Mariana Gonçalves**
Preparação de texto **Bárbara Morais**
Diagramação **Carolinne de Oliveira**
Revisão **Ana Sara Holandino**
Projeto gráfico original **Laboratório Secreto**
Ilustração de capa **Katt Phatt**
Design de capa original **Karina Granda**
Capa © 2022 Hachette Book Group, Inc.

Texto fixado conforme as regras do Acordo Ortográfico da Língua Portuguesa (Decreto Legislativo nº 54, de 1995).

CIP-BRASIL. CATALOGAÇÃO NA PUBLICAÇÃO
SINDICATO NACIONAL DOS EDITORES DE LIVROS, RJ

B241i

Barnes, Jennifer Lynn
    Os irmãos Hawthorne / Jennifer Lynn Barnes ; tradução Carolina Cândido. - 1. ed. - Rio de Janeiro : Alt, 2023.
    544 p. ; 21 cm. (Jogos de herança ; 4)

Tradução de: The brothers Hawthorne
Sequência de: A aposta final
ISBN 978-65-85348-09-6

1. Ficção americana. I. Cândido, Carolina. II. Título. III. Série.

23-85297

CDD: 813
CDU: 82-3(73)

Gabriela Faray Ferreira Lopes - Bibliotecária - CRB-7/6643

1ª edição, 2023 — 1ª reimpressão, 2023

Direitos de edição em língua portuguesa para o Brasil adquiridos por Editora Globo S.A.
R. Marquês de Pombal, 25
20.230-240 – Rio de Janeiro – RJ – Brasil
www.globolivros.com.br

Para Judy Eshelman

DOZE ANOS E MEIO ATRÁS

Grayson e Jameson Hawthorne sabiam as regras. Não dava para burlar regras que você não conhecia. *Na manhã de Natal, não pise fora do quarto antes de o relógio marcar sete horas.*

Embaixo do cobertor, Jameson levou o walkie-talkie profissional até a boca.

— Você adiantou os relógios?

Ele tinha sete anos, e o irmão, oito, ambos velhos o bastante para identificar brechas nas regras.

Aquele era o truque. O desafio. O jogo.

— Adiantei — confirmou Grayson.

Jameson hesitou.

— E se o velhote arrumou o horário quando a gente veio deitar?

— Se for o caso, temos que usar o Plano B.

Os Hawthorne *sempre* tinham um plano B. Mas daquela vez não seria necessário. A Casa Hawthorne tinha cinco relógios de parede, e todos marcaram sete horas no mesmo instante: 6h25.

Deu certo!

Jameson arremessou o walkie-talkie, jogou as cobertas de lado e saiu desembestado porta afora, passando pelo corredor. Virou à esquerda duas vezes e depois à direita, atravessando o patamar até a enorme escadaria. Jameson *voou*. Mas Grayson era um ano mais velho e um ano mais alto — e já havia percorrido sua ala e estava na metade das escadas.

Descendo dois degraus por vez, Jameson percorreu setenta por cento do caminho, então se jogou por cima do corrimão. Ele se lançou no piso térreo e caiu em cima de Grayson. Os dois tombaram, uma confusão de membros e loucura de manhã de Natal, então se ajeitaram rapidamente e correram lado a lado, chegando às portas do salão principal ao mesmo tempo — apenas para descobrir que o irmão de cinco anos os vencera na corrida.

Xander estava encolhido no chão como um filhotinho. Bocejou, abriu os olhos e piscou para eles.

— Já é Natal?

— O que você está fazendo, Xan? — Grayson franziu a testa. — Você dormiu aqui embaixo? As regras dizem...

— *Não pise fora do quarto* — respondeu Xander, sentando-se. — Não pisei. Eu *rolei*. — Quando os irmãos o encararam sem piscar, Xander demonstrou o que fizera.

— Você veio rolando do quarto até aqui? — Jameson ficou impressionado.

— Sem pisar. — Xander sorriu. — Eu ganhei!

— O pirralho tem razão nessa. — Nash, com catorze anos na época, se aproximou vagarosamente e ergueu Xander em seus ombros. — Prontos?

As portas de quase cinco metros de altura do salão principal eram fechadas apenas uma vez por ano, da meia-noite da véspera de Natal até a chegada dos meninos na manhã seguinte. Olhando para os anéis de ouro na porta, Jameson imaginou as maravilhas que estavam do outro lado.

O Natal na Casa Hawthorne era *mágico*.

— Você abre a porta, Nash — ordenou Grayson. — Jamie, me ajude aqui.

Sorrindo, Jameson entrelaçou os dedos ao redor do anel, ao lado de Grayson.

— Um, dois, três... puxa!

As majestosas portas se abriram, revelando... *nada*.

— Sumiu. — Grayson ficou estranhamente imóvel.

— O quê? — perguntou Xander, esticando o pescoço para ver.

— O Natal — sussurrou Jameson. Nenhuma meia. Nenhum presente. Sem maravilhas ou surpresas. Até as decorações tinham desaparecido, com exceção da árvore, que permanecia ali sem enfeites.

Grayson engoliu em seco.

— Talvez o velhote não quisesse que a gente quebrasse as regras desta vez.

Esse era o problema dos jogos: às vezes você perdia.

— Sem Natal? — disse Xander com a voz trêmula. — Mas eu *rolei*.

Nash colocou Xander no chão.

— Eu vou dar um jeito nisso — prometeu em um tom baixo. — Prometo.

— Não. — Jameson negou com a cabeça, o peito e os olhos queimando. — Estamos ignorando algo. — Ele se forçou a observar cada detalhe da sala. — Ali! — exclamou, apontando para um ponto no topo da árvore em que havia um único enfeite pendurado, escondido entre os galhos.

Aquilo não era uma coincidência. Não existiam coincidências na Casa Hawthorne.

Nash atravessou a sala e pegou o enfeite, exibindo-o. Uma esfera feita de plástico transparente pendia de uma fita vermelha. A emenda do plástico era visível.

Havia algo dentro.

Grayson pegou o enfeite e, com a precisão de um neurocirurgião, quebrou-o. Uma única peça branca de quebra-cabeça caiu. Jameson a agarrou. Ao virar a peça, viu os garranchos do avô atrás. *1/6*.

— Uma de seis — disse em voz alta, os olhos arregalados.
— As outras árvores!

Havia seis árvores de Natal na Casa Hawthorne. A do hall se estendia por seis metros de altura, os galhos envoltos por luzes cintilantes. A da sala de jantar estava enfeitada com pérolas, a do salão de chá adornada com cristais. Fitas de veludo caiam em cascata e dançavam por entre os galhos de um enorme abeto no patamar do segundo andar; uma árvore branca decorada apenas em dourado ficava no terceiro.

Nash, Grayson, Jameson e Xander vasculharam todas elas, encontrando mais cinco enfeites, quatro deles com peças de quebra-cabeça dentro. Após abrirem os quatro enfeites, conseguiram montar o quebra-cabeça: um quadrado. Um quadrado *em branco*.

Jameson e Grayson pegaram o quinto enfeite ao mesmo tempo.

— Eu quem encontrei a primeira pista — insistiu ferozmente Jameson —, eu *sabia* que era um jogo.

Depois de um longo momento, Grayson soltou. Jameson abriu o enfeite num piscar de olhos. Lá dentro, encontrou uma pequena chave de metal em um chaveirinho de lanterna.

— Teste jogar a luz no quebra-cabeça, Jamie. — Nem mesmo Nash conseguia resistir à sedução do jogo.

Jameson acendeu a lanterna e direcionou o feixe para o quebra-cabeça montado. Palavras apareceram: CANTO SUDOESTE DA PROPRIEDADE.

— Quanto tempo vamos levar para andar até lá? — perguntou Xander dramaticamente. — *Horas?*

A propriedade Hawthorne, assim como a Casa Hawthorne, tinha um tamanho considerável.

Nash se ajoelhou ao lado de Xander.

— Pergunta errada, rapazinho. — Ele olhou para os outros dois. — Um de vocês quer fazer a pergunta certa?

O olhar de Jameson disparou para o chaveiro, mas Grayson falou antes dele.

— Essa chave é de *quê?*

A resposta era um carrinho de golfe. Nash dirigiu. Conforme o canto sudoeste da propriedade surgia, um silêncio impressionado tomou conta dos irmãos, boquiabertos com o que viam logo à frente.

Aquele presente *definitivamente* não caberia no salão principal.

Quatro carvalhos antigos, todos eles enormes, agora ostentavam a casa da árvore mais requintada que qualquer um deles — possivelmente, que qualquer pessoa no mundo — já tinha visto. Era uma maravilha de muitos andares que parecia ter saído de um conto de fadas, como se tivesse sido conjurada pelos carvalhos em um passe de mágica, como se *pertencesse* àquele lugar. Jameson contou nove passarelas que se estendiam entre as árvores. A casa tinha duas torres.

Seis escorregadores em espiral. Escadas, cordas, degraus que pareciam flutuar no ar.

Era a casa da árvore que deixava qualquer outra no chinelo.

O avô deles estava parado logo à frente, de braços cruzados, um sorriso bem discreto no rosto.

— Sabem, rapazes — gritou o grande Tobias Hawthorne quando o carrinho de golfe parou e o vento assobiou entre os galhos —, achei que vocês chegariam aqui mais rápido.

Capítulo 1

GRAYSON

Mais rápido. **Grayson Hawthorne era poder e controle.** Tinha a forma impecável. Já havia aperfeiçoado há muito tempo a arte de visualizar seu adversário, *sentindo* cada golpe, canalizando o ritmo de seu corpo a cada bloqueio, cada ataque.

Mas sempre podia ser mais rápido.

Após fazer a sequência pela décima vez, Grayson parou, o suor escorrendo pelo peito nu. Mantendo a respiração regular e controlada, ajoelhou-se diante do que restava da casa da árvore da infância, desenrolou um estojo porta-facas e analisou suas escolhas: três adagas, duas delas com cabos ornamentados e a outra mais discreta e elegante. Foi esta última que Grayson pegou.

Com a faca em mãos, Grayson se endireitou, os braços ao lado do corpo. Mente, vazia. Corpo, livre de tensão. *Comece.* Havia muitos estilos de lutas com facas, e, quando tinha treze anos, Grayson estudou todos. É claro que os netos do bilionário Tobias Hawthorne não podiam apenas *estudar* algo.

Quando escolhiam um foco, era esperado que vivessem, respirassem e dominassem seus aspectos.

E foi isso que Grayson aprendeu naquele ano: Postura acima de tudo. Não mova a lâmina, ela se move com você. Mais rápido. *Mais rápido.* Tinha que parecer natural. Tinha que *ser* natural. Se seus músculos tensionassem, se você parasse de respirar, se você saísse da postura em vez de fluir de uma para outra, perdia.

E os Hawthorne não perdiam.

— Quando falei que você precisava de um passatempo, não era disso que eu estava falando.

Grayson ignorou a presença de Xander durante o tempo que levou para terminar a sequência — e arremessou a adaga com precisão exata em um galho baixo, a dois metros de distância.

— Os Hawthorne não têm passatempos — disse ao irmão mais novo, caminhando para pegar a lâmina de volta. — Temos especializações. Habilidades.

— *Tudo o que vale a pena ser feito merece ser bem-feito.* — Xander citou, mexendo as sobrancelhas. Uma delas começava a crescer de novo após um experimento que tinha dado errado. — *E tudo que for bem-feito pode ser feito ainda melhor.*

Por que um Hawthorne se contentaria em fazer o melhor, uma voz sussurrou no inconsciente de Grayson, *quando ele pode ser o melhor?*

Grayson firmou a mão ao redor do cabo da adaga e a puxou.

— Eu deveria estar voltando ao trabalho.

— Você é um homem obcecado — declarou Xander.

Grayson prendeu a adaga em seu suporte, então enrolou o estojo, amarrando-o.

— Tenho vinte e oito bilhões de motivos para ser obcecado.

Avery havia determinado uma tarefa impossível para si mesma — e para eles. Cinco anos para doar mais de vinte e oito bilhões de dólares. Isso era grande parte da fortuna dos Hawthorne. Gastaram os últimos sete meses só para decidir quem faria parte do conselho da fundação e do comitê de aconselhamento.

— Temos mais cinco meses para decidir os primeiros três bilhões em doações — afirmou Grayson com firmeza —, e prometi a Avery que estaria ao lado dela a cada etapa do caminho.

Promessas eram importantes para Grayson Hawthorne — da mesma forma que Avery Kylie Grambs. A garota que herdara a fortuna de seu avô. A estranha que se tornara um deles.

— Falando como alguém que tem amigos, uma namorada e um pequeno exército de robôs, eu acho que um pouco mais de equilíbrio na sua vida ia te fazer bem — opinou Xander. — Um passatempo de *verdade*? Um tempinho ocioso?

Grayson olhou de cara feia para ele.

— Você registrou ao menos três patentes desde que as férias de verão começaram no mês passado, Xan.

— São patentes recreativas. — Xander deu de ombros.

Grayson bufou, então analisou seu irmão.

— Como *está* Isaiah? — perguntou calmamente.

Os irmãos Hawthorne cresceram sem conhecer a identidade dos pais — até que Grayson descobriu que o dele se chamava Sheffield *Grayson*. O de Nash era um homem chamado Jake *Nash*. E Xander era filho de Isaiah *Alexander*. Entre os três, só Isaiah merecia o título de pai. Xander e ele registraram as "patentes recreativas" juntos.

— Era de você que a gente devia falar — respondeu Xander, teimoso.

— E eu deveria voltar ao trabalho — reiterou Grayson, com um tom que funcionava muito bem para colocar qualquer pessoa em seu lugar, *menos* os irmãos. — E apesar do que Avery e Jameson parecem achar, eu não preciso de uma babá.

— Você não precisa de uma babá — concordou Xander, se divertindo —, e eu com certeza não estou escrevendo um livro chamado *Como Cuidar de um Irmão Melancólico de Vinte Anos*.

Grayson estreitou os olhos.

— Posso garantir — declarou Xander com grande solenidade — que o livro não tem fotos.

Antes que Grayson pudesse invocar uma ameaça apropriada em resposta, seu celular tocou. Supondo que fossem os números que havia solicitado, Grayson pegou o aparelho, só para descobrir que era uma mensagem de Nash. Ele olhou para Xander e soube no mesmo instante que o irmão mais novo havia recebido a mesma mensagem.

Foi Grayson quem leu a epístola fatal em voz alta:

— SOS.

Capítulo 2
JAMESON

O bramido das cataratas. A névoa no ar. A sensação das costas de Avery contra o peito. Jameson Winchester Hawthorne estava *faminto* — por aquilo, por ela, por tudo, tudo aquilo, *mais*.

As Cataratas do Iguaçu eram as maiores cachoeiras do mundo. A passarela em que estavam os levavam até a beira de uma queda-d'água incrível. Ao olhar para as cataratas, Jameson sentia o desejo de ter *mais*. Ele olhou para o corrimão.

— Você me desafia? — murmurou na nuca de Avery.

Ela se esticou para tocar o queixo dele.

— É claro que não.

Os lábios de Jameson se curvaram — um sorriso provocador, cheio de perigo.

— Acho que você está certa, Herdeira.

Ela virou a cabeça para o lado e retribuiu o olhar.

— Acha?

Jameson olhou para as cataratas. *Ininterruptas. Proibidas. Mortais.*

— Acho.

Eles estavam hospedados em uma casa construída sobre palafitas e cercada pela floresta de araucárias, nenhuma alma viva a quilômetros a não ser os dois, os guarda-costas de Avery e as onças que rugiam à distância.

Jameson sentiu Avery se aproximar antes de ouvi-la.

— Cara ou coroa? — Ela se encostou na grade, brandindo uma moeda de bronze e prata. Seu cabelo castanho se soltava do rabo de cavalo, a camisa de mangas compridas ainda úmida das cataratas.

Jameson levou a mão até o elástico de cabelo, puxando-o devagar e com cuidado para baixo, até o tirar. *Cara ou coroa* era um convite. Um desafio. *Você me beija ou eu te beijo.*

— A crupiê escolhe, Herdeira.

— Se eu sou a crupiê... — Avery colocou a palma da mão no peito dele, seus olhos desafiando-o a dar um jeito na camisa molhada dela. — Vamos precisar de cartas.

As coisas que poderíamos fazer, pensou Jameson, *com um baralho de cartas.* Mas antes que pudesse expressar algumas das possibilidades mais tentadoras, o telefone via satélite apitou. Só cinco pessoas tinham o número: seus irmãos, a irmã de Avery e o advogado dela. Jameson resmungou.

A mensagem era de Nash. Nove segundos depois, quando o telefone tocou, Jameson atendeu.

— Na hora certa como sempre, Gray.

— Imagino que tenha recebido a mensagem de Nash?

— Fomos convocados. — Jameson entoou. — Você está pensando em faltar de novo?

Cada irmão Hawthorne podia enviar uma mensagem de sos por ano. O código indicava menos uma *emergência* e mais *quero vocês todos aqui,* mas quando um dos irmãos enviava, os outros iam, sem fazer perguntas. Ignorar um sos podia trazer... consequências.

— Se você disser *uma palavra* sobre calças de couro — protestou Grayson —, eu vou...

— Você falou "calças de couro"? — Jameson estava gostando um pouco demais daquilo. — A ligação está cortando, Gray. Você está me pedindo pra mandar uma foto da calça de couro incrivelmente apertada que teve que usar daquela vez que ignorou um sos?

— *Não me mande uma foto...*

— Um vídeo? — perguntou Jameson em voz alta. — Você quer um vídeo seu cantando no karaokê com a calça de couro?

Avery arrancou o telefone da mão dele. Sabia tão bem quanto Jameson que não poderiam ignorar a convocação de Nash, e tinha o péssimo hábito de *não* atormentar os irmãos dele.

— Sou eu, Grayson. — Avery examinou a mensagem de Nash. — Nos vemos em Londres.

Capítulo 3
JAMESON

Em um jatinho particular na calada da noite, Jameson olhou pela janela. Avery estava dormindo em seu peito. Na parte da frente do avião, Oren e o resto da equipe de seguranças estavam em silêncio.

O *silêncio* sempre afetava Jameson, assim como a imobilidade. Skye dissera a eles certa vez que não fora feita para a inércia, e por mais que Jameson odiasse ver qualquer semelhança entre ele e a mãe mimada, por vezes homicida, entendia o que ela queria dizer.

Estava piorando nas últimas semanas. *Desde Praga.* Jameson rejeitou a lembrança indesejada, mas à noite, sem nada para distraí-lo, mal conseguia resistir à vontade de lembrar, de *pensar*, de ceder ao canto da sereia de um mistério arriscado que precisava ser resolvido.

— Você está com aquela cara.

Jameson passou a mão pelo cabelo de Avery. A cabeça dela ainda estava em seu peito, mas seus olhos estavam abertos.

— Que cara? — perguntou calmamente.

— A *nossa* cara.

O cérebro de Avery era tão preparado para quebra-cabeças quanto o dele. E era por isso que Jameson não podia arriscar deixar o silêncio e a imobilidade se aproximarem, porque *precisava* se manter ocupado. Porque se realmente se permitisse pensar em Praga, iria querer contar a ela, e se contasse, seria real. E uma vez que fosse real, temia que nenhuma distração no mundo fosse capaz de detê-lo, não importa o quão imprudente ou perigoso fosse.

Jameson confiava em Avery com todas as suas forças, mas não podia sempre confiar *em si mesmo* para fazer o que era certo. O que era inteligente. O que era seguro.

Não conte para ela. Jameson forçou sua mente a seguir por outro caminho, expulsando todos os pensamentos sobre Praga.

— Você me pegou, Herdeira. — A única maneira de esconder algo de Avery era mostrar outra coisa. Algo verdadeiro. *Despistar.* — Meu ano sabático está quase acabando.

— Você está inquieto. — Avery se ergueu do peito dele. — Faz meses que está assim. Não deu para perceber tanto nesta viagem, mas em todas as outras, quando estou trabalhando...

— Eu *quero...* — Jameson fechou os olhos, se imaginando de volta nas cataratas, ouvindo o bramido... e olhando para o corrimão. — Eu não sei o que quero. *Alguma coisa.* — Voltou a olhar pela janela, encarando a escuridão. — *Fazer coisas grandiosas.*

Este era o objetivo de um Hawthorne, sempre — e não coisas *grandiosas* no sentido de *muito boas. Grandiosas* no sentido de vastas e duradouras e incríveis. *Grandiosas* como as cataratas.

— *Estamos* fazendo coisas grandiosas — comentou Avery. Doar os bilhões do avô dele era *grandioso* para ela. Ela iria mudar o mundo. *E estou bem aqui com ela. Posso ouvir o bra-*

mido. Posso sentir a água borrifar. Mas Jameson não conseguia se livrar da sensação torturante de que estava preso por cordas.

Não estava fazendo nada grandioso. Não do jeito que ela estava. Nem mesmo do jeito que Gray estava.

— Esta vai ser a nossa primeira vez de volta à Europa — acrescentou Avery calmamente, se inclinando para a frente para olhar a escuridão, como ele fazia — desde Praga.

Muito perspicaz, Avery Kylie Grambs.

O sorriso indiferente de Jameson tinha um quê de artístico.

— Eu já disse, Herdeira, você não precisa se preocupar com Praga.

— Não estou preocupada, Hawthorne. Estou curiosa. Por que você não quer me contar o que aconteceu naquela noite? — Avery sabia como usar o silêncio a seu favor, controlando cada pausa para atrair a total atenção dele, para fazê-lo *sentir* o silêncio dela como respiração contra a pele. — Você chegou em casa de madrugada. Cheirava a fogo e cinzas. E tinha um corte — ela levou a mão até o lugar onde a clavícula dele se aprofundava, bem na base do pescoço — bem aqui.

Se Avery quisesse forçá-lo a contar, conseguiria. Bastava uma palavra — *Taiti* —, e os segredos dele seriam dela. Mas não iria forçá-lo, e Jameson sabia disso, o que acabava com ele. Tudo nela acabava com ele da melhor maneira possível.

Não conte para ela. Nem pense nisso. Resista.

Jameson aproximou a boca a centímetros da dela.

— Se você quiser, Garota Misteriosa — murmurou, o calor aumentando entre eles, o apelido como um vestígio de outros tempos —, pode começar a me chamar de Garoto Misterioso.

Capítulo 4
GRAYSON

Fazia anos que Grayson não pisava em Londres, mas o apartamento parecia o mesmo: a mesma fachada histórica, o mesmo interior moderno, os mesmos terraços duplos, a mesma vista deslumbrante.

Os mesmos quatro irmãos apreciando aquela visão.

Ao lado de Grayson, Jameson ergueu uma sobrancelha para Nash.

— O que aconteceu, caubói?

Grayson estava se perguntando a mesma coisa. Nash quase nunca usava seu sos anual.

— Isso aqui. — O irmão mais velho colocou uma caixa de veludo sobre a mesa de tampo de vidro. Uma caixa de anel. Grayson viu-se repentinamente incapaz de piscar quando Nash a abriu para revelar uma peça notável: uma opala negra envolta em intrincadas folhas de diamante e cravejada de platina. A pedra preciosa era sarapintada de cores vivas, o acabamento impecável. — Nan me deu — disse Nash. — Era da nossa avó.

Nash era o único entre eles a se lembrar de Alice Hawthorne, que morrera antes mesmo do nascimento do resto dos irmãos Hawthorne.

— Não era o anel de casamento ou noivado dela — falou Nash devagar. — Mas Nan achou que serviria para Lib. — Ele inclinou ligeiramente a cabeça. — Para esse propósito.

Lib era *Libby Grambs*, parceira de Nash, irmã de Avery. Grayson sentiu a respiração falhar na garganta.

— Nossa bisavó deu um anel de família pra você dar a Libby — resumiu Xander —, e isso é um problema?

— É — confirmou Nash.

Grayson expirou com força.

— Porque você não está pronto.

Nash olhou para a frente e abriu lenta e ardilosamente um sorriso largo.

— Porque eu já comprei um para ela. — Ele colocou outra caixa de anel na mesa. Um por um, os músculos do peito de Grayson se contraíram, e ele nem sabia o porquê.

Jameson, que paralisara ao ver o primeiro anel, saiu do transe e abriu a segunda caixa. Estava vazia.

Nash já fez o pedido. Ele e Libby estão noivos. A percepção atingiu Grayson com uma força surpreendente. *Tudo está mudando.* Era um pensamento inútil, óbvio e tardio. O avô deles estava morto. Todos foram deserdados. Tudo *já* havia mudado. Nash já estava com Libby. Jameson estava com Avery. Até Xander tinha Max.

— Nash Westbrook Hawthorne — proferiu Xander. — Se prepare para um abraço fortificante e celebratório de alegria masculina!

No entanto, Xander não deu tempo para que Nash se preparasse antes de colidir com ele — abraçar, agarrar, lutar, tentar içar Nash no ar, era tudo a mesma coisa. Jameson se juntou ao empurra-empurra, e Grayson forçou todo o resto a desaparecer quando bateu com a mão no ombro de Nash — então o puxou para trás.

Três contra um. Nash não tinha chances.

— Despedida de solteiro improvisada! — Jameson declarou quando os quatro finalmente se separaram. — Me deem uma hora.

— Pare. — Nash ergueu a mão, então adicionou uma segunda ordem de *quem-é-o-irmão-mais-velho-aqui*: — Vire. — Jameson obedeceu, e Nash o encarou. — Você está planejando infringir alguma lei, Jamie? Porque você anda bem empolgado ultimamente.

Até onde Grayson sabia, houvera um incidente em Mônaco, outro em Belize...

Jameson deu de ombros.

— Você sabe o que dizem, Nash. Sem acusações, sem danos.

— É isso que dizem? — respondeu Nash, o tom enganosamente gracioso. E então, sem explicação, Grayson percebeu que Nash olhava para *ele*.

O que eu fiz?

Grayson estreitou os olhos.

— Você não nos trouxe aqui pra falar de você.

Nash se recostou.

— Você está me acusando de ser uma mãe superprotetora, Gray?

— Quanta provocaçãozinha — disse Xander, alegre, muito satisfeito com a possibilidade de uma briga.

Nash olhou uma última vez para Grayson, então se voltou para Jameson.

— Despedida de solteiro improvisada — concordou. — Mas Gray e Xan vão ajudar você a planejar... e seguimos as regras da casa da árvore.

O que acontecer na casa da árvore fica na casa da árvore.

Capítulo 5
GRAYSON

A noite deles terminou às três da manhã.

— Escalada no gelo, passarela suspensa, lancha, ciclomotores... — Aos ouvidos de Grayson, Jameson parecia muito satisfeito consigo mesmo. — Sem falar na balada.

— Achei a cripta medieval um belo toque — acrescentou Xander.

Grayson arqueou uma sobrancelha.

— Eu suspeito que Nash teria passado a parte de ser preso com fita isolante.

O cara do momento tirou o chapéu de caubói e se encostou na parede.

— O que acontece na casa da árvore fica na casa da árvore — reiterou, o tom tranquilo para relembrar a Grayson que Avery e Libby dormiam no andar de cima.

Um nó se formou na garganta de Grayson.

— Parabéns — disse ao irmão. Ele estava falando sério. A vida *era* mudança. As pessoas supostamente seguiam em frente, mesmo que ele não conseguisse.

Jameson e Xander foram se deitar, mas Nash fez Grayson ficar. Quando estavam só os dois, ele colocou algo na mão de Grayson. *A caixa do anel*. Aquela em que estava o anel de opala negra da avó.

— Por que você não fica com isso? — sugeriu Nash.

Grayson engoliu em seco, os músculos da garganta contraídos.

— Por que eu?

Jameson era a escolha óbvia, por razões óbvias.

— Por que não você, Gray? — Nash se inclinou para a frente, para ficar no mesmo nível do olhar de Grayson. — Algum dia, com alguém... Por que não você?

O anel ainda estava na caixa em sua mesa de cabeceira quando Grayson acordou horas depois. *Por que não você?*

Grayson se levantou da cama rapidamente e enfiou a caixa em um compartimento escondido em sua mala. Se Nash queria que o anel de herança fosse mantido em segurança, ele o manteria em segurança. Proteger as coisas que importavam era o que Grayson Hawthorne fazia, mesmo quando não podia permitir que importassem demais.

No terraço, Avery já estava de pé, servindo-se do banquete de café da manhã.

— Ouvi dizer que a noite passada foi lendária. — Ela entregou uma xícara de café para ele. Preto, quente e cheia até quase a boca.

— Jamie tem uma boca grande — respondeu Grayson. A caneca aqueceu sua mão.

— Acredite em mim — murmurou Avery —, Jameson sabe guardar segredos muito bem.

Grayson a analisou, de um modo que não teria se permitido meses antes. Não doeu tanto quanto doeria na época.

— Ele está pirando?

— Não. — Avery balançou a cabeça, e o cabelo caiu em seu rosto. — Está só procurando por algo... ou tentando não procurar por algo. Ou as duas coisas. — Ela fez uma pausa. — E você, Gray?

— Estou bem. — A resposta foi automática, mecânica e não admitia discussão. Mas ele nunca conseguia parar por aí com ela. — E, só para constar, se Xander mostrar a você um "livro" que está escrevendo, *pode destruir*, ou terá consequências.

— Consequências! — Xander saltou para o terraço, se contorceu entre eles e pegou um croissant de chocolate. — Eu amo!

— Quem de nós não gosta do sabor das consequências pela manhã? — Jameson surgiu, pegou um croissant e acenou na direção de Grayson. — Avery te contou sobre a nova agenda de reuniões dela? Londres sabe oficialmente que a Herdeira de Hawthorne está na cidade.

— Reuniões? — Grayson pegou o telefone. — Que horas? — Antes que Avery pudesse responder, ele recebeu uma ligação. Quando Grayson viu quem chamava, se levantou de repente. — Preciso atender.

Ele voltou para dentro, fechou a porta e se certificou de não ter sido seguido antes de atender.

— Suponho que temos problemas.

Capítulo 6

JAMESON

— Fascinante. — Jameson olhou na direção que Grayson desaparecera. — Aquilo foi um toque de emoção humana verdadeira no rosto dele?

Avery olhou para ele.

— Preocupado? — perguntou ela. — Ou curioso?

— Com o Grayson? — respondeu Jameson. *As duas coisas.* — Nenhum dos dois. Deve ser o alfaiate dele ligando para tirar um sarro por ter um alfaiate aos vinte anos.

Xander sorriu.

— Devo entrar de fininho pra ouvir a ligação?

— Você está insinuando que tem alguma capacidade de ser discreto? — retrucou Jameson.

— Eu consigo ser discreto! — insistiu Xander — É óbvio que você ainda está frustrado com o sucesso que meus passos de dança lendários fizeram na balada ontem à noite.

Recusando-se a aceitar a provocação, Jameson olhou para Oren, que se juntara a eles no terraço.

— E por falar na nossa pequena comemoração — comentou Jameson —, a situação com os paparazzi está feia hoje de manhã?

— Tabloides britânicos. — Oren estreitou os olhos. O chefe de segurança de Avery era ex-militar e assustadoramente eficiente. O fato de ter estreitado os olhos já era um aviso para Jameson de que a situação com os paparazzi não era *nada* boa. — Tenho dois dos meus homens patrulhando lá fora.

— E eu tenho reuniões — respondeu Avery com firmeza. Ficou claro que era não planejava mudar seus planos por causa dos paparazzi. Oren era esperto demais para pedir que fizesse isso.

— Eu posso servir de distração — sugeriu Jameson, diabolicamente. Criar problemas era uma de suas especialidades.

— Agradeço a oferta — murmurou Avery, que se encaminhava para dentro e parou para roçar os lábios de modo leve e provocativo nos dele —, mas não.

O beijo foi rápido. *Rápido demais.* Jameson a observou ir embora. Oren foi logo atrás. Em certo momento, Xander foi tomar banho. Jameson ficou no terraço, apreciando a vista, deixando o croissant suntuoso e amanteigado derreter em sua língua, pouco a pouco, enquanto tentava não pensar no quanto estava *silencioso, parado* demais.

E então Grayson reapareceu, com uma mala na mão.

— Preciso partir.

— Partir para onde? — respondeu Jameson no mesmo instante. Ser provocado ajudava a amansar o complexo de Deus de Grayson, e provocá-lo quase nunca era entediante. — E por quê?

— Tenho assuntos pessoais para resolver.

— Desde quando *você* tem assuntos pessoais? — Jameson estava oficialmente intrigado.

Grayson não se deu ao trabalho de responder a essa pergunta. Ele se virou e entrou no apartamento. Jameson ia segui-lo, mas o celular dele vibrou. Era Oren.

Ele está com Avery. Jameson parou imediatamente e atendeu.

— Problemas? — perguntou ao guarda-costas.

— Não por aqui. Avery está bem. Mas um dos meus homens acabou de interceptar o porteiro. — Enquanto Oren fazia seu relatório, Grayson se afastou até desaparecer do campo de visão de Jameson. — Parece que tem uma entrega. Para você.

No corredor, o porteiro estendeu uma bandeja de prata. Na bandeja havia um único cartão.

Jameson inclinou a cabeça para o lado.

— O que é isso?

Os olhos do porteiro brilhavam.

— Parece ser um cartão, senhor. Um cartão de visitas.

Com a curiosidade aguçada, Jameson pegou o cartão, segurando-o entre os dedos médio e indicador — como um mágico prestes a fazer algo desaparecer. Assim que viu as palavras gravadas no cartão, o resto do mundo desapareceu.

A frente do cartão trazia um nome e um endereço. *Ian Johnstone-Jameson. 9 King's Gate Terrace.* Jameson virou o cartão. Ali, escrito à mão, não estavam instruções, mas um horário. *Duas da tarde.*

Capítulo 7

JAMESON

Horas depois, Jameson saiu do apartamento sem que Nash, Xander e a equipe de segurança soubessem. Quanto aos paparazzi britânicos, eles não estavam acostumados a rastrear os Hawthorne. Jameson chegou elegantemente atrasado e sozinho ao 9 King's Gate Terrace.

Se você quer jogar, Ian Johnstone-Jameson, eu jogo. Não por precisar, querer ou ansiar por um pai, como fazia quando criança, mas porque, naqueles tempos, fazer *algo* para manter a mente ocupada sempre parecia menos perigoso do que não fazer nada.

O prédio era branco e enorme, estendendo-se por cinco andares e ocupando todo o quarteirão, um apartamento de luxo após o outro, com algumas embaixadas no meio. A área era refinada. Exclusiva. Antes que Jameson pudesse apertar o botão de chamada, o segurança surgiu na calçada. *Um segurança para várias unidades.*

— Posso ajudar, senhor? — O tom do homem sugeria que *não, na verdade ele não poderia.*

Mas não era à toa que Jameson era um Hawthorne.

— Fui convidado. Número nove.

— Não sabia que *ele* estava na residência. — A resposta do homem foi suave, mas seus olhos eram penetrantes. Jameson brandiu o cartão. — Ah — disse o homem, tomando-o de suas mãos. — Entendo.

Dois minutos depois, Jameson estava parado na entrada de um apartamento que fazia a morada Hawthorne em Londres parecer modesta. Mármore branco incrustado com um brilhante *B* preto marcava um hall que parecia se estender para sempre, cortando todo o caminho ao longo do apartamento. Portas de vidro ofereciam uma visão perfeita das obras de arte impecáveis que enfeitavam o corredor todo branco até o fim.

Ian Johnstone-Jameson empurrou uma daquelas portas de vidro.

Essa família é tão famosa — Jameson conseguia ouvir a mãe dizer, zombeteira —, *que qualquer homem com quem dormi só não sabe que tem um filho se estiver morando em uma caverna.*

O homem que agora caminhava na direção dele tinha quarenta e poucos anos e cabelos castanhos fartos, longos o suficiente para não passar por um típico CEO ou político. Havia algo dolorosamente familiar em suas feições — com certeza não era o nariz ou a mandíbula, mas o formato e a cor dos olhos, a curvatura da boca. O *humor*.

— Já tinha ouvido falar da semelhança — comentou Ian, o sotaque tão sofisticado quanto seu endereço. Ele inclinou a cabeça ligeiramente para o lado em um trejeito que Jameson reconheceu muito bem. — Quer conhecer o lugar?

Jameson ergueu uma sobrancelha.

— Você quer me apresentar o lugar? — Nada importava a menos que você permitisse.

— Olho por olho. — Os lábios de Ian se retorceram em um sorriso. — Isso eu posso respeitar. Três perguntas. — O britânico se virou, voltou pelo caminho de onde viera e abriu a primeira porta de vidro. — Isso é o que eu vou te dar e, em troca, você responde uma das minhas.

Ian Johnstone-Jameson segurou a porta de vidro aberta, esperando. Jameson o deixou esperar, então se aproximou, indiferente.

— Você fará as perguntas primeiro — declarou Ian.

Vou? Jameson pensou, mas era Hawthorne demais para cair na armadilha de perguntar em voz alta.

— E se eu não tiver nenhuma pergunta para você, me pergunto o que vai me oferecer a seguir.

Os olhos de Ian brilharam, um verde vívido.

— Você não formulou como uma pergunta — notou ele.

Jameson mostrou os dentes em um sorriso.

— Não. Não formulei. — Eles percorreram o corredor, passando por mais portas de vidro e por uma pintura de Matisse. Jameson esperou até que chegassem à cozinha, toda preta, das bancadas aos eletrodomésticos e aos pisos de granito, antes de fazer a primeira pergunta: — O que você quer, Ian Johnstone-Jameson?

Era impossível ser um Hawthorne e não perceber que todo mundo sempre quer alguma coisa.

— Simples — respondeu Ian. — Quero fazer minha pergunta. É mais um favor, na verdade. Mas, como demonstração de boa-fé, vou tomar a liberdade de responder sua pergunta num sentido mais geral. Como regra na vida, quero três coisas: Prazer. Desafio. — Ele sorriu. — E vencer.

Jameson não esperava que nada que aquele homem dissesse o atingisse tanto.

Foco. Ele quase podia ouvir a advertência de seu avô. *Percam o foco, rapazes, e vocês perderão o jogo.* Pela primeira vez, Jameson se agarrou a essa lembrança. Ele era Jameson Winchester Hawthorne. Não precisava de nada do homem à sua frente.

Eles não eram nada parecidos.

— O que é vencer pra você? — Jameson escolheu uma pergunta com a intenção de avaliar melhor o homem. *Conheça um homem e saberá seus pontos fracos.*

— Coisas diferentes. — Ian pareceu saborear sua resposta. — Uma noite espetacular com uma mulher bonita. Um *sim* de homens que adoram dizer não. E muitas vezes... — Ele colocou ênfase especial nessas palavras — é uma boa mão de cartas. Sou um pouco afeito a jogos.

Jameson enxergou essa declaração pelo que era.

— Você aposta.

— Não apostamos todos? — retrucou Ian. — Mas sim, sou jogador de pôquer profissional. Conheci sua mãe em Las Vegas no ano em que ganhei um título internacional particularmente disputado. Sendo sincero, minha família preferiria que eu escolhesse um passatempo mais respeitável, como xadrez, ou, melhor ainda, finanças. Mas sou muito bom no que faço e não costumo me apoiar na família, então as preferências deles, principalmente do meu pai e irmão mais velho, são irrelevantes. — Ian tamborilou os dedos na bancada. — Na maior parte do tempo.

Você tem irmãos? Jameson pensou, mas não fez a pergunta. Em vez disso, escolheu uma afirmação.

— Eles não sabem de mim. — Jameson olhou para Ian. — A sua família.

Todo mundo tinha um segredo. Era só uma questão de descobrir qual.

— Isso não foi uma pergunta — respondeu Ian, sem mudar de expressão.

E eis o segredo. O rosto daquele homem tinha mil formas diferentes de transmitir a vivacidade, e todos eram embebidos em entretenimento. Mil formas — e ele travara em uma delas.

— Não foi uma pergunta — concordou Jameson. — Mas consegui minha resposta.

Ian Johnstone-Jameson gostava de vencer. Julgava as opiniões da família a seu respeito irrelevantes *em grande parte do tempo.* Eles não sabiam que ele tinha um filho bastardo.

— Se servir de consolo — falou Ian —, faz poucos anos que descobri e, naquela altura, bom... — *Por que se importar?,* o dar de ombros parecia dizer.

Jameson se recusou a deixar aquilo afetá-lo. Ainda tinha uma pergunta a fazer. O mais inteligente seria pressionar mais. *Qual é o número do celular do seu irmão mais velho? O contato direto do seu pai? Qual é a pergunta que você menos quer que eu faça?*

Mas Jameson não era o Hawthorne conhecido por fazer escolhas *inteligentes.* Ele se arriscava. Seguia seus instintos. *Essa pode ser a única conversa que teremos.*

— Você é sonâmbulo?

Era uma pergunta tão maluca, trivial, que podia ser respondida com uma única palavra.

— Não. — Por alguns instantes, Ian Johnstone-Jameson pareceu um pouco menos superior.

— Eu era — disse Jameson, calmo —, quando criança. — Ele deu de ombros, tão indiferente quanto Ian. — Três perguntas, três respostas. Sua vez.

— Como eu disse, preciso de um favor, e você... — Havia certa perspicácia na forma como Ian disse aquela palavra.

— Bom, acho que você vai julgar minha oferta tentadora.

— Os Hawthorne não cedem à tentação com facilidade — retrucou Jameson.

— O que preciso tem pouco a ver com o fato de você ser um Hawthorne e muito a ver com o fato de que você é meu filho.

Era a primeira vez que ele dizia isso, a primeira vez que Jameson ouvia um homem dizer aquelas palavras para ele. *Você é meu filho.*

Ponto para Ian.

— Estou precisando de um jogador — disse o homem. — Alguém inteligente e astuto, impiedoso sem ser maçante. Alguém que saiba calcular as probabilidades, desafiá-las, enrolar as pessoas, blefar com maestria e que... independente do que aconteça... saia vencedor.

— E ainda assim — provocou Jameson com um sorriso. — Você não vai jogar o jogo em questão por conta própria.

E lá estava de novo — a expressão de Ian que o entregava. Ponto para Jameson.

— Me pediram para não pisar em certo solo sagrado. — Ian fez essa confissão soar como mais um entretenimento. — Minha presença é *temporariamente* indesejada.

Jameson traduziu.

— Você foi banido. — *De onde?* — Comece do começo e me conte tudo. Se eu perceber que está escondendo alguma coisa, e eu vou perceber, então minha resposta ao seu pedido será não. Fui claro?

— Como água. — Ian apoiou os cotovelos contra a brilhante bancada preta. — Existe um estabelecimento em Londres cujo nome nunca é falado. Se o mencionar, você pode acabar tendo bastante azar, cortesia dos homens mais poderosos deste país. Aristocratas, políticos, os extraordinariamente ricos...

Ian analisou Jameson apenas o tempo suficiente para se certificar de que *de fato* estava prestando atenção, então se virou, abriu um armário preto e pegou dois copos baixos de cristal lapidado. Ele os colocou na ilha, mas não pegou uma garrafa.

— O estabelecimento em questão — disse Ian — se chama Mercê do Diabo.

O nome grudou na cabeça de Jameson, estampado em seu cérebro, atraindo-o como uma placa que dizia que era proibido passar.

— O Mercê foi fundado no período da Regência, mas enquanto as outras casas de jogo de elite da época buscavam renome, ele era um tipo diferente de empreendimento, uma mistura de sociedade secreta e cassino clandestino. — Ian passou um dos dedos levemente na borda de um dos copos de cristal, ainda olhando para Jameson. — Você não encontra o Mercê do Diabo nos livros de história. Não teve apogeu e decadência como os Crockfords nem competiu com clubes de cavalheiros famosos como o White's. Desde o início, o Mercê operou em segredo, fundado por alguém tão importante na sociedade que um mero sussurro sobre sua existência era o suficiente para garantir que qualquer pessoa que tivesse a chance de se tornar membro desse quase tudo para participar.

"A localização do clube mudou com frequência naqueles primeiros dias, mas o luxo oferecido, a proximidade do poder, o desafio... Não *havia* nada como o Mercê."

Os olhos de Ian brilhavam.

— Não *há* nada como ele.

Jameson não sabia nada sobre Crockfords ou White's ou o período regencial, mas reconheceu a história por trás da história. *Poder. Exclusividade. Segredos. Jogos.*

— Não há nada igual — disse Jameson, a mente agitada.

— E você foi banido. O nome não deve ser mencionado, mas ainda assim você está me contando toda a história secreta.

— Perdi algo nas mesas do Mercê. — Os olhos de Ian ficaram vazios. — Vantage... a casa ancestral da minha mãe. Ela deixou a casa para mim e não para meus irmãos, e preciso recuperá-la. Ou melhor, preciso que *você* a recupere para mim.

— E por que eu ajudaria você? — perguntou Jameson, a voz baixa e sedosa. Este homem era um estranho. Eles não eram nada um para o outro.

— De fato, por quê? — Ian caminhou até um conjunto diferente de armários e tirou uma garrafa de uísque. Serviu cerca de três dedos, então deslizou um deles pelo granito preto em direção a Jameson.

Pai do ano.

— São poucas as pessoas no planeta que *poderiam* fazer o que estou pedindo — disse Ian, seu tom eletrizante. — Em duzentos anos, apenas uma pessoa que conheço tentou entrar no Mercê e conseguiu. E entrar é só o começo do que será necessário para reconquistar Vantage. Então, por que eu teria qualquer esperança de que sua resposta fosse sim?

Ian pegou seu copo e o ergueu em um brinde.

— Porque você adora um desafio. Você adora jogar. Você adora vencer. E não importa o que você ganhe — Ian Johnstone-Jameson levou o copo aos lábios, a intensidade profana em seus olhos muito familiar —, você sempre precisa de mais.

Capítulo 8
JAMESON

Jameson disse que não. Ele saiu. Mas horas depois, as palavras de Ian ainda o assombravam. *Você adora jogar. Você adora vencer. E não importa o que você ganhe, você sempre precisa de mais.*

Jameson encarou a escuridão da noite. Os terraços provocavam alguma coisa nele. Não era só pelo fato de estar no alto ou pela sensação de se debruçar na borda. Era o fato de conseguir ver tudo, mas estar sozinho.

— Eu não sou dona do prédio todo, você sabe — falou Avery de algum lugar atrás dele. — Tenho certeza de que o terraço pertence a outra pessoa. Podemos ser presos por invasão de propriedade.

— Diz a garota que sempre consegue escapar *antes* que a polícia chegue — ressaltou Jameson, virando a cabeça para ver a silhueta dela surgir das sombras.

— Eu tenho instintos de sobrevivência. — Avery parou ao lado dele na beira do terraço. — Você nunca aprendeu a querer ficar longe de problemas.

Ele nunca precisou aprender. Crescera tendo o mundo como seu parque de diversões — com a aparência de um Hawthorne, o sobrenome Hawthorne e um avô mais rico do que muitos reis.

Jameson respirou fundo: ar noturno preenchendo seus pulmões, ar noturno saindo.

— Eu conheci meu pai hoje.

— Você o quê? — Não era fácil pegar Avery desprevenida. Surpreendê-la sempre parecia uma vitória e, por mais que Jameson negasse, ele precisava de uma vitória agora.

— Ian Johnstone-Jameson. — Ele deixou o nome rolar de sua língua. — Jogador profissional de pôquer. O rebelde do que parece ser uma família extremamente rica.

— Parece ser? — Avery repetiu. — Você não procurou o nome?

Jameson a olhou nos olhos.

— Também não quero que você procure, Herdeira. — Ele deixou o terraço cair no silêncio. Então, por que era *ela*, disse as palavras que pensara muitas vezes desde que Ian pedira aquele favor. — Nada importa a menos que você permita.

— Eu me lembro daquele menino — disse Avery baixinho. — Sem camisa no solário, bêbado de uísque depois que vimos o Testamento Vermelho, decidido que nada o machucaria. — Ela deixou a informação penetrar os escudos dele, então acrescentou: — Você estava bravo porque tivemos que perguntar os seus nomes do meio para Skye. Perguntar dos seus pais.

— Pensando agora — brincou Jameson —, fico impressionado por Skye não ter entregado o jogo naquele momento.

— Eles perguntaram os nomes do meio, não o primeiro nome.

— Seu pai era importante para você naquela época. — Avery era sincera. Sempre. — Ele é importante agora. É por isso que você está aqui em cima.

Jameson engoliu em seco.

— Eu disse a mim mesmo que nunca iria querer conhecer meu pai, depois que Gray conheceu o pai idiota dele.

Ele sabia que o sobrenome do pai era Jameson, mas não tinha pesquisado. Nem ao menos se permitira pensar — até aquele cartão.

— Como foi? — perguntou Avery.

Jameson olhou para cima. *Nenhuma estrela no céu.*

— Ele ainda não mandou sequestrarem você nem matou ninguém, o que é uma vantagem. — O pai de Grayson colocara os padrões lá embaixo. Pensar nisso permitiu que Jameson respondesse à pergunta de Avery com sinceridade. — Ele quer algo de mim.

— Ele que se foda — vociferou Avery —, não tem o direito de pedir nada pra você.

— Exato.

— Mas...?

— O que faz você pensar que tem um *mas*? — retrucou Jameson.

— Isto. — Avery passou as pontas dos dedos no rosto dele, logo acima do queixo. A outra mão pousou leve como uma pluma em uma das sobrancelhas. — E isto.

Jameson engoliu em seco.

— Não devo nada a ele. E eu não me importo com o que ele pensa de mim. Mas... — Ela estava certa. Claro que estava. — Não consigo parar de pensar no que ele disse.

Jameson se afastou da beirada do terraço e, quando Avery fez o mesmo, curvou-se para murmurar em seu ouvido.

— Existe um estabelecimento em Londres cujo nome nunca é falado...

Jameson contou tudo a ela, e quanto mais ele falava, mais rápido as palavras vinham, mais seu corpo zumbia com a adrenalina que bombeava em suas veias. Porque Ian Johnstone-Jameson estava certo.

Ele gostava de jogar. Ele gostava de ganhar. E agora, mais do que nunca, ele precisava de *algo*.

— Você quer aceitar. — Avery conseguia lê-lo como um livro.

— Eu recusei.

— Mas não queria recusar.

Isso não precisava ser sobre o que Ian Johnstone-Jameson merecia. Não precisava nem estar ligado a ele.

— Mercê do Diabo. — Jameson sentiu a adrenalina só de dizer o nome. *Um segredo secular. Uma casa de jogos subterrânea. Dinheiro e poder e jogos com apostas.*

— Você vai aceitar, né? — perguntou Avery.

Jameson abriu os olhos, olhou para ela, então acionou o detonador:

— Não, Herdeira. *Nós* vamos.

Capítulo 9

GRAYSON

Grayson tinha oito mensagens de voz quando desceu do avião, sete delas de Xander. Na sétima mensagem, o irmão mais novo cantava o que parecia ser uma epopeia em estilo de ópera sobre preocupação fraternal e sanduíches de queijo com carne.

A única mensagem restante era de Zabrowski, enviada há poucos minutos.

"Dei uma investigada. A garota ainda está sob custódia, mas nada foi registrado ainda. Sem papelada sobre a prisão. Nenhuma queixa prestada. Se quer saber minha opinião, já deve ter alguém mexendo os pauzinhos. Me diga o que você quer que seja feito."

Grayson apagou a mensagem. *Se ela não foi presa de verdade, eles não têm o direito de mantê-la sob custódia.* Isso certamente tornaria as coisas mais simples.

Seguindo os arranjos que Grayson fizera a caminho do aeroporto de Londres, um carro esperava por ele em um estacionamento de longo prazo, a chave embaixo do tapete. Apesar de não ter herdado os bilhões dos Hawthorne, o sobrenome ainda valia alguma coisa, e ele ainda tinha certos recursos financeiros — os mesmos recursos que estivera usando para pagar os adiantamentos de Zabrowski.

Foi por causa do detetive particular que Grayson soube que Juliet atendia, inexplicavelmente, pelo nome de Gigi, e que era a gêmea mais nova por sete minutos, e que a irmã, Savannah, tinha muito menos probabilidade de se encontrar em uma situação que precisasse de interferência.

Interferência *dele*.

Grayson colocou a chave na ignição da Ferrari 488 Spider que seu contato havia fornecido. No que diz respeito aos veículos, era mais o estilo de Jameson do que dele, mas algumas situações exigiam uma entrada triunfal. Pensar em estratégia impedia Grayson de refletir muito sobre o fato de que Juliet e Savannah Grayson nem sabiam que ele existia.

Assim como elas não sabiam que o pai dos três estava morto.

Sheffield Grayson cometera o erro de atacar Avery. As coisas não acabaram bem para ele. Até onde o resto do mundo sabia, o rico empresário de Phoenix tinha simplesmente desaparecido. A crença popular era de que ele havia partido para algum paraíso fiscal tropical com uma mulher muito mais jovem. Grayson estava de olho em Juliet e Savannah desde então.

Entrar e sair, ele lembrou a si mesmo. Não fora até Phoenix criar relações ou contar às gêmeas quem ele era. Havia uma situação com a qual lidar. Grayson cuidaria disso.

Quando entrou no Departamento de Polícia de Phoenix, deixou um único pensamento surgir em sua mente. *Nunca questione sua própria autoridade e ninguém mais o fará.*

— Alguém viu a Ferrari ali na frente? — Um policial de vinte e poucos anos entrou correndo. — Puta merda... — Ele parou de falar e olhou para Grayson, que, assim como o carro, era marcante.

Grayson não deixou uma pitada de humor transparecer em seu rosto.

— Você tem Juliet Grayson sob custódia. — Não era uma pergunta, mas o comportamento de Grayson exigia uma resposta.

— Gigi? — Outro policial se juntou aos dois, esticando o pescoço, como se esperasse ver a Ferrari de Grayson através das paredes. — Ah, sim. Ela está aqui.

— Você vai querer corrigir isso. — Havia uma diferença entre dizer às pessoas o que você queria e deixar claro que era do interesse delas fornecer isso a você. Ameaças explícitas eram para pessoas que precisavam afirmar seu poder. *Nunca afirme o que você pode deixar subentendido, Grayson.*

— Quem diabos é você?

Grayson sabia, sem precisar virar, que a pessoa que acabara de falar era mais velha do que os outros dois oficiais — e de patente mais alta. Um sargento, talvez, ou um tenente. Isso, combinado com a maneira como o nome *Juliet Grayson* chamou sua atenção, dizia a Grayson tudo o que ele precisava saber: era por causa deste homem que a papelada não fora preenchida.

— Você precisa mesmo perguntar? — retrucou Grayson. Ele conhecia o poder de certas expressões faciais: aquelas sem um pingo de agressividade, mas que carregavam uma promessa.

O tenente, Grayson podia ver seu distintivo agora, avaliou o corte de seu terno muito caro, sua calma absoluta. Foi fácil ver o debate interno do homem: teria Grayson sido enviado pela mesma pessoa que havia pedido um favor a ele?

— Posso ligar para nosso amigo em comum, se quiser. — Grayson, como todos os Hawthorne, sabia blefar muito bem. Ele tirou o celular do bolso. — Ou você pode fazer um desses policiais me levar até a garota.

Capítulo 10
GRAYSON

Juliet Grayson estava sendo mantida em uma sala de interrogatório. Estava sentada em cima da mesa, de pernas cruzadas e com os pulsos apoiados nos joelhos, as palmas das mãos para cima. O cabelo era castanho chocolate, em contraste com o loiro-claro de Grayson, ondulado enquanto o dele era liso. O corte ia pouco abaixo do queixo, as ondas soltas, desafiando a gravidade, e um pouco rebeldes.

Ela olhava para uma xícara de café vazia, os olhos — mais brilhantes e mais azuis que os dele — sem piscar.

— Nada de telecinesia ainda? — perguntou o policial que levou Grayson até lá.

A prisioneira sorriu.

— Talvez eu precise de mais café?

— Com certeza você não precisa de mais café — respondeu o policial.

A garota — da mesma carne e do mesmo sangue que Grayson, apesar de não saber disso e de ele não querer pensar a respeito — desceu da mesa, os cabelos balançando.

— *Matilda*, de Roald Dahl — explicou para ele. — É um livro infantil em que uma criança, genial e negligenciada pelos pais, desenvolve a habilidade de mover objetos com a mente. A primeira coisa que ela derruba é um copo de água. Li quando tinha sete anos e acabou comigo pra sempre.

Grayson se pegou quase querendo sorrir, talvez porque a garota à sua frente estava radiante como se fosse seu estado padrão. Sem se virar para o policial, ele falou.

— Deixe-nos a sós.

O truque para fazer as pessoas fazerem o que você queria era ter a certeza absoluta de que o fariam.

— Uau! — disse o labrador humano em frente a ele uma vez que o policial foi embora. — Isso foi ótimo! — Ela repetiu em uma voz profunda e séria: — *Deixe-nos a sós.* Eu sou a Gigi, aliás, e aposto que *você* nunca precisou arrombar cofres de bancos. Deve ser só olhar para eles e bum, eles se abrem!

Arrombar cofres de banco? Grayson sabia onde ela fora presa pela polícia, mas desconhecia os detalhes.

— Impressionante o quanto sua sobrancelha arqueia — disse Gigi, alegre. — Mas você consegue fazer isso? — Os olhos azuis ficaram muito redondos, o lábio inferior tremendo. Então ela sorriu e apontou um dedão para a mesa, onde a caneca que tentava derrubar estava cercada por cinco outras. — Morra de inveja. É só fazer essa cara que eles me trazem mais café! E chocolate, mas eu não gosto de chocolate. — Ela pegou uma barra de chocolate do nada e estendeu para ele. — Twix?

Grayson teve vontade de dizer que aquilo não era uma brincadeira. Que ela estava sob custódia da polícia. Que isso era sério. Em vez disso, ele reprimiu os instintos protetores e optou por:

— Você não perguntou quem eu sou.

— Assim, eu disse que *eu sou a Gigi* — retrucou, com um sorriso vitorioso —, então quem não se apresentou aqui foi você, amigão. — Ela abaixou a voz. — Foi o sr. Trowbridge quem enviou você? Já estava na hora. Eu liguei ontem à noite, assim que me trouxeram para cá.

Trowbridge. Grayson guardou o nome em sua mente e decidiu que o mais sensato a se fazer era deixar o local antes que alguém percebesse que ninguém o havia, de fato, enviado ali.

— Vamos.

Gigi praticamente pulou de alegria quando viu a Ferrari.

— Sabe, sendo muito sincera, não tenho o melhor histórico como motorista, mas azul é a minha cor e...

— Não — cortou Grayson. Quando se sentou no banco do motorista, Gigi já estava se acomodando no banco do passageiro. *Nunca entre em um carro com um estranho*, ele queria dizer a ela, mas se conteve. *Entrar e sair*. Estava ali para levá-la de volta para casa, se certificar de que a situação seria resolvida legalmente, e só.

— Você não trabalha para o sr. Trowbridge, trabalha? — perguntou Gigi, depois de estarem na estrada por alguns minutos.

— O sr. Trowbridge tem um primeiro nome? — indagou Grayson.

— Kent — elucidou Gigi prestativamente. — Ele é um amigo da família. E nosso advogado. Advogado-amigo. Usei minha ligação para falar com ele e não com minha mãe, porque ela não é advogada, e também porque há uma pequena chance de ela achar que passei a noite passada e o dia de hoje na casa de uma amiga, sem cometer crime algum e me divertindo de modo saudável.

Quanto mais Gigi abria a boca, mais rápido ela falava. Grayson estava começando a achar que seria melhor que ela não tomasse mais cafeína. Nunca mais.

— Se o sr. Trowbridge não mandou você... — Gigi baixou a voz — foi meu pai?

Grayson fora criado para reprimir suas emoções. O controle não era e nunca fora opcional. Ele manteve sua mente no presente. Não pensou em Sheffield Grayson.

— Foi, não foi? — Gigi pulou para a conclusão como uma bailarina no palco. — Você pode se certificar de que o meu pai saiba que eu não invadi o banco *de verdade*? Eu só estava perambulando até onde ficam os cofres ultra mega seguros. Mas não foi por maldade!

— Perambulando? — Grayson deixou o tom cético falar por conta própria.

A jovem de dezessete anos ao lado dele sorriu.

— Não é minha culpa que eu seja tão sorrateira quando estou perambulando. — Ela fez uma pausa. — Sério, você tem falado com meu pai recentemente?

Seu pai está morto.

— Não.

— Mas você o conhece? — Gigi não esperou por uma resposta. — Você trabalhou para ele ou algo assim? Em segredo. Em alguma coisa que explique direito por que ele sumiu?

Grayson engoliu em seco.

— Não posso te ajudar.

A energia que ela exalava até aquele ponto pareceu se retrair.

— Eu sei que ele deve ter tido um bom motivo para ir embora. Sei que não tem outra mulher. Sei sobre o cofre.

Claramente, Gigi acreditava que ele entendia do que ela estava falando. Que ele, de fato, trabalhava para o pai dela. Contar a verdade — qualquer parte dela — teria sido um ato de gentileza, mas era uma gentileza que ele não podia se permitir.

Eu sei, ela disse, *sobre o cofre*.

— O cofre no banco. — Grayson fez a inferência óbvia após a confissão que ela fizera sobre os eventos que levaram à sua prisão.

— Eu tenho a chave — explicou Gigi, séria. — Mas não está no nome dele, e não sei que nome ele usou. Você sabe?

Sheffield Grayson tinha um cofre registrado com outro nome. Grayson levou menos de um segundo para processar isso e as possíveis implicações.

— Juliet, não foi seu pai quem me mandou. Eu não trabalho para ele.

— Mas você o conhece — disse Gigi baixinho —, não conhece?

Grayson se lembrou de uma conversa, uma interação fria. *Meu sobrinho foi a coisa mais próxima que já tive de um filho, e ele está morto por causa da família Hawthorne*.

— Não muito bem.

Só havia visto Sheffield Grayson aquela vez.

— Bem o bastante para saber que ele não foi embora do nada? — perguntou Gigi, uma ponta de esperança em sua voz. — Ele não teria feito isso — acrescentou, impetuosa. Piscando para conter as lágrimas, ela olhou para baixo, as ondas bagunçadas caindo em seu rosto. — Quando eu tinha cinco anos, tirei minhas amígdalas e meu pai encheu todo o quarto do hospital com balões. Eram tantos que as enfermeiras ficaram bravas. Ele se senta na primeira fila em todos os jogos de Savannah, ou pelo menos costumava. Ele *nunca* trairia minha mãe.

Grayson sentiu cada frase que saía da boca dela como um corte em sua pele nua. *Ele traiu a sua mãe.* Não podia contar isso para ela. *Eu sou o resultado da traição.*

— Então toda essa coisa de "ele fugiu para as Maldivas ou Tunísia ou algum paraíso fiscal para trapaceiros" eu não acredito — esclareceu Gigi. — Meu pai não foi embora do nada. E vou provar isso.

— Com o que quer que esteja naquele cofre. — Grayson ouviu como seu tom deve ter soado para ela: calmo e frio. Mas sua mente estava em Avery e no que ela perderia se a verdade sobre o desaparecimento de Sheffield Grayson fosse revelada.

Ele parou o carro em frente a uma grande casa de estuque. O design era toscano, marcante e de bom gosto. Se Gigi se perguntou como ele sabia onde ela morava, não demonstrou. Em vez disso, ela puxou uma corrente delicada de debaixo de sua camisa verde-água.

Na ponta da corrente, havia uma chave. *Uma chave de cofre.*

— Encontrei isso *dentro* do computador do meu pai. — Gigi olhou suplicante para Grayson. — Eu sou boa com computadores. Acho que ele queria que eu achasse, sabe? Para encontrá-lo.

— Você deveria dormir um pouco.

— Depois de seis xícaras de café da prisão? — Gigi jogou o cabelo para trás. — Tenho certeza de que eu poderia voar.

Grayson observou a altura do telhado da residência da família Grayson.

— Você não pode. — Seus olhos cinza encontraram os azuis brilhantes dela. Aquilo poderia muito bem ser um adeus. — Você não pode voar. Você não pode continuar invadindo bancos. Não pode, Juliet.

Ela fechou os olhos.

— Meu pai me chamava assim, sabe. Era o único. Desde os dois anos digo que sou Gigi e fiz todo mundo me chamar desse jeito, à força ou por vontade própria. — Ela abriu os olhos azuis de novo, brilhantes e claros e duros como o aço. — Eu sou assim.

Ela não vai parar. Grayson pensou nisso por alguns instantes.

— Você pode pelo menos me dizer seu nome? — perguntou Gigi.

Era óbvio que ela não o tinha reconhecido. *Não é fã de sites de fofocas de celebridades então.* Ele disse apenas o primeiro nome:

— Grayson.

— Seu primeiro nome é, *por pura coincidência,* o mesmo que meu sobrenome? — Gigi olhou para ele. — Não me leve a mal, "Grayson", mas acho que você poderia aprender algumas lições sobre como ser sorrateiro.

Ah, se ela soubesse.

Capítulo 11
GRAYSON

Vinte minutos depois, Grayson estacionou a Ferrari no Haywood-Astyria e deixou os manobristas do hotel brigarem por sua chave.

— Nome?

Em vez de responder à pergunta do recepcionista, Grayson tirou da carteira um cartão preto com borda dourada. Ele o colocou sobre o balcão.

— Seu nome, senhor? — perguntou o recepcionista de novo, mas mal conseguiu terminar de formular a frase antes que uma mulher com olhos de águia, o cabelo preso em um coque elegante, se aproximasse.

— Eu cuido disso, Ryan. — Ela pegou o cartão, não um cartão de crédito, mas uma chave para uma suíte designada neste e em todos os hotéis sob a mesma propriedade no país. Se a suíte estivesse ocupada, seria desocupada em breve, a menos que seu ocupante tivesse o mesmo cartão que Grayson acabara de exibir.

O que era difícil.

— Você vai ficar conosco a semana toda? — A indagação foi educada, discreta. Ela não perguntou o nome dele.

— Só uma noite — respondeu Grayson, mas não tinha tanta certeza da resposta quanto parecia. Tinha muita coisa para pensar após o encontro com Gigi, e poucas dessas coisas eram boas. — A piscina está aberta? — retribuiu a pergunta.

— Claro — respondeu a mulher.

Grayson olhou nos olhos dela, tranquilo.

— O que é preciso para que ela não esteja?

Natação, assim como violino, espadas, lutas com facas e fotografia, estava entre as seleções que Grayson havia feito em um dos rituais anuais de aniversário do avô. Ele quase fora convocado para as Olimpíadas certa vez. Agora, tudo o que queria era nadar até que seu corpo cedesse — mais rápido, mais forte, enfiando-se na água, seu ritmo punitivo, impossível de se manter.

Ele o manteve.

Com os pulmões e os músculos queimando, Grayson não precisava pensar em Gigi, em quartos de hospital cheios de balões e pais que se sentavam na primeira fila nos jogos. No cofre. Na chave que Gigi usava no pescoço.

A maioria das pessoas considerava que o poder e a fraqueza eram opostos, mas Grayson havia aprendido logo cedo que o verdadeiro oposto da fraqueza era o *controle*.

Ele não tinha certeza de quantas vezes o celular havia tocado até que o ouvisse. Com o corpo gritando, ele nadou até a beira da piscina e checou suas mensagens. Tinha três novas mensagens de voz e duas mensagens de texto de Xander.

A primeira mensagem dizia: *Me ligue de volta em dez minutos, ou vou encher seu correio de voz com canto tirolês.*

A segunda mensagem era um lembrete: *Eu não sou bom em canto tirolês.*

Na suíte do cartão preto, Grayson tomou um banho breve e escaldante. Ele enrolou uma toalha em volta do corpo e fez o sacrifício.

— Estou bem — disse imediatamente, assim que Xander atendeu a ligação.

— Você está em Phoenix — respondeu Xander, alegre.

Grayson fez uma nota mental para escanear seus eletrônicos em busca de softwares de rastreamento.

— Você sabe que eu sei quem mora em Phoenix, certo? — provocou Xander. — Me permita lembrar você que sou um bom ouvinte. Um ouvinte muito bom que não contou para Jameson, Avery ou Nash onde você está. Ainda.

O *ainda* era uma ameaça tão grande quanto o canto tirolês. Grayson sabia que nenhum dos dois teria sido eficaz se ele não quisesse, de certo modo, falar.

— Sheffield Grayson era casado quando fui concebido. — Grayson começou com fatos, os óbvios. — Ele dormiu com Skye para irritar nosso avô, porque o culpava pela morte do sobrinho Colin.

— O incêndio na Ilha Hawthorne — concluiu Xander baixinho.

Grayson curvou o pescoço.

— O incêndio na Ilha Hawthorne — confirmou. Grayson nunca se iludira pensando que seria procurado pelo pai misterioso caso ele soubesse de sua existência. Mas também não esperava ser *odiado*.

— Alguns anos depois da morte de Colin — contou com calma para Xander —, meu pai e a esposa dele tiveram gêmeas. Meninas.

— Você tem irmãs — declamou Xander alegremente.

A existência das gêmeas não era novidade para ele. Nada daquilo era.

— Eu tenho responsabilidades — corrigiu Grayson. — O pai delas está morto. — No espelho, os músculos de sua clavícula estavam tensos. — As gêmeas não sabem que tipo de homem ele era nem o que aconteceu com ele. — Grayson engoliu em seco. — Elas nunca podem saber.

— Por que você está em Phoenix, Gray? — perguntou Xander calmamente.

— Uma das garotas teve problemas. Fui avisado sobre o problema e vim aqui para resolvê-lo.

Ele praticamente podia ouvir Xander revirando aquela informação.

— E resolveu?

Todo o corpo de Grayson doía.

— Não.

Gigi não estava mais sob custódia da polícia. Pela forma como fora autorizado a sair da delegacia com ela, Grayson duvidava que a papelada fosse preenchida. Mas a verdadeira situação? Isso estava longe de ser resolvido.

Grayson contou a Xander o que havia descoberto.

— Não sei o que tem dentro daquele cofre — concluiu —, mas se houver *qualquer* chance de que ligue Sheffield Grayson ao bombardeio do avião de Avery ou ao sequestro dela...

— Avery poderia ser acusada — completou Xander — do desaparecimento dele.

— Não posso permitir que Gigi abra esse cofre — advertiu Grayson, as palavras saindo com a força de uma promessa. Já havia falhado em proteger Avery uma vez. *Mais de uma vez.* Não falharia com ela de novo.

— Então, qual é o nosso jogo? — perguntou Xander.

— Não tem nada de *nós* aqui, Xan. — Grayson ficou de costas para o espelho. — Só eu.

— Só você. — Xander estava sendo muito agradável. — E suas irmãs.

Não temos nada em comum a não ser o sangue. O pensamento foi deliberado, medido, mas seu propósito se perdeu por completo quando Xander falou em seguida.

— Como ela é, a que você conheceu?

Grayson manteve sua resposta breve.

— De certa forma, ela me lembra você. — Talvez isso explicasse por que já se sentia tão protetor em relação à garota.

— Você vai ter que mentir para ela. — O aviso no tom de Xander era claro. — Sabotá-la. Ganhar a confiança dela e depois quebrar.

Grayson encerrou a ligação antes de responder:

— Eu sei.

Sem se permitir sentir culpa ou se questionar por um segundo, ele pegou o telefone do hotel e ligou para o saguão.

— No fim das contas — disse, a voz dura —, vou precisar deste quarto por pelo menos uma semana.

ONZE ANOS E DEZ MESES ATRÁS

Era possível entrar na casa da árvore de treze maneiras diferentes — oficialmente. Extraoficialmente, havia muito mais formas, caso a pessoa estivesse disposta a correr o risco de cair. Grayson não se surpreendeu ao olhar para fora e ver Jameson pendurado de maneira precária em um galho, nem ficou surpreso quando seu irmão mais novo conseguiu de alguma forma se catapultar pela janela.

— Você está atrasado — disse Grayson. Jameson sempre estava atrasado. Jameson tinha *permissão* para se atrasar.

— Amanhã, quando tivermos a mesma idade, vou mandar você relaxar. — Jameson pontuou essa declaração pulando para pegar uma das vigas acima, balançando para a frente e para trás e se jogando em Grayson, os pés primeiro; o irmão saltou para fora do caminho.

— Ainda vou ser mais velho que você amanhã — retrucou Grayson. Se Jameson tivesse nascido um dia depois, os dois teriam exatamente um ano de diferença. Mas o irmão *mais novo* nascera em 22 de agosto, um dia antes do primeiro aniversário de Grayson.

Por isso, durante um dia a cada ano eles tinham, tecnicamente, a mesma idade.

— Você está pronto? — perguntou Grayson baixinho. — Para o seu aniversário? — *Primeiro o seu, depois o meu.*

— Estou pronto — declarou Jameson, empinando o queixo.

Pronto para completar oito anos, Grayson traduziu. *Pronto para ser chamado ao escritório do velhote.*

Jameson engoliu em seco.

— Ele vai me fazer lutar com você, Gray.

Grayson não podia contestar essa conclusão. Todos os anos, em seus aniversários, o avô os cumprimentava com três palavras. *Invista. Cultive. Crie.* Eles recebiam dez mil dólares para investir. Podiam escolher um talento para desenvolver ao longo do ano — qualquer coisa no mundo que quisessem aprender a fazer. E recebiam um desafio que devia ser concluído até o próximo aniversário.

Nos últimos três anos, Grayson e Jameson escolheram formas de artes marciais para *cultivar.* É claro que o velhote vai fazer Jameson lutar comigo.

— E então, no dia seguinte — Grayson murmurou —, no meu aniversário, ele vai me fazer lutar com ele.

Era horrível passar um *ano* aprendendo algo para depois perder.

— Você não pode pegar leve comigo, ok? — A expressão de Jameson era feroz.

Se eu fizer isso, o velhote vai perceber.

— Tá bom.

Jameson estreitou os olhos.

— Promete?

Grayson passou o polegar em uma linha pelo rosto, do couro cabeludo até o queixo.

— Prometo.

Não tinha como voltar atrás *neste* tipo de promessa. Era uma coisa deles e só deles.

Jameson respirou fundo.

— Qual foi o seu desafio este ano? O que você teve que criar?

A frequência cardíaca de Grayson disparou com a pergunta. Dali a dois dias, teria que demonstrar ao avô as habilidades que desenvolvera nos últimos doze meses e apresentar a resposta ao último desafio de aniversário.

— Um haicai.

— Um o quê? — Jameson franziu a testa.

— Um poema. — Grayson olhou para baixo. — Haicai é uma poema de origem japonesa, cuja estrutura tem três versos, com um total de dezessete sílabas, divididas em cinco sílabas no primeiro e no último verso e sete no verso do meio.

A definição estava gravada em sua mente.

— Dezessete sílabas? — Jameson ficou indignado. — Você está zoando comigo? É isso?

— Eles têm que ser perfeitos. — Grayson se forçou a olhar nos olhos do irmão. — Foi o que o velhote disse. Não há espaço para erros. Quando você tem só três versos, cada palavra tem que ser a palavra certa. — Ele engoliu em seco. — Tem que ser lindo. Tem que significar alguma coisa. Tem que doer.

— Doer? — Jameson franziu a testa novamente.

Grayson colocou a mão no bolso, tocando o medalhão que estava lá dentro.

— Quando as palavras são verdadeiras o bastante, quando são as palavras certas, quando o que você diz é importante, quando é bonito e perfeito e verdadeiro... *dói*.

Grayson tirou o medalhão do bolso e o entregou.

Jameson o examinou.

— Você teve que gravar as palavras no metal por conta própria?

Grayson negou com a cabeça e engoliu em seco.

— Eu só tinha que ter certeza de que estavam perfeitas antes. — Ele pegou o medalhão de Jameson. — E você? Qual foi o seu desafio?

— Um castelo de cartas. — A expressão de Jameson era assassina. — Tive que usar quinhentas cartas. Sem cola. Sem fita adesiva *nenhuma*. Nada além de cartas. — Jameson desapareceu pela janela da casa da árvore de novo. Grayson o ouviu se movendo em uma das torres e, quando voltou, estava segurando uma câmera sofisticada na mão. — Tinha que tirar uma foto a cada vez que ia bem e a cada vez que falhava.

Sete anos de idade. Quinhentas cartas. Grayson estava disposto a apostar que Jameson havia falhado muito. Ele estendeu a mão para a câmera e, para sua surpresa, seu irmão a entregou. Grayson viu foto após foto. No início, Jameson tentava construir torres mais altas, depois fez com que fossem mais largas.

Cada vez que algo bonito surgia na câmera, a foto seguinte mostrava o chão coberto de cartas. *Tantas vezes.* Havia centenas de fotos na câmera.

Grayson pulou para a última foto. Jameson havia construído seu castelo em forma de L, com cinco andares de altura, encostado na parede de um dos quartos.

— Quando você terminou? — perguntou Grayson, ainda olhando para aquela última foto.

— Ontem à noite — disse Jameson. — Fiz buracos no chão.

Sem fita adesiva. Nada além de cartas. Mas usar o próprio quarto? Grayson conseguia entender como aquilo poderia ser uma área cinzenta — mas mesmo assim!

— Você abriu buracos no piso de madeira? — indagou, meio horrorizado, meio pasmo.

O velho amava a Casa Hawthorne. Cada tábua do assoalho, cada luminária, cada detalhe.

— E nas paredes — acrescentou Jameson, nada arrependido. Ele cruzou os braços. — Já decidiu o que vai fazer com seus dez mil dólares este ano?

Invista.

— Sim — respondeu Grayson — e você?

Jameson assentiu. Pelas regras do jogo, as escolhas que faziam não podiam ser discutidas.

— Acho que só falta decidir qual habilidade vamos escolher desenvolver no ano que vem. Eu estava pensando... — Jameson assumiu uma posição de combate e moveu as mãos para cortar o ar. — Luta com facas!

Os olhos de Grayson foram atraídos de volta para a câmera. Ele pensou em algumas das fotos que Jameson havia tirado — dos sucessos e fracassos — e sentia algo coçar ao pensar nas formas de aprimorar o enquadramento ou, melhor ainda, de tirar fotos das cartas *enquanto* elas caíam.

— Fotografia.

— Nem pensar! — retrucou Jameson na mesma hora. — Nunca mais quero tirar uma foto de novo.

Grayson não colocou a câmera de lado.

— Faça o que você quiser, Jamie. Ninguém nunca disse que precisamos escolher a mesma coisa.

— Tá bom — declarou Jameson —, então eu escolho escalada. — Ele pulou de volta no parapeito da janela. — Porque, ao contrário de outras pessoas nesta casa da árvore, não tenho medo de cair.

Capítulo 12
JAMESON

Desta vez, foi Jameson quem marcou o local da reunião. Ao lado dele, Avery observava o local escolhido: uma cripta medieval do tamanho de um salão de baile, uma misteriosa e elegante câmara subterrânea escondida do mundo.

— Foi esse o lugar que você alugou para a despedida de solteiro do Nash? — Avery adivinhou... corretamente.

Antes que Jameson pudesse responder, Ian passou pela porta e fez questão de observar o espaço cavernoso: colunas de pedra escura se estendendo até um teto arqueado de pedra, vitrais deixando entrar os únicos indícios de luz natural do mundo acima.

— Um lugar interessante para uma reunião.

Jameson deu de ombros.

— Eu sempre fui um pouco exagerado.

— Hummm. — Ian fez um som evasivo, então permitiu que seu olhar pousasse em Avery. — E vejo que trouxe companhia.

Avery olhou fixamente para Ian.

— Jameson me contou tudo.

— Contou, foi? — Os lábios de Ian se curvaram.

Jameson imitou o sorriso dele.

— Duas cabeças pensam melhor do que uma. Nos conte sobre Vantage.

— O que vocês gostariam de saber? Não é bem um castelo. — A palavra *bem* pintou a imagem perfeitamente. — Fica no alto de um istmo na Escócia, com vista para a água. Está na família da minha mãe há muito tempo.

Na América, *muito tempo* podia significar quarenta anos. Mas do outro lado do oceano? Era provável que quisesse dizer séculos, no plural.

— Quando criança, nós passávamos os verões lá — acrescentou Ian. — Mais do que as propriedades do meu pai, Vantage é meu lar.

— Quem são esses *nós*? — Avery pressionou.

— Eu tenho dois irmãos — explicou Ian. — Ambos mais velhos, ambos totalmente irrelevantes para esta história.

— Que história? — indagou Jameson.

— Aquela — respondeu Ian — que eu e você vamos escrever agora. — Havia intensidade naquelas palavras. — Com Avery, é claro — acrescentou.

Eu não disse o nome dela. Jameson não ficou surpreso por Ian saber quem era Avery. O mundo inteiro conhecia a Herdeira de Hawthorne.

— Voltando à nossa *história* — disse Jameson —, você apostou o não-é-bem-um-castelo da sua mãe em alguma cartas boas no jogo?

— Em minha defesa, eu estava muito bêbado e com uma mão muito boa. — Houve um lampejo de algo sombrio nos olhos de Ian. — A escritura de Vantage está, neste momento, nas mãos do Proprietário.

— O homem que comanda o Mercê do Diabo — inferiu Jameson. A antecipação começou a crescer dentro dele. Aquilo era *algo*. — Este Proprietário tem um nome?

— Vários, tenho certeza — respondeu Ian. — Nenhum que tenha me dito. O controle do Mercê troca de mãos a cada cinquenta anos ou mais, uma vez que o Proprietário tenha escolhido um herdeiro. Quando esse herdeiro ascende a Proprietário, ele deixa tudo para trás, inclusive o nome com o qual nasceu. O Proprietário do Mercê do Diabo não pode se casar, ter filhos nem manter laços familiares de nenhum tipo.

Jameson deixou a informação se assentar em sua mente.

— É o Proprietário quem precisamos abordar para nos tornarmos membros?

Ian deu uma risada seca.

— Isso seria impossível. Você deve fazer com que um dos muitos emissários do Proprietário se aproxime de você.

— E como fazemos isso? — Avery foi mais rápida do que Jameson para perguntar.

— Tenho algumas ideias. — Ian virou-se para olhar um dos vitrais. — Mas primeiro, vocês precisam perguntar o que devem fazer *depois* de serem convidados para os sagrados halls do Mercê.

— Perguntar sobre o segundo passo — respondeu Jameson, com ceticismo — antes de sabermos como fazer o primeiro?

Ian abriu um sorriso.

— Depois de se tornar membro e ter acesso ao Mercê, você vai precisar chamar a atenção do Proprietário. Não dos funcionários dele. Não do braço direito dele. *Dele*. Uma vez por ano, há um jogo especial com apostas mais altas, e só quem é convidado pode jogar. — O tom de Ian assumiu a mesma energia e profundidade com que ele falara pela primeira vez com

Jameson sobre o Mercê. — O Jogo pode assumir qualquer forma. Em alguns anos é uma corrida. Às vezes é um desafio físico, às vezes mental. Há anos em que foi uma caçada.

Alguma coisa na forma como Ian disse a palavra *caçada* era perturbadora.

— Se o Mercê é exclusivo — Ian continuou, a voz grave e espessa como chocolate —, o Jogo... bom, ele é extraordinário, e é óbvio que não vou ser convidado este ano.

Porque o que quer que você tenha feito quando perdeu Vantage, foi o que te baniu do clube.

— Você não vai receber este cobiçado convite — respondeu Jameson —, mas espera que eu receba?

Ele tinha dezenove anos e era estrangeiro. *Me parece pedir demais.*

— Um membro existente seria a escolha mais óbvia — observou Jameson. — Mas isso exigiria um favor que você pudesse cobrar, ou um amigo para quem perguntar. — Às vezes, alfinetar uma pessoa fazia com que ela mostrasse o jogo. — Não tem muitos amigos, Ian?

— Estou pedindo pra *você*. — Ian ficou frente a frente com ele, tornando impossível para Jameson desviar o olhar. — Impressione o proprietário. Deixe-o tentado. Faça com que ele não consiga recusar.

Por uma fração de segundo, Jameson sentiu como se estivesse de volta ao escritório de Tobias Hawthorne.

— E se eu conseguir entrar neste jogo — disse ele —, se eu jogar e ganhar...

— O vencedor pode reivindicar qualquer prêmio ganho pela casa no ano anterior. — A boca de Ian formou uma linha sombria. — Duvido que você seja o único atrás de Vantage.

Jameson revirou aquela informação em sua mente.

— Então, pelas minhas contas, tudo o que preciso fazer é ser convidado para ingressar no clube secreto de apostas mais exclusivo do mundo... — Ele ergueu um dedo ao dizer essas palavras, depois um segundo enquanto continuava. — Então, de alguma forma, convencer o líder a me convidar para um jogo privado ainda mais exclusivo que — um terceiro dedo — vou precisar vencer.

— Deem uma medalha para o rapaz — ironizou Ian.

Os olhos de Jameson se estreitaram.

— Isso nos leva de volta ao início. Como exatamente devo ser convidado para me juntar ao Mercê do Diabo?

— Eles deixam americanos entrarem? — perguntou Avery. — Ou adolescentes?

— Historicamente — disse Ian —, não. A associação é estendida apenas aos mais altos escalões da sociedade britânica, com base em uma combinação de poder, status e riqueza.

— Então, por que — indagou Jameson astutamente — o Mercê do Diabo estaria interessado em mim?

Ele era um adolescente norte-americano que *costumava* ser rico, mas o poder, as conexões, o conhecimento, a influência, o apoio institucional — nada disso nunca fora *dele*.

Ao contrário de Grayson, não fora criado para supor que um dia seriam.

Talvez tenha sido isso que permitiu que Jameson respondesse à sua própria pergunta.

— Eles não estariam.

Ian havia dito que Jameson era mais útil para ele como seu filho do que como um Hawthorne, mas agora Jameson entendia que aquela não era toda a verdade. *Ele sabia quem Avery era.* Talvez não importasse que Jameson era um

Hawthorne, mas o fato de estar em um relacionamento com a Herdeira de Hawthorne?

Tinha fortes suspeitas de que isso importava bastante.

— Você queria que eu a arrastasse para isso — acusou Jameson —, era nela que você estava interessado. — Ele se recusou a deixar que aquilo o machucasse.

— Você é meu jogador, Jameson — respondeu Ian. — Mas ela é a sua porta de entrada. Chame a atenção do Proprietário. Façam de vocês dois uma venda casada.

— Não. — Os músculos de Jameson viraram pedra. Ele podia sentir a explosão chegando.

— Jameson. — Avery pôs a mão em seu ombro.

— Não vou usar você, Herdeira.

— Você mesmo disse no terraço: você não vai aceitar. *Nós* vamos. — Avery olhou além dele, para Ian. — Se começarmos a perguntar sobre o Mercê, vamos chamar a atenção do Proprietário?

— De um jeito ou de outro — respondeu Ian.

Jameson não gostou dessa ideia.

— Pense a respeito, Hawthorne. — Avery aproximou-se dele. — Sou uma das pessoas mais famosas e infames do mundo.

— Poderosa — disse Jameson, olhando para ela e apenas para ela. — E rica. Cheia de conexões através de sua fundação multibilionária. E você e eu... podemos fazer muito barulho.

— Tudo que — acrescentou Ian — o Mercê do Diabo não quer.

Jameson se virou para Ian e canalizou o formidável Tobias Hawthorne em sua forma mais aterrorizante.

— Você brincou comigo. Isso não vai acontecer de novo.

Ian colocou uma mão paternal no ombro de Jameson.

— Eu ficaria desapontado se acontecesse.

Capítulo 13

JAMESON

O som dos passos de Ian se afastou lentamente. Oren apareceu na porta e acenou com a cabeça para Avery. Estavam sozinhos. Jameson olhou para o teto alto da cripta, permitindo-se pensar nos próximos movimentos possíveis. Então, voltou a olhar para Avery.

— Quer fazer uma ligação?

Avery sabia exatamente a que ligação ele se referia. Eles saíram da cripta e ela deu o pontapé inicial.

— Alisa? Sabe aquele evento que você estava tentando me convencer a ir? Mudei de ideia. Vai ser bom para a fundação que circule enquanto estiver em Londres.

Alisa Ortega era a advogada de Avery — e da fundação. Na realidade, os serviços de Alisa iam muito além das questões legais. Ela era metade publicitária, metade resolvedora de problemas, aterrorizante por inteiro.

Quando Avery desligou a ligação, Jameson olhou para ela.

— Devo perguntar?

Se Alisa queria que Avery comparecesse a um evento, com certeza era importante. *Do tipo,* pensou Jameson, *que atrai os ricos, poderosos, bem relacionados, famosos.*

Avery foi até Jameson, um inconfundível olhar de *cara ou coroa,* — e passou por ele.

— Anda, Hawthorne — gritou olhando para trás —, de que vale a vida sem surpresas?

Seja lá qual fosse o evento, aparentemente havia um código de vestimenta *bastante* formal. Jameson vestiu o fraque azul-marinho que o pessoal de Alisa havia fornecido e analisou o corte de seu colete verde-claro. Voltando sua atenção para as três cartolas que recebera, para que escolhesse entre uma delas, Jameson sentiu a familiar sensação de energia zumbindo sob sua pele.

Primeiro passo, chame a atenção do Proprietário. Quanto mais impossível fosse o desafio colocado à sua frente, mais o mundo parecia estar sob um formidável foco.

— Eu escolheria o chapéu da esquerda — falou Nash atrás dele —, tem um belo brilho.

Jameson olhou para o irmão.

— Você não escolheria nenhum deles. — O irmão Hawthorne mais velho não era muito adepto do estilo *formal.*

— Não sou você — respondeu Nash.

As palavras eram claras o bastante, mas Jameson ouviu camadas de significado enterradas ali — e as ignorou. Infelizmente, Nash não era facilmente ignorado.

— Conheci Jake Nash e fui embora tranquilo — disse ele, baixinho —, mas você não sou eu, Jamie.

Os olhos de Jameson se estreitaram.

— Presumo que Avery deve ter contado sobre Ian.

— É muito fofo — respondeu Nash — que você pense que preciso da ajuda de alguém para ficar de olho em você.

Os olhos cor de mel encontraram os olhos verdes de Jameson, frente a frente.

Jameson desviou o olhar.

— Sangue não significa família. Eu tenho Avery. Eu tenho todos vocês. Não preciso de mais nada. — Cerrando o maxilar, Jameson voltou sua atenção para as cartolas e escolheu a da esquerda. — Você está certo — acrescentou para Nash —, tem um belo brilho.

Essa conversa acabou. Jameson deixou o irmão para trás, desafiando Nash a dizer mais uma coisa, e foi para o closet se trocar. As portas já estavam entreabertas. Jameson bateu, empurrando uma delas para dentro. Ele viu os estilistas primeiro, depois Avery, e assim que a viu, foi como se não pudesse ver mais nada.

Avery vestia renda branca. O vestido parecia modesto à primeira vista: caía abaixo do joelho, chegava quase à clavícula e tinha mangas que a cobriam do ombro ao cotovelo. Mas *o corte.* Jameson conhecia o corpo dela — cada centímetro dele —, mas se não conhecesse, o vestido faria querer, quase *morrer de vontade* de o conhecer. O tecido sob medida mostrava o volume de seus seios, a localização exata da parte mais estreita de sua cintura. Um cinto preto grosso dividia a metade superior do vestido da parte inferior — e essa parte também não era exatamente frouxa.

Deixava o suficiente à mostra para aguçar a imaginação, para fazer Jameson *querer* imaginar. Os cabelos, penteados para trás, deixavam o rosto em evidência e faziam seu pescoço parecer longo e gracioso. Convidativo.

Quem sou eu, pensou Jameson, *para recusar um convite?*

— E finalmente... — disse um dos estilistas, estendendo uma mão imperiosa. A outra estilista colocou um chapéu nela: branco, com aba larga e assimétrica e uma rosa negra, as pétalas enfeitadas com joias pequenas, fixadas na parte de baixo. Preso no lugar, o chapéu seguia o ângulo da cabeça de Avery, a rosa negra brilhante atraindo o olhar para os olhos dela.

— Já descobriu para onde vamos? — perguntou Avery.

Jameson estendeu a mão e esperou que ela a pegasse. Ele antecipou o toque, então o sentiu em cada centímetro de corpo quando as pontas dos dedos dela roçaram sua palma, elétrica.

Aquele era o começo.

— Será que, por acaso — disse, respondendo ao desafio dela —, vamos às corridas?

Capítulo 14

JAMESON

— **É como o Kentucky Derby** — murmurou Jameson no ouvido de Avery quando eles pisaram em um gramado fabulosamente verde —, mas em uma versão da realeza.

Não era permitida a entrada da imprensa nos arredores da pista de corrida, tampouco de guarda-costas. Oren aprovara a ida de Avery a contragosto, sobretudo porque, pela primeira vez, ela não era o principal alvo ali. *Os ricos, poderosos, bem relacionados, famosos.*

— Pronto para fazer barulho? — murmurou Avery de volta.

Jameson olhou em volta para os presentes, um mar de homens com cartolas e smokings de cauda longa e mulheres impecavelmente vestidas competindo para aparecer na *Vogue*.

— Sempre.

Uma hora depois, o champanhe e o licor fluíam livremente, e a notícia da aparição da Herdeira de Hawthorne se espalhou. Em outras circunstâncias, a presença da realeza de verdade faria este fato ter menor importância. Mas Avery estava nos trâmites iniciais da doação de vinte e oito bilhões de dólares. Fora o fato de que ela tinha um cavalo participante da corrida.

Na verdade, eram *dois*.

— Thamenold teve um bom desempenho ontem. — O nobre cavalheiro que os bajulava naquele instante era um dos muitos que fizeram o mesmo comentário. — Existe alguma verdade nos rumores de que você está querendo abrir mão dele, sra. Grambs?

Thamenold. A mente de Jameson reorganizou automaticamente as letras do nome do cavalo. *The old man*. O velho. Como em tudo que seu avô fazia, havia camadas de significado.

— Você sabe que não se pode acreditar em boatos — respondeu Avery, modesta.

Aquela era a deixa dele.

— Apesar disso — disse Jameson, abaixando a voz, mas mantendo-a em uma altura que todos ao redor ainda pudessem ouvir —, devo confessar que vocês com certeza têm boatos interessantes deste lado do oceano. Lendários, até.

Você não vai perguntar a que estou me referindo, mas também não vai esquecer que mencionei isso.

— E quanto a Lady Monoceros? — perguntou outro senhor mais velho. — Ela está correndo hoje, não está? Apostou no seu próprio cavalo, sra. Grambs?

Avery retribuiu o olhar do cavalheiro.

— Jameson e eu estamos interessados em um tipo diferente de aposta. Ouvimos dizer que Londres oferece algumas... opções muito intrigantes. — O tempo proposital entre uma palavra e outra dizia muito.

— Desculpe, Herdeira. — Jameson levou uma taça de champanhe aos lábios. — Mas não apostei em Lady Monoceros.

Ele esperou que um dos homens mordesse a isca e não se decepcionou.

— Em quem você apostou seu dinheiro então?

Jameson abriu um sorriso.

— Mercê do Diabo.

Ele contou os segundos do silêncio que se seguiu.

— Você quer dizer Duelo do Diabo? — indagou abruptamente um terceiro homem. — Ele teve alguns bons desempenhos.

Jameson deixou mais alguns segundos se passarem antes de erguer a taça mais uma vez.

— Claro. Duelo do Diabo. Erro meu.

E assim foi, encontro após encontro, comentário após comentário, taça após taça. Alguém ali tinha que ser um membro. Alguém ali reconheceria o nome *Mercê do Diabo* e perceberia que ele não havia falado errado. Alguém entenderia o que realmente procuravam quando falavam de boatos e lendas, apostas, intrigas e *opções*.

E ninguém sabe, pensou Jameson, *como esse alguém vai responder.*

Capítulo 15

JAMESON

Na *after party*, os chapéus desapareceram. Nos andares superiores de um clube privado, Jameson e Avery se misturavam com o grupo mais jovem — e solicitavam que todas as fotos postadas on-line tivessem a mesma hashtag: MDD.

Havia mais de uma maneira de chamar a atenção, e quanto mais tentavam, mais vivo Jameson se sentia. Atento a tudo, não ignorou os comentários quando ele e Avery passavam pela multidão de socialites.

— Você viu como ele a beijou na escada mais cedo?

— Ouvi dizer que ele teve uma overdose no Marrocos há alguns meses.

— Você sabe que são quatro irmãos, certo? Você acha que todos eles são *parecidos*?

— Para mim, ela não é tão bonita assim pessoalmente.

— Dá para acreditar que...

Jameson tentou filtrar o que as pessoas estavam dizendo sobre ele, sobre Avery. Ele tentou se concentrar em ouvir algo *a mais*, e um comentário se destacou dos demais.

— Parece que *Aquela Duquesa* decidiu nos agraciar com sua presença.

Jameson seguiu o olhar altivo do orador e viu uma mulher elegante na casa dos vinte anos. Ela era alta e esbelta, a pele de um marrom profundo e usava um vestido amarelo brilhante de corte, comprimento e caimento requintados. Sob um pequeno chapéu amarelo, tranças grossas de tamanhos variados adornavam sua cabeça. As tranças estavam agrupadas na base do pescoço e desciam pelas costas, até os quadris. Mais de uma pessoa parecia observar enquanto a mulher fechava os dedos ao redor da haste de uma taça de champanhe.

Jameson pegou a mão de Avery e traçou um símbolo em sua palma. Era um jogo que jogavam tarde da noite, cada toque em uma mensagem a ser decodificada — neste caso, uma flecha.

Avery sutilmente virou a cabeça na direção que ele havia indicado — em direção *Àquela Duquesa*. No momento em que abriram caminho em sua direção, ela estava parada, as costas apoiadas na parede.

— Deseja mais alguma coisa, senhora? Senhor? — O garçom que foi designado para Jameson e Avery no momento em que eles entraram no clube, obviamente VIPs, apareceu mais uma vez.

Jameson decidiu usar a oportunidade para puxar conversa e olhou para seu alvo.

— O que você está bebendo? — perguntou para *Aquela Duquesa*.

— Prosecco e as lágrimas de meus inimigos. — Sua voz era irônica, o sotaque britânico firme, refinado, aristocrático. — Com um pouco de licor de flor de sabugueiro.

— Você tem muitos inimigos? — perguntou Avery.

A duquesa — supondo que ela realmente *fosse* uma duquesa — olhou para o clube.

— Você sabe como é — disse a Avery. — A presença de alguns de nós é incômoda demais para quem preferiria que não existíssemos.

Já passava da meia-noite.

— Tive uma ideia e você não vai gostar — disse Avery. Ela traçou letra após letra na palma da mão de Jameson. S, E, P...

Ele entrelaçou os dedos ao redor dos dela.

— Você acha que seria melhor nos separarmos.

— Ou eu vou ser a isca, ou não vou — comentou Avery. — E não estarei sozinha. — Ela assentiu com a cabeça em direção à posição discreta que Oren havia assumido nas proximidades. — Me dê dez minutos e, se nenhum dos emissários do misterioso Proprietário me procurar, damos a noite por encerrada.

Jameson não fora feito para ficar fora de cena, para deixar que qualquer pessoa jogasse em seu lugar. Mas ela não era *qualquer pessoa*.

— Dez minutos — murmurou ele. — Estarei lá fora.

Apoiado na parede do prédio, Jameson enfiou a mão no bolso. Envolveu com os dedos um relógio de bolso. Três voltas do ponteiro dos minutos em números específicos e uma mola se soltava, o mostrador do relógio se afastava, revelando um compartimento oculto. Jameson pensou no pequeno objeto atualmente aninhado ali, um objeto do qual ele deveria ter se livrado semanas atrás. *Logo depois de Praga.*

Resistir ao desejo de liberar aquele mecanismo foi mais difícil do que deveria ter sido. *Seis minutos.* Era o tempo que Avery ainda tinha.

— Cansou desse pessoal?

Jameson olhou para cima para ver um rapaz vestido com um sobretudo preto. Levou um momento para reconhecê-lo. *O garçom.*

— Tipo isso.

O garçom se curvou sobre o celular, uma postura que dizia claramente *estou no intervalo de trabalho.*

— Já acabou o trabalho por hoje? — perguntou Jameson. — Ou só está em uma pausa para descansar?

O garçom se endireitou, seu rosto metade na sombra e metade na luz de um único poste por perto.

— Na verdade — disse, parecendo de repente mais alto e com os ombros mais largos ao dar um passo à frente e guardar o celular no bolso —, meu trabalho está apenas começando.

Instantaneamente, a mente de Jameson absorveu uma dúzia de coisas diferentes — sobre seu oponente, sobre o fato de que eles estavam sozinhos na rua, sobre a maneira como a luz da rua piscou de repente.

O cara era mais jovem do que Jameson tinha pensado. Dezessete, talvez? Dezoito no máximo. Mas seus olhos... eles não pareciam jovens. Eram de um castanho vivo e profundo, as pupilas quase desaparecendo nas íris. Ao analisar a forma como falava, parecia britânico; ao analisar sua aparência, era provável que fosse descendente de indianos ou paquistaneses. A gola de seu sobretudo estava aberta. Suas feições eram angulosas e nítidas, o cabelo preto grosso e longo o bastante para formar cachos.

Longo o bastante para agarrar em uma briga. O olhar de Jameson foi para a porta à direita.

— Está trancada — disse o cara a Jameson, mudando o sotaque, ainda britânico, mas bem menos elegante do que um momento antes.

— Você veio atrás de mim — observou Jameson. — Não Avery.

Pareceu que seu oponente deu de ombros, sem ter se movido um centímetro sequer.

— Estão todos de olho nela, e meu empregador teve a impressão de que você poderia ser um grande empecilho.

Jameson ajustou sua postura — ligeira e sutilmente.

— Já me chamaram de coisas piores.

— Meu empregador me pediu para bater um papo com você.

Jameson queria a atenção do Proprietário. Aparentemente, ele conseguira. *Tivemos a atenção dele a noite inteira,* percebeu, pensando no garçom atencioso que parecia ser designado para os VIPs.

— Queremos participar. — Jameson decidiu ir direto ao ponto. — Avery. Eu. O que seria necessário para nos juntarmos ao Mercê do Diabo?

— Receio que *ele* não esteja ligando muito para o que você quer. — O poste de luz se apagou. *Escuridão.* — Onde você ouviu falar do Mercê? — As palavras saíram baixas, ameaçadoras.

— Avery e eu só queremos uma amostra do que o clube tem a oferecer. — Jameson enrolou, deixando seus olhos se ajustarem à escuridão. — Apenas alguns dias. Deve haver algo que seu empregador deseja.

— Eu não saberia. Sou só o mensageiro.

E que tipo de mensagem você foi enviado para transmitir? Jameson nunca fugiu do perigo. Mudou a postura para ficar pronto, absorvendo a adrenalina da mesma forma que alguém que se bronzeia aprecia o sol. *Se você quer dançar, mensageiro, vamos dançar.*

A luz inundou a rua. Avery saiu do prédio. Oren estava bem atrás dela. Ele manteve a porta aberta, garantindo que a rua permanecesse iluminada.

— Apenas um mensageiro — repetiu Jameson. Esse era o resumo que Avery precisava daquela situação.

— E se mantiverem essa postura, não serei o único que vocês conhecerão, sinto dizer — respondeu o mensageiro, voltando ao sotaque refinado do garçom com uma facilidade perturbadora.

— Não estou assustada — disse Avery.

O mensageiro olhou para ela, e a mudança em sua expressão fez Jameson contrair a mandíbula. Quem quer que fosse esse mensageiro em particular, seja lá o que quer que ele fosse capaz, a postura de seus lábios sugeria uma profunda apreciação por mulheres bonitas.

— Tem uma lista, gata — disse o mensageiro a Avery. — Você não quer estar nela.

Jameson deu de ombros discreta e forçadamente.

— Estamos em muitas listas. Saiba que a maioria dos sites de fofocas de celebridades me classifica como o segundo Hawthorne mais gostoso.

Avery revirou os olhos.

— Achei que você ia ficar longe desses sites.

Jameson voltou a olhar para o mensageiro.

— Nunca fui muito bom em me afastar quando deveria. — *Seu empregador estava certo*, seu tom prometia.

Eu sou o empecilho aqui. Ele baixou a voz. — Só queremos um gostinho.

Isso era tudo o que pediam, tudo o que precisavam — por enquanto.

O emissário do Proprietário lançou um olhar de Jameson para Avery, e seu olhar permaneceu nela.

— Vou transmitir sua mensagem. — *A da Avery, não a minha.*

Sem aviso, a porta que Oren havia deixado aberta se fechou, afogando os arredores na escuridão mais uma vez. Dois segundos depois, a luz da rua voltou.

O mensageiro tinha ido embora.

Capítulo 16

JAMESON

A viagem de volta ao apartamento dos Hawthorne pareceu levar uma eternidade, e o hall estava escuro e silencioso quando chegaram. Jameson acendeu uma luz e foi saudado por quatro Post-Its afixados em linha reta na parede mais próxima. Havia uma única palavra escrita em cada um dos rabiscos aleatórios de Xander.

— *Yate* — Avery leu em voz alta. — *Varo. Fugir. Com.*

Ou Xander tentava avisá-los que havia uma pegadinha envolvendo barcos e membros do corpo envergados no futuro deles... ou era um código. Alimentada pelo zumbido persistente de adrenalina dos esforços da noite, a mente de Jameson classificou rapidamente as letras, mudando sua ordem. VER era uma combinação comum, então ele começou por aí.

— *Ver* — adivinhou. — Provavelmente seguido *por* ...

— Tirar o *g* e o *r* de fugir? — murmurou Avery ao lado dele.

Os batimentos de Jameson dispararam. Aquela era praticamente a versão deles de conversa sacana.

— *Fui ver...* — murmurou de volta, o corpo virando na direção do dela — *como tá...*

Quatro letras sobravam. A, G, R, Y. O celular de Jameson tocou assim que ele entendeu a mensagem de Xander.

— Indo embora de Londres tão rápido? — perguntou ao atender.

— Estamos confiando em você, Jamie — respondeu Nash do outro lado da linha.

— Para cuidar de mim?

— Para se lembrar de que você não precisa.

Os músculos da garganta de Jameson se contraíram inesperadamente.

— Você não tem nada com o que se preocupar — disse ele. *Eu tenho Avery. Tenho o Mercê do Diabo. Vou ficar bem.*

— Faça boas escolhas! — Xander gritou ao fundo.

Jameson encerrou a ligação e, no momento seguinte, Oren falou:

— Temos companhia no terraço.

Companhia. De repente, Jameson estava bastante consciente de seus arredores. Cada som. Cada sombra. Cada elemento de segurança que Oren havia organizado.

— Meus homens cuidarão disso — afirmou Oren, mas Avery negou com a cabeça.

— Não — disse ela.

Jameson interpretou isso como uma deixa para se mover em direção ao terraço, seus passos silenciosos, as passadas longas, Avery logo atrás dele.

A porta estava aberta. Jameson saiu antes que Oren pudesse detê-lo.

O mensageiro descansava em uma cadeira, os pés apoiados em outra.

— Seu vizinho tem um excelente gosto para vinhos — declarou, mexendo a taça e indicando com a cabeça a garrafa sobre a mesa. — Mas péssimo gosto para gatos — acrescentou —, os dois não têm pelos. — Ele piscou para Avery. — Eu sempre gostei mais de cachorros.

A personalidade de garçom. O lutador camuflado na escuridão. E agora isso. Jameson sentiu como se tivesse conhecido três pessoas diferentes. Mas os olhos castanho-escuros, o cabelo preto com poucos cachos bagunçado à perfeição, as feições marcantes — eram todos iguais.

— Você invadiu o apartamento do vizinho. — Avery afirmou o óbvio.

— Não invadi nada. — Segurando a taça de vinho entre o polegar e o dedo médio, o mensageiro bateu levemente com os outros três dedos na haste. — A não ser certos corações.

Invadir o apartamento ao lado foi uma brincadeira de criança para você. Jameson de repente teve certeza disso. *Você é um camaleão. Um vigarista. Um ladrão.* Com esse pensamento surgiu uma possibilidade perturbadora.

— Como podemos saber se você trabalha para o Mercê? E se eles estivessem sendo enganados?

— Porque... — o camaleão balançou os pés para fora da cadeira, virando-se ligeiramente e inclinando-se para a frente, os cotovelos nos joelhos — sua mensagem foi recebida. — Ele deixou as palavras pairarem no ar, depois voltou a se recostar. — Ou ao menos — disse para Avery — *a sua* foi.

Ele pousou a taça de vinho e enfiou a mão no casaco.

Em um piscar de olhos, Oren estava parado na frente de Avery. O visitante tirou a mão devagar, brandindo um envelope preto e prateado e deixando-o cair sobre a mesa, com um movimento gracioso e suave.

Jameson chegou à mesa em questão de segundos. O envelope era quadrado e grande. O papel era preto fosco, com um desenho elaborado em relevo: um triângulo prateado cravado em um círculo prateado em um quadrado prateado. Dentro do triângulo, havia outro quadrado, dentro dele, outro círculo. O padrão se repetia várias vezes.

Isso não é prata, Jameson percebeu ao analisar de perto. *É platina.*

— Satisfeito? — perguntou o mensageiro, arqueando a sobrancelha grossa e angulosa. Ele não esperou por uma resposta; em vez disso, voltou seu olhar para Avery. — Uma semana, acesso total. — Ele pegou a taça de vinho e girou o líquido vermelho dentro dela de novo. — E vai custar apenas duzentas mil libras.

Avery ainda não conseguia ouvir um número como esse sem empalidecer. Mas ela contraiu o maxilar.

— Tem que ser para nós dois.

— Não *tem* que ser nada, gata. — Havia um tom de advertência na resposta que Avery recebeu. — Você sabe quão raro é o que está sendo oferecido a você? Quantos homens matariam por isso?

— Isso levanta uma questão, não? — provocou Jameson.

— Não é a forma certa de usar essa expressão — veio a resposta maliciosa —, mas continue.

Os olhos de Jameson se estreitaram.

— Vou pressupor que o Proprietário do Mercê do Diabo não precise de dinheiro. Então, por que oferecer qualquer coisa a Avery por míseros duzentos mil?

— Você não entendeu direito. — A voz do mensageiro ficou baixa e sedosa. — Não é uma taxa. A taxa para ingressar no Mercê do Diabo é muito mais alta. Mas você — ele voltou a olhar para a Avery — não vai ingressar e nem pagar a taxa. Vai ser uma visitante, e o Factótum quer te ver jogar. — Houve uma pausa calculada. — Ele quer te ver perder.

— O Factótum. — Jameson agarrou-se ao título. — Não o Proprietário.

— Receio que nenhum de vocês chegue ao nível de merecer a atenção do Proprietário. O Factótum é o segundo em comando. Ele dirige grande parte do Mercê, dia após dia.

— É para ele que você se reporta? — perguntou Avery.

— Ele — acrescentou Jameson —, que quer nos ver perder.

— Quer ver *Avery* perder — corrigiu o mensageiro. — Mas o Factótum já esperava pelo seu pedido em relação ao sr. Hawthorne, sra. Grambs. Se deseja que seu status de membro visitante muito temporário seja estendido a uma segunda pessoa, vai custar caro. Quinhentas mil libras perdidas nas mesas do Mercê ao longo de três noites.

Esse era o tipo de número que nem mesmo Jameson poderia ignorar.

— Por que ela concordaria com isso?

O camaleão sorriu.

— Essa é a pergunta, não? — *Eu sei,* aquele tom de voz dizia, *que você quer mais do que pediu. Sei que você tem segundas intenções. Sei que você não está mostrando sua mão.*

— Você disse que devo perder o dinheiro em três dias — observou Avery. Ela falou devagar, mas Jameson podia ver sua mente trabalhando depressa. — Mas teríamos acesso ao Mercê do Diabo por uma semana.

Jameson ouviu o que ela estava de fato dizendo, o que havia percebido.

— Podemos recuperar o dinheiro. — Essa declaração não foi contraposta nem corrigida, e Jameson imaginou o cenário em sua mente. *Entre. Perca dinheiro. Ganhe de volta. Chame a atenção do Proprietário... e ganhe um convite para o jogo.*

— O que o Factótum ganha com isso? — Jameson fora criado para fazer as perguntas certas.

— Eu não saberia dizer.

Jameson procurou algum tipo de sinal no rosto de sua presa e não viu nada.

— Mas se fosse especular — acrescentou o mensageiro calmamente — diria que o Factótum está caçando.

— Caçando o quê? — perguntou Avery.

— Um novo membro — adivinhou Jameson, desafiando o visitante a afirmar que estava errado —, você é a isca, Herdeira. — A conclusão não era nada absurda. — Cheia de dinheiro. Jovem.

— Uma garotinha impetuosa e superconfiante. — Os olhos de Avery se estreitaram. — O que acontece se precisarmos de mais de uma semana?

— Interessante ter escolhido a palavra *precisar*. — O mensageiro deixou essa observação pairar no ar, então indicou com a cabeça para o envelope marcado com platina. — Dentro vocês vão encontrar um acordo de confidencialidade. É melhor que assinem. — Ele enfiou a mão no casaco de novo e retirou uma caneta. Como o envelope, parecia ser feita de platina. Sua superfície era ricamente gravada, o desenho tão incompreensível para Jameson quanto hieróglifos.

Avery abriu o envelope. Ela leu o documento que estava lá dentro — uma única página.

—Aqui só fala da confidencialidade. E o resto dos termos?

— Quinhentas mil libras perdidas nas mesas ao longo de três noites, em troca de uma semana de acesso. Esses são os termos, jurados sobre a sua honra... e sobre a dele.

Dele. Havia certa ênfase nessa palavra, como se o Factótum fosse tão majestoso na vida de seu garoto de recados quanto Tobias Hawthorne fora para seus netos. *Se o Factótum exige esse tipo de respeito... quão poderoso é o Proprietário?*

Jameson optou por deixar essa pergunta de lado e fazer outra.

— Qual é o seu nome?

— Rohan. — Havia algo brusco e sagaz em seu rosto conforme falava. — Não que isso importe.

— Bom, Rohan — disse Avery —, pode dizer ao seu chefe que o acordo está fechado. — Ela pegou a caneta e assinou.

Rohan desviou o olhar para Jameson.

— Se quiser jogar, vai ter que assinar também.

Avery colocou a caneta na mão de Jameson. Ele a girou em seus dedos, absorvendo cada elemento do desenho, guardando-o na memória.

E então assinou.

Capítulo 17

GRAYSON

Grayson sabia que todo problema tinha soluções, no plural. Cair na armadilha de presumir que existe apenas uma pode impedir de ver a combinação ideal. Problemas complexos eram fluidos, dinâmicos.

Gigi era um problema complexo.

Depois de passar as vinte e quatro horas desde que a deixara em casa esperando pela hora certa e analisando todos os ângulos, Grayson sabia que a solução mais óbvia era fazer com que ela perdesse a chave que usava pendurada no pescoço. Nenhuma chave, nenhum acesso ao cofre, nenhuma evidência ou revelação inconveniente. Mas havia outros caminhos possíveis, já que Gigi também não fazia ideia de qual era o cofre do pai.

Ficar de olho nela. Avaliar a melhor estratégia para roubar a chave. Impedir que ela descubra em que nome está o cofre. Todos esses caminhos exigiam se aproximar dela de novo. Felizmente, a internet tornava isso fácil. Foi bastante simples encontrar a rede social em que Gigi Grayson era mais ativa, criar uma conta e escrever uma mensagem para ela.

@OMGiGi. Grayson leu o nome de usuário e debateu a melhor abordagem. *Preciso ver você de novo.* Aquilo era direto, muito direto — mas e se ela achasse que era algo romântico? Grayson estremeceu. *O efeito do café já passou?* Parecia mais brando, mas será que também poderia ser entendido como flerte?

Havia algumas desvantagens significativas nesse pretexto.

Você já ouviu falar de Kent Trowbridge? Grayson escreveu — sem que nada ficasse subentendido — na caixa de mensagens e enviou. Enquanto esperava por uma resposta, decidiu pesquisar um pouco sobre o homem para quem Gigi havia ligado em busca de ajuda.

O homem que a deixara na delegacia durante a noite e grande parte do dia seguinte aparentemente sem nem mesmo informar à mãe que ela estava sob custódia policial.

Com enorme eficiência, Grayson examinou os resultados da pesquisa. Como Gigi havia indicado, Kent Trowbridge era de fato um advogado. Bastante proeminente. Antes que Grayson pudesse cavar mais fundo, Gigi respondeu sua mensagem.

Grayson abriu e olhou para a tela. Ela havia enviado… uma foto de um gato? Um gato laranja gordo deitado de costas com as patas no rosto. Letras grossas na parte inferior da imagem diziam: QUENHÉ VC?

Grayson digitou uma única palavra: o primeiro nome dele.

Vai continuar com isso, hein?, foi a resposta de Gigi. Antes que ele pudesse começar a digitar novamente, uma enxurrada de outras mensagens chegou.

@OMGiGi: *Me pergunte sobre meu superplano, "Grayson".*
@OMGiGi: *Pensando melhor, vou contar pessoalmente.*
@OMGiGi: *Você vai vir aqui, né?*
@OMGiGi: *Meu pai ia querer que você viesse.*

Grayson se concentrou no fato de que ela havia feito o convite, não na referência ao pai. Antes que pudesse aceitar, ela enviou uma foto de outro gato: branco, peludo, miando.

@OMGiGi: *Esse gato quer que você venha.*
@OMGiGi: *Já deixo avisado: tenho um suprimento ilimitado de gatos.*

Grayson riu. *Espero que você esteja se referindo a fotos de gatos*, ele respondeu.

@OMGiGi: *Talvez! Talvez não. Venha e descubra.*

Grayson sentiu uma pontada de culpa ao se lembrar do aviso de Xander. *Você vai ter que mentir para ela. Sabotá-la. Ganhar a confiança dela e depois quebrar.* Não parecia nada difícil ganhar a confiança de Gigi. Parte de Grayson sentia vontade de se sentar com ela e fazê-la entender que precisava ser mais cuidadosa.

Ela nunca deveria ter entrado em um carro com ele.

Ela não deveria estar convidando-o agora.

Mas o máximo que Grayson podia se permitir eram duas mensagens, uma após a outra. Dois avisos.

@NonErrata575: *Você confia muito fácil nas pessoas.*

@NonErrata575: *Tenho meus próprios motivos para procurar seu pai.*

@OMGiGi: *Um tanto perversa essa frase! Mas eu não me importo! O importante é que você esteja procurando.*

Grayson olhou para a tela, sua mandíbula tensionando. Era uma vantagem que Gigi acreditasse que eles queriam a mesma coisa. Não deveria doer. *Você não devia acreditar em mim,* ele pensou, e então, para evitar a mais remota chance de que ela achasse homens perversos um pouco intrigantes *demais,* ele mandou outra mensagem por precaução.

@NonErrata575: *Só para avisar, eu tenho namorada.*

Pronto. Aquela mentira garantiria que Gigi Grayson não tivesse ideias inapropriadas sobre o estranho sombrio e misterioso disposto a se juntar a ela nessa busca.

Em resposta, Grayson recebeu treze fotos de gatos.

@OMGigi: *A propósito, você quer ser Sherlock ou Watson?*

Capítulo 18

GRAYSON

Grayson passou pelo portão aberto com a Ferrari, seguindo pela longa estrada que levava à mansão Grayson. O design de estuque todo branco era quase obsessivamente simétrico, as telhas de terracota no telhado combinando com perfeição com os tijolos vermelho-argila que revestiam o caminho.

Grayson diminuiu a velocidade ao passar por uma enorme fonte. Calculou a altura que a água jorrava e analisou as esculturas de bronze que saíam dela: uma águia e um cisne. Ao sair da Ferrari, Grayson se pegou pensando em Sheffield Grayson — e na única vez em que se conheceram. *Eu construí três empresas diferentes do zero,* declarara o homem. *Você não conquista o que eu conquistei sem ficar de olho em incidentes em potencial. Riscos em potencial.*

Era isso que Grayson representara para seu pai — tudo o que representara. Um risco.

— Então, eu andei pensando! — Gigi saiu de trás de uma palmeira como se fosse a coisa mais natural do mundo. —

Você perguntou sobre o sr. Trowbridge, certo? E você sabe que eu liguei para ele quando fui presa e ele não fez praticamente nada... Tipo, ele nem contou pra minha mãe?

O tom de voz de Gigi e a velocidade com que ela falava fazia com que tudo soasse como uma pergunta sem deixar tempo para resposta.

— E se ele souber do cofre? E se tiver registrado o nome que meu pai usava para abri-lo?

Grayson tinha certeza de que Trowbridge havia, de fato, feito *algo* quando Gigi foi levada sob custódia da polícia, porque ela não havia sido presa de verdade. Mas naquele instante, se concentrou em levar a conversa para outra direção.

— *Se* for verdade que seu pai tinha um cofre com um nome falso, o que te faz pensar que Trowbridge saberia que nome é esse?

— Não sei. — Gigi emitiu as palavras como se fossem uma rejeição à pergunta de Grayson, em vez de uma admissão de que não havia pensado nisso. — É óbvio que meu pai estava tomando cuidado. — Gigi baixou a voz. — Talvez tenha algo a ver com os caras de terno.

Só demonstre surpresa quando for vantajoso fazê-lo.

— Que caras de terno?

— Quem pode dizer? — Gigi deu de ombros de um jeito fofo. — Só os vi uma vez quando vieram falar com minha mãe. Era para eu estar na escola, mas eu sou contra educação e também estava com cólicas, então... — Ela deu de ombros de novo.

— Homens de terno vieram até sua casa? — Grayson a forçou a se concentrar. — E falaram com a sua mãe.

— Depois que eles saíram, ouvi ela chorando. Contei para a Savannah, e ela disse que não devia ser nada, mas mesmo que alienígenas pousassem em cima do pórtico, Savannah ainda ia dizer que não era nada.

Havia um número limitado de possibilidades para o cenário que Gigi havia descrito com os "homens de terno", e nenhuma delas era boa. *Nota para mim mesmo*, pensou Grayson, *demitir Zabrowski*.

— E se os alienígenas pousassem no pórtico — acrescentou Gigi, animada —, você sabe para quem a família Grayson ia ligar? *Sr. Trowbridge*. Então seria bom acharmos um jeito de ver os arquivos dele. Se encontrarmos o nome, *bum!* Voltamos ao banco e vamos direto até o cofre. E não me diga que a gente não pode porque tenho certeza de que *você* pode.

Roube a chave. Atrapalhe a busca dela pelo nome.

— Presumindo que esse seu plano dê certo — frisou Grayson —, você pretende voltar ao banco onde foi presa recentemente? — Ele enfatizou o tom para fazê-la ficar sem graça, mas ao que tudo indicava, ela era imune à vergonha.

— Vamos falar disso quando chegar a hora. Enquanto isso, é bem óbvio o que temos que fazer a seguir.

Falar com Trowbridge, acrescentou Grayson mentalmente.

— Festejar! — declarou Gigi.

— Acho que *óbvio* não significa o que você acha que significa — informou Grayson.

— Confie em mim — disse Gigi, levando-o até a entrada da casa. — Anda.

Grayson se deixou levar, mas hesitou quando ela abriu a porta da frente para revelar um enorme hall com pilares de mármore. Comparada com a Casa Hawthorne, a mansão Grayson não era nada. A extravagância não deveria tê-lo intimidado nem um pouco.

E não era a *extravagância* que o intimidava.

Meu sobrinho foi a coisa mais próxima que já tive de um filho. Ele podia ouvir as palavras como se Sheffield Grayson estivesse parado ao seu lado.

— Olha, *Grayson* — disse Gigi de um jeito animado —, podemos ficar aqui debatendo se você vai ou não entrar ou se meu plano é genial ou não, ou podemos pular direto para a parte em que você desiste. — Gigi sumiu de vista e voltou um momento depois, segurando o que parecia ser um gato doméstico muito grande que se assemelhava a um pequeno leopardo. — Esta é Katara. Ela é uma fera sexy que adora abraços, mas que *vai* te arranhar se achar que é preciso.

Grayson afastou a voz do pai de suas lembranças. No segundo em que cruzou a soleira, a gata saltou dos braços de Gigi e partiu em uma direção, enquanto Gigi saltitou para outra.

— Aonde você vai? — gritou Grayson atrás dela.

— Festa! — gritou ela de volta, como se isso fosse uma resposta. — Sei de alguém que pode ajudar.

Capítulo 19

GRAYSON

Enquanto seguia Gigi, Grayson decorou a planta da casa. Havia duas pinturas abstratas audaciosas penduradas no corredor à esquerda do hall. Quando ele e Gigi passaram por elas, Grayson notou as pequenas placas de bronze afixadas na parede sob as telas maciças.

Savannah, 3 anos, dizia uma. E a outra: *Gigi, 3 anos*.

Não eram pinturas abstratas então. Pinturas de crianças. Vistas de perto, era óbvio que não havia método algum nas pinceladas, nenhum domínio do espaço em branco ou metáfora visual. As pinturas simplesmente *existiam*.

Grayson desviou o olhar da parede.

— Duas coisas — declarou Gigi ao parar em frente à uma porta no final do corredor. — Não interrompa. E não comente sobre a música. — Ela abriu a porta.

A primeira coisa que Grayson viu foi a si mesmo. *Espelhos*. Três das quatro paredes da enorme sala eram forradas com painéis espelhados, do teto ao chão. A música que Gigi mencionou era clássica — e alta. À primeira vista, seria fácil confundir o espaço com um estúdio de dança, não fossem as marcações no chão e no aro.

    Era uma meia quadra. *Basquete.* Uma garota estava na linha de lance livre. O cabelo loiro-claro trançado atrás de sua cabeça emoldurava seu rosto como um arco de flores. Ou uma *coroa.* Ela não estava vestida para praticar esportes. A saia prateada plissada ia logo abaixo dos joelhos. Estava descalça, um par de saltos pretos ao lado dela na linha. Do outro lado, havia uma prateleira de bolas.

    Enquanto Grayson observava, a garota — presumivelmente a irmã de Gigi — fez três cestas seguidas.

    Não interrompa, Gigi o aconselhou. *E não comente sobre a música.* Parecia vir de todos os lados. *Tchaikovsky,* ele reconheceu.

    Quando restavam quatro bolas, a garota de saia prateada deu três passos para trás. Ela pegou uma bola e a lançou para o alto, direto para a cesta.

    Restam três bolas. Duas. No último arremesso, ela havia ultrapassado a linha de três pontos, e a música havia aumentado em um crescendo doloroso. *Nada além da rede.*

    A música parou de repente. E tão de repente quanto, Savannah Grayson caminhou em direção a eles — e passou por eles — sem dizer uma palavra.

    — O quarto dela é por aqui — anunciou Gigi prestativamente.

    Eles seguiram Savannah pelo longo corredor, só para ter a porta fechada em suas caras.

    — Ela vai sair em um minuto — traduziu Gigi. — E disse que é um prazer conhecer você.

— Pátio. — Essa palavra saiu do outro lado da porta. A voz de Savannah era alta e clara, mas sua entonação era quase... familiar. — Dez minutos.

— Assim foi decidido — entoou Gigi ao lado de Grayson em um sussurro teatral. — E assim será.

O pátio era coberto, ladrilhado e maior do que muitas casas. Grayson contou cerca de trinta lugares para pessoas se sentarem. Havia uma cozinha externa completa, apesar do fato de que a *verdadeira* cozinha podia ser vista através de quatro portas duplas de vidro. Escadas iguais de ladrilhos se estendiam até um segundo andar de cadeiras ao ar livre.

Para sua própria irritação, Grayson se pegou olhando para a piscina. Era mais larga em algumas partes, mais estreita em outras, e curvada como um rio em torno de palmeiras iguais, cada uma delas em frente a uma fogueira. A água parecia azul-escura, e a piscina estava iluminada, mesmo durante o dia.

Uma parte traiçoeira da mente de Grayson evocou a imagem de seu eu mais jovem nadando. Ele tentou direcionar sua atenção para outro lugar, mas seu olhar captou a borda da piscina — e duas pequenas marcas de mãos imortalizadas no cimento.

— Deixa que eu falo — aconselhou Gigi quando o som de saltos batendo contra o ladrilho anunciou a chegada de sua irmã gêmea.

As tranças de Savannah haviam sumido, seu cabelo longo e claro preso por uma faixa prateada. Se Gigi era covinhas e traços animados que pareciam grandes demais para seu rosto, Savannah era ângulos esculpidos em gelo. Tinha as mesmas maçãs do rosto salientes que Grayson, a mesma mandíbula marcada e olhos estranhamente familiares que ficavam entre o cinza prateado e o implacável azul-claro.

Parecia mais delicada nas fotos que ele tinha visto das gêmeas juntas. *Menos parecida comigo.*

— Vejo que temos um visitante. — Savannah continuou em pé para olhar para ele, avaliando-o, então se afundou em uma das muitas cadeiras.

— Sav, este é o "Grayson". Ele está me ajudando a procurar o papai. — As aspas que Gigi colocou em torno de seu nome não passaram despercebidas, mas Grayson estava mais focado na resposta de Savannah.

— Ah, é? — respondeu Savannah. Seus olhos se fixaram nos de Grayson e, embora sua expressão fosse perfeitamente agradável, era o tipo de agradabilidade que o fazia se lembrar de sua tia Zara: um sorriso feminino e aguçado que parecia dizer *posso matar você com um colar de pérolas.* Após medir Grayson da cabeça aos pés e julgá-lo insuficiente, Savannah se voltou para a irmã gêmea. — Eu já disse, Gigi. Papai foi embora.

Gigi soprou uma mecha de cabelo que havia caído sobre seus olhos.

— Ele não iria embora do nada — retrucou, rebelde.

— Iria, sim.

Destemida, Gigi lançou à irmã o mesmo olhar arregalado que usara para obter todo aquele café da polícia.

— O quanto você me ama?

— Essa pergunta nunca é um bom presságio — respondeu Savannah.

— Grayson e eu vamos dar uma festa, mas o problema é que... meio que precisamos da ajuda de Duncan.

— E Duncan seria... — solicitou Grayson.

— O namorado de Savannah — explicou Gigi. — Duncan Trowbridge.

De repente, a insistência de Gigi de que uma festa era o próximo passo óbvio fez mais sentido. Se ela pudesse convencer o jovem Trowbridge a dar a festa na casa *dele...*

Savannah colocou a mão esquerda no joelho e a direita no pulso esquerdo. *Equilíbrio. Elegância.*

— Claro, Gigi. Deixei meu celular no quarto, se você quiser ir buscar.

Gigi sorriu para a irmã e partiu em seguida, deixando Grayson sozinho com a gêmea. Savannah estava sentada em sua cadeira como uma rainha em seu trono, deixando o silêncio se estender entre eles.

Era quase cativante a maneira como ela pensava que poderia intimidá-lo.

— Quando ela voltar, você já vai ter ido embora — proclamou Savannah.

— Isso não parece um pedido — observou Grayson.

Savannah voltou seu olhar para a piscina. Um leve vento soprou em seu cabelo, mas nenhuma mecha foi parar em seu rosto.

— Eu pareço o tipo de garota que faz *pedidos*?

Grayson pensou se deveria vê-la afundar, tentativa após tentativa. Algo se contorceu dentro dele, fazendo-o sentir um desejo inexplicável de protegê-la de si mesma. *Se você nunca ceder, Savannah, um dia você vai desabar.*

— Minha irmã gêmea é uma pessoa sociável que sempre se agarra às piores ideias como se fossem grandes amigas. Controle não é o forte dela.

— Então você a protege. — Grayson manteve a voz firme por pura força de vontade.

Savannah se levantou e deu um passo em direção a ele, os saltos batendo de forma audível no ladrilho.

— Eu sei quem você é, Grayson Hawthorne.

De alguma forma, aquilo não o surpreendeu. Ele tinha a sensação de que Savannah Grayson sabia muito mais do que a maioria das pessoas acreditava.

— Você me entendeu? — A voz cristalina de Savannah ficou baixa, os olhos prateados fixos nos dele. — *Eu sei*.

Grayson pouco a pouco entendeu tudo. Ela não sabia apenas quem ele era. Sabia o que ele representava para *ela*. E mesmo que Grayson fosse capaz de manter os batimentos cardíacos estáveis em um elevador de vidro no meio de um terremoto, não podia ignorar isso. Ele não permitiu que sua expressão mudasse. Não permitiu que uma houvesse uma única brecha em sua máscara de ferro — na aparência. Mas *sentiu* a dor causada pelas palavras dela.

Savannah sabia, e ela claramente não o considerava... nada.

— Sua irmã foi presa — contou para ela. Sem deixar um pingo de emoção transparecer em seu tom. Ele se certificou disso. — Ela passou a noite de anteontem na prisão. Fui eu quem a tirou.

— Não é seu trabalho cuidar da *minha* irmã.

Não era novidade para ele que nada ali era *dele*.

— Ela parece decidida a criar problemas para si mesma. — disse Grayson, como uma observação e nada mais. — Ela acredita que seu pai não foi embora de repente.

— Ela acredita — retrucou Savannah, com o queixo erguido — que nosso pai jamais trairia nossa mãe. Mas aqui está você. — Ela o olhou de cima a baixo e deu um único e majestoso aceno de cabeça. — Como eu disse, quando ela voltar, você já vai ter ido embora.

Isso não vai acontecer, Savannah. Grayson não tinha intenção de partir até que a situação com Gigi fosse resolvida.

— Não vou repetir — acrescentou Savannah lentamente. — *Caia fora.*

— Nunca anuncie o que você não vai dizer a alguém — aconselhou Grayson. — Isso faz o foco ficar em você e é um blefe que você pode não conseguir manter. É melhor se concentrar na outra pessoa.

— Você não vai querer me obrigar a repetir.

Grayson inclinou a cabeça.

— Melhor assim.

— Você não é bem-vindo aqui. — Savannah conseguiu fazer essa declaração soar convincente. E tudo que Grayson conseguia pensar era que ela tinha os mesmos olhos que ele.

— Já chega.

Savannah virou a cabeça na direção das portas de vidro abertas, da cozinha e da mulher que estava parada ali.

— Mãe. — A máscara de gelo dela começou a derreter: os olhos se arregalando, os lábios franzindo para baixo. — O que você ouviu?

— Nada que eu não soubesse, querida. — Acacia Grayson se virou calmamente na direção do filho do marido. — Por que você não vai ver como sua irmã está — disse para Savannah — e me deixa falar a sós com nosso visitante?

Capítulo 20

GRAYSON

Acacia fechou as portas do pátio, isolando-se com Grayson na cozinha. Ela tinha o cabelo loiro do mesmo tom claro de Savannah. Era mais alta do que a mãe dele e muito magra.

Pensar em Skye era sinônimo de abrir velhas feridas, então ele só não pensava nela.

— Há quanto tempo você sabe? — Grayson não planejava assumir o controle da conversa com a esposa de seu pai, mas era difícil ignorar velhos hábitos.

— Sobre você? — Acacia caminhou para se sentar próxima à uma mesa redonda de vidro. — Não faz muito tempo. Gosto de pensar que, se soubesse antes, poderia ter influenciado Sheff a fazer a coisa certa. — Ela fechou os olhos por um momento, e Grayson se pegou pensando inexplicavelmente em pinturas infantis e pequenas marcas de mão no cimento. Era bem provável que ambos fossem obra dela. — Eu gosto de acreditar — acrescentou Acacia calmamente — que sou o tipo de pessoa que nunca responsabilizaria uma criança pelas ações de seus pais.

Traição. Um caso. Era a essas ações que ela se referia. Afastando todos os outros pensamentos, Grayson sentou-se em frente a Acacia.

— Eu não julgaria você por me odiar.

— Eu não odeio. — Acacia olhou para baixo. — Vinte e dois meses. Essa é a resposta direta à sua pergunta. Descobri sobre você no dia do funeral da minha mãe, vinte e dois meses atrás.

Grayson fez as contas sozinho. Vinte e dois meses atrás, Sheffield Grayson ainda estava vivo — e o velho também. *Quem contaria uma coisa do tipo para uma pessoa no dia em que ela está enterrando a própria mãe?*

— Não estou aqui para atrapalhar sua família — disse Grayson. Parecia importante ter certeza de que ela entendia isso.

— Se você quer conhecer as garotas, Grayson, não vou impedir.

Não é para isso que estou aqui. Não é disso que se trata.

— Gigi não sabe quem eu sou.

Acacia deu um suspiro trêmulo.

— Eu não deveria me sentir agradecida por isso, mas os filhos olham para você de maneira diferente quando sabem dessas coisas. — Ela olhou para o pátio, onde Savannah já não estava. — E quando sabem que você sabe.

Era óbvio que Savannah se surpreendera ao ver que a mãe sabia, mas o fato de Savannah saber da existência de Grayson não era novidade para a mãe dela.

— Há quanto tempo Savannah sabe sobre mim? — perguntou ele.

— Desde o verão em que fez catorze anos. — A voz de Acacia era firme. — Eu não sabia o que havia mudado na época, mas é óbvio agora.

A mandíbula de Grayson tensionou.

— Ele a fez guardar o segredo dele? — Grayson não disse o nome do pai. Não pronunciaria as palavras *seu marido* para a mulher em frente a ele. Mas seu tom compensava pelas palavras nada específicas que dizia.

— Duvido que Sheff tenha obrigado Savannah a fazer alguma coisa. — A voz de Acacia estava quase calma demais. — Pelo que entendi, meus pais sabiam há muito mais tempo. Desde antes... — Sua mão tremia levemente sobre a mesa. — Desde antes de você nascer. Não sei os detalhes, mas suspeito que minha mãe conversou com Sheff. Consigo ouvi-la dizer para ele que casos eram uma coisa, mas que, pelo amor de Deus, fosse tão discreto quanto meu pai era.

Engravidar a amante não era ser discreto, sobretudo quando o sobrenome dela era Hawthorne.

— O dinheiro era deles, sabe como é. — Acacia ficou quieta. O silêncio era pesado. — Tudo isso, o financiamento inicial para todos os empreendimentos de Sheff... — Ela engoliu em seco. — Se minha mãe confrontou Sheff, é provável que tenha feito algumas ameaças muito contundentes.

Grayson processou isso.

— Ele me deu a impressão de que tinha subido na vida sozinho.

— Eu não sabia que vocês dois tinham se conhecido. — Acacia olhou para baixo de novo.

Grayson sentiu uma pontada de simpatia, mas sabia que tinha que se antecipar a qualquer pergunta que ela pudesse fazer sobre aquela reunião.

— Meu avô tinha acabado de falecer....

— Sim. Claro. — Acacia piscou rapidamente. — Eu sinto muito.

Ela está tentando não chorar.

— Não tanto quanto eu — disse Grayson para ela. A esposa de seu pai não era o que ele esperava. Ela não o atacou nenhuma vez. Havia algo tão... *maternal* nela.

— Você é bem-vindo aqui, Grayson. — A voz de Acacia estava rouca, mas ela ergueu a cabeça, tensionando o maxilar. — Por quanto tempo quiser.

Grayson não podia permitir que isso significasse mais do que devia.

— Suspeito que Savannah discorde.

— A vida de Savannah se resumia a deixar o pai orgulhoso — explicou Acacia, calmamente. — Era uma bebê cheia de cólicas, tão quietinha e séria quanto uma criança mais velha. E Gigi... não era. — Grayson suspeitava que isso fosse um eufemismo. — Eu costumava me preocupar que Savannah se perdesse. A irmã dela parecia... *parece*... bastante com o falecido sobrinho de meu marido.

Colin, pensou Grayson. *A razão pela qual seu marido estava em busca de vingança.*

— Por ser tão parecida com ele e uma coisinha tão alegre, Gigi tinha Sheff na mão desde o primeiro dia. Savannah sempre pareceu muito consciente disso, mesmo quando bebê. Mas ela encontrou seu caminho. Fez sua primeira cesta quando tinha cinco anos e nunca olhou para trás.

Foi então que Grayson se lembrou de algo.

— Colin jogava basquete. — Depois da morte do sobrinho, Sheffield Grayson fundara uma instituição de caridade esportiva sem fins lucrativos para homenageá-lo.

— E Sheff também, na faculdade. Ele cobrava tanto de Colin, tinha tantas expectativas nele....

E então Colin morreu. Por causa da família Hawthorne.

— Savannah permitiu que ele recuperasse um pouco disso — concluiu Grayson. Era a explicação mais lógica, e ele não era nada senão lógico.

— Tanto quanto qualquer filha fosse capaz. — Acacia respirou fundo. — Savannah vai me julgar por ter continuado com o pai dela após saber disso. Na visão dela, vou parecer fraca. — Ela voltou a olhar para Grayson. — Mas pode ter certeza de que não sou.

Não. Você não é.

— Gigi me disse que alguns homens de terno vieram te visitar recentemente.

Para Acacia, pareceria que aquela informação surgira do nada, mas era essa a intenção. Quanto menos tempo ela tivesse para se recuperar, menores seriam as oportunidades de mascarar suas reações.

— Gigi está enganada.

— Se você precisar de alguma coisa... — disse Grayson devagar.

Gigi deslizou para a cozinha.

— Mandei uma mensagem para Duncan do celular de Savannah. A festa está marcada para amanhã à noite! Enquanto isso, quem está pronto para o passo menos um?

— Passo menos um? — repetiu Grayson.

— Dois passos antes do primeiro passo — explicou Acacia, olhando nos olhos de Grayson com uma mensagem clara e silenciosa: a conversa franca entre eles havia acabado.

— Gigi foi presa. — Savannah não foi até a cozinha enquanto soltava aquela bomba. *Mantendo distância da mãe... e de mim.*

— Até tu, Brutus? — protestou Gigi para a irmã gêmea, então se virou para Grayson, os olhos se estreitando ao perceber de onde Savannah tirara aquela informação. — E até *tu*, Brutus? — Ela repetiu, depois inclinou a cabeça para o lado. — Qual é o plural de Brutus?

— É um nome — comentou Grayson. — Não costuma ter plural.

— Fascinante! — declarou Gigi. — Muito mais interessante do que qualquer coisa que possa ou não ter resultado na ligação para o advogado da família... que, aliás, me deixou na cadeia durante a noite e a maior parte do dia seguinte!

Acacia ergueu a mão.

— Calma aí. Cadeia?

— Já foi resolvido — interrompeu Grayson.

Acacia olhou para ele: em partes, como advertência, em partes, de modo *maternal*. Mas deixou a interrupção passar.

— Que bom então. Vou deixar vocês três darem o passo menos um. Savannah? — Acacia olhou nos olhos da filha. — Seja boazinha.

Capítulo 21

GRAYSON

— **Este é o escritório do meu pai** — disse Gigi a Grayson. Ela fez um gesto para um moderno computador. — Encontrei a chave do cofre aí na semana passada, grudada em uma ficha presa com fita dentro do computador, perto da ventoinha.

Grayson presumiu que Gigi iria, em algum momento, explicar o que eles estavam fazendo no escritório. Por enquanto, ela permitia um vislumbre. E ele aceitou.

— Posso ver a chave? — perguntou, indicando com a cabeça a corrente no pescoço dela.

Roube a chave. Atrapalhe a busca dela pelo nome.

Gigi estendeu a mão para tirar o colar e o entregou a Grayson. Ele examinou a chave. Fazê-la desaparecer era uma opção, mas ainda melhor seria trocá-la por uma duplicata — que não fosse idêntica. *Com poucas diferenças, só para que ela não consiga abrir o cofre.*

— Posso tirar uma foto da chave? — perguntou Grayson. — Quero dar uma olhada nas gravuras aqui. — Ele esfregou o polegar na cabeça da chave, que trazia o nome do banco.

— Pode ser que a chave traga alguma identificação do cofre que ela abre.

— E se a gente tiver *isso* — acrescentou Gigi, cheia de emoção — não vamos precisar descobrir o nome que meu pai usou para ver qual cofre a chave abre.

Dando uma de durão ao ver o sorriso radiante dela, Grayson tirou uma série de fotografias da chave com o celular. Não apenas da cabeça da chave — e não apenas de um ângulo. Se ele pudesse criar uma renderização em 3D, seria fácil fazer uma cópia falsa.

Ele pegou uma das fotos e ampliou nas gravuras para mostrar para ela.

— Você vai mesmo fazer isso — afirmou bruscamente Savannah, ao lado dele — com ela. — Savannah sabia como fazer do silêncio uma arma, mesmo que por poucos instantes. — Porque você não acredita que meu pai iria embora. Não acredita que possa haver outra mulher, porque Sheffield Grayson jamais trairia a esposa.

O tom gélido de suas palavras era nítido. Grayson não se deixou incomodar. Savannah tinha o direito de estar com raiva, e seus instintos estavam certos: *não* deveriam confiar nele.

— Acredito — disse Grayson para ela, com firmeza — que Gigi vai fazer isso com ou sem minha ajuda.

— Afirmativo. — A garota em questão sorriu. — Caótico e bom, seu nome é Gigi. Vamos falar do passo menos um.

Savannah lançou um último e penetrante olhar de advertência a Grayson, então se virou para a irmã.

— Explique.

Gigi estendeu a mão para Grayson.

— Minha chave, por favor.

— Está limpa — disse Grayson, enquanto lhe devolvia o colar. — Nenhum número.

— Mas isso não irá nos impedir! — declarou Gigi. — E antes de vasculharmos o escritório do pai de Duncan e examinarmos os arquivos *dele*, e você pode gritar comigo por causa disso depois, Sav, achei que seria bom analisarmos todas as possibilidades aqui.

— Você ainda não procurou aqui? — disse Grayson calmamente.

— Já — respondeu Gigi, sorrindo. — Vocês dois não.

Se havia algo a ser encontrado ali, a maneira mais fácil de manter fora do alcance dela era se ele mesmo encontrasse.

— Você disse que a chave estava afixada em uma ficha pautada. — Grayson revirou isso em sua mente. — Você ainda tem a ficha?

Gigi arregalou os olhos, então ela praticamente mergulhou para a lata de lixo. Vitoriosa, voltou a ficar em pé.

— Aqui.

Ela entregou a ficha. Grayson notou que havia sido cortada, possivelmente para caber dentro do computador. *Mas por que usar uma ficha?* Ele deu de ombros para que Gigi não desconfiasse.

— É só uma ficha em branco.

Mas assim que ela não estava olhando, ele a guardou no bolso.

— Entrem no modo de busca, pessoal. — Gigi sorriu.

— Não vou ajudar você nisso — disse Savannah para a irmã, enfaticamente.

Gigi deu um tapinha em seu braço.

— Sei que você acredita nisso, mas em algum momento, vai ter que se perguntar: por que você está aqui?

— Porque — disse a gêmea mais alta e mais velha — eu não confio *nele*.

— Não se ofenda — disse Gigi a Grayson. — Ela só quer dizer isso no sentido literal. E quem não tem alguns problemas de confiança bem lá no fundo?

Grayson sentiu as extremidades de seus lábios se contorcerem, querendo se curvar para cima.

— Basta procurar qualquer coisa que possa indicar o nome que meu pai pode ter usado para registrar um cofre secreto — explicou Gigi. — Um documento falso, papel de rascunho, um disco rígido externo. Talvez papelada assinada em outro nome?

— Seu pai tinha um escritório de verdade, fora de casa? — Grayson não deu nenhuma ênfase especial a essa pergunta, nada que pudesse deixar claro que, caso a resposta fosse sim, ele mesmo invadiria o lugar durante a noite.

— Não — respondeu Gigi. — Meu pai vendeu a empresa algumas semanas depois que Grammy foi para o grande brunch de domingo no céu.

Pouco tempo antes de ir atrás de Avery. Grayson preencheu as lacunas.

— Você tentou Colin? — perguntou Savannah a Gigi. A pergunta saiu silenciosa. — Para o nome. — Aquilo, mais do que qualquer outra coisa que Acacia tenha dito, mostrava para Grayson o quanto as gêmeas tinham crescido na sombra do primo há muito morto.

— Muito óbvio — respondeu Gigi, a garganta parecendo apertar enquanto dizia as palavras. — Mas, sim.

Grayson sabia como era se esforçar e se esforçar e nunca ser o suficiente. Perder a pessoa que o *fizera* e viver para sempre com o conhecimento de que ela havia escolhido outra pessoa.

— Se você vai começar com o computador — disse ele para Gigi, energicamente —, vou olhar a mesa.

Não havia nada na mesa. Nem nas prateleiras. Muito menos nas cadeiras e nas mesas de apoio ou nas molduras das paredes. Grayson continuou a procurar com rapidez e eficiência, mantendo um olho nas irmãs enquanto o fazia. Ele removeu os quebra-luzes dos abajures, examinou cada tábua do assoalho com precisão militar. Por fim, voltou sua atenção para a arte: duas grandes pinturas de paisagens nas paredes e uma águia de bronze que combinava com as duas esculturas na fonte do lado de fora.

Nada escondido atrás ou nelas.

Restavam apenas duas fotos emolduradas. Uma era de um adolescente pulando no ar, uma bola formando um arco da ponta dos dedos. A cor da pele era a mesma de Gigi, o cabelo suado com mechas cor de chocolate. *Colin.* Grayson removeu a foto da parede e tirou a parte de trás. Procurou, e, sem encontrar nada, a colocou no lugar. Então ele se virou para a segunda fotografia, um retrato de família. Savannah estava séria, Gigi sorria, as duas vestidas com roupas combinando. Grayson tentou calcular a idade delas. *Quatro, talvez cinco?* Logo atrás, a mãe estava encostada no pai.

Eles parecem uma família. Pareciam bastante felizes. *Normais.* Não houvera nada de normal na infância de Grayson.

Resistindo a esse pensamento, Grayson removeu a moldura da parede e a parte de trás da moldura, sem sucesso. E então ele viu uma fenda na madeira da moldura.

Uma fenda que não tinha por que estar ali.

Grayson passou os dedos pela lateral, cutucando até encontrar o gatilho. Um pequeno pedaço de madeira saltou, revelando um compartimento — muito pequeno — dentro da moldura. Virando-se para encobrir suas ações, Grayson inclinou a moldura para o lado. Um pequeno quadrado caiu.

Um pen drive.

Ele o segurou e, menos de um segundo depois, estava preso no punho de sua camisa. Mais um movimento suave colocou a moldura na posição certa, mas antes que pudesse colocá-la de volta no lugar, sentiu uma das garotas se aproximando. *Savannah*. Sem dizer uma palavra, ela pegou a foto de Colin.

— Não sei qual é o seu joguinho aqui, Grayson, e não me importo.

Será que ela o vira pegar o pen drive? Grayson achava que não, e agiu de acordo.

— Se você está prestes a me ameaçar de alguma forma — disse a Savannah calmamente —, imagino que saiba como me atingir. O que você tem que eu possa querer? O que eu tenho e morro de medo de perder? — Ele olhou nos olhos dela. A sensação era muito semelhante à de olhar em um espelho. — Que tipo de pessoa — continuou ele — sou eu?

Ela ergueu uma sobrancelha delicada.

— Você quer mesmo que eu responda?

Respondendo uma pergunta com outra pergunta. Boa.

— Vocês parecem bem próximos! — declarou Gigi do outro lado do escritório.

— Grayson estava prestes a ir embora — disse Savannah —, não encontramos nada, Gigi. Não tem nada para ser encontrado. Satisfeita?

— Sempre — respondeu Gigi enfaticamente —, mas também nunca! Sou cheia de contradições.

Grayson sentiu outra fisgada ao olhar para ela, ao olhar para as duas — e fez tudo o que pôde para ignorar.

— Acho que acabamos por aqui — disse ele. — Qual é o passo zero?

— O passo entre o menos um e o primeiro! — Gigi explicou, radiante. — Você pega as coisas rápido, meu amigo pseudoanônimo.

— Não tão rápido — interveio Savannah, se enfiando entre os dois —, já está tarde.

Grayson esperou que Gigi protestasse, mas ela não o fez.

— Com certeza. E o passo zero envolve um sono de beleza e escolher a roupa certa, porque amanhã à noite tem festa.

Capítulo 22

GRAYSON

Gigi foi com ele até a porta, mas não o acompanhou enquanto descia os degraus da frente. Enquanto caminhava em direção à Ferrari, Grayson ouviu uma voz mais adiante. *A voz de Acacia.*

— Você a deixou lá a noite toda? *E não ligou pra mim?*

Grayson conseguia ficar imóvel ao menor dos avisos. O completo domínio sob seu corpo tornava muito mais fácil que se camuflasse com o ambiente.

— Ela tem que aprender algum dia. — Aquela voz era masculina, comum. — Você sabe o que teria acontecido se eu não tivesse interferido, Acacia?

Após perceber que ambos estavam dentro do pórtico, Grayson se permitiu dar mais dois passos naquela direção. *Silenciosos. Calculados.*

— Não é seu trabalho ensinar lições às minhas filhas, Kent.

— E essa não é a única coisa que a está incomodando, sra. Grayson.

Trowbridge. Já que era óbvio que os dois se tratavam pelo primeiro nome, o fato de ele ter optado por chamá-la de sra. Grayson parecia proposital.

— Gigi viu os investigadores — admitiu Acacia, a voz tão baixa que Grayson mal podia ouvir. — Estou fazendo o que posso para proteger as meninas, mas...

— Já falamos disso, Acacia. Você não tem recursos para proteger ninguém. Estou fazendo o melhor que posso, mas você sabe...

— *Eu vou cuidar disso*. — A voz de Acacia não soou tão baixa.

— Seus pais não estão mais aqui. Seu marido se foi. E o dinheiro...

— *Eu sei*. — Acacia apareceu, caminhando de um lado para o outro do lado de fora do pórtico.

— Vou fazer o que puder. — Kent Trowbridge saiu logo atrás. Era mais baixo do que ela e parecia ser o tipo de cara que se orgulhava de ser mais malhado do que outros homens da mesma idade. — Você sabe que pode contar comigo, Acacia. Você só precisa de fato contar comigo.

Quando Grayson viu o advogado colocar a mão no ombro de Acacia — perto demais de seu pescoço —, ele deu três passos para a frente, fazendo barulho. Trowbridge tirou a mão na mesma hora. Acacia se afastou dele, e os dois viraram a cabeça em direção à casa.

— Espero não ter interrompido nada. — Grayson não ergueu a voz, mas sabia se fazer ouvir, como o avô. Ele caminhou, sem pressa, até um ponto próximo à Ferrari, então parou e estendeu a mão, forçando o oponente a diminuir a distância entre eles para pegá-la.

— Grayson Hawthorne — disse, olhando nos olhos do advogado.

Ele percebeu que o advogado reconheceu o sobrenome.

— Kent Trowbridge.

Grayson deixou seus lábios se curvarem ligeiramente.

— Eu sei. — Havia poder nessas duas palavras. *Faça eles se perguntarem o que você sabe.*

Trowbridge olhou para Acacia.

— Nos falamos depois — disse para ela.

Grayson só entrou no carro quando o advogado foi embora. Ele não perturbou Acacia com o que tinha ouvido. Em vez disso, enquanto saía da garagem, fez uma ligação.

— Zabrowski, você tem uma única chance de me provar que vale a pena continuar te pagando.

Capítulo 23

JAMESON

Doze horas depois que Jameson e Avery assinaram o acordo de confidencialidade, outro envelope preto apareceu no apartamento. Este apresentava um único fio de platina brilhante, que circundava um selo de cera preta. O desenho impresso na cera era familiar. *Um triângulo dentro de um círculo dentro de um quadrado.* Jameson passou o polegar sobre os contornos, seu cérebro girando as formas, desmontando-as, remontando-as. Ele quebrou o lacre e abriu o envelope para encontrar um convite — também preto, com letras prateadas. Afixada na parte inferior do cartão, havia uma chave pequena, mas ornamentada.

Jameson leu rapidamente as instruções e tirou a chave dourada do cartão, então se virou para Avery, um sorriso elétrico se espalhando em seu rosto.

— Parece que vamos para a ópera.

* * *

— Fecha meu zíper? — O vestido de Avery era preto com bordados dourados, uma estampa delicada e complexa que descia pelas costas, quadris e ia até a barra. Vê-la naquele vestido, aberto nas costas, fez Jameson voltar para as cataratas, faminto por *mais*.

— Com todo o prazer. — Ele se permitiu um momento antes, traçando a mão do pescoço dela até a parte inferior de suas costas, então abrindo os dedos, o calor de sua pele suave e escaldante contra sua palma.

Avery arqueou as costas. Quando falou, sua voz era baixa e áspera.

— *Taiti*. — Quando um deles usava esse código, o código secreto *deles*, o outro tinha que baixar a guarda completamente.

Jameson ficou surpreso por ela ter demorado tanto. Ele se inclinou para a frente, roçando os lábios na orelha dela.

— Você quer que eu *tire minha roupa*? — Ele apoiou o polegar logo abaixo do maxilar dela, para sentir a pulsação.

— Quero que admita que isso é importante para você — disse Avery, inclinando-se sob seu toque.

Jameson a envolveu com o braço livre, puxando-a contra seu corpo.

— Vencer sempre é importante. — Estar com ela daquele jeito... era como vencer, toda vez. — Um desafio impossível — murmurou contra a pele dela —, um mundo escondido. Um jogo secreto. Tudo isso é muito a minha cara.

— E é só isso? Só uma diversão? — Avery virou a cabeça, e Jameson começou a traçar seu maxilar devagar. *Taiti* significava ser honesto, com ele mesmo e com ela. Ele abaixou a mão.

N-Ã-O. Ele desenhou as letras com o dedão nas costas dela.

— Não — murmurou Avery —, isso não é só um jogo ou uma diversão pra você. — Ela fez uma pausa. — É por Ian?

A pergunta o atingiu fundo, mas Avery era macia e quente sob o toque dele, e estava *ali*. Mais seis letras escritas nas costas dela, e ele não conseguia respirar direito. T-A-L-V-E-Z.

— Talvez? — perguntou Avery calmamente.

— Sei que ele só está usando a gente — respondeu Jameson, a voz presa na garganta. — Me usando. — Ela tinha usado o *Taiti*. Ele não poderia parar ali. Um acordo era um acordo. — Talvez, lá no fundo, eu queira provar que o Ian cometeu um erro ao ficar longe todos esses anos. Talvez uma pequena parte de mim queira impressioná-lo. Talvez eu queira *fazer* com que ele me queira, para que dessa vez seja eu a ir embora.

Avery se virou, o vestido ainda desabotoado nas costas, a mão subindo para o rosto dele.

— Você — disse ela, com a voz tão à flor da pele quanto ele se sentia — é um fogo ardente. — Quando ela dizia, ele conseguia acreditar. — Você é uma força da natureza que torna o impossível possível sem pestanejar. Você é brilhante, ardiloso e *generoso*.

Foi na última descrição que ele teve dificuldades em acreditar, foi a última descrição que o destruiu.

— Eu também sou muito bonito — brincou ele, mas as palavras saíram roucas.

— Você — disse Avery, a voz reverberando por cada osso de seu corpo — é tudo.

Ela era. Essa era a verdade.

— Só isso? — murmurou, com um sorrisinho torto.

Ela retribuiu o sorriso como um jogador de pôquer combinando uma aposta.

— Isso não é o suficiente?

Jameson se inclinou para a frente, alcançando as costas dela para puxar o zíper de seu vestido lenta e tortuosamente para cima.

— Sou um Hawthorne, Herdeira. Nada nunca é o suficiente.

Capítulo 24

JAMESON

Eles foram à ópera. Após vinte minutos, de acordo com as instruções que receberam, Jameson e Avery saíram de sua cabine particular e seguiram para o elevador.

— É aqui que abandonamos você — disse Avery a Oren. O convite tinha sido muito claro.

— Não gosto nada disso. — O guarda-costas de Avery cruzou os braços sobre o peito e examinou os arredores. — Mas as ameaças contra você andam em baixa, e se vocês dois vão fazer isso, precisam ir logo, antes que alguém perceba que saíram da cabine.

Segundos depois, Jameson e Avery estavam sozinhos no elevador. Com o coração batendo um pouco mais forte, um pouco mais rápido, Jameson apoiou a chave de ouro que acompanhava o convite no painel de controle do elevador.

Todos os botões se iluminaram de verde-esmeralda.

Ao lado dele, Avery digitou o código que receberam. O elevador ficou escuro como breu. Com um assobio, eles desceram, passando pelo andar térreo, mais longe do que alguém que iria para um estacionamento ou porão. *Para baixo, para baixo, para baixo.*

Quando as portas do elevador voltaram a se abrir, Jameson foi dominado por uma sensação de vastidão avassaladora ao sair para algum tipo de caverna, o som de seus passos ecoando. Avery o seguiu, e uma tocha se acendeu à esquerda deles.

Não é uma caverna natural, percebeu Jameson. *É obra humana. Um túnel.* E cortando aquele túnel havia um rio subterrâneo. Mesmo sob a luz da tocha, parecia preto.

Quando Jameson deu um passo à frente, uma luz suave ganhou vida na beira da água. *Uma lamparina.* Levou um momento para que Jameson percebesse a pessoa segurando a lamparina. *Uma criança.* Jameson julgou que o menino deveria ter entre onze ou doze anos.

Em silêncio, a criança se virou e foi na direção da água — para um barco. Era semelhante a uma gôndola, longa e fina. A criança prendeu a lamparina no topo, pegou um remo e virou-se para os dois, esperando.

Jameson e Avery percorreram o caminho de pedra até o barco. Eles embarcaram. A criança não disse nada enquanto começava a remar, o remo raspando no fundo do canal.

Jameson foi tirá-lo dele.

— Posso...

— Não. — O garoto nem olhou para ele, só apertou o remo com mais força.

— Você está bem? — perguntou Avery, preocupada. — Alguém está te obrigando a fazer isso? Se precisar de ajuda...

— Não — disse o garoto de novo, com um tom que fez Jameson se perguntar se teria subestimado sua idade. — Estou bem. Melhor do que bem.

O rio subterrâneo fez uma curva. O barco contornou a curva e Jameson percebeu que aquela parte do túnel não era feita de pedra comum. As paredes eram pretas, mas parecia que a luz brilhava dentro delas. *Algum tipo de quartzo?* O silêncio cresceu até que tudo o que Jameson conseguia ouvir era o som do barco cortando a água enquanto o menino os levava adiante.

— Somos os únicos aqui — disse Avery baixinho, sua voz ecoando na água. — Aqui embaixo.

— Há muitos caminhos — explicou o menino, algo quase felino em suas feições. — Muitas entradas, muitas saídas. Todos os caminhos levam ao Mercê se você for bem-vindo lá... e nenhum leva se você não for.

O rio fez mais três curvas, e então o barco parou em algum tipo de praia. Tochas explodiram em chamas, circundando o barco, iluminando uma porta. Parado na frente da porta estava Rohan. Ele usava um smoking vermelho com uma camisa preta por baixo e estava como um soldado em posição de sentido, mas a luz das tochas mostrava que sua fisionomia estava bastante relaxada. Satisfeito consigo mesmo. *Como alguém fica quando ganha.*

— Você não devia trabalhar nesta idade, muito menos tão tarde da noite — disse Avery ao menino que os levara até lá. Seu olhar disparou para Rohan. — Se ele te fez pensar o contrário...

— O Factótum não me *fez* pensar nada — retrucou o menino. Seu tom era feroz, o queixo erguido. — E um dia, quando ele for o Proprietário, serei o Factótum dele.

Capítulo 25

JAMESON

Rohan não trabalhava para o Factótum. Rohan *era* o Factótum. *Não era um simples mensageiro.* Enquanto Jameson avançava, as palavras de Ian voltavam à sua mente. Ele dissera que Jameson precisava chamar a atenção do Proprietário. *Não do braço direito dele.* E disse também que a cada cinquenta anos, mais ou menos, o Proprietário do Mercê do Diabo escolhia um sucessor.

— Trabalho infantil? — Avery ficou frente a frente com Rohan. — Isso não pode ser legal.

— Certos tipos de crianças sabem guardar segredos melhor que os adultos. — Não havia um pingo de remorso no tom de Rohan. — O Mercê não pode salvar todas as crianças em situações horríveis que encontra, mas é raro que aquelas que são salvas se arrependam no final.

Jameson ouviu camadas de significado nessas palavras. *Você era uma criança assim, não era?*

Rohan virou as costas para eles e colocou a mão direita espalmada sobre uma pedra preta. Ela ganhou vida, lendo a palma da mão, e eles ouviram o som de uma dúzia de fechaduras sendo giradas. Rohan recuou e a porta se abriu para eles.

— Ouse se deleitar onde os anjos temem caminhar. — A voz de Rohan era quase musical, mas havia algo sombrio em seu tom. *Uma promessa.* Promessa essa que Jameson suspeitava que homens na posição de Rohan vinham fazendo há séculos. — Mas que sirva de aviso: a casa sempre ganha.

Sem hesitar — como uma pessoa *incapaz* de hesitar —, Jameson entrou pela porta. A sala à sua frente era redonda e abobadada, o pé-direito tinha ao menos dois andares de altura, a arquitetura vagamente romana. Mal era possível ver outras portas nas paredes.

Muitas entradas, muitas saídas. Jameson pensou brevemente na Casa Hawthorne e suas passagens secretas labirínticas, e então se concentrou em seus arredores, nas partes da sala abobadada muito mais visíveis do que as portas.

Cinco arcos de mármore altos ressaltavam as aberturas maiores na parede curvada, em intervalos equidistantes ao redor da sala. Cortinas grossas e onduladas pendiam dos arcos, todas pretas, cada uma feita de um tecido diferente. *Veludo, seda...*

Avery parou ao lado dele, e Jameson continuou sua avaliação. O chão sob seus pés era de granito dourado. No centro da sala, havia uma série de colunas em círculo. Metade delas se erguiam até o teto abobadado; a outra metade ia até a altura do ombro de Jameson. Em cima de cada uma das colunas menores, havia uma bacia dourada rasa cheia de água.

Havia um lírio boiando na água de cada uma dessas bacias.

Jameson entrou e, ao fazê-lo, notou o desenho no chão, rodeado pelas colunas. *Uma lemniscata.* O nome formal surgiu em sua mente antes do comum. *O símbolo do infinito.* O padrão foi encravado no granito em preto e branco brilhante.

— Onyx — falou Rohan diretamente atrás de Jameson. — E ágata branca.

Jameson virou, esperando ver Rohan a centímetros de distância, mas percebeu que o Factótum ainda estava próximo à porta.

— Truque das paredes — disse Rohan com um sorriso, depois se virou para Avery e estendeu o braço. — Tenho negócios a tratar, mas o Proprietário me deu permissão para acomodá-los primeiro.

O Proprietário. Jameson tentou não mostrar sua mão com a mera menção do homem, assim como tentou não olhar para Rohan quando Avery o pegou pelo braço e o Factótum começou a conduzi-la ao redor da sala. *Tudo parte do jogo.*

Jameson deu passos largos o bastante para alcançá-los antes que chegassem ao primeiro grande arco.

— O Mercê tem cinco arcos — comentou Rohan, as palavras parecendo ecoar ao redor deles. — Cada um leva a um tipo diferente de entretenimento. — Rohan disse a palavra *entretenimento* com uma espécie de sorriso perverso. Um sorriso travesso.

O tipo que Jameson estava acostumado a dar.

— Cada área é dedicada a um pecado mortal. Afinal, somos o Mercê do Diabo. — Rohan abriu a cortina à esquerda. Mais à frente, Jameson conseguia distinguir dosséis, o que quer que estivesse embaixo deles obscurecido por camadas de chiffon.

— Luxúria? — Jameson tentou adivinhar.

— Preguiça — respondeu Rohan com um sorriso malicioso. — Se relaxamento é o que você procura, temos vários massagistas na equipe.

Jameson duvidava que a maioria dos membros do clube fosse ali para relaxar.

— Gula, a seguir. — Rohan os conduziu até o arco seguinte. — Você verá que nossos chefs são incomparáveis. Todas as bebidas são, obviamente, do melhor tipo e gratuitas.

Ouse se deleitar onde os anjos temem caminhar. O aviso voltou a surgir na mente de Jameson. *Mas que sirva de aviso: a casa sempre ganha.*

A seguir veio o arco número três. Rohan puxou uma cortina de veludo um pouco para trás. No interior havia uma escada em caracol, do mesmo tom dourado do piso de granito do átrio.

— Luxúria. — Rohan deixou cair a cortina. — Há aposentos privados lá em cima. Os membros decidem como... — ele fez uma pausa para que Jameson *imaginasse* — usar essas câmaras. — Os olhos de Rohan ficaram vidrados. — Mas ouse encostar em alguém que não queira ou que esteja embriagado demais para consentir, e não posso garantir que você ainda *terá* uma mão pela manhã.

Restavam apenas dois arcos. Quando se aproximaram do primeiro, Jameson percebeu que a cortina era muito mais pesada do que as outras. Quando Rohan a puxou, o barulho da multidão chegou até eles. Ao passarem o arco, Jameson podia ver o que pareciam ser duas dúzias de pessoas e, além deles, um ringue de boxe.

— Alguns de nossos membros gostam de lutar — afirmou Rohan, demorando-se por um momento nessa palavra. — Alguns gostam de apostar nas lutas. Gostaria de deixar um alerta em relação ao primeiro, ao menos no que diz respeito ao confronto com os lutadores que temos aqui. Aqueles que lutam pelo Mercê nunca recuam. Sangue é derramado. Ossos são quebrados. — Os lábios de Rohan se repuxaram para mostrar os dentes em algo parecido com um sorriso. — É preciso tomar cuidado. Mas se você tiver um desentendimento com outro jogador nas mesas, fique à vontade para resolver no ringue.

— Ira? — perguntou Jameson, a sobrancelha arqueada.

— Ira. Inveja. Orgulho. — Rohan fechou a cortina. — As pessoas acabam no ringue por diversos motivos. — Algo na maneira como Rohan disse isso fez Jameson pensar que o próprio Factótum havia passado um tempo no ringue. — Ao explorar o Mercê, observe que as apostas podem ser feitas em quatro das cinco áreas. Os membros apostam em lutas e nas mesas, é claro, mas há um livro em cada uma das duas primeiras salas que mostrei, e nesses livros acontecem apostas *menos convencionais*. Qualquer aposta escrita em um desses livros e assinada é obrigatória, por mais bizarra que seja. E por falar em apostas obrigatórias... — Rohan pegou uma bolsa de veludo que pareceu ter surgido de repente e a entregou para Avery. — Sua transferência chegou, não rastreável, exatamente como gostamos. Você vai encontrar fichas de cinco mil libras, dez mil libras e cem mil libras aí dentro. Essas fichas *devem* ser entregues para mim no fim da noite. — Seus dentes brilharam em outro sorriso. — Por segurança.

Os três fizeram um círculo quase completo ao redor da sala, até o arco final.

— *Avareza* — comentou Rohan, os lábios se curvando para cima. — Atrás desta cortina, você vai encontrar as mesas. Temos uma seleção bastante eclética de jogos. Srta. Grambs, você deve se concentrar naqueles em que está jogando contra os membros, não contra a casa. E quanto a você... — Rohan desviou o olhar de Avery para Jameson. — Não aposte nada que você não possa perder, Jameson Hawthorne. — Rohan se inclinou para a frente para falar diretamente no ouvido de Jameson, a voz num sussurro sedoso. — Há uma razão pela qual homens como seu pai não podem voltar.

Capítulo 26

JAMESON

Entrar na sala de jogos foi como voltar no tempo, para um salão de baile de épocas passadas. O pé-direito alto fez Jameson se perguntar há quantos metros abaixo do chão estariam. Concentrou-se nessa pergunta para não pensar na mais óbvia: há quanto tempo Rohan sabia que Ian era pai de Jameson?

E o que mais ele sabe? Jameson resistiu ao pensamento. Precisava se concentrar no que importava. *Não deixe nada passar batido. Absorva tudo. Conheça. Use.*

As paredes do salão de baile eram feitas de madeira clara. Molduras de ouro cobriam o teto, como algo saído de um palácio veneziano. O piso de mármore branco brilhante estava parcialmente coberto por um imenso tapete exuberante, cor de safira, com detalhes em dourado. Mesas ornamentadas, obviamente antigas, estavam em posições estratégicas ao redor da sala. Formatos diferentes, tamanhos diferentes.

Jogos diferentes.

Na mesa mais próxima, uma funcionária trajando um vestido de baile à moda antiga entregou dois dados a um homem mais velho.

— Hazard — disse uma voz à esquerda de Jameson. *Aquela Duquesa* surgiu em sua visão periférica. — Esse jogo que você está assistindo? Se chama hazard. — O vestido da duquesa era verde-jade, e o tecido balançava conforme ela se movia, com duas fendas na altura das coxas.

Assim como Avery, ela segurava uma bolsa de veludo.

— É o que veio antes do jogo de dados, ou, como vocês americanos chamam, *craps* — acrescentou a duquesa. — Mas receio que seja um pouco mais complicado. — Ela apontou com a cabeça na direção do homem com os dados. — A pessoa que lança é a lançadora. Ela deve escolher um número que não seja menor do que cinco e que não seja maior do que nove. O número escolhido determina as condições em que você pode ganhar ou perder. Se você não escolher após lançar os dados, o número que cair vai virar parte do jogo também. — Ela sorriu. — Como eu disse, é complicado. Sou Zella.

— Só Zella? — Jameson ergueu uma sobrancelha.

— Sempre acreditei que títulos falam mais sobre o jogo do que sobre o jogador. — Zella deu de ombros discretamente. — Você pode usar o meu se quiser, mas eu não uso... a não ser que haja um motivo.

Cada instinto de Jameson apontava para um único pensamento: *tem um motivo por trás de tudo que essa mulher faz.*

— E quanto a vocês dois? — disse Zella. — Como querem ser chamados aqui na corte?

— Eu sou a Avery. Ele é o Jameson.

O fato de Avery ter respondido à pergunta permitiu que Jameson perguntasse:

— Corte?

— É como algumas pessoas se referem ao Mercê — disse Zella. — O leito do poder e tudo mais, repleto de politicagem e de intrigas. Por exemplo... — Seus olhos castanho-escuros percorriam a sala... e a enorme atenção que os três estavam atraindo. — Quase todos aqui esta noite estão se perguntando se nos conhecemos.

Avery analisou a duquesa.

— Você quer que eles pensem que sim?

— Talvez. — Zella sorriu. — O Mercê é um lugar onde transações acontecem. Acordos são feitos. Alianças são formadas. Esse é o lance do poder e da riqueza, não é? — comentou, dirigindo a pergunta a Avery. — Homens que têm muito quase sempre querem mais.

A duquesa estendeu um braço para Avery, que o pegou, e foi só então que Zella ofereceu o outro braço para Jameson. Ele também o pegou, e ela os guiou pelo ambiente, um passeio que cada fio de cabelo dele alertava servir a um propósito — fosse ele qual fosse.

— Homens — repetiu Jameson. Para além das funcionárias que davam as cartas, todas mulheres, todas exibindo vestidos de baile à moda antiga, havia poucas mulheres naquela sala.

— É mais raro que as mulheres consigam se tornar membros — disse Zella. Ela desviou o olhar para Avery. — Você deve ser bastante notável... ou ter algo que o Proprietário deseja muito.

O Proprietário. Jameson quase podia saborear a emoção de sua próxima tarefa impossível. *Chame a atenção dele. Seja convidado para o Jogo.*

— De mulher para mulher — disse Zella a Avery —, posso ajudar você a entrar um pouco mais no clima. — Ela acenou com a cabeça para as mesas ao passar. — Uíste. Piquet. *Vingt-et-un*.

Jameson não reconheceu os dois primeiros jogos, mas conseguiu descobrir rapidamente qual era o último.

— Vinte e um. — Ele traduziu. — Tipo *blackjack*.

— Na época em que o Mercê do Diabo foi fundado, era conhecido como *vingt-et-un*.

Jameson interpretou isso como uma indicação de que no Mercê a realidade atual *deveria* ser deixada para trás.

— Suponho que não tenha uma mesa de pôquer? — disse Jameson, seco.

Zella apontou com a cabeça para um conjunto de escadas ornamentadas.

— O pôquer é jogado na sacada. Uma adição recente. Setenta anos atrás, talvez? Como você vai perceber, a maioria dos jogos aqui são mais antigos.

Jameson teve a sensação de que, quando a duquesa dizia *jogos*, não se referia apenas àqueles que eram jogados nas mesas.

— E o Proprietário? — perguntou Jameson. — Ele está aqui esta noite?

— Descobri que o melhor a se fazer é assumir que ele está por toda parte — respondeu Zella. — No fim das contas, estamos aqui, nos domínios dele. Agora — acrescentou, após acabarem o pequeno passeio —, se vocês me derem licença, eu tenho uma memória fotográfica, boa reputação nas mesas e um plano. — A duquesa virou a cabeça na direção de Avery. — Se alguém te deixar desconfortável ou fizer algo que não deve, saiba que tem uma aliada em mim. Forasteiros devem se apoiar... até certo ponto. *Bonne chance*.

Jameson observou Zella se afastar e traduziu mentalmente as palavras de despedida. *Boa sorte*. Ele analisou a sala, absorvendo tudo: tantos jogos, tantas possibilidades, uma tarefa em mãos. Sentindo isso como uma carga elétrica em suas veias, Jameson se virou para Avery e apontou com a cabeça para escada que levava para a varanda.

— O que você acha, Herdeira? — sussurrou Jameson. — Pronta para perder?

Capítulo 27

GRAYSON

Grayson importou para seu notebook as fotos que tirara da chave de Gigi na noite anterior. Colocou uma das mãos ao lado como escala e calculou as dimensões da chave, verificou novamente esses cálculos e usou, junto com uma imagem desfocada da chave, para começar a construção do modelo digital. Quando o concierge pessoal do Haywood-Astyria veio verificá-lo ao meio-dia, ele já estava quase acabando.

— O senhor deseja que busquemos alguma coisa?

Para um hóspede com cartão preto em um estabelecimento como aquele, essa pergunta não se referia apenas às comodidades do hotel.

— Vou precisar de uma impressora 3D — respondeu Grayson. Ele não precisava justificar o pedido, e não o fez. — Por favor.

O concierge foi embora. Grayson terminou seu trabalho. Após salvá-lo, ele fez uma segunda cópia, quase idêntica, alterando os dentes da chave o bastante para inutilizá-la. *Des-*

culpa, Gigi. Sem se permitir afundar nesse pensamento, ele voltou sua atenção para outro, tão desagradável quanto.

— O que, exatamente, preciso usar para uma festa de ensino médio?

Grayson nunca precisou responder a essa pergunta, nem mesmo quando estava no ensino médio. Os irmãos costumavam frequentar festas do tipo de vez em quando, mas Grayson nunca vira graça. E se *tivesse* ido, não teria desperdiçado um segundo sequer decidindo o que vestir. Um bom terno era como uma armadura, e Grayson fora criado para entrar com armaduras em qualquer lugar que fosse.

Mas naquela noite, era diferente.

Naquela noite, ele precisava se enturmar. Infelizmente, Grayson Davenport Hawthorne não sabia se enturmar.

— Shorts?

Por sorte, o celular dele tocou antes que pudesse passar mais tempo refletindo sobre essa possibilidade.

— Zabrowski — disse Grayson ao atender, entrando sem dificuldade no modo corporativo. — Espero que você tenha respostas para mim.

Se permitir que as pessoas falhem com você, conseguia ouvir o sermão do avô, *elas com certeza o farão. Então, não dê essa opção.*

— Dei uma olhada básica nos antecedentes de Kent Trowbridge — relatou o investigador particular.

— E eu pago você — disse Grayson, no mesmo tom — para fazer o *básico?*

— E depois aprofundei — acrescentou Zabrowski depressa. — Como você já deve ter reparado, o cara é advogado... e cheio de conexões. Vem de uma longa linhagem de advogados. Ou talvez *dinastia* seja a melhor palavra.

— Presumo que sejam financeiramente... *estáveis*. — Grayson traduziu.

— Muito. E o que é bastante interessante para seus propósitos é que o cara cresceu ao lado de Acacia Grayson, então Engstrom. A ligação entre as famílias Trowbridge e Engstrom é de longa data.

Grayson arquivou essa informação.

— Mais alguma coisa?

— Ele é viúvo, um filho.

Grayson sabia bem do filho.

— E a atual situação financeira da família Grayson? — A lista de tarefas que ele dera a Zabrowski depois da conversa que ouvira entre Acacia e Trowbridge era longa.

O detetive deu uma resposta breve.

— Nada boa.

Os músculos da mandíbula de Grayson se contraíram. Ele pagara os adiantamentos para Zabrowski para se certificar de que as meninas seriam bem cuidadas, e tivera a nítida impressão de que as finanças não eram um problema na casa dos Grayson — e nunca seriam.

— Explique.

— Quando a matriarca Engstrom faleceu no ano retrasado, deixou tudo para Acacia e para as filhas... em fundos.

Grayson se lembrou de ouvir Acacia dizer que eram os pais que financiavam as empresas do marido.

— E? — Ele não tinha intenção de deixar Zabrowski escapar com tanta facilidade.

— Para além desses fundos, todos os bens de Acacia Grayson estavam no nome dela e do marido... que está sob investigação da receita e do FBI.

Grayson nunca se permitiu ter temperamento forte, então não se irritou. Não disse: *então por que diabos tenho pagado todos estes adiantamentos?* Não precisava dizer.

— Que tipo de investigação? — exigiu, com uma calma fria e nada natural.

Aquele tom já fizera homens melhores que o detetive temerem Deus e os Hawthorne. Grayson podia praticamente ouvi-lo engolir em seco.

— Crimes de colarinho-branco, eu acho. — Zabrowski conseguiu dizer. — Evasão fiscal, apropriação indébita, informações privilegiadas... qualquer palpite seu será válido também.

— E eu te pago para *tentar adivinhar*?

— A questão é que as contas conjuntas foram congeladas — Zabrowski se apressou a dizer. — Alguns bens já foram apreendidos. Alguém está mantendo os fatos longe da imprensa, mas...

— E o dinheiro que Acacia recebeu em fundos? — perguntou Grayson. Aqueles fundos eram apenas dela e não estavam sujeitos a apreensão com base nos crimes do marido, a menos que ela também estivesse implicada.

— Sumiram — disse Zabrowski.

Grayson sentiu seus olhos se estreitarem.

— O que você quer dizer com *sumiram*?

— Você sabe quantas leis tive que quebrar para conseguir essas informações? — rebateu Zabrowski.

— Vamos presumir que nenhuma — disse Grayson, em um tom destinado a lembrar ao investigador particular que, caso *tivesse* que quebrar leis, ele não poderia saber. — Continue.

Se Zabrowski ficava ressentido por receber ordens de uma pessoa com menos da metade de sua idade, era inteligente o bastante para não demonstrar.

— Os fundos de Acacia foram retirados... provavelmente pelo marido, antes de fugir do país.

Sheffield Grayson não fugiu do país.

— E os fundos das meninas? — perguntou Grayson.

— Intactos e substanciais — assegurou Zabrowski. — Mas os Engstrom deviam ter certas ressalvas quanto à filha e o marido, por que nenhum deles está listado como responsável.

Grayson processou a informação em um instante e não perdeu tempo para responder:

— Deixa eu adivinhar: Kent Trowbridge.

Se as contas conjuntas foram congeladas e o fundo de Acacia tinha desaparecido, era possível que isso significasse que Acacia estava usando os fundos de suas filhas para financiar as despesas de subsistência delas — mas como responsável, Trowbridge teria que assinar essas despesas. Grayson pensou na noite anterior, na maneira como o advogado colocou a mão no ombro de Acacia, muito perto de seu pescoço.

— Continue pesquisando — ordenou a Zabrowski. — Quero uma cópia da papelada do fundo para que eu mesmo possa ler as condições.

— Eu não posso...

— Não quero saber de *não posso*. — Grayson baixou a voz. Fazer alguém se esforçar para ouvi-lo era uma maneira de garantir que seriam ainda mais induzidos a prestar atenção. — Também vou precisar de mais detalhes sobre a investigação da receita e do FBI... mas não vá se meter em problemas com nenhum dos dois.

— Só isso? — Zabrowski tinha sido sarcástico, era óbvio, mas Grayson optou por entender a pergunta ao pé da letra.

— Você vai encontrar uma transferência em sua conta, o dobro do adiantamento que venho pagando. — Essa era outra jogada de poder: transferir o dinheiro antes que a outra pessoa tivesse a chance de recusar sua oferta. — E vou precisar de uma recomendação. — Grayson fez uma pergunta mais simples, que fizesse o homem se esquecer por um ou dois segundos o grande problema que o resto de suas exigências causaria. — Você conhece alguém que possa fazer chaves discretamente?

Capítulo 28

GRAYSON

A situação — *Gigi, a chave, a festa, a busca* — se modificara. Isso estava claro. Antes, seu maior objetivo era garantir que Gigi não descobrisse como encontrar o cofre do pai. Mas agora, ele precisava encontrar o cofre.

Antes que o FBI *perceba sua existência.* Grayson não fazia ideia de quais crimes de colarinho-branco o pai poderia ter cometido, mas *sabia* que ele pagara para que Avery fosse seguida, perseguida, atacada e sequestrada. Supondo que Sheffield Grayson tivesse encoberto seus rastros, isso sugeria a existência de contas no exterior ou fundos não rastreáveis. Se o FBI de alguma forma conseguisse encontrar uma pista, por menor que fosse, dessas transações — ou qualquer outra prova da conspiração de Sheffield Grayson contra a Herdeira de Hawthorne — eles poderiam começar a ver seu desaparecimento por outro prisma.

Poderiam começar a fazer perguntas e levantar questões que Grayson não podia permitir que fossem elucidadas.

Com isso em mente, Grayson pegou o pequeno e discreto pen drive que havia tirado do escritório de Sheffield Grayson. Conectou um adaptador ao laptop, mas quando foi conectar a unidade ao adaptador, percebeu que não cabia. *A entrada não era USB.* Era um pouco mais larga e mais alta. Ele virou a ponta para cima para examinar. *Com certeza não é USB.* Grayson conseguiu distinguir o que pareciam pequenos pinos finos como arame dentro. *Então o que é isso?* Ele cutucou o objeto, depois o apoiou na mesa e procurou em seus bolsos, tirando a ficha que levara consigo do escritório de Sheffield Grayson.

Um pen drive falso. Uma ficha pautada cortada. Grayson sentia-se de volta à Casa Hawthorne, em um dos desafios de sábado de manhã do velho. Uma série de objetos era colocada na frente de Grayson e seus irmãos, mas o propósito, a forma de usar, por onde começar? Descobrir tudo isso era o desafio.

Sheffield Grayson não é o velhote, e isso não é um jogo. Grayson disse a si mesmo, mas não adiantou: teve que examinar cada centímetro da ficha. Havia uma pequena perfuração em um lado e duas no outro, a cerca de dois centímetros e meio de distância uma da outra.

Três perfurações em uma ficha em branco. Um pen drive falso. Antes que Grayson pudesse entender — e resolver — aquilo, seu celular tocou e o nome de Xander apareceu na tela. Decidindo se poupar do problema — e do canto tirolês — ao ignorar a ligação, Grayson atendeu.

— Alô?

— Qual é o problema? — Xander exigiu no mesmo instante.

Grayson franziu a testa.

— Por que você acha que tem algum problema?

— Você disse alô.

Grayson franziu ainda mais a testa.

— Eu digo alô.

— Não, você não diz. — Era possível perceber o sorriso de Xander em sua voz. — Agora diga em francês!

Grayson não obedeceu.

— Roubei o que parecia ser um pen drive do escritório de Sheffield Grayson — relatou. — Ele o escondeu em um compartimento secreto dentro da moldura de um retrato de família.

Xander processou a informação.

— Gray, será que agora é um bom momento para falarmos dos seus sentimentos?

Mãos no cimento, pinturas na parede.

— Não. — Grayson não elaborou a resposta. — Seja lá o que for esse objeto, não é um pen drive USB. Eu nem acho que seja digital. Também tinha uma ficha pautada, aparentemente em branco.

— Tinta invisível? — opinou Xander.

— Pode ser — respondeu Grayson. — Vou tentar o básico.

— Luz, calor, luz negra — tagalerou Xander, e pela voz, era possível perceber que sorria. — Iodeto de sódio.

— *Exato.* — Grayson voltou a olhar para a ficha.

— E como vão as coisas com *a irmã*? — indagou Xander.

Ainda olhando para a ficha, Grayson o corrigiu.

— Irmãs. — A palavra escapou. Tinha tomado o cuidado de não pensar nas garotas dessa forma, mas podia sentir que estava começando a falhar.

Precisava protegê-las, mesmo que ele não fosse a família *delas*.

— Irmãs, plural? Quer dizer que conheceu a outra?

— Ela sabe quem eu sou e me despreza por isso. — Grayson balançou levemente a cabeça em desaprovação. — Sou uma ameaça para a família dela.

— E ameaças devem ser eliminadas — entoou Xander. — Ela é loira?

Grayson fez uma careta.

— O que isso tem a ver?

— Ela gosta de dar ordens? — perguntou Xander entusiasmado. — O que ela acha de ternos?

Grayson não deixou de notar o que Xander estava insinuando.

— O fato de ela não confiar em mim vai dificultar meu trabalho.

— Gray? — disse Xander com gentileza. — Essa não é a parte difícil.

Grayson pensou rapidamente no retrato de família. Na foto de Colin. Em Acacia dizendo que, se soubesse dele antes, as coisas poderiam ter sido diferentes.

Maldito Xander.

— Repita comigo, Gray: *meus sentimentos são válidos*.

— Cale a boca — ordenou Grayson.

— *Minhas emoções são reais* — continuou Xander. — Anda. Repete.

— Vou desligar agora.

— Quem é seu irmão favorito? — Xander gritou alto o bastante para que Grayson conseguisse ouvir mesmo após tirar o celular do ouvido.

— Nash — respondeu em voz alta.

— Mentira!

O celular de Grayson vibrou.

— Tem mais alguém me ligando — falou para Xander.

— Mais mentiras! — retrucou Xander, alegre. — Meus cumprimentos para a Grayson versão mulher.

— Tchau, Xander.

— Você disse *tch*...

Grayson desligou antes que Xander pudesse terminar e atendeu a ligação seguinte.

— Alô? — Grayson tentou. *Viu?* Ele ressaltou para uma réplica mental de Xander. *Eu falo alô.*

— É o Grayson Hawthorne?

A voz que fez essa pergunta era feminina e desconhecida. Havia algo nela — o tom, o timbre, o espaçamento naquela pergunta — que o impediu de desligar.

— Quem fala? — perguntou Grayson.

— Isso não importa — disse como se fosse uma verdade simples, mas o sutil aumento e diminuição do tom de voz e a forma como a frase soou em seus ouvidos o fizeram pensar que ela estava errada.

Era importante saber quem era essa garota.

— Quem fala? — Grayson repetiu. — Ou prefere que eu reformule a pergunta: na cara de quem vou desligar?

— Não desligue. — Isso não foi um apelo, mas também não foi uma ordem. — Você está falando com alguém *de quem* a família Hawthorne levou muito.

A forma como ela escolheu as palavras *de quem* não passou despercebida — e nem o tom da voz, que diminuiu e ficou mais grosso.

— Presumo que quando diz "a família Hawthorne", você quer dizer meu avô. — Grayson manteve o tom de voz. — O que quer que Tobias Hawthorne tenha feito ou deixado de fazer, não é da minha conta.

Isso era uma mentira, do tipo que mesmo Grayson não poderia querer que fosse verdade.

— Meu pai se matou com um tiro quando eu tinha quatro anos. — A voz da mulher estava mais calma do que deveria parecer. — Eu era a única pessoa na casa quando isso aconteceu. E sabe qual foi a última coisa que ele me disse?

Grayson engoliu em seco.

— Onde você conseguiu este número? — perguntou. Ele conseguia imaginar a cena. *Uma criança pequena. Um homem armado.*

— Surpreendentemente, babaca, as últimas palavras do meu pai não foram *onde você conseguiu este número*.

Grayson esperou que ela lhe contasse quais foram aquelas últimas palavras e, quando não o fez, ele percebeu: ela havia desligado.

O que o velhote fazia não era responsabilidade minha. Grayson olhou para o telefone por muito tempo, então o desligou. As únicas coisas pelas quais ele era responsável agora eram procurar por tinta invisível na ficha em branco e se arrumar.

Que diabos as pessoas *usavam* nas festas do ensino médio?

Capítulo 29

GRAYSON

— Você *já* usou short antes, né?

Grayson estreitou os olhos para Gigi.

— Eu prefiro não falar.

Em vez disso, observou a cena que se desenrolava ao redor. A residência Trowbridge tinha uma daquelas plantas modernas e abertas. A única coisa que demarcava o hall, a sala de jantar, a cozinha, a sala de estar e o salão principal, separando-os um do outro, era a decoração. Na parte de cima, havia uma dúzia de adolescentes apoiados em uma grade minimalista. Ao menos três deles pareciam tentar acertar bolas de pingue-pongue por cima da grade em copos de plástico do andar debaixo.

A mira deles era péssima.

Uma bola quicou e passou por eles. Grayson nem piscou. Em vez disso, ele avaliou aqueles que festejavam no térreo — e os demais presentes, que conseguia ver através das portas de vidro que davam para a piscina. Havia cerca de cinquenta ou sessenta adolescentes ali. *Nenhum adulto.*

Grayson voltou seu olhar para Gigi, que sorriu travessa.

— Você sabe dançar? — perguntou ela a Grayson. — Se eu não conseguir ir de fininho até a ala privada, pode ser que você precise dançar.

— Você não vai precisar que eu dance — respondeu Grayson em um tom que poucas pessoas ousariam questionar.

— Meu trabalho é sair de fininho — disse Gigi, séria —, e o seu é distrair as pessoas. Acredito em você, Grayson. — Ela mostrou a tela do celular para ele. — E este gato também acredita.

Gigi sorriu, guardou o celular e acenou com a cabeça em direção a uma escada no canto de trás. Os degraus eram feitos de vidro, cada um deles parecendo suspenso no ar. Savannah estava três degraus abaixo do topo. Havia um menino ao lado dela, um degrau acima. Era óbvio que os dois recebiam a atenção de todos.

— Aquele é Duncan — murmurou Gigi. — Ele tem a personalidade de uma parede, mas as pessoas gostam disso por aqui. — Então, como se compelida a fazer justiça tanto a Duncan quanto a paredes, ela acrescentou: — Ele não é uma má pessoa. Só é... puro tédio. Previsível.

Grayson observou o garoto em questão colocar um braço em volta da cintura de Savannah. Ela não enrijeceu, não piscou, não deu uma única indicação de que havia sentido.

— E Savannah faz o que se espera dela — observou ele. *Meus cumprimentos para a Grayson versão mulher!*, ele podia ouvir Xander dizer.

— Mais ou menos — respondeu Gigi. Sem avisar, ela se afastou e voltou poucos instantes depois, segurando uma garrafa aberta que enfiou na mão dele. — Segure isso. Tente parecer normal. E espere pelo meu sinal.

Antes que ele pudesse perguntar *que sinal?*, ela tinha ido embora. Grayson olhou para a garrafa em sua mão, que tinha um rótulo amarelo brilhante e parecia ser... algum tipo de limonada alcoólica?

Ele olhou de volta para a escada, para Savannah — que olhou como se ele não estivesse ali.

Grayson tomou um gole. *Doce demais*. Ele resistiu à vontade de fazer careta e voltou a analisar o ambiente: as pessoas, a música, o lugar, tudo. Embora a maioria dos móveis fosse obviamente caro, peças demais pareciam ter o objetivo de impressionar. O resultado se encaixava na versão de Kent Trowbridge que Grayson tinha visto na noite anterior. Nenhum dos dois possuía qualquer finesse.

Andando pela festa, Grayson manteve a cabeça baixa e os olhos abertos. Já havia participado de bailes de caridade e eventos de negócios, coquetéis, eventos esportivos profissionais e a abertura da Bolsa de Valores de Nova York.

Poderia lidar com uma festa do ensino médio.

— Nunca vi você em uma dessas antes. — Uma garota surgiu ao lado dele e sorriu, e quando Grayson percebeu, estava cercado por ao menos três amigas dela, todas as saídas de emergência bloqueadas.

— Uma dessas... festas. — Grayson tentou soar *normal*. Tomou um gole bastante normal da garrafa em sua mão. *Ainda é doce demais*.

— Se você estudasse na Carrington Hall ou na Bishop Caffrey — disse a garota, tímida —, eu saberia.

— Só estou de visita. — Grayson desistiu de tentar parecer normal e deu um olhar bem Hawthorne para ela. — E sou velho demais para você.

— Eu sabia! — declarou uma das outras garotas. — Viu! Eu disse. — Ela sorriu para Grayson. — Você é Grayson Hawthorne.

Grayson nem pestanejou.

— Não, não sou.

— É você, sim, com certeza! — Ainda sorrindo, a menina se virou para as amigas. — É ele, sim.

— Sinto muito que aquela tal de Avery tenha pegado todo seu dinheiro — disse uma das outras garotas, séria.

— E escolhido seu irmão — acrescentou outra.

— E partido seu coração!

— Mas não seu espírito. — A mais corajosa das meninas se aproximou e apoiou uma das mãos no braço dele.

Grayson se pegou desejando ter um paletó para abotoar ou mangas para ajeitar. *Agora seria um excelente momento para mandar aquele sinal*, disse em silêncio para Gigi... sem sucesso.

— Avery não pegou nada — disse ele, rígido. — E ela não....

— Você não precisa falar disso — garantiu uma das moças. — Posso tirar uma foto com você?

Grayson contraiu a mandíbula.

— Prefiro que... — *Não*. Ele mal teve chance de pronunciar a última palavra antes que ela se apertasse ao lado dele.

— Mais uma!

— Sorria!

— Isso é inacreditável!

— Você quer outra... limonada com vodca, Grayson?

Ele ia matar Gigi. Até onde sabia, ela já poderia estar no escritório de Kent Trowbridge fazendo suas buscas enquanto ele servia de distração *só por existir*.

— Com quem você veio?

Desta vez, Grayson se obrigou a responder.

— Amigos da família. — Ele olhou para a escada, onde Savannah e o jovem Trowbridge ainda estavam conversando.

— Ah — disse uma das garotas sem rodeios. — Ela.

— Ainda bem que salvamos você então — declarou outra.

Grayson arqueou uma sobrancelha.

— E por quê — argumentou, seco — você diz isso?

— Savannah Grayson se acha melhor do que todo mundo.

— Quer dizer, é só olhar para as roupas dela. Não estamos em um brunch do *country club*.

— E os *saltos*... Ela já tem, tipo, um metro e oitenta de altura!

— E o jeito que ela sempre espera ganhar, conseguir *tudo*.

— Ela é uma escrota! Fico surpresa que o Duncan não tenha congelado com toda aquela frieza.

— Já chega. — Grayson não ergueu a voz. Ele não precisava. E ainda assim, nenhuma delas olhou para ele do jeito que olhavam para ela.

— *Fríííííígidaaaaaaa*. — Um rapaz se juntou a elas. Aparentemente, estivera perto o bastante para ouvir o assunto da conversa, mas não tão perto para perceber que estava, de fato, colocando sua vida em risco ao fazer aquele comentário.

Grayson deu um único passo para a frente e, em seguida, Gigi apareceu ao seu lado.

— Não foi isso que eu quis dizer — sussurrou, enquanto uma veia pulsava na têmpora de Grayson — quando falei para *dançar*.

Capítulo 30

GRAYSON

— **Então seu nome é mesmo Grayson.** — Foi assim que Gigi começou a conversa depois que os dois se separaram do resto dos convidados. — E você é famoso. Isso pode complicar as coisas, mas, em geral, sou a favor de complicações. — Ela o conduziu até uma porta na outra ala, que com certeza deveria estar trancada. — Também sou a favor de arrombar fechaduras. — Gigi sorriu, serena, enquanto empurrava a porta para abri-la. — *Voilà*.

Grayson olhou para a fechadura quando entrou na sala. Não era um modelo fácil de se mexer.

— Faz tempo que você se planeja para uma vida criminosa? — perguntou.

— Fico entediada com facilidade — informou Gigi. — E quando estou entediada, aprendo coisas. Todo tipo de coisa. — A ênfase que ela colocou na palavra *todo* era um pouco preocupante, mas aquela não era a prioridade dele no momento.

Grayson examinou o escritório central de Kent Trowbridge com precisão militar e o olho aguçado dos Hawthorne para detalhes. Havia prateleiras embutidas ao longo de três paredes, e o espaçamento em duas delas não correspondia à terceira. Uma das franjas do tapete caro que cobria o piso de madeira escura estava emaranhada em um dos cantos. Todos os armários e gavetas tinham fechaduras. Não havia uma única foto de família, embora houvesse uma pintura do próprio Trowbridge pendurada logo atrás da mesa.

Gigi foi direto para o computador. Ela digitou no teclado e começou a procurar nos papéis em cima da mesa.

— Conheço o sr. Trowbridge desde que nasci. Ele *acha* que é especialista em tecnologia, mas sou capaz de apostar uma boa grana de que tem as senhas anotadas em algum lugar.

Deixando Gigi prosseguir em sua busca, Grayson se agachou para observar a franja emaranhada no tapete. Ao virar um dos cantos, foi recompensado com a chave da escrivaninha.

— Você faz *mágica* — declarou Gigi. Ela deslizou sobre a mesa, dando um salto de bailarina para o lado dele, pegou a chave de sua mão e abriu as gavetas da mesa em três segundos.

— Conseguimos!

Grayson parou ao lado dela na mesa. Lá, colado no fundo da gaveta, havia um pedaço de papel contendo pelo menos quarenta senhas.

Gigi as examinou.

— Esta está marcada como CDE. — Ela apontou para a terceira senha de cima para baixo, que começava com essas três letras. — Computador do escritório.

Grayson considerou se enfiar entre Gigi e o computador, mas avaliou sua probabilidade de sucesso como baixa. Então puxou o celular do bolso, tirou uma foto das senhas, fechou e trancou as gavetas e devolveu a chave ao seu local original, debaixo do tapete.

— Cobrindo nossos rastros — disse ele a Gigi. *E garantindo que só eu terei o resto das senhas.* Como advogado, conhecedor de tecnologia ou não, era quase certo de que Trowbridge protegeria os documentos mais importantes por senha ou os salvaria em um servidor seguro. Por enquanto, o computador manteria Gigi ocupada, permitindo que Grayson cuidasse de outros assuntos.

Não era possível crescer na Casa Hawthorne sem aprender a identificar uma prateleira que servia como mais do que prateleira. Não demorou para que Grayson localizasse a dobradiça — e a forma de abri-la. Assim que a acionou, a prateleira se abriu como uma porta. Atrás dela, embutido em um chanfro na parede, estava um cofre.

Grayson olhou para trás, na direção de Gigi, que estava tão imersa na busca que fazia no computador que mal notou nada. *Ela trouxe um disco rígido externo.* Grayson notou enquanto voltava sua atenção ao cofre. Ao contrário de Gigi, ele não aprendera a arrombar fechaduras por tédio. As paredes da sala de jogos de sua infância eram forradas de fechaduras, cada uma com um quebra-cabeça, um desafio. E quando se tratava de desafios, um Hawthorne não tinha escolha. Todos os quatro irmãos sabiam como abrir certos cofres de combinação.

A única dúvida era se aquele era um cofre do tipo.

Grayson levou a mão ao disco de combinação e então ouviu algo. *Vozes, vindas do corredor.* Sem hesitar, ele endireitou a estante, escondendo o cofre. Disparou para a porta e fechou o trinco, então olhou para Gigi, que olhava para as prateleiras que agora escondiam o cofre, que ela com certeza havia notado.

As vozes no corredor estavam cada vez mais próximas.

Grayson olhou nos olhos de Gigi. Ela balançou a cabeça e fez um gesto enfático para o computador e o disco rígido externo. O significado era claro: não havia terminado. Ele ouviu o som distinto de uma chave sendo colocada na fechadura. Em um único movimento, Grayson saltou pelo escritório, agarrou Gigi e se abaixou com ela atrás da mesa. Ela se desvencilhou dele o suficiente para erguer a mão e colocar o monitor em repouso no momento em que a porta do escritório se abriu.

— Você queria privacidade. — Aquela voz era masculina, mas não pertencia a Kent Trowbridge. — E conseguiu.

— Eu só precisava de um momento para respirar. — *Savannah*. Grayson reconheceu a voz no mesmo instante. *O que sugere que a outra voz pertence a um Trowbridge... só não é o pai.*

— Você está respirando bem, meu anjo.

Grayson não confiava no tom do rapaz. Ele virou a cabeça devagar, sem fazer barulho, se inclinando para que pudesse ver além da quina da mesa. Duncan Trowbridge apoiou um dos braços nas costas de Savannah, colocando a mão espalmada na barriga dela. A mão subia pouco a pouco.

— Você podia ser mais boazinha com as pessoas, sabe como é — murmurou Duncan —, incluindo eu.

Grayson tensionou a mandíbula. Ele não tinha o direito de assistir àquilo, então desviou os olhos no momento em que a mão de Duncan Trowbridge alcançou a alça da blusa de Savannah — e começou a abaixá-la.

— Eu sou boazinha o bastante. — O tom de Savannah era afiado, mas ela não se afastou do rapaz. Grayson teria ouvido.

— Me mostre como você pode ser boazinha.

— Anda, Duncan. — Ela dera um passo, o barulho do salto perceptível na parte do chão que não estava coberta pelo tapete.

— Você é minha namorada, Savannah.

Grayson ouviu outro passo — de Duncan. *Cercando ela. Maldito.*

— Você é linda — acrescentou o rapaz, e as palavras soaram como uma acusação para Grayson.

— É melhor a gente voltar para a festa. — Savannah não parecia angustiada. Ela soava como uma pessoa impossível de ser abalada.

— Foi você quem disse que queria privacidade. — Duncan tentou fazer com que as palavras soassem baixas e convidativas, mas elas não devem ter surtido o efeito que esperava. — O que você queria, ficar longe de mim também?

— Não — Savannah falou claramente. — Claro que não.

Grayson estava imaginando a tensão em sua voz? Agora que Savannah e Duncan tinham se movido, ele não conseguia ver nenhum dos dois, exceto pelos pés. Ele olhou para Gigi, que estava de olhos arregalados.

— Então relaxe — murmurou Duncan.

Será que ela estava bem?

— Eu estou relaxada.

— Eu só quero tocar em você.

Savannah pareceu dar um passo para o lado.

— É melhor a gente voltar para a festa. Para os seus amigos.

— Seja boazinha. Eles são *nossos* amigos. — Ele se aproximou ainda mais. Ela não se mexeu. — *Seja boazinha* — murmurou de novo Duncan Trowbridge, e o que quer que estivesse fazendo, Savannah ficou ali, parada.

Tire as mãos da minha irmã. Grayson podia sentir as palavras crescendo dentro dele. Não importava que dizê-las seria revelar que estava em um ambiente que não deveria. Não importava que Savannah não o considerasse seu irmão ou que Gigi nem soubesse que eles eram parentes.

Savannah tinha dito — duas vezes — que queria voltar para a festa. Ela se afastou do namorado. *Duas vezes.* E tudo o que ele tinha para dizer era *seja boazinha.*

Grayson se levantou, ficando de pé com toda sua majestade, mas antes que pudesse dizer ou fazer qualquer coisa, Gigi apareceu ao lado dele.

— Que bom encontrar vocês dois aqui! — disse ela em voz alta.

Duncan se afastou subitamente de Savannah, que endireitou suas roupas.

— Gigi? — Duncan parecia confuso... e possivelmente embriagado. *Vai ser mais fácil matá-lo assim.* — Que porra é essa? — Duncan se virou para Savannah. — Você sabia que ela estava ali?

Savannah lançou um olhar fulminante para Gigi — e um ainda pior para Grayson.

— Não sabia.

Duncan pareceu lembrar de repente onde eles estavam e fez uma careta.

— O que você está fazendo com esse cara no escrit...

Grayson não esperou que ele terminasse de falar.

— Cai fora.

Duncan piscou.

— Como é que é?

Segurando sua fúria por um triz, Grayson demonstrou seus nervos de aço ao dar um único passo na direção dele.

— Cai. Fora.

Duncan se virou para Savannah.

— Quem é esse cara?

Você está prestes a descobrir, pensou Grayson, mas Gigi pulou na frente dele e respondeu à pergunta.

— Ele é... meu novo namorado!

Grayson ficou horrorizado. Pela expressão de Savannah, ela também estava.

— Namorado? — repetiu Duncan estupidamente.

— Não sou namorado dela — retrucou Grayson enfático.

Gigi deu uma cotovelada nas costelas dele.

— Ele não gosta de rótulos — declarou ela. — E a gente estava aqui pelo mesmo motivo de vocês dois. Privacidade.

— Não — resmungou Grayson. — Sem privacidade!

— Vou voltar para a festa. — Savannah olhou para Duncan. — Você vem?

Ela passou por ele. Grayson não esperava que aquilo funcionasse, mas, ao que tudo indicava, Duncan Trowbridge estava menos preocupado com os intrusos no escritório de seu pai do que com sua própria frustração. Enquanto os dois chegavam ao corredor, Grayson ouviu o rapaz murmurar:

— Você não precisa ser escrota.

Grayson avançou, e Gigi surgiu na frente dele de novo. Era óbvio que Grayson sabia que não era uma boa ideia brigar com Duncan Trowbridge. E era óbvio que sabia que Savannah não o agradeceria por isso.

— Respire fundo — aconselhou Gigi.

Grayson obedeceu.

— Achei — protestou ele, a voz afiada — que você tinha dito que ele era puro tédio. — Essa não era a palavra que Grayson teria usado para descrever o que eles acabaram de ver e ouvir.

— Nunca tinha ouvido ele falar assim com ela antes — retrucou Gigi, a voz estranhamente baixa. — Eles costumam ser tão... perfeitinhos.

A palavra atingiu Grayson como um tapa. Quantas vezes ele já tinha ouvido alguém o descrever dessa forma? Quantas vezes ele tinha se punido por ser menos do que isso?

Gigi voltou para a mesa. Ela ligou o monitor do computador de novo.

— Transferência completa — relatou baixinho. Ela olhou para as estantes. — Será que por acaso você sabe como abrir aquele cofre?

Era provável, com uma boa chance de dar certo, mas não tão boa quanto a possibilidade de que, se algo sumisse, Kent Trowbridge falaria com o filho e exigiria saber quem tivera acesso ao escritório. *Eu posso sempre voltar aqui.*

Isso seria feito de modo legal? Não.

Isso seria fácil? Bem provável que não.

Mas nenhuma dessas coisas poderia parar um Hawthorne.

— Não — respondeu Grayson. — E é melhor a gente ir embora antes que mais alguém descubra que estamos aqui. Eu tenho as senhas. — Ele apontou para o disco rígido com a cabeça. — O que você baixou aí?

— Todos os PDFs, documentos e arquivos de imagem. — Gigi fez uma pausa. — É melhor eu checar como Savannah está. Ela gosta de fingir que não tem sentimentos e que é impossível feri-la, mas...

Mas Grayson sentiu um embrulho no estômago.

— Posso ficar com o disco rígido.

— Tranquilo — argumentou ela —, eu posso guardar no meu decote.

Grayson empalideceu.

— Tô zoando! Eu nem tenho peito pra isso. Mas tenho uma bolsa. E estou mais do que disposta a passar a noite toda revisando os arquivos, assim que convencer minha irmã a ir embora dessa festa. Você pode me mandar as senhas?

Depois que eu fizer algumas alterações. Quando os dois saíram do escritório, Grayson examinou o corredor e seu olhar pousou em uma janela. No gramado da frente, perto da rua, ele avistou uma figura encostada preguiçosamente em uma caminhonete.

A figura usava um chapéu de caubói.

— Grayson — alertou Gigi —, você vai me mandar as senhas, né?

— Vou — confirmou Grayson —, só preciso resolver uma coisa antes.

Capítulo 31

GRAYSON

Nash se balançava apoiado nos calcanhares, sem se importar com Grayson, que se aproximava.

— O que você está fazendo aqui? — perguntou Grayson, categórico.

— Eu poderia te perguntar a mesma coisa, irmãozinho. — Nash gostava sempre de relembrar a Grayson quem era o irmão mais velho e quem era o pivete.

— Xander contou onde eu estava e o que estava fazendo — concluiu Grayson.

Nash não confirmou nem negou essa afirmação.

— Você está brincando com fogo, Gray.

— Seja como for, não me lembro de ter pedido reforços. — Grayson olhou feio para Nash. O irmão mais velho retribuiu com um olhar de cumplicidade. — Cadê sua noiva? — perguntou Grayson incisivo. *Libby precisa de você, Nash. Eu não preciso.*

— Voltou para a Casa Hawthorne para se preparar para o Cupcake-a-Palooza — respondeu Nash, o tom tão casual quanto a postura. — O que raios se passa na sua cabeça, Grayson?

Grayson fez uma nota mental para estrangular Xander.

— Tenho tudo sob controle.

Nash ergueu uma sobrancelha para ele.

— Se isso fosse verdade, você teria notado que eu te segui até aqui.

Grayson não tinha notado nada.

— Não preciso da sua ajuda — resmungou.

Nash tirou o chapéu de caubói e deu um passo na direção dele.

— Então por que não notou que não sou o único seguindo você?

Vai à merda, Nash. Grayson guiou a Ferrari para a estrada e olhou para o espelho retrovisor bem a tempo de ver outro carro fazer o mesmo. O veículo era preto, sem nada de notável. O motorista sabia se manter afastado. Mas após o aviso de Nash, Grayson passou a perceber que o motorista *sempre* se mantinha a dois carros de distância.

O carro preto estava a dois carros de distância quando ele pegou a estrada.

Quando Grayson arrancou, o carro também arrancou, mas conseguiu manter a distância. *De dois carros.*

Grayson fez três curvas consecutivas para a direita, e quando o carro surgiu na terceira curva para segui-lo, Grayson já havia guiado a Ferrari para o acostamento. Havia luz o bastante ali, devido ao posto de gasolina logo à frente. Grayson repetiu para si mesmo que confrontar e identificar aquele que o seguia era uma estratégia, mas parte dele sabia que estava atrás de uma briga — a briga que não tivera com Nash, a briga que quase comprara com o rapaz que ousou dizer que Savannah deveria ser *boazinha.*

O carro preto passou. Grayson tirou uma foto da placa logo antes de o carro virar à direita de novo. Um instante depois, Nash parou no posto de gasolina no fim da rua, mas Grayson se recusava a se deixar distrair por reforços não solicitados e não desejados. Em vez disso, ele se concentrou em sua presa. *Vamos ver se você vai voltar.*

Três minutos depois, o carro preto estava de volta. Desta vez, o motorista estacionou no acostamento, próximo a ele. No posto de gasolina do fim da rua, Nash saiu do carro. Grayson percebeu, mas o ignorou.

Tenho tudo sob controle, havia dito ao irmão. *Não preciso da sua ajuda.*

A porta do motorista do carro preto se abriu. Uma figura solitária saiu, vestindo roupas escuras. As outras três portas permaneceram fechadas. *Só uma ameaça para combater,* pensou Grayson. *Que bom.* Havia certa satisfação em lidar com ameaças.

Seu perseguidor — que agora se tornara o alvo — avançou das sombras para a luz, andando devagar, sem fazer barulho. Grayson analisou o que a luz mostrava: um homem, pelo menos 1,87, alto e magro, o cabelo loiro-escuro caindo sobre um olho e até a maçã do rosto. Vestia uma camiseta cinza desgastada que mal disfarçava os enormes músculos embaixo, e Grayson soube, pela forma como seu oponente se movia, que estava armado.

— E quem seria você? — perguntou Grayson.

Silêncio, repentino e absoluto.

— Quem eu sou é menos importante do que a pessoa para quem trabalho.

Jovem. Sem medo de nada. Essa foi a impressão imediata de Grayson. *Provavelmente rápido.*

— Trowbridge? — exprimiu Grayson, olhando para o rosto de seu oponente, para olhos escuros como a noite sob sobrancelhas grossas e angulosas, uma delas marcada por uma pequena cicatriz branca.

— Não é o Trowbridge. — O cara deu alguns passos lentos, circulando Grayson. *Jovem. Sem medo de nada. Provavelmente rápido.* Grayson adicionou mais duas descrições: *perigoso. Durão.* Os olhos escuros brilharam quando o cara parou de repente. — Tente de novo.

Grayson mostrou os dentes em um sorriso cheio de advertência.

— Eu não brinco de adivinhar. — *Poder e controle.* Sempre se resumia a poder e controle: quem tinha, quem não tinha, quem os perderia primeiro.

— Ela não estava brincando — respondeu seu oponente, as palavras cortando o ar da noite como uma faca de açougueiro — quando disse que você era arrogante.

Grayson deu um único passo à frente.

— *Ela?*

O cara sorriu e começou a circundá-lo de novo.

— Eu trabalho para Eve.

NOVE ANOS E TRÊS MESES ATRÁS...

Jameson parou na base da casa da árvore e olhou para cima. Fazendo cara feia para o gesso em seu braço, ele se moveu em direção à escada mais próxima.

— Subindo pelo caminho mais fácil?

Não era Xander nem Grayson, que deveriam encontrá-lo ali. Era o velho. Jameson controlou o impulso de virar a cabeça para o avô e manteve o olhar fixo na escada.

— É o mais esperto a se fazer — retrucou Jameson. O som de passos o alertou de que o avô se aproximava.

— E você é? — perguntou o velho, incisivo. — Esperto?

Jameson engoliu em seco. Vinha evitando essa conversa há dias. Ele olhou para cima, procurando pelos irmãos na casa da árvore.

— Não sou quem você esperava encontrar aqui. — Tobias Hawthorne não era um homem alto e, aos dez anos, Jameson já batia acima de seu queixo. Mas ainda assim, a sensação era de que o velho era *muito maior* do que ele. — Receio que seus irmãos estejam ocupados.

Fez-se silêncio por alguns instantes, e então Jameson ouviu ao longe: o som delator de um violino, as notas acariciadas e carregadas pelo vento.

— Lindo, não é? — disse o velho. — Mas é de esperar que seja. De nada vale a perfeição sem a vocação artística.

Pelo tom da voz do avô, Jameson *sabia* que foram essas as exatas palavras que dissera a Grayson antes de mandá-lo ir embora. *Ele queria me encontrar sozinho.*

Jameson olhou com raiva para o gesso em seu braço, então ergueu os olhos — e o queixo — em desafio.

— Eu caí.

Às vezes, era melhor arrancar o curativo de uma vez só.

— E caiu mesmo. — Como era possível que as palavras de Tobias Hawthorne soassem tão indiferentes e ferissem tão profundamente? — Me diga uma coisa, Jameson, no que você estava pensando quando estava no ar, sua moto em uma direção e você na outra?

Fora durante uma competição, a terceira naquele ano. Ele ganhara as duas primeiras.

— Em nada — falou Jameson, olhando para baixo.

Os Hawthorne não deveriam perder.

— E esse — concluiu Tobias Hawthorne, com a voz baixa e sedosa — é o problema.

Jameson ergueu o olhar sem que o avô mandasse. Seria pior se não o fizesse.

— Há momentos na vida — continuou seu avô, o bilionário — em que somos presenteados com a oportunidade de sair de nós mesmos. De ver o mundo de outra forma. *Ver o que outras pessoas não percebem.*

A ênfase nessas palavras fez Jameson prender a respiração.

— Não vi nada quando caí.

— Você não procurou. — O velho deixou a frase pairar no ar, então estendeu a mão para bater de leve no gesso de Jameson. — Me diga uma coisa, seu braço está doendo?

— Sim.

— E deveria doer?

A pergunta pegou Jameson de surpresa, mas ele tentou não demonstrar.

— Acho que sim.

— Nesta família, não brincamos de adivinhação. — O tom do velho não era áspero, mas era seguro, como se as palavras que acabara de dizer fossem tão certas quanto o nascer e o pôr do sol. — Você já tem idade o bastante para ser honesto, Jamie. Vejo muito de mim em você.

Jameson não esperava ouvir aquilo, com toda a certeza, e a frase fez com que se concentrasse totalmente no avô.

— Mas você deve saber que tem certos... pontos fracos. — Agora que Tobias Hawthorne tinha toda a atenção de Jameson, claramente não tinha intenção de abrir mão disso. — Em comparação aos seus irmãos — disse ele —, sua mente é comum.

Comum. Jameson sentia-se como se o velho tivesse enfiado a mão em seu peito e arrancado seu coração. Cerrou o punho de sua mão boa.

— Você está dizendo que não sou tão esperto quanto eles. — As palavras saíram cheias de fúria e crueldade... mas, no fundo, Jameson sabia que era verdade. Sempre soubera disso. — Grayson. Xander. — Ele engoliu em seco. — Nash? — Não tinha certeza em relação a esse.

— Por que você está perguntando de Nash? — retrucou o velho, ríspido. — A verdade, Jameson, é que você é até inteligente.

— Mas eles são mais espertos. — Jameson não ia chorar. *Não ia.* Não tinha chorado ao quebrar o braço e não choraria agora.

— A mente de Grayson é mais eficiente que a sua e muito menos propensa a erros. — O velho não deu ênfase especial a essa afirmação, mas também não fez nada para amenizá-la.

— E Xander... Bem, ele é o mais brilhante de todos vocês e com certeza tem mais capacidade de pensar além do óbvio.

Grayson era perfeito. Xander era único. E Jameson apenas... era.

— Os dons deles não são seus. — O velho colocou a mão no queixo de Jameson, impedindo-o de desviar o olhar. — Mas, Jameson Winchester Hawthorne, uma pessoa pode treinar sua mente para enxergar o mundo, para enxergá-lo de fato. — Tobias Hawthorne deu a seu neto um olhar franco e avaliador. — No entanto, não posso deixar de me questionar. Quando você enxergar essa teia de possibilidades à sua frente, livre do medo da dor ou do fracasso, de pensamentos que dizem o que você pode e o que não pode, o que deve e não deve ser feito... — A intensidade nas palavras do velho aumentava. — O que vai fazer com o que vir?

Eu não preciso ser comum. Foi isso que Jameson ouviu. *Eu não vou ser. Não vou.*

— O que for preciso.

Essa foi a resposta dele — a única resposta possível.

Tobias Hawthorne assentiu de leve e abriu um sorriso discreto.

— Quando se tem certos pontos fracos — comentou calmamente, batendo uma vez no gesso de Jameson —, é preciso querer mais.

Jameson não titubeou.

— Querer mais do quê?

— Tudo. — Sem dizer mais nada, o velho começou a subir as escadas. Após dar três passos, ele olhou para trás. — Vejo você no topo.

Jameson não subiu os degraus. Ou a escada. Ou pelo escorregador — ou qualquer coisa que possa remotamente ser considerada o caminho mais fácil. *Esqueça o braço. Ignore a dor.* Ele deixou de lado o belo som da música que o perfeitinho do Grayson tocava.

Se ia ser o melhor, tinha que *querer*.

Ele começou a escalar a árvore.

Capítulo 32

JAMESON

A segunda noite no Mercê do Diabo fora, até então, parecida com a primeira: Avery perdendo no pôquer e Jameson vencendo no andar debaixo — nunca por muito, nunca passando tempo demais na mesma mesa. No fim das contas, ganhar não era o objetivo. Ele queria explorar o terreno. *Ver*.

Essas foram algumas das coisas que Jameson viu no palácio subterrâneo do salão de jogos: espelhos que não eram apenas espelhos, molduras feitas para esconder olhos mágicos, colares com joias triangulares usados pelas mulheres que distribuíam as cartas e que ele suspeitava conter dispositivos de escuta, câmeras ou ambos. Jameson se lembrou da voz de Rohan ecoando no átrio — *truque das paredes* — e pensou na resposta de Zella quando perguntou sobre o Proprietário. *Ele está por toda parte.*

E tudo o que Jameson precisava fazer era impressioná-lo — ou, se não impressionar, intrigar.

Um Hawthorne sabia como ganhar tempo, então era isso que Jameson fazia, jogando em uma mesa, depois em outra, observando tudo, incluindo o fato de que havia pelo menos o dobro de pessoas naquela noite, em comparação com a noite anterior.

A notícia do excesso de confiança da Herdeira de Hawthorne nas mesas de pôquer estava se espalhando.

Jameson ficou lá embaixo jogando todos os jogos antigos um por um enquanto Avery fazia a parte dela nas alcovas. Hazard era fácil de entender, mas não exigia nenhuma habilidade real. Piquet era mais interessante, permitindo que um jogador enfrentasse diretamente o outro. Os pontos eram concedidos em rodadas múltiplas. A negociação alternava entre dois jogadores, com a vantagem estratégica para aquele que não dava as cartas. Era mais complicado entender como a pontuação era contada.

Jameson sabia lidar com o complicado.

— *Catorze*.

O homem à sua frente fez uma careta.

— *Bom*.

Na linguagem do jogo, isso significava que o homem não poderia superar a série de Jameson.

— Isso me dá trinta — observou Jameson, recostando-se na cadeira. O homem à sua frente era, ele havia percebido, um figurão importante no setor financeiro; alguém que, do alto de sua generosidade, advertira Jameson de que era parte integrante do Mercê há mais tempo do que Jameson existia.

— Trinta pontos só por essa combinação — reiterou Jameson, e então pôs fim à miséria do pobre coitado. — *Repique*.

Em outras palavras: mais sessenta pontos de bônus — e o jogo.

Uma bolsa de veludo foi jogada na direção dele.

— Muito agradecido. — Jameson sorriu, então olhou por cima do ombro para o espelho decorativo que ficava longe o bastante das mesas para que ninguém trapaceasse.

Você está de olho em mim?

Está vendo o que posso fazer?

Ele se levantou e foi até outra mesa, pronto para apostar tudo o que havia ganhado em uma única mão, se isso significasse chamar a atenção do Proprietário.

Não aposte nada que você não possa perder. O aviso de Rohan surgiu em sua mente. Por sorte, Jameson Hawthorne tinha a tendência de ver as advertências como um desafio, um convite.

Uma única mão de *vingt-et-un* depois, ele já tinha ganhado o dobro.

Será que você vai me notar se eu começar a contar as cartas? Com vários baralhos em jogo, não era uma questão de lembrar cada carta, mas de atribuir valores simples a intervalos de cartas e manter uma contagem contínua desses valores, proporcional ao número de baralhos restantes.

O que você vai fazer, Jameson podia ouvir o velho perguntar, *com o que vir?*

Rohan trocou de lugar com funcionária. Jameson nem sequer piscou, mas foi visível que os outros homens na mesa de *vingt-et-un* reagiram à presença do Factótum. Aquele era o Rohan encantador, bonito e perverso, a postura nada ameaçadora, mas ainda assim os outros jogadores mal podiam disfarçar o incômodo.

— Quatro de dezembro de 1989. — Rohan deu um sorriso malicioso quando começou a distribuir as cartas com habilidade. — Foi uma segunda-feira. Vinte e seis de dezembro de 1859... também uma segunda-feira. — Com uma única carta virada para cima na frente de cada jogador, Rohan distribuiu uma carta para si mesmo, virada para baixo. — Sempre prestei atenção nas datas. — Ele distribuiu mais cinco cartas viradas para cima, uma para cada jogador, incluindo ele mesmo. — E números. — Rohan olhou para o homem à esquerda de Jameson e arqueou uma sobrancelha. — Onze de janeiro, seis de março, primeiro de junho, todos deste ano. Devo recitar os dias da semana?

O homem à esquerda de Jameson não disse nada, e Rohan pulou Jameson para olhar para outro homem.

— Você gostaria de ouvir, Ainsley?

— Eu gostaria de jogar — vociferou o homem.

— Jogar? — disse Rohan, inclinando-se ligeiramente para a frente. — É assim que você chama suas atividades recentes?

A pergunta pareceu sugar o oxigênio da sala.

— Você conhece as regras. — O sorriso de Rohan relaxou, seus olhos enrugando um pouco nos cantos. — Todo mundo aqui conhece as regras. Já que vocês dois estão juntos nisso, eis o que faremos. Vamos jogar esta mão que distribuí, *você, você* e eu. Se eu ganhar... — O sorriso de Rohan desapareceu, como areia soprada pelo vento. — Bem, vocês sabem o que acontece se eu ganhar. — Rohan acenou com a cabeça para as cartas dos homens, viradas para cima. — Se algum de vocês vencer, vou deixar que se decidam no ringue.

Uma coisa que Jameson aprendera desde cedo ao observar o mundo era prestar atenção nas lacunas: pausas nas frases, o que não fora dito, lugares onde as pessoas deveriam estar reunidas, mas não estavam. Um rosto inexpressivo. Uma abertura.

Ninguém naquele covil secreto e subterrâneo, repleto de luxo e apostas, estava olhando para a mesa de *vingt-et-un* agora.

— E se nós dois ganharmos? — disse o homem à esquerda. Jameson tinha quase certeza de que o cara era um político, e ainda mais certeza de que estava suando.

— A proposta é a mesma. — Rohan deu outro sorriso fácil, mas havia algo perturbador nisso. O Factótum vestia outro terno vermelho esta noite, com preto por baixo, um conjunto digno do homônimo do clube. — Ouse se deleitar onde os anjos temem caminhar — murmurou, com os olhos faiscando. — Mas que sirva de aviso...

A casa sempre ganha.

Rohan desviou o olhar para o homem à direita e esperou. O homem pegou outra carta. O amigo não pegou.

Rohan deu uma carta para si mesmo. Ele desvirou a carta que restava.

— Vitória da casa.

Os homens não disseram nada, os rostos pálidos. Quando Rohan deu um passo para trás, a crupiê retornou, a joia em volta do pescoço lembrando a Jameson que ele estava sendo observado.

Todos eles estavam.

A crupiê juntou as cartas daqueles que perderam e acenou para Jameson.

— Ainda está dentro? — perguntou.

Com o canto dos olhos, Jameson viu um homem com grossos cabelos ruivos e feições que pareciam esculpidas em pedra — e então ele viu o espaço que se abria ao redor do homem. Outras pessoas tinham saído de seu caminho.

Jameson analisou a evolução do homem, então se voltou para a crupiê, em seu vestido de baile à moda antiga.

— Na verdade — disse ele — estou a fim de jogar uíste.

— Você vai precisar de uma dupla.

Jameson se virou para ver Zella, parada atrás dele.

— Você está se voluntariando? — perguntou a ela.

— Depende — respondeu a duquesa. — Você costuma perder muito, Jameson Hawthorne?

Ele estava acostumado a avaliar as outras pessoas, procurando pela jogada certa. Era interessante ver aquela mulher fazer o mesmo. *Eu costumo perder muito?*

— Perco o quanto for preciso — observou — para ganhar o jogo mais importante.

Jameson podia praticamente sentir a duquesa o lendo da mesma forma que *ele* lia as pessoas.

— Você tem um adversário específico em mente — notou — para o seu jogo de uíste.

Jameson não negou.

— Quem é ele? Aquele homem ruivo?

Em resposta, Zella começou a caminhar em direção à mesa de uíste onde o homem em questão estava sentado. *Ele apareceu logo depois que Rohan lidou com aqueles homens.* Parecia coincidência demais, bem como a maneira como as pessoas olhavam — e evitavam olhar — para aquele homem que exalava poder.

O Proprietário?

— A resposta para a pergunta que você está se fazendo — murmurou Zella ao lado dele — é não.

Era notável a facilidade com que ela percebera a pergunta por trás da pergunta.

— Quem é *você*? — perguntou Jameson à mulher ao seu lado.

— Sou apenas uma mulher que se casou com um duque. — Zella deu de ombros de leve, tão elegante quanto a safira que pendia de seu pescoço. — Um duque que não pertence à realeza, só pra constar. Bonito. Jovem.

Você o ama, seu duque. Jameson não tinha certeza de onde vinha esse instinto, mas não questionou e não a persuadiu por detalhes sobre o casamento dela.

— Só se casar com um duque não a tornaria membro daqui. — Zella sorriu. — Pode-se dizer que tenho o dom de transformar tetos de vidro em castelos de vidro.

Castelos de vidro? Jameson esquadrinhou a frase em busca de um significado. *Bonito, mas que ainda assim reprime.* Eles tinham quase chegado à mesa de uíste.

Com passos largos e graciosos, Zella parou atrás do lugar alocado para a dupla que iria jogar contra o homem ruivo.

— Algum de vocês, senhores, se importaria...

Ambos os homens se levantaram antes que a duquesa terminasse o pedido. Jameson se perguntou se eles estavam motivados a dar a Zella o que ela queria — ou se simplesmente não queriam jogar contra o homem que reivindicou um lugar em sua mesa.

Quem quer que ele fosse.

Zella sentou-se em uma das cadeiras vagas e apontou para a outra.

— Sr. Hawthorne?

Jameson se sentou.

— Zella — disse o homem, arqueando a sobrancelha.

— Branford. — Zella olhou nos olhos de Jameson de novo. — Vamos começar?

Capítulo 33

JAMESON

Branford jogava com intensidade, eficiência e sem conversa fiada. O uíste era consideravelmente mais simples que o piquet, e Jameson aprendeu rápido.

Mas não rápido o bastante.

— Você não deveria estar aqui — Branford olhou para as cartas que Jameson acabara de jogar —, menino. — Ele fez a próxima jogada... e simples assim, o time de Jameson perdeu.

Estranhamente, Zella não pareceu se importar.

Branford lançou um olhar superficial para seu parceiro.

— Certifique-se de que minha metade seja creditada na minha conta. — Ele se levantou e voltou a se sentar de repente na poltrona vitoriana, abaixando a cabeça.

Jameson demorou para entender o porquê: Avery estava no topo da magnífica escadaria — e não estava sozinha. Um homem com cabelos brancos penteados para trás e uma barba grisalha estava parado ao lado dela. Ele se vestia todo de preto e segurava uma bengala de prata brilhante.

Não é prata, percebeu Jameson. *É platina*.

Cada pessoa na sala estava sentada como Branford, com a cabeça voltada para baixo. *Como se fizessem reverência a um rei.* O homem — *o Proprietário* — poderia ter setenta ou noventa anos ou qualquer coisa no meio. Ele apoiou o peso na bengala e estendeu o braço livre para Avery.

Ela pegou.

Enquanto desciam, Branford olhou nos olhos do Proprietário e deu um leve aceno de cabeça.

Quando você enxergar essa teia de possibilidades à sua frente, livre do medo da dor ou do fracasso... O que vai fazer com o que vir?

Jameson não abaixou a cabeça. Em nítido contraste com o resto da sala, não ficou sentado. Ele se levantou e passou por Branford. Totalmente consciente de que todos os olhares da sala se voltavam para ele, caminhou para encontrar Avery e o Proprietário ao pé da escada. Ele ergueu o olhar para o Proprietário.

E deu uma piscadela.

De que valia a vida se não corresse riscos?

Capítulo 34

JAMESON

A viagem de volta pelo canal subterrâneo foi tranquila. Não havia tripulação no barco, e coube a Jameson remar. Avery estava em silêncio ao lado dele.

Jameson olhou para ela com o canto dos olhos, e soube. Só pelos lábios apertados e o jeito como olhava para a água, ele soube.

— *Taiti*, Herdeira.

O peito dela subiu e desceu, em uma respiração lenta.

— Me convidaram para entrar no Jogo.

De certa forma, Jameson soube disso assim que viu o Proprietário parado ao lado dela no topo da escada.

— Me diga que aceitou — implorou em voz baixa. — Me diga que você não pediu que ele estendesse o convite pra mim também.

Avery olhou para baixo, sombras ondulando em suas feições.

— Por que você não ia querer que eu…

— Porra, Herdeira! — xingou Jameson. Com os músculos tensos, ele puxou o remo do rio. A água pingava nas tábuas, sobre ele, porém mal parecia notar. Ele colocou o remo no chão, se endireitou e deu um passo em direção a ela, a pequena embarcação balançando sob seus pés. — Eu não quis dizer isso.

— Sim — disse Avery, com o queixo levantado e o cabelo caindo do rosto —, você quis dizer. E pedir ao Proprietário para incluir você não funcionou, então é óbvio que foi a decisão errada.

Jameson odiava ter explodido com ela, odiava sentir que a vitória de Avery era a perda dele. Recusando-se a continuar se sentindo assim, ele levou as mãos à nuca dela, os dedos se curvando suavemente em seu cabelo.

— Não precisa ser tão gentil. — A voz de Avery era baixa, mas ecoou pelo canal, os dois iluminados apenas pela lanterna na frente do barco e o leve brilho da pedra ao redor deles.

Jameson inclinou a cabeça para trás. O pescoço dela estava à mostra, o rosto ainda na sombra.

— Sim. Eu preciso.

No instante seguinte, os dedos de Avery estavam enterrados no cabelo de Jameson — e *ela* não foi gentil. Houve momentos em que a promessa dos lábios deles se tocando era tão poderosa quanto qualquer beijo, mas nenhum dos dois estava a fim de promessas agora.

Ele precisava daquilo. Precisava *de Avery*. Beijá-la sempre parecia *certo*. Parecia *tudo*, parecia *mais*, como se houvesse um propósito para sua fome, e era isso.

Era isso.

Era isso.

E ainda assim, ele não conseguia desligar a parte de seu cérebro que dizia que ele havia falhado. Mais uma vez, ele não era o suficiente. *Comum.*

Foi Avery quem recuou — mas só um pouco. Roçava a boca na dele enquanto falava.

— Tem mais uma coisa que preciso te contar. É sobre o homem com quem você estava jogando uíste.

O corpo de Jameson pulsava com a lembrança do toque dela, cada um de seus sentidos intensificados.

— Estava jogando contra ele — corrigiu, lembrando-se do tom com que Branford o chamara de *menino*.

— Ele disse o nome dele? — perguntou Avery.

— Zella o chamou de Branford. — Jameson conhecia os trejeitos de Avery, todos eles. — Você sabe de alguma coisa.

— Fui informada que Branford é um título, não um nome. — Avery segurou a mão dele, virando a palma para cima. — Um título de cortesia, o que, acho eu, significa que ele ainda não herdou o grande título.

Jameson olhou para a mão dele, entre as dela.

— E qual seria esse grande título?

Avery desenhou um *W* na palma da mão dele, e Jameson sentiu o toque em cada centímetro de seu corpo.

— De acordo com o Proprietário — murmurou Avery —, Branford é o filho mais velho e herdeiro do conde de Wycliffe. — Outra pausa, outro momento em que o corpo de Jameson registrou o quão perto estava do dela. — E isso faz dele Simon Johnstone-Jameson — concluiu Avery —, o Visconde Branford.

Capítulo 35

JAMESON

Ian tinha algumas explicações a dar.

— Que bom te encontrar aqui — disse Jameson, surgindo das sombras quando o homem em questão entrava no quarto do hotel, bêbado, de ressaca ou possivelmente os dois.

Ian ergueu a cabeça.

— De onde você veio?

Era uma pergunta razoável. Afinal, o cômodo ficava no quarto andar de um hotel muito bom e seguro. Jameson olhou significativamente para a janela em resposta.

— Eu teria visitado você no King's Gate Terrace, mas nós dois sabemos que aquele apartamento não é seu. — Jameson não demorou muito para descobrir que Ian não estava na residência... nem para que o segurança sugerisse, tenso, que ele procurasse no hotel. — O King's Gate Terrace pertence a Branford — acrescentou Jameson —, ou devo dizer Simon? O visconde?

— Então você conheceu meu irmão. — Ian se empoleirou na beirada da mesa. — Encantador, não?

Jameson pensou por alguns instantes em seus irmãos — em tradições, rivalidades e história, no que significava crescer ao lado de alguém, ser criado sendo comparado a eles.

— O encantador me venceu no uíste.

Ian absorveu a informação. Para alguém que obviamente tinha bebido, ele pareceu ficar sóbrio bem rápido. Jameson esperou por um comentário irônico sobre ter perdido, uma provocação, um sermão, uma *crítica*.

— Nunca liguei muito pra uíste — declarou Ian, dando de ombros.

A sensação mais estranha tomou conta do peito de Jameson.

— E aliás, o apartamento do King's Gate Terrace não é de Simon — completou Ian, insolente. — Como você deve se lembrar, tenho mais de um irmão.

Os dois mais velhos, Jameson se lembrou de ouvir Ian contar para Avery.

— E um pai que é conde — acrescentou Jameson, enfatizando isso.

— Se isso ajuda — ofereceu Ian, preguiçoso —, é um dos condados mais novos. Criado em 1871.

— Isso não ajuda. — Jameson olhou para Ian. — Nem me mandar para o Mercê do Diabo sem saber o que eu encontraria lá. — *Quem* ele encontraria lá.

— Simon mal pode ser considerado membro. — Ian desprezou a objeção. — Há anos que não aparece no Mercê.

— Até agora.

— Alguém deve ter informado meu irmão sobre minha perda — admitiu Ian.

— Você acha que ele está tentando obter um convite para o Jogo. — Jameson não formulou a frase como uma pergunta.

— Via de regra — retrucou Ian —, meu irmão não *tenta* fazer nada.

Ele consegue. As palavras não foram pronunciadas, mas Jameson respondeu como se tivessem sido.

— Você está dizendo que Simon Johnstone-Jameson, Visconde Branford, consegue o que quer.

— Estou dizendo — respondeu Ian — que você *não pode* permitir que ele ganhe Vantage. — Havia algo honesto e selvagem naquele *não pode*. Jameson não queria ouvir, entender ou reconhecer, mas o fez.

— Crescer como o terceiro filho de um conde — explicou Ian após alguns instantes, a voz rouca — foi, imagino, um pouco como crescer como o terceiro neto de um bilionário americano. — Ian foi até a janela ver a parede que Jameson tivera que escalar para chegar até ali. — Um irmão perfeito — continuou ele —, um irmão brilhante... e depois havia eu.

Ele quer que eu sinta que somos iguais. Jameson reconheceu a verdade por trás do movimento. *Ele já brincou comigo antes. Não tem o direito de brincar de novo.*

Mas quando Ian se afastou da janela, não parecia estar brincando.

— Minha mãe via algo em mim — disse Ian com a voz rouca. — Ela deixou Vantage para *mim*. — Ele deu um passo à frente. — Ganhe de volta — disse ele a Jameson — e um dia deixarei para você.

Essa promessa o atingiu com a força de um soco. Os ouvidos de Jameson rugiram. *Nada importa a menos que você permita.*

— Por que você faria isso? — rebateu ele.

— Por que não? — respondeu Ian impulsivamente. — Não sou do tipo que fica em relacionamentos. Vai ter que ir para alguém, não vai? — A ideia parecia estar crescendo nele. — E isso deixaria Simon louco.

Essa última frase, mais do que qualquer outra coisa, convenceu Jameson de que a oferta de Ian era genuína. *Se eu ganhar Vantage de volta, ele a deixará para mim.* O lado Hawthorne de Jameson reconheceu o óbvio: ele poderia ganhar para si mesmo, deixando Ian de fora.

Mas então não seria um presente de seu pai.

Jameson não se demorou muito com esse pensamento.

— Esta noite, Avery recebeu um convite para o Jogo — contou para Ian. — Eu não recebi. Ainda não.

Os olhos vermelhos de Ian se concentraram em Jameson — e apenas em Jameson.

— O Proprietário apareceu no topo da grande escadaria e desceu?

Jameson assentiu veementemente.

— De braços dados com Avery.

— Então devemos agir logo. — Ian começou a andar, e Jameson sabia que a mente do homem estava acelerada, sabia exatamente *como* estava acelerada. — Os outros jogadores serão escolhidos amanhã à noite. Me diga o que você fez até agora para garantir o convite para o Jogo.

Não fiz o bastante, pensou Jameson.

— Primeiro me diga o que você fez para ser banido — rebateu. — O Factótum sabe que sou seu filho.

Ian passou a mão agressivamente pelo cabelo.

— O pestinha sabe de tudo.

Jameson deu de ombros.

— Esse parece ser o trabalho dele... Isso e manter os membros sob controle. — Ele pensou na maneira como Rohan havia lidado com aqueles homens. — O que você fez, Ian?

O que mais eu não sei?
— Eu perdi. — Ian virou as mãos para Jameson em um *mea culpa* nada sincero. — Pessoas que perdem muito ficam desesperadas. O Factótum não confia em homens desesperados. — Os lábios de Ian se curvaram em um sorriso sombrio e irônico. — E posso ter derrubado uma ou duas cadeiras.
Então você tem temperamento ruim. Jameson não pensou nisso. Não era hora de pensar em nada.
— Havia dois homens lá esta noite. Não sei exatamente o que fizeram, mas o Factótum... *Rohan...* falou uma série de datas, que devem ser aquelas em que cometeram algum tipo de transgressão. Ele ofereceu a chance de jogarem contra ele.
Ian inclinou a cabeça para o lado, o corpo muito imóvel.
— Quais eram os termos?
— Se um ou ambos vencessem, eles poderiam resolver no ringue.
— Ah. — Ian ergueu uma sobrancelha. — Aquele que perdesse no ringue seria punido por ambos. Isso com certeza faria com que lutassem com motivação... e traria muito dinheiro em apostas. Mas não foi isso que aconteceu, foi?
— Rohan ganhou. Disse que eles sabiam o que aconteceria se ganhasse. — Jameson tinha uma forte sensação de que todos naquela sala sabiam. Todos menos ele. — Eles foram banidos, como você?
— O exílio é considerado um castigo mais leve. — O característico ar de descontração de Ian estava de volta. — Não, aqueles pobres coitados, quem quer que sejam, vão pagar um preço muito mais alto. — Ian estava inquieto. — Não foi coincidência que o Factótum tenha feito alguém de exemplo um pouco antes do Jogo.
Os olhos de Jameson se estreitaram.

— O que você sabe que eu não sei?

— Sua Herdeira, ela não virou de fato membro do Mercê, então imagino que não pagou a taxa.

Jameson pensou na oferta inicial de Rohan. *A taxa para ingressar no Mercê do Diabo é... muito mais alta.*

— O preço para se tornar membro... quanto é? — Quando Ian não respondeu, Jameson mudou a pergunta. — *O que é?*

Ian voltou para a janela, e Jameson teve a vaga sensação de que estava verificando se não estavam sendo observados ou ouvidos.

— Existe um livro-razão no Mercê do Diabo, tão antigo quanto o próprio clube. Para se tornar membro, para pagar a taxa, você deve fornecer algumas informações para o livro-razão. Material de chantagem que pode ser usado contra você.

Jameson sentiu seus batimentos acelerarem.

— Segredos.

— Terríveis — concordou Ian. — Afinal, o Proprietário precisa de um modo de manter todos aqueles homens poderosos na linha. — Ian falava como se não fosse um deles. — Um segredo e uma prova. É isso que o livro contém. Aqueles que contrariam o Proprietário rapidamente se encontram à sua mercê.

À Mercê do Diabo. De repente, o nome do clube adquiriu um novo significado.

— E a mercê do Proprietário costuma ser piedosa? — perguntou Jameson.

— Depende do crime. De vez em quando, ele arruína a vida de um homem só para lembrar ao resto de nós que tem esse poder, mas com mais frequência, a punição se ajusta ao crime. Os homens que arriscam a ira do Proprietário encontram-se em risco. Sua taxa torna-se um prêmio que seus pares podem ganhar.

A mente de Jameson disparou enquanto ele juntava as peças.

— O Jogo. Não é apenas pelos *ativos* que a casa ganhou ao longo do ano.

Os olhos de Ian se fixaram nos dele.

— O vencedor pode escolher: um prêmio cobiçado ou uma taxa caducada, uma página do livro-razão de um membro desonrado.

Um segredo terrível, pensou Jameson. *Material de chantagem*. Do tipo que poderia arruinar uma pessoa.

— Quanto mais poderoso o membro — completou Ian —, mais valiosa sua taxa é para o resto. Me diga, quem brigou com o Diabo hoje?

O Diabo. Jameson não sabia se aquilo se referia a Rohan, ao Proprietário ou ao Mercê.

— Eu não sei.

Ian olhou fixamente para ele, então desviou o olhar.

— Talvez eu esteja exigindo muito de você.

Jameson sentiu como se uma agulha tivesse sido espetada em seu peito. *Comum*, uma voz dentro dele zombou. *Menos*. Ele cerrou os dentes.

— Ainsley. — Jameson puxou o nome de sua memória. — Rohan se dirigiu a um dos homens como Ainsley.

Ian xingou baixinho.

— Não há um membro do Mercê que não esteja lutando por um convite para o Jogo agora. — O homem deu um passo à frente, uma intensidade estranhamente familiar em seus olhos verdes vívidos. — O que você fez para ser convidado?

Aquela pergunta. De novo. Jameson não vacilou, não hesitou, não piscou.

— Ganhei nas mesas.

— Isso não é o suficiente.

Quantas vezes Jameson ouviu alguma versão diferente dessas palavras? Quantas vezes ele as havia dito para si mesmo? *Quando se tem certos pontos fracos, é preciso querer mais.*

— Eu o desafiei.

— Me conte.

Jameson contou.

— Você *piscou* pra ele? Enquanto ele descia? — Ian jogou a cabeça para trás e riu. Foi tão inesperado que Jameson quase não percebeu. *Eu o fiz rir.*

Jameson era muito Hawthorne para pensar nisso por muito tempo.

— Fui ensinado a procurar por aberturas... e usá-las. Para o bem ou para o mal, o Proprietário vai ficar de olho em mim agora.

— Se você quer atingir seu objetivo — repetiu Ian, sem qualquer traço de humor em seu tom —, vai ter que fazer muito mais do que vencer nas mesas.

Não tenha medo. Não se segure. Jameson sentiu algo se soltar dentro de si.

— Então não vou limitar minhas vitórias às mesas. — Ele poderia fazer isso. Ele *era* isso. — Amanhã, vou começar a noite no ringue.

Capítulo 36

GRAYSON

Eve. **Grayson não sentiu nada ao ouvir o nome.** Ele não se permitiu sentir nada.

— O que você quer? — perguntou ao espião de Eve.

— O que *eu* quero — respondeu o garoto de olhos escuros, parando — não é da sua conta.

A implicação óbvia era que só importava o que *Eve* queria.

Grayson não estava disposto a perdoar — nem a ele mesmo, nem a ela. A traição ainda tinha gosto de fracasso, amarga como uma planta envenenada, acobreada como sangue. Eve o havia usado para conseguir o que queria: todo o poder da fortuna do bisavô dela, o império dele.

Os funcionários dele, pensou Grayson, avaliando o espião que o seguira sob um novo prisma. Vincent Blake era perigoso. Qualquer um que trabalhasse para ele também deveria ser.

Ao olhar para seu oponente, Gray vislumbrou manchas pretas nos antebraços do espião. *Tatuagens, obscurecidas pela camisa.* Era possível ver um único tentáculo saindo pela gola e subindo pela lateral do pescoço.

— Você faz tudo o que Eve manda? — perguntou Grayson. Poderia fazer a pergunta soar como um insulto ou um desafio. Mas não o fez. Quanto menos você revelasse com seu tom, mais significado poderia extrair da resposta de seu oponente.

— Você não quer saber o que já fiz. — O cara nem pestanejou.

— Você vai ter que contar para ela que eu te vi. — Grayson tentou de novo, o tom ainda neutro.

— Você é o tipo de cara que gosta de dizer às pessoas o que elas devem fazer? — Uma pergunta desse tipo deveria vir acompanhada de algum tipo de movimento: a cabeça inclinada, os olhos semicerrados, o maxilar tensionando. Mas o cara na frente de Grayson estava imóvel como uma estátua: impassível, imperturbável.

Não tenho uma palavra a dizer sobre o tipo de homem que sou.

— Você pode dizer a Eve que minha postura não mudou. Ela fez a escolha dela. Ela não é nada para mim.

Nada exceto um erro de julgamento e um lembrete do que aconteceu quando Grayson baixou a guarda. O que aconteceu quando ele cometeu erros.

— Se você acha que vou dizer isso a Eve, está vivendo no mundo da lua, playboy. — O espião de Eve passou da imobilidade para o movimento, voltando a circular Grayson, como um predador brincando com a presa. Então, ele se virou.

O espião falou enquanto se afastava, sem olhar para trás:

— Só pra você saber, meu chapa, ela não me mandou pra Phoenix pra ficar de olho em *você*.

Capítulo 37

GRAYSON

Eve enviara alguém para vigiar a família Grayson. Não importa quantas vezes Grayson repassasse os fatos, essa era a única conclusão que era capaz de chegar. E não importa quantas vezes chegasse a essa conclusão, enquanto voltava para o hotel, ele não conseguia afastar a lembrança que teimava em voltar.

— *Não queria incomodar.*

— *Queria sim.* — Grayson sai da piscina. *O ar da noite atinge sua pele como gelo... ou talvez aquele fosse um efeito colateral de falar com um fantasma.*

A garota em frente a ele se parece tanto com Emily que ele mal consegue respirar.

— *Minha existência perturba as pessoas.* — *Ela também fala como Em, mas com um tipo diferente de rispidez, uma animação mais sutil.* — *Efeito colateral de ser fruto de uma traição.*

Essa declaração faz Grayson se lembrar quem de fato é essa garota — não é uma Hawthorne de nome ou sangue, mas uma distorção dos galhos da árvore genealógica e que, ainda assim, precisavam proteger.

— Que foi? — Eve exige, provavelmente pelo jeito que ele está olhando para ela. Ela afasta o cabelo do rosto, e o olhar de Grayson se concentra no hematoma em sua têmpora, os cantos feios e sarapintados ultrapassando os limites do curativo. Alguém a machucou.

E esse alguém irá pagar.

— Dói? — Ele dá um passo na direção dela, atraído como uma mariposa atraída pela luz.

— Minha existência?

— Seu machucado.

Grayson finalmente se livrou da memória e se concentrou no que importava: Eve tinha enviado alguém — e alguém muito perigoso — para vigiar a família Grayson. Persegui-la de longe. Visto que Eve era uma das únicas pessoas no planeta que sabia que Sheffield Grayson não estava desaparecido, aquele era um risco inaceitável.

Ela mandou alguém vigiar a família do meu pai — e agora que estou aqui, me vigiar também. Grayson estava em alerta máximo quando colocou o cartão-chave preto na porta de seu quarto de hotel. Ele não acendeu as luzes até verificar que não havia nada ali. Nada de microfones escondidos. Nada de câmeras.

Nada de Nash.

Quando Grayson finalmente acendeu uma das luzes, a primeira coisa que viu foi a impressora 3D que havia solicitado. Ele ativou a tela do computador e foi recebido por um ícone vermelho e redondo que informava o número de mensagens que Gigi havia enviado. *Dezessete.*

Ela queria a foto que ele havia tirado das senhas de Trowbridge, e recorrera a fotos de gatos sem pelos e letras maiúsculas para fazê-lo enviar.

SE VOCÊ NÃO ME DER O QUE QUERO, VOU TE COMPRAR ESSE GATINHO MINÚSCULO SEM PELOS.

Grayson sentiu uma onda de afeição o dominar. Era extraordinário como ela conseguira derrubar tão rápido as barreiras que ele colocava. *Não se apegue. Você sabe o que tem que fazer.*

Ele transferiu a fotografia do celular para o computador e começou a alterá-la. O 9 de uma das senhas virou 8, o 7 de outra senha virou 2. Um V poderia facilmente virar W, um L passava a ser D, o Z transformado em 7. Qualquer dígito no final de uma sequência podia ser excluído.

A cada mudança que Grayson fazia, ele imaginava o sorriso radiante de Gigi, seus olhos brilhantes e dançantes. Quando terminou, enviou a foto para ela, junto com a mensagem: *se você não fizer nenhum progresso hoje, vou precisar de uma cópia dos arquivos amanhã.*

Ele tentou não se sentir culpado pelo fato de que ela não chegaria a lugar nenhum — de propósito.

Seguindo o caminho que havia definido, Grayson imprimiu uma cópia de cada uma das chaves que criou: uma delas era uma duplicata exata da que Gigi tinha, e a outra, uma falsificação. Então enviou uma mensagem para Zabrowski, com três ordens.

As chaves estão prontas para serem retiradas.

É melhor que você me atualize dos progressos que fizer.

Em anexo, você vai encontrar a foto de um carro, completo e com placa. O motorista tinha um metro e oitenta e sete, pesava cerca de setenta e cinco quilos, cabelo loiro, olhos escuros, uma cicatriz na sobrancelha esquerda. Idade aproximada entre dezesseis e vinte anos, tatuagens nos braços e no pescoço. Quero a identificação e os antecedentes completos dele. Agora.

Grayson fez outra transferência para a conta de Zabrowski assim que a mensagem foi enviada. Então, descartou em sua mente tudo relacionado a Eve e seu espião. Voltou a se concentrar nos dois itens que trouxera para casa no dia anterior: aquele que não-era-um-pen-drive e a ficha pautada.

Suas tentativas anteriores de revelar tinta invisível não deram em nada, então, desta vez, seu olhar foi atraído para as perfurações na ficha: duas na borda superior, uma à direita. As outras duas bordas estavam intactas. As perfurações eram pequenas. *Menos de um centímetro, regulares, sem distorcer a ficha.* Se a ficha foi colada com fita dentro do computador, será que o ato de puxá-la — repetidas vezes — tenha causado as perfurações?

Estou vendo significado onde não há nenhum?

Grayson pegou o pen drive falso e testou sua resistência ao pressioná-lo na ficha. *Nada.* Pensou na fotografia alterada que enviara a Gigi, em como tinha armado para que fracassasse — e depois pensou em Savannah e na forma como as pessoas falavam dela, mesmo quando buscavam o bajular.

Não é da minha conta. Grayson deixou os itens de lado na mesa, colocou as chaves que imprimiu em um envelope e as mandou para a recepção para que Zabrowski fosse buscá-las. Recusando-se a pensar mais tempo naquele assunto, entrou no maior entre os três banheiros do quarto, ligou o chuveiro na temperatura mais quente possível e tirou a camisa.

Enquanto esperava que o vapor dentro do chuveiro aumentasse, ele caminhou até as portas duplas que separavam o banheiro do quarto anexo. Abriu as portas, julgando que o batente era largo o suficiente. Com os braços em v, ele colocou uma palma em cada lado do batente da porta, e então lentamente se ergueu do chão. Braços bem abertos, tensos, cada músculo em seu peito, pescoço e abdômen retesados, e ficou naquela posição.

Observou o espelho do banheiro embaçar, observou sua própria imagem desaparecer pouco a pouco e, com isso e a concentração necessária para ficar naquela posição, os pensamentos e imagens começaram a sair de sua mente, um por um. Primeiro Gigi, depois Savannah. Eve. O espião dela. As meninas na festa.

Sinto muito que aquela tal de Avery tenha pegado todo seu dinheiro.

E escolhido seu irmão.

E partido seu coração.

O coração dele não estava partido. Não poderia estar, quando se manter no ar exigia todo seu foco. Quando sua mente enfim ficou em silêncio, os braços cederam. Ele caiu no chão, de joelhos.

Não ficou no chão por muito tempo.

O banho estava quente demais, mas Grayson não se afastou do jato ou diminuiu a temperatura. Ele não tinha certeza de quanto tempo estava ali parado quando seu celular tocou. Mas ao fechar a torneira e sair do chuveiro, viu que a ligação vinha de um número anônimo e se preparou.

O espião de Eve já teria feito seu relatório àquela altura.

Grayson não deveria atender à ligação dela, mas o fez.

— O que você quer?

— Respostas. — *Esta não é a voz de Eve.* Era a mulher que havia ligado antes. Seu tom era mais baixo que o de Eve, não exatamente rouco, mas quase. — Duas, para ser mais específica.

— Duas respostas — ressaltou Grayson, a voz soando desdenhosa até para ele.

— Eu tinha quatro anos. — Nesse registro mais grave, seu tom subia e descia. — Meus pais já eram divorciados. Era um dia depois do meu aniversário e ele disse que queria me ver. Disse que tinha algo pra mim.

Seu pai, completou Grayson, mas não a interrompeu, não a fez parar, se forçou a ouvir cada pausa, cada respiração, cada palavra.

— Meu pai — disse ela, como se tivesse que se forçar a colocar essas duas palavras lado a lado — me deu um colar de balas com apenas três balas nele. Deve ter comido o resto dos doces? — Aquilo não soava bem como uma pergunta. A voz ficou mais rouca, falhando em intervalos como se contar aquilo a destruísse. — Enfim. Ele me deu o colar e uma flor. Um copo-de-leite. E se inclinou para a frente e sussurrou, no meu ouvido, *um Hawthorne fez isso*.

Ela não parou, mas o cérebro de Grayson se apegou a essas palavras, forçando-o a acompanhá-la enquanto continuava falando.

— E então ele se virou e começou a se afastar, e foi quando vi a arma. — *Agora* ela fez uma pausa. — Eu não conseguia me mexer. Fiquei parada ali, segurando os doces que sobraram no colar e a flor, e vi meu pai subir para o andar de cima com a arma.

Havia algo no ritmo que ela falava que fazia parecer que contava uma história que ocorrera com outra pessoa.

— E lá no alto da escada, ele se virou, e falou palavras que nem faziam sentido, balbuciando. E então, ele desapareceu. Menos de um minuto depois, ouvi a arma disparar.

A falta deliberada de intensidade na voz dela teve um impacto quase tão grande quanto as palavras que dizia, a imagem mental que ela fornecia.

— Eu não subi. — Isso soou quase como uma pergunta. — Me lembro de deixar a flor cair e, de repente, minha mãe e padrasto surgiram, e tudo acabou. — Dessa vez, ele a ouviu inspirar fundo e trêmula. — Eu tinha me esquecido disso. Bloqueado. E alguns anos atrás, comecei a ouvir e ver o nome Hawthorne em todas as notícias.

Não completaram dois anos ainda. Grayson reprimiu o desejo de fazer essa correção.

— O meu avô tinha morrido.

— Havia uma nova Herdeira. Mistério. Intriga. Uma verdadeira história de Cinderela. *Hawthorne. Hawthorne. Hawthorne.*

Grayson pensou sobre o que ela havia dito — o que ela havia ouvido. *Um Hawthorne fez isso.*

— Você se lembrou.

— Em sonhos, grande parte das vezes.

Por alguma razão, isso o atingiu com força. *Quase nunca sonho.* As palavras quase escaparam de sua boca.

— Você disse que tinha duas perguntas. — Grayson precisava manter essa conversa nos trilhos.

— Eu disse que queria duas respostas. — A correção foi ácida e precisa. Ela não perdeu tempo em especificar a primeira resposta. — O que seu avô fez?

Grayson poderia ter discutido, poderia ter apontado que Hawthorne não era um nome incomum. Mas, em vez disso, ele pensou em uma sala na Casa Hawthorne, repleta de pilhas e mais pilhas de arquivos.

— Eu não saberia dizer — ele manteve a voz tão ríspida quanto a dela —, porém o mais provável é que, seja o que for que Tobias Hawthorne fazia ou não fazia, deve ter arruinado seu pai financeiramente. — Era tudo o que ele pretendia dizer, mas não conseguia afastar a sensação de que devia mais a ela.

Não conseguia afastar o pensamento de uma garotinha segurando um único lírio e um colar de doces quase comido. *Olhando para uma escada vazia. Um tiro ecoando em seus ouvidos.*

— Se você me disser o nome do seu pai... — Grayson começou a dizer.

Ela o interrompeu.

— Não.

Ele se irritou.

— O que você espera que eu faça sem um nome?

— Não sei. — Ela não parecia... vulnerável. Mas também não soava exatamente com raiva. — A última coisa que ele me disse, no topo da escada...

— *Palavras que nem faziam sentido* — murmurou Grayson.

— *"O que faz uma aposta começar"* — citou ela —, e então, ele disse *"não é isso"*. — A garota esperou Grayson falar, mas a impaciência não permitiu que esperasse muito. — Isso quer dizer alguma coisa para você, menino Hawthorne?

O que faz uma aposta começar? Não é isso.

— Não. — Grayson quase odiou dizer isso a ela.

— Eu não deveria ter ligado. Não sei por que continuo fazendo isso.

Ela ia desligar. Grayson percebeu ao mesmo tempo que se deu conta de outra coisa, mais inesperada: não queria que ela o fizesse.

— Pode ser um enigma. — Grayson ouviu um suspiro discreto e continuou. — Meu avô gostava muito de enigmas.

— *O que faz uma aposta começar?* — A voz dela assumiu um tom diferente agora. — *Não é isso.*

E então ela de fato desligou. Grayson manteve o celular no ouvido por mais algum tempo. Percebeu que estava pingando água no colchão e que a pele, ainda rosada pelo banho fervendo, agora estava gelada.

Pegando uma toalha, ele revirou o enigma em sua cabeça e então mandou uma mensagem para Xander. *Você já voltou para a Casa Hawthorne?*

A resposta veio quase na mesma hora: *não*, seguido por uma série suspeita de minúsculos símbolos ilustrados: um lança-confetes, notas musicais, fogo e uma coroa. *Mas eu tenho meus contatos*, dizia a mensagem que Xander enviou a seguir. *Do que você precisa?*

— Contatos? — ironizou Grayson, mas isso não o impediu de responder à mensagem de Xander. *Preciso que alguém analise a Lista do velhote.*

Capítulo 38

GRAYSON

Naquela noite, Grayson sonhou com um labirinto. Ele estava no centro, cacos de vidro pairando no ar ao seu redor. Não podia andar para a frente, não podia dar um passo para trás sem que um dos cacos o cortassem. Na superfície brilhante de cada fragmento, ele via uma imagem.

O anel de opala negra. Avery. Emily. Eve. Gigi e Savannah...

Grayson acordou assustado, um punho inexistente apertando seus pulmões. Jogou as cobertas de lado e estendeu a mão para o interruptor na parede. A persiana que cobria a janela do quarto subiu lentamente, revelando que o sol estava alto no céu.

Tinha perdido a hora.

Grayson verificou o celular. Ainda não havia nada sobre a Lista do velho — e nem de Gigi, aliás. Pensou em enviar uma mensagem, mas reprimiu este impulso. Paciência era uma virtude. Havia tomado cuidado para que ela não encontrasse nada em sua busca pelos arquivos protegidos por senha. Tinha ganhado tempo.

Quando tivesse a chave falsificada...
Quando entendesse melhor a situação com o FBI...
Quando Gigi tivesse enviado os arquivos para ele...
Então Grayson daria o próximo passo. Nesse meio-tempo, se a presença dele em Phoenix fez com que Eve direcionasse o espião para ele em vez de a família Grayson — e a noite anterior sugeria que ela havia feito isso —, então estava tudo bem.

Na manhã seguinte, enquanto Grayson dava sua vigésima volta na piscina do hotel, Zabrowski enfim entrou em contato.
Estou aqui.
O tempo de esperar havia acabado.
Grayson vestiu roupas secas e foi encontrar Zabrowski em um beco a dois quarteirões de distância. A primeira coisa que o detetive particular fez foi entregar dois envelopes, cada um contendo um dos modelos fornecidos por Grayson e uma chave de metal correspondente. Ele inspecionou as chaves para garantir que a cor do metal que o homem de Zabrowski havia usado correspondia com àquele da chave de Gigi.
Depois de julgar as chaves satisfatórias, ele as colocou no bolso do terno e voltou a olhar para Zabrowski.
— Sem sorte com a papelada dos fundos das gêmeas — relatou o homem. — Mas consegui algumas respostas sobre a investigação de Sheffield Grayson. Foi pego no flagra por sonegar impostos e ocultar fluxos significativos de rendas vindas do exterior.
— Não é de admirar que a receita tenha congelado as contas dele. E o FBI?

— Muito interessado em saber de onde veio parte dessa renda — respondeu Zabrowski. — Está parecendo apropriação indébita de fundos.

— Da própria empresa dele?

— É aqui que fica interessante. Parece que Sheffield Grayson só tinha trinta por cento da participação. A sogra dele, que financiou a coisa toda, era dona do resto.

Grayson revirou isso em sua mente e lembrou-se de algo que Gigi havia dito.

— Ele vendeu a empresa logo após a morte da avó das meninas. Supondo que as cotas dela na empresa estivessem incluídas em um ou mais fundos que criou para as herdeiras, imagino que Sheffield Grayson estava bem-motivado a se desfazer de tudo antes que o responsável começasse a meter o bedelho.

O responsável. Trowbridge. As peças do quebra-cabeça estavam começando a se encaixar na mente de Grayson, mas ele ainda não tinha informações suficientes para ver tudo. — O FBI está fazendo muita pressão na investigação?

— Não sei dizer.

— Eles conseguiram encontrá-lo? — perguntou Grayson. Era o mais perto que podia chegar de perguntar o que de fato queria saber.

— Não. A opinião geral é de que esse cara é um cretino sorrateiro.

Se Grayson conseguisse garantir que a opinião geral prevalecesse, Avery estaria a salvo.

— Você tem mais alguma coisa para me contar? — perguntou Grayson.

Zabrowski alcançou algo dentro do carro e entregou um arquivo para Grayson, que o abriu e viu um rosto familiar olhando para ele. *Olhos escuros. A cicatriz na sobrancelha.*

— Mattias Slater — disse Zabrowski. — Atende por Slate. Não tem nada nos registros dele, mas no do pai tem... uma longa lista de acusações, mas só foi preso por algumas.

Grayson folheou o arquivo.

— Advogado de defesa caro — observou ele.

— Até — comentou Zabrowski com um olhar significativo — as últimas acusações criminais.

Pelas quais ele foi preso, pensou Grayson. Ele se perguntou se o pai de Mattias Slater tinha trabalhado para a família Blake — para Vincent Blake. Isso explicaria os advogados caros. *Até que ele se desentendeu com o chefe?*

— O que sabemos de Mattias? — indagou Grayson. — Informações pessoais?

Zabrowski estreitou os olhos.

— Em um dia? Não muita coisa. O pai morreu. A mãe declarou falência ano passado para não pagar tratamentos médicos.

Grayson voltou a pensar no confronto com o espião de Eve. *Você não quer saber,* dissera Mattias Slater, *o que já fiz.*

— Quer que eu continue pesquisando? — perguntou Zabrowski.

Grayson fechou a pasta.

— A prioridade é a papelada do fundo — respondeu para Zabrowski —, mas sim.

Grayson abriu a porta do saguão do hotel para encontrar uma cena nada típica do Haywood-Astyria.

Gigi estava em pé em uma poltrona, discutindo com o segurança do hotel.

— Mais ou menos essa altura — dizia —, gosta muito de erguer a sobrancelha, usa sempre frases imperativas, loiro e meio melancólico.

— Como você já foi informada por diversos funcionários, senhorita, não podemos fornecer informações sobre nossos hóspedes.

— Ajuda se eu descrever as maçãs do rosto altas ou se fizer uma imitação engraçada, coisa do tipo? — perguntou Gigi, cativante.

Grayson decidiu interferir.

— Não — disse ele, andando a passos largos para se enfiar entre Gigi e o segurança. — Isso não ia ajudar. Por favor, desça da poltrona.

— *Sobrancelha erguida* — apontou Gigi para o segurança em uma voz profunda e dramática —, *seguida por uma frase imperativa.*

Grayson não pôde deixar de notar a boca do segurança se curvando.

— Eu assumo a partir daqui — falou para o homem.

Gigi desceu da poltrona e deu um sorriso largo.

— Me pergunte o que estou fazendo aqui, Grayson.

— O que você está fazendo aqui?

Ela ficou na ponta dos pés.

— Nós conseguimos!

— Abrir os arquivos? — Grayson não demonstrou o quanto estava surpreso. — As senhas? — Ele tinha *alterado* as senhas. Ela não deveria ter chegado a lugar nenhum com aqueles arquivos.

— Inúteis! — respondeu Gigi, alegre. — Passei o dia todo nisso e não cheguei a lugar nenhum. Maaaaaaas... — O sorriso de Gigi era tão largo que parecia prestes a dividir seu rosto em dois. — Savannah encontrou um documento falso escondido atrás do painel elétrico da academia! — Ela praticamente vibrava de felicidade. — Sabemos o nome que ele usava para abrir o cofre. Temos a chave. Próxima parada: o banco!

Grayson pensou na cópia da chave em seu bolso e olhou para a que estava no pescoço dela. O tempo estava contra ele agora. Precisava encontrar uma forma de fazer a troca.

Capítulo 39

JAMESON

O ringue do Mercê do Diabo era menor do que um de boxe moderno e cercado por cordas ásperas e desgastadas que pareciam contar histórias de épocas passadas.

— Você não devia ver isso — disse Jameson para Avery enquanto analisava os dois primeiros lutadores que subiram na plataforma: sem camisa, sem sapatos, sem luvas.

— Pelo contrário. — Rohan apareceu ao lado deles, vestido de preto. O smoking deveria parecer formal, mas ele não usava gravata e os quatro primeiros botões da camisa estavam abertos. — É melhor ela ficar. — Seus olhos escuros encontraram os de Avery. — Faça uma aposta ou duas.

— Não estaria apostando contra a casa? — perguntou Avery. Era a terceira noite, e ela ainda tinha quase duzentas mil libras a perder nas mesas, segundo o acordo.

— Considere que seu pagamento foi feito na íntegra. — Rohan sorriu, a expressão relaxada demais para o gosto de Jameson. — A terceira noite era mais para garantir certa segurança pra mim.

Em outras palavras: o peixe que o Factótum estava testando pescar já havia mordido a isca. *Pagado a taxa*, pensou Jameson, as palavras serpenteando em seu cérebro. *Se juntado ao clube.*

E agora a concentração de Rohan estava em outro lugar. *No Jogo.*

O Mercê do Diabo estava ainda mais lotado do que na noite anterior, como se todos os membros tivessem comparecido — homens de noventa anos e jovens de vinte; algumas mulheres, mas não muitas.

— Em quem ela deveria apostar? — Jameson fez a pergunta para que Rohan parasse de dedicar sua atenção a Avery.

O Factótum se virou para o ringue e os homens dentro dele.

— Você não consegue adivinhar? — Os dois eram iguais em tamanho, mas se moviam de maneira diferente. — Vou te dar uma dica: aquele com o passo mais leve é um dos lutadores da nossa casa.

Com essas palavras, Rohan caminhou em direção ao ringue, a multidão abrindo caminho como em um passe de mágica. Rohan pulou na plataforma, mas ficou fora das cordas.

— Vocês têm dois minutos para fazer suas apostas — anunciou. Um truque do espaço, ou da voz dele, fazia com que suas palavras parecessem vir até Jameson de todos os lados.

Ele acompanhou a progressão de Rohan enquanto o Factótum caminhava pela parte externa das cordas. *Você nunca perde o equilíbrio, não é?* Essa era a impressão que Jameson tinha, que Rohan teria se movido com a mesma graça e leveza na beira de um arranha-céu.

— Para aqueles que estão se juntando a nós esta noite pela primeira vez ou após uma longa ausência — disse Rohan com um floreio —, um lembrete das regras. As competições ocorrem em um número indeterminado de rounds. Um round termina quando um de nossos lutadores cai no chão. — Houve uma comemoração. — A competição acaba — acrescentou Rohan — quando a pessoa que cair no chão não conseguir se levantar.

Em outras palavras, pensou Jameson, intensamente focado, os batimentos acelerando, *a competição só acaba se um lutador entregar a luta ou for nocauteado.*

— Sem luvas. — Rohan sorriu de novo. *Um sorriso de advertência.* — Sem anéis. Sem armas de qualquer tipo. Sem mercê.

A multidão repetiu as palavras atrás do Factótum.

— Sem mercê!

Rohan se virou para os lutadores no ringue.

— Como sempre, se tiver marcas da luta no seu rosto, o esperado é que você se recupere discretamente. Se não puder fazer isso, o Mercê ficará feliz em ajudar.

Aquilo soava mais como uma ameaça do que como uma oferta.

Rohan saltou para descer do ringue.

— Podem começar.

A primeira luta durou três rounds, a segunda apenas um. A terceira — entre dois lutadores da casa — foi a mais longa. Jameson ignorou o sangue derramado, os gritos da torcida, a brutalidade dos lutadores e o brilho mercenário em seus olhos. Em vez disso, ele focou as lacunas.

Os movimentos que os lutadores não faziam.

Os espaços que deixavam.

As áreas no ringue e ao redor de seus corpos intocadas pelo borrão do movimento, por cotovelos e punhos, pés e joelhos e cabeças.

As frações de tempo entre os movimentos.

Pontos fracos — e as maneiras como os compensavam.

— Você não precisa fazer isso — disse Avery ao lado dele, as palavras se perdendo no barulho da multidão, para todos menos para ele.

— Pelo contrário... — Jameson roubou a frase de Rohan.

— Preciso sim. Mas você não precisa assistir, Herdeira.

Ela o olhou com uma daquelas expressões tão típicas de Avery que tornavam difícil para Jameson se lembrar da vida antes dela.

— Eu não vou só assistir, Hawthorne. Vou fazer uma aposta.

Nele. Ela ia apostar *nele*.

No ringue, um dos dois lutadores da casa caiu e não se levantou.

O mais novo dos dois ergueu o punho no ar. *Vitória*.

Rohan saltou de volta para o ringue.

— Temos um vencedor. — A multidão rugiu em aprovação. — Alguém quer desafiar?

Jameson ergueu a mão no ar. O silêncio dominou o ambiente conforme os ricos e poderosos se viraram para encará-lo.

Jameson abriu um sorriso de desdém típico dos Hawthorne.

— Vou tentar.

Capítulo 40

JAMESON

Jameson sabia que não tinha aparência de um lutador. Era o mais longilíneo entre seus irmãos, músculos trincados, membros longos. Sua expressão padrão era de pura arrogância. Parecia um menino privilegiado de escola particular.

Ele também não se movia como um lutador.

No ringue, Jameson tirou a camisa e, se o público notou alguma de suas cicatrizes, se alguém teve a perspicácia de se perguntar como ele as conseguiu ou quão alta era sua tolerância à dor, não deu nenhuma indicação.

Todos exceto Rohan, que inclinou a cabeça para o lado e o avaliou de novo.

Jameson tirou os sapatos e se abaixou para tirar as meias. *Descalço. Sem luvas. Sem camisa.* Ficou parado, olhando para a frente enquanto enxugavam o sangue e suor do chão do ringue.

O lutador da casa à sua frente tomou um gole d'água e balançou a cabeça. *Esse babaca não tem nenhuma chance.* O cara não poderia ter expressado seus pensamentos de forma mais clara.

Jameson não se permitiu sorrir. *A vida é um jogo.* Um zumbido familiar de energia começou a crescer dentro dele. *E a única coisa que podemos decidir é se jogamos pra ganhar.*

— Podem começar.

Jameson não circundou seu oponente. Ele imitou os movimentos do homem, antecipando cada um com precisão sinistra, até mesmo o ângulo em que o cara inclinava a cabeça. Será que zombar do adversário era a forma mais inteligente de começar uma luta?

Talvez não. Mas Jameson era perito em irritar as pessoas, e sempre fora ensinado a usar seus pontos fortes.

Ele parou de imitar assim que o lutador da casa deu o primeiro soco, e passou a se esquivar. Quanto mais o cara acertava o ar, mais irritado ele ficava. Jameson deslizou para o espaço vazio ao lado do ponto fraco do homem. O adversário desferiu outro soco, mais forte do que os outros.

O movimento forte o bastante para fazer o homem perder o equilíbrio.

Quando você vê uma oportunidade, a voz do velho sussurrou ao seu redor, *deve aproveitar.*

Jameson o fez. Ele virou, suspenso no ar, a parte inferior da canela acertando a lateral da cabeça do adversário.

O lutador da casa caiu e permaneceu no chão. Jameson se endireitou. Ele se virou para a multidão e pulou para se equilibrar em um dos postes que seguravam as cordas.

— Parece que temos um vencedor — anunciou, prevendo o que Rohan iria dizer. — Alguém quer desafiar?

Ao olhar para a torcida, seus olhos encontraram os de Avery no mesmo instante. Atrás dela, à esquerda, fazendo um esforço consciente para se misturar com os demais, estava um homem com cabelos brancos penteados para trás.

A barba quase grisalha havia desaparecido, mas ainda segurava a bengala.

Quando Jameson olhou nos olhos dele, o Proprietário parou de tentar se camuflar. Ele bateu a bengala três vezes no chão, com força.

Chamei sua atenção agora, pensou Jameson. Ficou parado ao lado do poste, perfeitamente equilibrado, sem sequer ter perdido o fôlego, enquanto a multidão ficava em silêncio. O Proprietário bateu palmas com firmeza. *Uma palma estrondosa. Duas. Três.* Então, ele ergueu a bengala e virou o cabo de platina em direção ao ringue.

— Rohan — disse o Proprietário de um modo agradável —, faça o favor?

Jameson olhou para o número dois do Mercê do Diabo. Era impossível ler a expressão no rosto de Rohan conforme ele tirava o paletó preto do smoking e desabotoava a camisa.

Jameson saltou de volta para o ringue e, ao fazê-lo, percebeu o olhar do Proprietário e de repente pensou em seu avô, em todas as vezes em que pensou ter conquistado a aprovação do velho só para perceber, tarde demais, que ganhara apenas outra lição.

Capítulo 41

JAMESON

Rohan não tinha uma única cicatriz que Jameson pudesse ver. Sem camisa, não havia como minimizar a largura de seus ombros, os músculos superdefinidos, mais marcados onde se encontravam com os ossos. Não havia tensão visível na forma como o Factótum se posicionava, e Jameson teve o súbito presságio de que não haveria lacunas com esse oponente.

Sem pontos fracos.
Sem aberturas.
Sem tempo entre os movimentos.
Isso vai ser divertido. Jameson sentiu a adrenalina crescendo dentro dele — a antecipação, a consciência de que não sairia *dessa* luta ileso.

Aquilo ia doer.

O sangue escorria de sua têmpora. O gosto metálico enchia sua boca. Seu corpo estava coberto de hematomas. Mas pelo lado positivo, apenas três de suas muitas costelas machucadas pareciam quebradas.

Rohan o jogou de cara no chão e, pela primeira vez nos últimos dezenove rounds, o Factótum falou:

— *Fique no chão.*

Jameson riu. Saiu feio e distorcido, então Rohan poderia ser perdoado por não reconhecer a sinceridade de seu humor.

Os Hawthorne não ficavam no chão.

Além disso, não era como se Jameson não tivesse acertado alguns bons socos. O lábio de Rohan estava machucado, as costelas tão quebradas quanto as de Jameson. A única vantagem que o Factótum tinha, na verdade, era que nenhum dos olhos *dele* estava inchado, impedindo-o de ver.

Jameson forçou seus joelhos a se dobrarem e se ergueu neles. As palmas de suas mãos cravaram no tapete. Respirou através da dor, concentrando-se na respiração, extraindo força dela, então ergueu a cabeça, bastante ciente de que a expressão em seu rosto devia parecer um tanto maníaca para aqueles que assistiam.

Um pé debaixo dele, depois o outro.

Rohan voltou para seu canto, uma expressão de arrependimento em seus profundos olhos castanhos.

Ele é mais forte, pensou Jameson. *Eu era mais rápido.* Àquela altura, a velocidade de Jameson já estava no passado. Enquanto o estilo de luta dele era uma mistura de todos aqueles que havia dominado durante a infância, o de Rohan desafiava definições.

O Factótum lutava em cada round como se brigasse por sua sobrevivência.

Só havia uma maneira de combater instintos como esse, ainda mais com as lesões que diminuíam seu ritmo. *Parar de tentar*. Jameson não podia antecipar os próximos movimentos de Rohan. Não podia igualar sua força — ou seu raio de ação. *Se eu lutar para sobreviver, vou perder*. A única coisa que poderia derrotar a *sobrevivência* era o desejo de morrer.

Sem medo. Sem dor. Menos estratégia — e mais risco.

Ele correu direto para Rohan, de cabeça baixa. *Fique ao alcance dele*. Pouco antes de colidirem, Jameson jogou o cotovelo direito para cima, acertando o Factótum embaixo do queixo. Rohan resistiu ao golpe e contra-atacou, mas Jameson mal sentiu, porque a cotovelada no queixo nunca fora o objetivo.

O objetivo era o outro braço, que serpenteava por trás do pescoço de Rohan.

Rohan estava no chão. Para a multidão, pode ter parecido que fora nocauteado, mas Jameson sabia que não. Ele via a tensão nas costas da mão do Factótum, a ondulação subindo por seus braços. A qualquer segundo, Rohan iria se levantar.

Mas ele não o fez.

Foi só quando Jameson olhou através da multidão e viu o Proprietário, que olhava nos olhos de seu empregado, que Jameson percebeu. *Ele estava dando uma ordem*.

Rohan permaneceu no chão.

Jameson se arrastou para fora do ringue, mal conseguindo ficar em pé. Avery foi até ele em um instante, apoiando-o de um lado, e outra figura logo apareceu do outro.

Zella.

— Se você manchar meu vestido de sangue — alertou a duquesa —, vou te deixar cair.

— Manchas de sangue — Jameson falou arrastado, com um sorriso que fazia todo seu rosto arder —, é a partir deste ponto que forasteiros não se apoiam mais.

Do outro lado, o corpo de Avery se aproximou dele.

— Eu disse aos seus irmãos que você estava *bem* — murmurou. — Prometi para Grayson que você não estava pirando. E Nash? Ele vai te matar... e me matar também.

— Libby não vai deixar. Matar é feio. Cupcakes são bons. — Jameson ignorou a dor e se virou, procurando pelo Proprietário em meio à multidão, mas o homem já não estava mais lá. E quando Jameson virou a cabeça dolorida na direção do ringue, viu que Rohan também se fora.

Capítulo 42

JAMESON

— **É uma regra não escrita.** Se alguém conseguir vinte rounds contra um lutador da casa, a casa cede.

Para alguém que não poderia ter se tornado membro do Mercê do Diabo há muito tempo, Zella sabia muito sobre regras não escritas. Ela escoltou ele e Avery até o átrio, depois passou por um conjunto de cortinas de veludo — *Luxúria* — e subiu uma escada dourada em caracol. Agora os três estavam em um quarto como Jameson nunca tinha visto. A cama era maior do que uma king-size. O teto era de um azul-escuro profundo e refletia o bastante para que Jameson, deitado de bruços na cama, tivesse pequenos vislumbres dos reflexos deles. O chão sob Zella e Avery era de pedras redondas e lisas, quentes sob os pés ainda descalços dele.

A parede que Jameson via quando se ergueu parecia feita de água, caindo em uma bacia logo abaixo, como uma cachoeira domesticada.

Os lençóis sob seu corpo — os lençóis nos quais ele sangrava — eram feitos da mais pura seda.

— O que você está fazendo? — exigiu Avery, colocando a mão no ombro dele e o empurrando com suavidade para que se deitasse. — Você precisa ficar quieto.

— Preciso fazer *mais*. — Essa palavra. Tudo sempre se resumia a essa palavra. Precisar mais, querer mais, querer *ser* mais. — O Proprietário vai escolher os jogadores para o Jogo hoje. Não posso passar o resto da noite aqui.

— Não é isso que estou pedindo, Jameson — Avery apoiou a mão na barriga dele, logo abaixo do tórax, machucado e castigado. — Estou pedindo — completou ela, feroz —, que se lembre que *isso* importa. — A dor dele. O corpo. — *Você* importa.

Se fosse antes, ele teria uma resposta irreverente para dar, e a teria lançado como uma granada. Mas não agora. Não com ela.

— Fui ver Ian ontem à noite. — A confissão doeu mais do que ele gostaria, ou quem sabe fosse só o seu maxilar. — Não me olhe assim, Herdeira. Sei o que estou fazendo.

Ele sabia — agora e desde sempre — o que era preciso para vencer.

— A gente precisa ao menos limpar você — declarou Zella com praticidade. — Acredite em mim, o Proprietário não vai te agradecer por deixar um rastro de sangue no Mercê.

Jameson permitiu que cuidassem dele, o corpo latejando, a mente pulsando, um único pensamento em mente. *O que devo fazer a seguir?* Ele já tinha vencido nas mesas. Tinha vencido no ringue. Com isso, restavam duas áreas — além daquela — no Mercê do Diabo.

E cada uma dessas duas áreas tinha um livro.

Nesses livros acontecessem apostas... menos convencionais. Qualquer aposta escrita em um desses livros e assinada é obri-

gatória, por mais bizarra que seja. Jameson pensou nessa informação solta enquanto aplicavam antisséptico e colocavam curativos em seus cortes, enquanto suas costelas eram enfaixadas. Quando colocou a camisa de volta, o corpo protestava agora que a adrenalina da luta tinha começado a diminuir.

— O que você faria — perguntou Jameson para Zella, a mente vasculhando entre as muitas possibilidades —, se quisesse chamar a atenção do Proprietário?

Jameson precisava de mais do que a *atenção* dele.

— Surpreenda-o. — Zella se virou e passou uma mão levemente através da cachoeira na parede. — Ou faça ele pensar que você tem algo que ele quer. Ou, se você tem tão pouco bom senso quanto parece... — A duquesa se afastou da parede, os olhos castanhos fixos nos dele. — Faça com que ele veja você como uma ameaça.

— Você sabe sobre o Jogo — disse Avery, e não havia dúvida em sua voz quando deu um passo em direção à duquesa. — Você quer entrar... se já não estiver *dentro*. Por que nos ajudaria?

Me ajudaria, pensou Jameson.

— Porque eu posso. — Zella lançou um olhar de Avery para Jameson. — E porque a vantagem de escolher a concorrência é saber quem é a concorrência.

Qualquer ajuda que desse para ele servia para os propósitos dela.

— E o que você sabe de mim? — desafiou Jameson.

— Sei reconhecer quem corre riscos — retrucou Zella. — O privilégio. — A duquesa deixou a palavra pairar no ar, e então lançou um olhar de Jameson para Avery. — E o amor.

Você sabe muito mais do que isso, pensou Jameson.

Zella sorriu de leve, quase como se conseguisse ouvir o que ele pensara.

— Sei — concluiu — que há mais do que uma forma de quebrar o vidro.

E após dizer isso, a duquesa saiu.

— O que Ian disse para você? — perguntou Avery assim que eles ficaram a sós. — Quando você foi visitar... O que diabos ele disse?

Jameson não a obrigou a pedir *Taiti*.

— Ele se ofereceu para me deixar Vantage quando morrer, se eu a recuperar para ele agora.

Avery olhou para ele, através dele.

— Você pode ganhar para *você mesmo*.

Aquilo era verdade. Sempre fora verdade. Mas Jameson não podia deixar de pensar em quando Ian dissera que não gostava de uíste. Na risada que conseguira arrancar do homem, tão parecida com a dele.

— Não posso ganhar nada para ninguém — contestou Jameson, um nó subindo pela garganta — se não conseguir ser convidado para o Jogo.

Cada hematoma em seu corpo era um fio de eletricidade, mas a única coisa que importava era o que viria a seguir. *Surpreenda o Proprietário. Seduza-o. Ameace-o.* — Hora de voltar para lá.

Era preciso ressaltar que Avery não tentou dissuadi-lo — ela só entregou quatro remédios para a dor e uma garrafa de água para ele.

— Eu vou com você.

Valendo.

Capítulo 43

JAMESON

A comida tinha um cheiro delicioso — ou ao menos foi o que disseram para Jameson, que naquele instante não conseguia sentir cheiro algum. Comer também estava fora de questão.

— Posso trazer uma sopa, senhor? — O barman mais parecia um segurança. Como as crupiês na sala de jogos, ele usava roupas que pareciam vir de outros tempos. Sem joias em volta do pescoço, apesar de Jameson ter visto um anel grosso em seu dedo médio.

Um triângulo dentro de um círculo dentro de um quadrado.

— Ou algo um pouco mais forte? — O barman ergueu uma taça de cristal sobre o balcão. O líquido dentro era de um tom escuro de âmbar, quase dourado.

— Sopa e bebidas alcoólicas — murmurou Avery na nuca de Jameson. — Acha que eles oferecem isso para todos que sobrevivem ao ringue?

O corpo de Jameson absorvia o calor dela, permitindo que alimentasse sua determinação, e então ele foi direto ao assunto com o barman.

— Estou atrás do livro.

O barman olhou Jameson de cima a baixo. O homem parecia estar na casa dos quarenta anos, mas, de repente, Jameson se lembrou do menino no barco na primeira noite e se perguntou há quanto tempo aquele cavalheiro estaria trabalhando no Mercê do Diabo.

O quão leal eram ao Proprietário.

— Ah. — O barman estendeu a mão para baixo de novo e, desta vez, retirou um volume encadernado em couro que parecia pesar demais para ser manuseado com tanta facilidade por apenas uma mão. *Uma bem grande,* notou Jameson.

— Vocês dois estão querendo fazer alguma aposta em particular? — perguntou o barman.

Avery recuou.

— Eu não — disse ela. — Só ele.

Jameson sabia o quanto era difícil, para ela, ficar de fora, assim como *ela* sabia que era ele quem precisava impressionar. Ignorando a distância que Avery acabara de colocar entre eles, Jameson abriu o livro.

— Posso?

O barman colocou as mãos enormes espalmadas no balcão, logo atrás do livro, mas não disse nada quando Jameson começou a folheá-lo. As páginas estavam amareladas pelo tempo, as datas ao lado das primeiras apostas escritas em letras tão formais que era difícil de ler.

Dois de dezembro. Jameson finalmente identificou uma data na primeira página. *1823.*

Abaixo de cada data havia uma única frase. Cada frase continha dois nomes.

O sr. Edward Sully aposta cento e cinquenta com o Sir Harold Letts que a filha mais velha do Barão Asherton não se casará antes das duas mais novas.

Lorde Renner aposta com o sr. Downey quatrocentos a duzentos que o Velho Mitch morrerá na primavera (primavera deve ser entendida como a segunda metade de março, todo o mês de abril, todo o mês de maio e a primeira semana de junho).

O sr. Fausset aposta cinquenta e cinco com Lorde Harding que um homem, cuja identidade deve ficar em segredo entre eles, terá uma terceira amante antes que sua esposa gere seu segundo filho.

Não era à toa que o livro era tão grande. Continha todas as apostas aleatórias já feitas no Mercê do Diabo — ou pelo menos naquela sala. Consequências políticas, escândalos sociais, nascimentos e mortes, quem se casaria com quem, quando, em que clima e com quais convidados presentes.

Jameson mudou para apostas mais recentes.

— Existe alguma regra — perguntou ao barman — sobre o que se pode ou não apostar?

— Esta sala é dedicada a resultados de longo prazo, três meses ou mais. Se você deseja apostar a curto prazo, vai precisar do livro da sala ao lado. Além disso, você pode apostar em qualquer coisa se tiver alguém interessado, com o entendimento de que *todas* as apostas devem ser cumpridas.

Jameson olhou em volta. Havia poucas pessoas na sala, em comparação com o ringue, mas cada homem — e a única mulher — presente estava prestando atenção em sua conversa com o barman, alguns se esforçando menos em esconder o interesse do que outros.

Um homem, que parecia estar na casa dos trinta anos, se levantou e atravessou a sala.

— Aposto dez mil que esse rapaz vai morrer de alguma forma antes dos trinta. Alguém compra a aposta?

— Se deixar de lado as doenças e exigir que a morte seja consequência das ações dele. — Outro homem se levantou. — Eu topo.

Jameson ignorou a provocação. Ele olhou nos olhos de Avery, um aviso silencioso para que fizesse o mesmo. Enquanto a aposta era escrita no livro e assinada, Jameson deixou seu olhar pousar no anel do barman. Aquele, além de um espelho atrás das prateleiras de bebidas, era um dos pontos mais prováveis de onde o Proprietário poderia estar observando.

Que tipo de aposta me garantiria um convite para o Jogo? Jameson pensou no conselho de Zella. Precisava surpreender, seduzir, ameaçar — ou uma combinação dos três.

Nesse exato momento, Rohan atravessou as cortinas pretas. Seu rosto não estava tão maltratado quanto o de Jameson, e ele parecia mais seguro de si. Andava como se não sentisse dor nas costelas.

Você ficou puto, pensou Jameson, os lábios se retorcendo, *por ter que ficar no chão.*

— Se eu fosse um membro — disse Rohan, as palavras carregadas, ainda que a voz não soasse alta —, apostaria nas probabilidades de a sra. Grambs terminar com ele em menos de um ano. — Ele olhou nos olhos de Jameson. — Sem ofensas.

— Não me ofendeu — respondeu Jameson.

— Me ofendeu *bastante* — disse Avery para Rohan, estreitando os olhos.

Jameson sorriu como se sua mandíbula machucada nunca tivesse se sentido melhor.

— Aposto cinquenta mil libras que o Proprietário irá escolher alguém que não seja seu Factótum como herdeiro.

Às vezes, Jameson sentia que sabia das coisas sem saber como. O brilho nos olhos de Rohan o informou de que seu palpite estava certo: Rohan ainda não havia sido nomeado herdeiro.

Ele ainda estava sendo testado.

— Aceito essa aposta — disse o homem que apostou que Jameson iria se matar —, supondo que você esteja falando sério.

— Estou — respondeu Jameson, e então olhou de volta para o anel do barman, de volta para o espelho. *Surpreender. Seduzir. Ameaçar.* — E aposto mais cinquenta mil libras que o Proprietário já está morrendo. Diria que ele tem mais... digamos... dois anos?

A expressão nos olhos de Rohan fez Jameson sentir como se os dois estivessem de volta no ringue, como se Rohan estivesse parado atrás dele dizendo *fique no chão*. Uma ameaça e um aviso — e algo a mais.

— Ninguém vai comprar essa aposta — disse o barman para Jameson —, você já acabou?

Jameson podia sentir o relógio avançando, sentir a noite se esvaindo. *Não acabei. Não posso ter acabado.*

Ele tinha que fazer alguma coisa. Engoliu em seco.

— As apostas de curto prazo ficam na sala ao lado?

Capítulo 44

JAMESON

Jameson foi sozinho dessa vez. Dosséis de chiffon cobriam as paredes. Uma mulher saiu por um deles. Assim como as crupiês e o barman, vestia roupas históricas.

— Você está machucado — observou a mulher, a cadência de sua voz quase lírica. — Posso ajudar com isso.

Jameson lembrou-se do que Rohan havia dito sobre ter massagistas na equipe.

— Não me importo com os machucados. Me disseram que tinha um livro aqui? Para apostas a curto prazo.

— E no que você vai apostar? — perguntou a mulher.

Surpreender, seduzir, ameaçar. Jameson vasculhou sua mente em busca do movimento certo naquele momento, e seu cérebro continuava apontando para o mesmo lugar.

A mesma opção.

Praga. Jameson Winchester Hawthorne pensou naquela noite — no que ouvira, no que sabia, no que não deveria saber. E fez sua escolha. Não a mais óbvia, nem mesmo uma boa escolha.

Não sem riscos.

Mas o que poderia ser mais tentador do que o conhecimento — ou mais surpreendente do que uma aposta que, do ponto de vista do Proprietário, ele não teria motivo algum para fazer?

Sem medo. Sem se segurar.

— Quero apostar no que vai acontecer com o preço do trigo.

Um único passe longo durante uma partida pode ser sinal de desespero. Uma série deles é uma estratégia.

Jameson terminou a noite nas mesas. Desta vez, ele não se preocupou em ganhar muito ou jogar em qualquer jogo por muito tempo. Sentia o sangue fervilhar nas veias. O corpo estava derrotado, mas a mente funcionava na velocidade da luz, e ele não ia deixar nada pará-lo.

Quando Branford e Zella se sentaram para uma partida de uíste, Jameson não perdeu tempo para ocupar uma das cadeiras para jogar contra eles. Avery ocupou a cadeira restante na mesa.

— Parece que tenho uma parceira. — Jameson olhou nos olhos dela. Branford e Zella não sabiam no que estavam se metendo. — Eu me ofereceria para dar as cartas — complementou Jameson —, mas detestaria irritar os controladores entre nós. — Ele entregou o baralho a Branford. — Tio?

A expressão impassível de Simon Johnstone-Jameson era imaculada. Ian dissera que a família não sabia sobre seu filho ilegítimo. Jameson não saberia dizer, olhando para Branford agora, se isso era verdade.

— Sua presença foi solicitada. — Rohan surgiu próximo a eles.

Branford se levantou, e Zella inclinou a cabeça para o lado.

— Não a sua — disse ela a Branford. O instinto de Jameson dizia que era um palpite, mas, com sorte, um bom palpite.

Os olhos de Rohan se estreitaram quase imperceptivelmente e, um momento depois, o sorriso malandro estava de volta, mesmo com o lábio partido.

— Não só *você*, Branford. O Proprietário vai receber vocês quatro em seu escritório.

Capítulo 45

JAMESON

O escritório em questão não era grandioso. Não era amplo. Só havia uma escrivaninha nele. Em cima dela, ficava um livro maior do que qualquer um dos outros que Jameson vira naquela noite, a capa feita de metal brilhante.

Jameson não precisou perguntar que livro era aquele. Soube assim que viu como Zella olhava para ele. Assim que viu como Branford olhava.

— Sra. Grambs — disse o proprietário —, a senhora se importaria de se juntar a Rohan no corredor?

Jameson não gostou da ideia, mas também não se opôs. Uma vez que a porta se fechou atrás de Avery e Rohan, o Proprietário voltou sua atenção para os três que permaneceram.

— Vocês sabem por que estão aqui.

Jameson ficou impressionado com o quanto a vez do homem era comum, como ele parecia normal de perto. Se passasse por ele na rua, não olharia duas vezes.

Jameson não podia ter certeza de que *não* havia passado por ele na rua em algum momento.

— Eu não ousaria supor — respondeu Zella, modesta.

— Nós dois sabemos que isso não é verdade, minha cara. — O Proprietário se inclinou para a frente, os cotovelos apoiados na mesa que o separava dos três. — Você não estaria aqui se não ousasse muito, muito mais. — Ele mudou o peso de novo, ligeiramente para trás. — Só uma pessoa — comentou calmamente — já conseguiu invadir o Mercê.

Jameson se virou para Zella e ergueu as sobrancelhas.

A duquesa deu de ombros, elegante.

— Tetos de vidro e tudo mais — disse a Jameson.

— Seu lugar no Jogo está garantido, Vossa Graça. — O Proprietário abriu uma gaveta da escrivaninha e retirou um envelope, muito parecido com o que continha o convite inicial de Avery para o Mercê. Ele o estendeu para Zella, que o pegou, então a mão do Proprietário voltou para a gaveta. — E já que estamos falando disso — acrescentou —, ficaria muito grato se você entregasse o convite de Avery para ela.

Dessa vez, a chamou de Avery, pensou Jameson. *Não de sra. Grambs.*

Zella pegou ambos os envelopes e foi até a porta.

— *Bonne chance*, senhores.

E então restaram os dois.

— Sorte. — O Proprietário bufou. — Se forem competir contra aquela ali, vocês vão precisar.

A palavra *competir* fez a pulsação de Jameson acelerar. Era isso.

Branford, entretanto, se apegou a uma palavra diferente.

— *Se* — repetiu ele.

— Receio que seus lugares no Jogo não estejam garantidos — disse o Proprietário. — Simon, você sabe muito bem quanto custa para entrar no Mercê. — O uso do nome de batismo de Branford parecia deliberado, um lembrete de que ali seu título pouco importava. Ali, ele não era o único com poder. — O que mais você estaria disposto a pagar em troca de um convite para o Jogo?

A mandíbula de Branford contraiu, ainda que ligeiramente.

— Outra taxa. — Não era uma pergunta ou uma oferta. Era Visconde Branford indo direto ao ponto.

O sorriso do Proprietário não se parecia com nenhum que Jameson já tivesse visto.

— Não precisa se preocupar desta vez — disse ele. — Mas você deve, como tenho certeza de que já deve ter percebido, fazer meu tempo valer a pena. — O Proprietário tamborilou os dedos de leve na mesa, uma indicação, pensou Jameson, de que estava gostando daquilo. — E tem que ser algo que você preferiria não revelar. Afinal, esse tipo de coisa sempre é mais interessante quando ao menos alguns jogadores dão a cara a tapa, como diz o ditado.

O Proprietário virou a cabeça para Jameson.

— E isso, meu rapaz, nos leva a você. Até que ele é parecido com seu irmão, não acha, Simon?

Branford nem sequer olhou para Jameson.

— Só se for na imprudência.

Jameson optou por não levar isso para o lado pessoal. Todo o seu foco permaneceu no Proprietário.

— Você é ousado, meu jovem. — O Proprietário se levantou e pegou a bengala entre o polegar e o indicador, balançando-a de leve para a frente e para trás, como um metrônomo ou uma agulha em uma balança. — Se tivesse te encontrado quando você era mais jovem, se seu sobrenome não fosse Hawthorne... — declarou o Proprietário para o jovem —, você poderia ter um futuro bem interessante no Mercê.

Jameson pensou no menino que guiava os barcos, no barman, nos lutadores da casa, nas crupiês. Em Rohan.

— Mas eis que você está aqui — considerou o Proprietário —, sem ser um membro do Mercê e sem ser meu empregado. — Ele apontou com a cabeça na direção da mesa. — Você sabe o que é esse livro?

— Deveria saber? — retrucou Jameson, um leve tom de desafio em sua voz.

— Ah, com certeza não. — Havia algo sombrio e tortuoso enterrado no tom do Proprietário enquanto ele estudava o rosto de Jameson. E então ele sorriu. — Seu avô o treinou bem, sr. Hawthorne. Seu rosto revela muito pouco.

Jameson deu de ombros.

— Também sou bastante habilidoso com motos.

— E lutando — acrescentou o Proprietário. Ele ficou em silêncio por um segundo a mais do que seria considerado confortável para qualquer um na sala. — Respeito quem luta. Me diga... — A bengala ainda estava indo e voltando em suas mãos, embora o homem mais velho não demonstrasse que a movia. — O que te faz pensar que estou morrendo?

Então fora esse o movimento — ou um deles, ao menos — que chamara a atenção dele.

Os dedos do Proprietário se apertaram de repente ao redor da bengala.

— Isso? — disse ele, indicando com a cabeça.

— Não — respondeu Jameson. Pensou em não explicar, mas decidiu que isso poderia ser visto como um insulto. — Você me lembra meu avô. — As palavras saíram mais baixas do que ele pretendia. — Antes.

Houve semanas em que o velho esteve doente, planejando seu espetáculo final, e ninguém soubera, com exceção de Xander.

— O jeito que testou Rohan — completou Jameson — no ringue.

— Eu estava testando você — retrucou o Proprietário.

Jameson deu de ombros.

— Três pássaros com uma cajadada só.

— E o terceiro seria...?

— Não sei — respondeu Jameson com sinceridade. — Só sei que existe um, assim como sei que você tem um *suposto* herdeiro. — Ele fez uma pausa. — Assim como meus irmãos e eu sabemos, agora, que nunca se deve presumir. — Jameson olhou nos olhos do Proprietário. — E tem a tremedeira... bem sutil... quando Avery segurou seu braço ontem à noite.

— Ela te contou isso? — O Proprietário exigiu saber.

— Não foi preciso — disse Jameson. Ele nem havia notado no momento, mas há muito havia se treinado para repetir a mesma cena inúmeras vezes em sua mente.

— Por quê — perguntou o Proprietário, após um longo e penetrante silêncio — você apostou no preço do trigo?

A boca de Jameson ficou seca de repente, mas ele não tinha intenção alguma de deixar que o velho à sua frente percebesse isso.

— Porque não sou muito fã de milho nem de aveia.

Outro longo silêncio, e então o Proprietário deixou a bengala cair sobre a mesa com um baque audível.

— Você é interessante, Jameson Hawthorne. Devo admitir isso. — O Proprietário contornou a mesa... sem a bengala. — E acho que seria divertido ver você perder o Jogo. —

Ele se virou para o tio de Jameson. — Seria um tanto poético, não acha, Branford? O filho de Ian?

Ele o chamou de Branford dessa vez, registrou Jameson. *Não de Simon.* Porque desta vez, não era Visconde Branford que o Proprietário tentava colocar em seu lugar.

— Mas há certo equilíbrio nessas coisas — acrescentou o homem, os lábios se curvando, olhos começando a se estreitar. — Pesos na balança.

Nada que valha a pena, Jameson podia ouvir seu avô dizendo, *vem de graça.*

— Eu pago a taxa — disse Jameson.

— De certo modo — disse o Proprietário, se aproximando ainda mais dele. — Eu quero um segredo, Jameson Hawthorne — falou, a voz baixa e sedosa —, do tipo que um homem mataria ou morreria para ter. Do tipo que faz o chão tremer sob nossos pés, do tipo que nunca deve ser falado, do tipo que você não ousaria compartilhar nem mesmo com a adorável Avery Grambs. — O Proprietário estendeu a mão, agarrou o queixo de Jameson, virando sua cabeça para poder olhar bem para cada corte e cada machucado. — Você tem um segredo assim?

Jameson não recuou. Mais uma vez, sua mente foi até Praga. *Resista.*

Jameson não resistiu.

— Tenho.

Capítulo 46

GRAYSON

Gigi estava dirigindo. Não demorou muito para que Grayson percebesse que Gigi não deveria dirigir.

— Você está saindo da faixa — disse ele, baixinho.

— É o que o carro fica me avisando! — Gigi virou abruptamente para corrigir o problema. — Mas vamos falar de *você*. Sabe o que a Savannah me disse depois da festa de ontem à noite?

— Posso imaginar.

— Nada — respondeu Gigi. Ela se virou para dar uma olhada em Grayson. — Estranho, né?

— Olhe para a estrada.

Gigi obedeceu e voltou a olhar para a estrada, mas isso não a impediu de dizer o que queria.

— E você desapareceu do nada. Também é estranho. E o jeito que vocês reagiram quando tive jogo de cintura e inventei uma desculpa no momento em que Duncan perguntou o que estávamos fazendo no escritório do pai dele?

Gigi ficou em silêncio por um instante, e Grayson percebeu o que deveria responder.

— Estranho? — sugeriu, seco.

— Pra caramba! — Gigi parou no sinal vermelho e se virou para olhar para ele de novo. — Vocês dois já tiveram alguma coisa, né? É por isso que Savannah entrou no modo gato arisco desde que você chegou. É por isso que você está aqui. — A voz de Gigi era quase afetuosa. — Você ainda está apaixonado por ela.

— O quê? — guinchou Grayson. Ele nunca havia guinchado em toda sua vida, mas algumas coisas não podiam ser evitadas. — *Não* — disse enfaticamente para Gigi. — Eu já disse…

— Que tem namorada — acrescentou Gigi, revirando os olhos. O sinal ficou verde e ela acelerou. — Tudo bem então. Como é essa namorada imaginária?

— Inteligente — disse Grayson, e ainda havia uma parte dele, ainda que mais fraca agora, como um eco, uma lembrança ou uma sombra, que tinha que se esforçar para não ver o rosto de Avery quando dizia isso. — Não de um jeito previsível. — Ele pausou. — Talvez essa seja uma boa palavra pra ela. Imprevisível. Surpreendente.

— De que jeito? — perguntou Gigi.

Ecos desapareciam. Sombras retrocediam com a luz. E algumas lembranças foram feitas para ficar no passado. Então, desta vez, Grayson não pensou em Avery. Em vez disso, ele pensou no anel de opala negra, em Nash retribuindo seu olhar e dizendo: *Por que não você?*

— Não sou uma pessoa que se surpreende ou se frustra com facilidade — comentou Grayson, a voz saindo mais grossa do que deveria. — Minha parceira… — Essa mulher de faz de contas e impossível — consegue fazer as duas coisas. Ela *faz* as duas coisas, com frequência. Ela não é perfeita — ele engoliu em seco — e, quando estou com ela, também não preciso ser.

— Como vocês se conheceram?

Estou inventando ela agorinha mesmo.

— Numa mercearia. Ela estava comprando limões. — *Limões?* Grayson se xingou baixinho.

— Foi amor à primeira vista? — perguntou Gigi, com um suspiro discreto.

— Não acredito em amor à primeira vista. Ela também não. — Grayson engoliu em seco. — Nós só... nos *encaixamos*.

Gigi ergueu a mão, o que foi um pouco assustador, já que ela estava virando à esquerda ao mesmo tempo.

— Ok, você me convenceu da existência da namorada mítica. Mas pode ao menos fingir que está brincando de faz de conta desde que te conheci?

Grayson sentiu uma pontada no estômago. *O que exatamente ela sabe?* Ele não teve tempo para pensar a respeito.

— Pisa no freio — disse ele a Gigi. — O freio!

Ela freou e, um momento depois, entrou no estacionamento do banco. Os pneus guincharam quando ela estacionou o carro, e Gigi se virou para olhar para ele.

— Você finge ser o sr. Nada-me-abala, mas consigo enxergar através de você. — Ela sorriu. — Você gosta de mim. Não *daquele* jeito, é óbvio... e assim, *digo o mesmo,* cara... mas de um jeito meio amigável. Estou conquistando você. Pode admitir, somos amigos.

Ela abriu a porta e saltou do jipe sem esperar pela resposta. Grayson se recompôs. *Não somos amigos, Gigi.* Ele saiu do veículo e caminhou até a frente, pensando no que deveria ser feito a seguir.

A chave falsificada ainda estava em seu bolso.

— Nem ouse comentar que não estacionei entre as linhas. — Gigi soltou um suspiro, depois esticou o pescoço para o banco. — Vamos lá.

Grayson entrou na frente dela.

— Você não pode entrar.

— Você diz *não pode,* e eu ouço *com certeza vai...*

— Eles vão reconhecer você. — Grayson esperou até que ela o olhasse e então continuou. — Já vai ser difícil entrar no cofre sem autorização. Não queremos que chamem a polícia de novo. — Ele suavizou o tom de voz o máximo que pôde. — Você não pode fazer isso, Gigi.

Ela olhou para baixo.

— Mas você pode?

— Eu sou um Hawthorne. Posso fazer o que quiser. — Grayson esperou só um instante, calculando seu próximo passo com precisão. — Tudo o que você precisa fazer é me dar a chave.

Gigi tirou o colar debaixo da camisa, os olhos arregalados, a mão segurando o colar como se ele tivesse pedras preciosas.

— Acho que você não precisa da corrente. — Ela a tirou. O arrependimento o atingiu com uma força surpreendente.

— Vou levar mesmo assim — disse ele. — Para dar sorte. — Ela entregou a corrente. Ele deslizou a chave para fora dela.

— E eu vou com Grayson — outra voz acrescentou —, para dar sorte. — O tom de voz de Savannah parecia agradável, mas um ouvido atento perceberia o desprezo.

— Sav! — Gigi parecia encantada. — Você disse que não ia vir.

— Na verdade, eu não disse. Você quem presumiu.

Grayson se reconheceu na forma como ela disse essas palavras: a postura de seu queixo, o ritmo uniforme das palavras, o controle absoluto.

— Você tem a identidade que te dei? — perguntou Savannah, calma, para a irmã gêmea.

Gigi enfiou a mão na frente da camisa e pegou o documento.

— Aqui!

Grayson olhou para ele.

— Posso ver?

— Não, não pode — respondeu Savannah, mas quando as palavras saíram de sua boca, Gigi já havia colocado a identidade falsa de Sheffield Grayson nas mãos dele. A primeira coisa que notou foi a foto e os olhos dele.

Os mesmos olhos de Grayson.

A segunda coisa que notou foi o nome que Sheffield Grayson havia escolhido para seu documento falso: DAVENPORT, TOBIAS.

Meu nome do meio. E o primeiro nome do meu avô — e do meu tio.

Capítulo 47

GRAYSON

Desde o começo, Grayson temia que o que quer que fosse encontrado no cofre pudesse revelar aos outros o que o pai estava de fato fazendo antes de "desaparecer". *Registros financeiros de pagamentos que Sheffield Grayson fez para que vigiassem Avery, para colocar uma bomba em seu avião. Registro da viagem de Sheffield ao Texas dias antes de ela ser sequestrada. Evidências de um rancor de longa data contra a família Hawthorne.* As possibilidades surgiam na cabeça de Grayson, em ritmo constante, sem parar.

O nome na identidade em suas mãos parecia uma confirmação.

O que tornava tudo ainda mais óbvio: Grayson não podia permitir que Gigi ou Savannah entrassem no cofre. Ele precisava entrar sozinho, examinar seu conteúdo, esvaziar o cofre antes que alguém soubesse de sua existência. Mas primeiro era necessário fazer a troca das chaves.

Ele caminhou em direção ao banco, Savannah ao seu lado, e deslizou a chave no bolso de sua calça social, então permitiu que seus dedos encontrassem o caminho para dentro do envelope em que a chave falsificada estava.

— Pode deixar que cuido disso — declarou Savannah com frieza, a mão travando na maçaneta da porta. — Mas me dê a chave. Ela não é sua.

Grayson retirou a mão do bolso. Ele entregou a chave falsificada. *Pronto*. Fora uma troca suave. Fácil. Não deveria sentir um peso tão grande no estômago.

Não deveria sentir como se tivesse perdido alguma coisa. *Pode admitir*, podia ouvir Gigi dizendo, alegre. *Somos amigos.*

— Posso ajudar? — Um funcionário do banco se aproximou assim que deram seis passos para dentro do prédio.

Savannah avaliou o homem que ofereceu ajuda com um sorriso discreto e superficial.

— Acho que preciso falar com alguém em um cargo superior.

— Isso não vai ser necessário. — O funcionário parecia ter vinte e poucos anos. — Como posso ajudar?

Savannah olhou para o rosto dele.

— Preciso acessar o cofre do meu pai. — Ela arqueou uma sobrancelha delicada. — Eu tenho a chave e os documentos dele, assim como os meus.

O funcionário tentou parecer profissional, mas Grayson não pôde deixar de notar que seu olhar se demorava em Savannah.

— Por aqui. — Ele os guiou até um computador. — A senhorita é uma das pessoas autorizadas a acessar a conta?

— Acredito que sim. — A resposta de Savannah foi fria. — O cofre está sob o nome de Tobias Davenport.

— E a senhorita tem a chave? — perguntou o homem, escrevendo o nome.

Savannah brandiu a chave, segurando-a entre o dedo indicador e o polegar. O homem estendeu a mão para pegá-la, e ela deixou a chave cair na palma da própria mão, cerrando o punho a seguir.

— Fico com ela até chegarmos lá, obrigada.

O homem corou visivelmente. Quando falou de novo, sua voz estava cautelosa.

— Documento, por favor.

Não está agradando muito por aqui, Savannah, pensou Grayson.

— Meu documento — disse Savannah, deslizando duas identidades e um papel pelo balcão —, junto com o documento do dono do cofre e uma declaração assinada e reconhecida em cartório me concedendo acesso.

Ela falsificou a assinatura e o selo de um tabelião? Aquilo era um crime.

— Receio que você não esteja listada na conta, srta. Grayson. — Havia apenas um leve indício de satisfação na voz do bancário. Grayson não tinha certeza de quando, para ser preciso, o homem tinha passado de querer provar a si mesmo para querer ter poder sobre ela, mas não tinha dúvidas de que isso acontecera.

— Por isso a declaração assinada — respondeu Savannah, calma. — Como eu disse, acho que preciso falar com alguém de um cargo superior.

Grayson quase interveio. A tensão ao redor da boca do homem era visível agora.

— Posso garantir que até o ceo do banco diria a mesma coisa.

— Receio que você tenha interpretado mal a situação. — Savannah era totalmente irredutível.

— Entendo bem a situação. — O homem olhou para ela. — As únicas pessoas autorizadas a acessar este cofre são o próprio sr. Davenport e Acacia... — O homem pareceu perceber o que estava dizendo um segundo tarde demais. — Grayson.

— Obrigada — disse Savannah, os lábios se curvando ligeiramente para cima nos cantos. — Você foi de grande ajuda.

Grayson esperou até que eles estivessem do lado de fora para falar.

— Você não queria entrar no cofre.

— Ao contrário de minha irmã, eu sou realista. — Savannah olhou feio para Grayson. — E o *meu* sobrenome não é Hawthorne. — Os passos dela eram quase tão largos quanto os dele. — Fico surpresa por você não estar tentando me convencer, dizendo que poderia lidar com isso.

E poderia, pensou Grayson, mas não foi isso que respondeu.

— Eu não sou seu inimigo, Savannah. — *Mentiras.*

— Pode ser que não seja. — O modo frio com que Savannah concordou mais parecia o golpe de uma lâmina. — Mas você também não é meu responsável... nem de Gigi. Não precisamos de você. — O cabelo loiro-claro de Savannah brilhava ao sol. — Tenho tudo sob controle.

Capítulo 48

GRAYSON

De volta à casa dos Grayson, Gigi foi em busca de sua mãe enquanto Savannah ficava de olho em Grayson no hall.

— Mamãe está na biblioteca — relatou Gigi quando voltou, seu tom taciturno.

Savannah estendeu a mão e apertou o ombro de sua gêmea.

— Mamãe está bem, Gigi. *Nós* estamos bem.

Por *nós*, ela queria dizer as três. A família delas.

Gigi se virou para Grayson, com a testa franzida.

— Não podemos interromper minha mãe quando ela está lendo. Essa regra existe desde sempre.

— Fique à vontade para esperar lá fora — disse Savannah para ele, fria.

Não era uma sugestão. Era uma ordem. Grayson observou Savannah sair da sala.

— Minha mãe tem a biblioteca dela — disse Gigi baixinho. — Savannah tem a quadra.

Em sua mente, Grayson podia ver Savannah de pé na linha de lance livre, arremessando cestas do jeito que ele nadava.

— E você? — perguntou para Gigi.

Aproximar-se delas era um erro. Sentir-se daquele jeito era um erro.

Gigi deu de ombros.

— Eu gosto de comer doces no telhado.

— Menos chocolate. — A observação escapou da boca de Grayson antes que ele pudesse impedir.

— Menos chocolate — confirmou Gigi, sorrindo. — Eu disse que estou conquistando você! Agora... — Ela ficou séria de novo. — O que você acha que meu pai guarda naquele cofre? Não pode ser boa coisa, né? Quer dizer, em geral, as pessoas não costumam falsificar uma identidade para alugar cofres com nomes falsos só por diversão.

— Não sei — observou Grayson, uma mentira, e a sensação era a mesma de mentir para os irmãos dele. — Por que você não vai comer doce no telhado? — sugeriu, gentil. — Eu posso esperar sua mãe.

Grayson não esperou por Acacia Grayson no hall. Em vez disso, ele foi procurar a biblioteca. A chave das meninas não abriria o cofre, mas se a esposa de Sheffield Grayson tinha autorização para entrar lá, havia a possibilidade de que conseguisse emitir outra chave.

Grayson não fora criado para deixar nada ao acaso.

— Não deveria ser tão difícil cancelar minha afiliação. — Era possível ouvir a voz de Acacia através da porta entreaberta. Grayson parou do lado de fora, ouvindo. — Eu sei que têm taxas! — Ela fez uma pausa, e Grayson praticamente podia ver a mulher se recompondo. Quando falou de novo, foi com toda a postura que uma mulher que crescera com a riqueza de Engstrom poderia reunir. — O clube precisa de um organizador de eventos. Um mês se passou desde que Carrie saiu e acho que você pode concordar, com base no trabalho de caridade que faço, sem mencionar os eventos que minha família já organizou em seu salão de baile, que sou mais do que qualificada para isso.

Aquilo era Acacia pedindo um emprego. Grayson se lembrou da expressão no rosto dela quando disse que não era fraca.

Seja qual for a resposta que a pessoa do outro lado da linha deu, Acacia não se deixou impressionar.

— Bom, imagino que vão dizer que estou entediada e perdida sem meu marido. Deixe que digam. — Outro momento de silêncio, mais longo dessa vez, e então: — Eu entendo.

Grayson esperou até ter certeza de que ela havia desligado antes de empurrar a porta com cuidado.

— Problemas?

Acacia ergueu o olhar da *chaise longue* em que estava sentada, com as pernas dobradas sob o corpo, olhando firme para Grayson.

— Nada que você precise se preocupar.

Grayson caminhou para se sentar a vários metros dela.

— Seu marido usou um nome falso para conseguir um cofre. — A mudança de assunto foi intencional. Voltaria a falar dos problemas financeiros quando ela estivesse menos preparada para contornar suas perguntas. — As meninas vão pedir para você abrir. Você é uma usuária autorizada.

Acacia franziu os lábios. O cabelo loiro estava puxado para trás em um coque elegante, nem um fio fora do lugar.

— Não sei por que estaria autorizada a fazer qualquer coisa — disse ela baixinho. — Ele nunca conversou comigo sobre questões financeiras... ou de negócios. — Ela desviou o olhar de Grayson, depois voltou a olhar, como se não pudesse se permitir uma pausa nessa conversa ou em tudo o que ele representava. — Sou formada em finanças, sabe. Foi onde Sheff e eu nos conhecemos. Eu era quietinha e esquisita, e ele era... — A voz dela falhou um pouco — Bem, isso não importa agora, né?

Ele se casou com você por dinheiro. É nisso que você está pensando. É nisso que está tentando não pensar.

— Você gosta de brincar de *e se,* Grayson? — perguntou Acacia calmamente. — E se você mudasse uma decisão, um momento de sua vida?

Grayson não tinha o hábito de sonhar acordado, mas revivera seus maiores erros com frequência suficiente para saber quais eram eles, para saber exatamente o que faria diferente se pudesse.

— Ou e se uma coisa tivesse sido diferente desde o início? — Havia algo melancólico na expressão de Acacia. — Eu brincava o tempo todo quando era criança. E se eu tivesse um irmão mais velho? E se eu tivesse nascido com um sobrenome diferente? E se eu me parecesse um pouco menos com minha mãe?

E se você tivesse deixado seu marido quando descobriu sobre mim?

Acacia deu um suspiro profundo.

— Mas *e se* é diferente quando você tem filhos, porque, de repente, tudo que leva ao nascimento deles, essas escolhas, essas realidades são gravadas em pedra. Porque se as coisas fossem um pouco diferentes, elas poderiam não existir, e essa é a única possibilidade que você não consegue aguentar.

Acacia olhou para as mãos, e Grayson notou que ela ainda usava sua aliança de casamento.

— Lembro que cerca de uma semana depois que Savannah e Gigi voltaram do hospital, sonhei que ainda estava grávida e que minhas bebês, aquelas que segurei e alimentei e amei, eram só um sonho. E entrei em pânico, porque não queria outras bebês. Queria *minhas* meninas. E quando acordei, fiquei parada ao lado dos berços delas, chorando, porque elas eram *de verdade*. — Ela voltou a olhar para Grayson. — Então não tem *e se* para pensar na vida caso eu tivesse escolhido outro caminho ou me apaixonado por alguém que fosse capaz de me amar também. Não tem *e se eu soubesse de tudo que sei agora*. Sem arrependimentos. Não pode existir. Porque por mais que eu quisesse uma vida diferente agora, quero mais ainda ser mãe delas.

Respirar não devia ser tão difícil, pensou Grayson, mas era, porque ele nunca, em toda sua vida, tinha representado isso para alguém, muito menos para Skye. E, de repente, sentiu vontade de jogar *e se,* porque ter isso teria mudado tudo.

Teria significado tudo.

Arrependimentos são um desperdício do seu tempo e do meu, sussurrou o velho de algum lugar em sua memória. *Você acha que tenho cara de quem tem tempo a perder?*

Grayson se concentrou, porque era isso que ele fazia — quem ele *era*.

— Eu sei sobre as investigações do FBI e da receita, Acacia. — Ele suavizou o foco da conversa o máximo que pôde. — Sei que ele estava roubando dos seus pais. Sei que ele secou suas contas.

Acacia Grayson respirou através da dor.

— Mas Savannah e Gigi não precisam saber de nada disso — comentou Grayson calmamente.

Acacia engoliu em seco.

— Você acha que eu devia entregar o cofre para os federais? Grayson não tinha tempo para pensar em uma forma diferente de abordar isso.

— Não — disse, gentil —, não acho.

Acacia olhou para ele por um longo tempo.

— Não achei que você fosse querer proteger meu marido.

— Não é ele — comentou Grayson, sua voz grave — que estou tentando proteger.

Aquela era a verdade e, de fato, ele não estava mais tentando proteger apenas Avery. A bomba no jatinho de Avery matara dois dos homens de Oren. Sheffield Grayson era um assassino — e nenhum dos membros daquela família precisava viver com isso. Nem Acacia. Nem Savannah. Nem Gigi.

— Me dê um dia. — Grayson não formulou a frase como um pedido. — Você nunca vai precisar saber o que está naquele cofre, e nem vai ser a responsável por esconder isso do FBI. — Grayson poderia ter parado ali. E talvez fosse melhor ter parado. Mas fora ensinado desde pequeno a conseguir um *sim*. — Seu nome também está no cofre, Acacia. Ele usou uma identidade falsa para ele, mas o seu nome verdadeiro... e é bem capaz que tenha forjado sua assinatura. Além disso, ele não é o único que a receita poderia condenar por evasão fiscal.

Acacia fechou os olhos. Quando voltou a abri-los, estavam marejados, mas ela não derramou uma lágrima sequer. Ela olhou cheia com compaixão para Grayson.

— Você é só um menino.

O coração de Grayson se contorceu em seu peito. A única pessoa que dissera isso para ele antes era Nash.

— Minha mãe gosta de dizer que os Hawthorne nunca foram crianças de verdade. — Grayson não tivera a intenção de falar de Skye... Não para aquela mulher. Não depois de terem falado tanto de *e se*. Ele mudou o rumo da conversa.

— O *country club* aceitou sua oferta?

— Não. — Acacia balançou a cabeça em desaprovação.

— Não entendo por que não, mas... — Ela parou de falar. — Assim como o conteúdo daquele cofre, minha situação financeira não é problema seu.

Grayson tinha a habilidade dos Hawthorne de ignorar afirmações que não eram do seu agrado.

— Meu avô tinha seus defeitos — comentou, falando baixo —, e mais alguns. Mas ele me ensinou a colocar a família em primeiro lugar. Eu tenho meios...

— Não — disse Acacia com firmeza. — De jeito nenhum.

— Você cresceu com Kent Trowbridge. — Grayson mudou de assunto de novo. — O filho dele não merece Savannah.

Se ele tivesse abordado diretamente o relacionamento *dela* com o advogado, Acacia poderia ter se recusado a falar. Por isso, Grayson optou por outra tática.

— Duncan e Savannah se conhecem desde pequenos — explicou Acacia. — Eu nunca forcei esse relacionamento. — Ela fez uma pausa. — Mas pode ser que minha mãe tenha forçado.

— Do jeito que ela forçou você e Kent? — Era um tiro no escuro, mas bastante estratégico. — Vi quando ele te tocou na outra noite.

— Aquilo não foi nada — respondeu Acacia, desviando o olhar. — Ele é amigo da família. Está só tentando ajudar.

Grayson se inclinou para a frente.

— Está mesmo? — Nenhuma resposta, então Grayson arriscou de novo. — Foi ele quem te contou sobre mim. Não foi?

— Eu tinha o direito de saber.

No dia do funeral da sua mãe?, pensou Grayson.

— Você contou alguma coisa para as meninas? — perguntou Acacia, a voz ficando rouca. — Sobre o dinheiro? — Antes que Grayson pudesse responder, ela começou a apresentar as garantias. — A casa está segura, as mensalidades das universidades, carros, roupas, custo de vida... os fundos delas cobrem tudo isso. Elas vão ficar bem. — Ela se levantou e foi até a porta da biblioteca. — Do resto, pode deixar que cuido sozinha, começando pelo cofre.

A porta foi aberta antes que Acacia encostasse nela. *Savannah*.

— Ele contou pra você. — Era óbvio que tinha ouvido a última afirmação da mãe. Grayson podia ver Acacia se perguntando se ela teria ouvido o resto.

— Preciso que você me deixe cuidar disso, Savannah — disse Acacia, firme.

Os olhos de Savannah brilharam.

— Você não cuida de nada, mãe. Você só fica sentada e aceita tudo.

Acacia olhou para baixo. Os olhos de Grayson se estreitaram.

— Não foi isso que eu quis dizer. — Savannah olhou para baixo.

Acacia caminhou e colocou um braço em volta dela.

— Então... — Gigi surgiu atrás delas. — Quem está a fim de ir abrir um cofre?

Grayson não esperava que aquilo fosse funcionar. Mas depois de um longo momento, Acacia assentiu.

— Vamos fazer isso juntos. — Ela lançou um olhar das gêmeas para Grayson. — Todos nós.

Capítulo 49

GRAYSON

Eles voltaram para o banco. Grayson meio que esperava que Acacia fizesse os três esperarem no estacionamento, mas ela não o fez. E quando ela apresentou seu documento de identificação e a chave que Savannah entregara — a falsificada —, o mesmo funcionário que mandara Savannah embora chamou o gerente.

O gerente os levou até a parte subterrânea. Lá havia paredes e mais paredes de cofres. O gerente inseriu a chave do banco em um dos espaços e esperou que Acacia inserisse a dela. Ela o fez, mas quando tentou virá-la, nada aconteceu.

Ela tentou de novo.

Eu planejei isso. Grayson ignorou a culpa que sentia. *Era isso que deveria acontecer.*

— Se você não tem a chave, senhora, e não é a titular da conta principal, receio que terá que…

O gerente do banco não teve chance de terminar a frase. Savannah enfiou a mão por baixo da camisa de gola alta que usava e puxou uma corrente, idêntica à de Gigi.

Na ponta da corrente, havia outra chave.

— Tente com a minha — disse Savannah.

Grayson a encarou.

— Desde quando você tem uma chave? — perguntou Gigi.

— Eu encontrei — respondeu Savannah baixinho — com a identidade.

Grayson Hawthorne não costumava ser pego de surpresa. *Isso é o que acontece quando você não pensa dez passos à frente.* A voz de Tobias Hawthorne estava tão clara em sua cabeça como se o velho estivesse ali. *Quando você permite suas emoções tomarem o controle. Quando você se permite ser distraído.*

Savannah tirou a chave da corrente e entregou para a mãe. Acacia a colocou na fechadura. E desta vez, quando a girou, a fechadura estalou.

O gerente do banco removeu com cuidado o cofre da parede e o colocou sobre uma mesa alta de vidro no meio da sala.

— Vou dar um pouco de privacidade para vocês — disse ele.

Acacia olhou para as filhas, então para Grayson. Devagar, abriu a tampa do cofre.

A primeira coisa que Grayson viu foi uma foto dele.

OITO ANOS ATRÁS...

Grayson olhou para o enorme molho de chaves. A alternativa era olhar para o velho, que devia tê-lo seguido por toda a propriedade até a casa da árvore.

— Você não foi o mais lento — comentou Tobias Hawthorne, sem ênfase particular em seu tom —, mas também não foi o mais rápido.

Grayson observou o avô se curvar e colocar o chaveiro ornamentado no chão da casa da árvore. Tinham, tranquilamente, mais de cem chaves no molho, cada uma com uma cabeça distinta, muitas delas com desenhos elaborados e feitas com delicadeza. O desafio era descobrir qual chave abria a fechadura recém-instalada na grande porta da frente da Casa Hawthorne.

Grayson ficara em terceiro.

— Jameson venceu. — Grayson tensionou a mandíbula, recusando-se a permitir que aquilo o incomodasse. Afinal, era um fato, e a única coisa que seu avô respeitava tanto quanto vencer era o controle.

— Você acha que foi uma competição? — perguntou Tobias Hawthorne, inclinando a cabeça para o lado. — Eu queria que fosse mais um rito de passagem.

Após a conclusão, cada um recebeu um alfinete de bronze, moldado na forma de uma chave. Grayson podia sentir o dele cavando na palma de sua mão agora.

— Então por que você está aqui falando do tempo que demorei para resolver?

A pergunta saiu fria, comedida. *Bom.*

— Jameson queria vencer. — O tom do velho traiu outra coisa agora: apreciação.

Grayson não se permitiu desviar o olhar.

— Jameson sempre quer vencer.

A expressão nos olhos de seu avô dizia *exatamente*, mas a boca falou:

— E às vezes você deixa.

— Não o deixei vencer — disse Grayson, e dessa vez quase perdeu o controle, se atrapalhando com as palavras. Ele controlou a frustração e lançou um olhar frio e distante para o avô. — Era isso que você queria ouvir?

Tobias Hawthorne sorriu.

— Sim e não. — Ele olhou para Grayson como um homem acostumado a responder suas próprias perguntas, como se pudesse obter todas as respostas que quisesse apenas olhando para o rosto de Grayson. — Me diga onde você errou.

O pedido foi feito em um volume suave, nem gentileza nem aspereza em seu tom.

Grayson o sentiu como um soco. Permitiu-se olhar para as chaves, refletindo em como resolvera o enigma.

— Estava procurando por um código, me concentrando na coisa errada.

— Complicando algo que não precisava ser complicado? — sugeriu o avô. — E ao fazer isso você não conseguiu ver o problema por completo e fracassou.

Não havia palavra no planeta que o Grayson de doze anos odiasse mais do que qualquer versão da palavra *fracassar*.

— Desculpa.

— Não peça desculpas — foi a resposta imediata —, nunca se desculpe, Grayson. Faça *melhor*.

— Era só um jogo. — Dessa vez, a voz de Grayson saiu firme.

O velho sorriu.

— Gosto de ver você jogar. Nada me dá mais alegria do que ver você e seus irmãos se divertindo, curtindo um desafio.

Então por que você está aqui?

— Não estou chateado por você ter perdido — acrescentou o velho, como se conseguisse ouvir o que Grayson não dissera —, mas estou preocupado, porque me parece que você está começando a ficar confortável em perder.

— Não gosto de perder — respondeu Grayson, colocando força nessas palavras.

— E isso é algo excepcional? — Veio a resposta. — Algo extraordinário?

Ninguém gosta de perder. Grayson suspirou.

— Não.

— Você é excepcional? — pressionou o avô. — Extraordinário?

— Sim — falou Grayson, as palavras saindo de sua boca com a força de uma promessa.

— Então me diga, Grayson, por que estou aqui?

Aquilo era outro teste. Outro desafio. E Grayson não tinha a intenção de fracassar de novo.

— Porque eu tenho que ser mais — respondeu, com a voz baixa, intensa.

— Ser mais — disse o avô, combinando o tom de Grayson com o seu. — Fazer mais. Mais rápido. Mais forte. Mais esperto. Mais astuto. E *por quê?*

Grayson deu a única resposta que parecia verdadeira.

— Porque eu posso.

Ele tinha o potencial. Sempre tivera o potencial. Tinha que fazer valer.

— Pegue as chaves — disse o avô. Grayson obedeceu. — São lindas, não são? Você não estava errado em procurar significado nelas. Eu desenhei cada uma delas. A história da minha vida está nessas chaves.

Pela primeira vez, esse confronto parecia menos com uma das lições de seu avô e mais com o tipo de conversa que um garoto comum poderia ter com um avô comum. Por um momento, Grayson se deixou sentir a expectativa de que o velho contaria aquela história — alguma parte que ele ainda não conhecesse.

Mas Tobias Hawthorne não era um avô comum.

— Algumas pessoas podem cometer erros, Grayson. Mas você não é uma dessas pessoas. Por quê?

— Porque eu sou um Hawthorne.

— Não. — Pela primeira vez, o tom do velho pareceu áspero. — Você está fracassando de novo. Bem aqui. Bem agora. Está fracassando.

Não havia nada — *nada* — que ele pudesse dizer para machucar mais do que aquilo.

— Xander é um Hawthorne — disse o velho com intensidade. — Nash é um Hawthorne. Jameson é um Hawthorne. Mas você... — Tobias Hawthorne pegou o queixo de Grayson em suas mãos e o ergueu, certificando-se de que ele teria a atenção total e exclusiva de seu neto. — Você não é Jameson. O que é aceitável para ele não é aceitável para você. *E sabe por quê?*

Lá estava de novo. A pergunta. O teste. Fracassar não era uma opção.

Grayson assentiu.

— Me diga por quê, Grayson — ordenou o velho.

— Porque — respondeu Grayson, com a voz rouca — algum dia serei eu.

Ele nunca dissera aquelas palavras antes, mas de certa forma, sempre soube. De certa forma, todos eles sempre souberam, desde que Grayson conseguia se lembrar. O velhote não viveria para sempre. Ele precisava de um herdeiro. Alguém capaz de assumir o manto, de fazer o que o velho fazia.

Fazer a fortuna aumentar.

Proteger a família.

— Vai ser você — concordou Tobias Hawthorne, soltando o queixo de Grayson. — Seja digno... e nunca diga uma palavra desta conversa a seus irmãos.

Capítulo 50

JAMESON

Branford foi levado para outra sala para que Rohan — nas palavras do Proprietário — *lidasse com ele*. Mas ele escolheu lidar pessoalmente com o segredo de Jameson.

— Você vai anotar aqui. — O Proprietário colocou o que parecia ser um pergaminho sobre a mesa e depois o alisou. Ele colocou uma pena ao lado do pergaminho. Inspecionando a pena, Jameson percebeu que era feita de metal, fina como um fio de cabelo, mas afiada como uma lâmina. Era como um lembrete: o que ele estava fazendo poderia ser perigoso. Era um risco.

Jameson disse a si mesmo que era um risco calculado.

Do outro lado do pergaminho, o Proprietário colocou um prato pequeno e raso, como os que continham os lírios no átrio. Enquanto Jameson observava, o homem derramou tinta roxo-escura na tigela.

— Quando a tinta secar, terei determinado se o seu segredo é bom o bastante para permitir que entre no Jogo. Se esse for o caso, você será obrigado a me fornecer algum tipo de garantia... provas. — O Proprietário fez uma pausa. — Você — acrescentou, com a voz baixa e sedosa — tem provas?

Com um nó se formando na garganta, Jameson pensou em seu relógio de bolso, no objeto que escondia dentro dele.

— Sim, mas não está comigo agora.

— Se o seu segredo for aprovado, tudo o que você terá que fazer é me dizer onde e o quê — disse o Proprietário — e enviarei alguém para buscar sua prova.

Jameson reconheceu os sinais que seu corpo estava enviando: a boca seca, o suor que ele podia sentir que começava a descer pelas palmas das mãos, o coração batendo forte no peito.

Ele ignorou todos eles. Assim como ignorou o aviso em sua mente, uma voz feminina emitindo uma ameaça contundente.

Existem formas, Jameson Hawthorne, de resolver problemas.

Havia uma razão para ele ter mantido o que descobrira em Praga em segredo. Mesmo de seus irmãos. Mesmo de Avery. Alguns segredos eram perigosos.

Mas aquela era a abertura, a chance dele. Só teria uma. *Quando você enxergar essa teia de possibilidades à sua frente, livre do medo da dor ou do fracasso, de pensamentos que dizem o que você pode e o que não pode, o que deve e não deve ser feito... O que vai fazer com o que vir?*

— O que acontece com o meu segredo se eu o escrever e você o achar atraente? — perguntou Jameson, a voz soando calma, irreverente de propósito. — Vai para o livro-razão?

— Ah, não — disse o Proprietário com um aceno de cabeça e um brilho nos olhos. — O livro-razão pertence ao Mercê. Seu segredo pertencerá a mim. Se você vencer, seu pergaminho será destruído e sua prova devolvida a você, nenhum registro adicional criado, tudo a sete chaves.

— E se eu perder?

— Então posso usar seu segredo como bem entender. — O sorriso do Proprietário era assustador. — Mesmo quando o controle do Mercê do Diabo passar para o meu herdeiro.

Algo nas palavras do Proprietário fez Jameson pensar que não falava de um futuro distante. *O homem está morrendo*, pensou Jameson, *e não há riscos se eu ganhar.*

— Deve ser um grande segredo. — O Proprietário se empoleirou na beirada de sua mesa e estendeu a bengala para a frente para erguer o queixo de Jameson. — Então suponho, sr. Hawthorne, que a pergunta deva ser essa: qual é o tamanho da sua vontade de jogar meu Jogo?

Qual é o tamanho da minha vontade de ganhar Vantage? Jameson Hawthorne não fora criado para temer riscos. Ele pegou a pena. Segurando firme, Jameson levou um momento para considerar a melhor forma de expressar seu segredo: sensacionalismo o bastante para ser admitido, mas mantendo algumas informações para minimizar as chances de repercussões.

Por fim, escolheu quatro palavras. Passando a pena da mão direita para a esquerda, molhou-a na tinta e começou a escrever. Algumas letras surgiam em sua mente conforme escrevia: um *H* maiúsculo, a palavra *está* e duas letras minúsculas no fim: *v* e *a*.

Largando a pena sobre a mesa, Jameson recostou-se na cadeira e esperou que a tinta roxo-escura secasse. E quando o Proprietário enfim estendeu a mão e esfregou o dedo na página, em vão, Jameson sabia que estava feito.

O pergaminho foi enrolado de volta. O Proprietário o segurou.

— Bom o suficiente — declarou ele. — E a prova?

— Tem um relógio de bolso no meu apartamento. Ele tem um compartimento oculto.

Mandaram buscar o relógio. Jameson usou o dedão para girar o ponteiro dos minutos para a frente e para trás, até os números certos. A frente do relógio saltou, e escondida ali estava uma pequena conta, do tamanho de uma pérola.

Translúcida.

Com um líquido dentro.

Jameson esperava que o Proprietário perguntasse o que era aquilo e como serviria de prova para as palavras que escrevera, mas não houve perguntas. Em vez disso, Jameson recebeu um envelope idêntico ao que o Proprietário havia dado a Zella antes.

Um convite.

— Abra — ordenou o Proprietário.

Jameson o fez. Uma substância em pó explodiu em seu rosto no momento em que o selo se partiu. Em segundos, seus pulmões começaram a falhar. Seus músculos cederam. Enquanto seu corpo deslizava da cadeira para o chão e a escuridão crescia, ele ouviu o Proprietário caminhar para ficar sobre ele.

— Bem-vindo ao Jogo, sr. Hawthorne.

Capítulo 51

JAMESON

Quando acordou, Jameson estava deitado em um chão frio e duro. Ele engasgou e tentou se sentar. A escuridão nos cantos de sua visão ameaçava se tornar absoluta. Ele não permitiu. Pouco a pouco, a escuridão começou a diminuir e a sala voltou a entrar em foco, começando com Avery.

Ela se agachou ao lado dele, as mãos apoiando sua cabeça com gentileza.

— Você acordou.

Bastou o som da voz dela para que as lembranças dos eventos que o levaram até ali voltassem.

Bem-vindo ao Jogo, sr. Hawthorne.

Essa lembrança foi acompanhada de uma percepção: os bolsos do paletó do smoking estavam vazios. Sem carteira, sem celular. *Sem contato com o mundo lá fora.*

— Onde estamos? — perguntou para Avery enquanto se levantava. — Que horas são?

— De manhã cedo, acabou de amanhecer. — A resposta de Avery veio quando seu cérebro enfim registrou a cena ao redor deles: paredes feitas de pesadas pedras cinza e marrom, painéis de madeira no teto, molduras pintadas de dourado e azul. — E estamos em Vantage.

Se antes o cérebro de Jameson notara apenas alguns detalhes do lugar, agora ele o absorvia por completo. A sala era comprida e estreita e, apesar de Ian ter dito que Vantage não era *bem* um castelo, aquele cômodo parecia que poderia pertencer a um. A pedra nas paredes se assemelhava àquelas usadas em antigas fortalezas; os detalhes no teto pareciam pertencer a um palácio. Havia um elaborado x acima do centro da sala, com quadrados posicionados para parecer diamantes em ambos os lados. Dentro de cada um dos diamantes havia um brasão; no brasão, símbolos, todos em tons de dourado e azul.

Para além desses detalhes, a sala era desprovida de decoração. As paredes de pedra eram imponentes, e Jameson contou apenas cinco lugares na sala onde a pedra dava lugar a outra coisa: duas janelas, uma porta, uma lareira talhada na pedra e, ao lado dela, uma segunda abertura do mesmo tamanho e formato que a porta, com lenha ocupando um terço do espaço.

O único móvel em toda a sala era uma longa e pesada mesa feita de madeira escura e brilhante. A mesa era retangular, lisa. Não havia cadeiras, o que explicaria por que a maioria das pessoas na sala estava de pé.

Os outros jogadores, o cérebro de Jameson sussurrou enquanto registrava a presença deles. *Só três, além de Avery e de mim.* Nunca era cedo demais para fazer um balanço da competição.

Jameson reconheceu Branford e Zella, que estavam em lados opostos da mesa. À esquerda, ele viu uma mulher olhando por uma das janelas, de costas para todos eles. O cabelo da mulher era cinza-prateado. Ela usava um terninho branco, tão imaculado que Jameson se perguntou como ela conseguiu evitar que a deixassem inconsciente.

Talvez ela seja alguém que nem mesmo o Proprietário do Mercê do Diabo ousaria apagar.

Com esse pensamento, Jameson desviou o olhar da mulher para a janela oposta, onde Rohan estava sentado no parapeito de pedra. Não havia cortinas na janela, nenhum tipo de adorno, apenas o Factótum, descansando ali, lendo um livro, vestindo um terno da mesma cor roxo-escura que a tinta com a qual Jameson escrevera seu segredo.

Um H. *A palavra está. As letras* V *e* A. Jameson afastou a lembrança, e a sensação de pavor que se acumulava na boca de seu estômago.

— Você está bem? — perguntou calmamente para Avery. Focar nela sempre ajudava. — Eles usaram aquele pó para te derrubar também?

— Estou bem — respondeu Avery —, e sim.

— Bem, não tem nada de espírito esportivo nisso — comentou a mulher na janela, virando-se para olhar a sala. Seu cabelo prateado mal chegava ao queixo, mas nem uma mecha caía em seus olhos. — Os dois podem jogar juntos?

Rohan interpretou isso como uma deixa para fechar o livro. Ele esperou para ter certeza de que tinha a atenção de toda a sala, então se levantou, deixando seu material de leitura no parapeito de pedra.

— Se são as regras do jogo que você quer, Katharine, ficarei feliz em atender.

Rohan caminhou até a cabeceira da mesa, com passos lânguidos, mas olhos elétricos.

— Onde está Alastair? — perguntou Branford.

— O *Proprietário* — respondeu Rohan, olhando nos olhos de Branford com um brilho sombrio — deixou que eu elaborasse e executasse o Jogo esse ano.

— Uma espécie de teste? — retrucou Zella. — Para o menino que quer ser rei.

Jameson rastreou cada palavra falada, avaliando os jogadores. Zella estava tentando irritar Rohan, ainda que ele não entendesse o porquê. Branford perguntara por Alastair e Rohan respondera com o Proprietário. E algo na fisionomia perspicaz de Katharine o fez se lembrar do avô.

— Como vocês podem ter percebido, o Jogo deste ano nos traz a um lugar que, como muitos vão concordar, representa a vitória mais significativa do Mercê na última década. — Rohan lançou um olhar malicioso para Branford. — Bem-vindo ao lar, visconde. — Os olhos castanhos profundos do Factótum permaneceram por algum tempo em Branford, e então ele olhou para Katharine quando voltou a falar. — Todos vocês estão cientes dos riscos no Jogo. E podem escolher o prêmio. *Poder. Riquezas.*

Havia algo no tom de Rohan que fez Jameson se perguntar há quanto tempo ele esperava para comandar seu próprio Jogo — e o que ele havia feito para merecer o direito.

— Escondidas em algum lugar desta propriedade — disse Rohan com um floreio — estão três chaves. A mansão, os terrenos... tudo está valendo. E também existem três caixas.

Uma, pensou Jameson, *para cada chave.*

— O Jogo é simples — acrescentou Rohan. — Encontrem as chaves. Abram as caixas. Duas das três contêm segredos. — Rohan sorriu, e a expressão era sombria e brilhante desta vez. — Dois dos segredos de vocês, na verdade.

Avery não fora obrigada a pagar para entrar neste Jogo, mas Jameson sim — e Branford também. Zella foi dispensada da sala antes que o Proprietário pedisse seus segredos, o que sugeria que ela, assim como Avery, estava livre. Katharine era um curinga, mas respondeu à declaração de Rohan com uma leve curva de satisfação em seus lábios.

Jameson pensou sobre o que havia escrito, e precisou de todas as suas forças para não olhar para Avery, porque, de repente, a presença dela não parecia mais uma bênção. Era um risco.

Afinal, Jameson podia ouvir o Proprietário dizer, *esse tipo de coisa sempre é mais interessante quando ao menos alguns jogadores têm o deles na reta.*

Seria ruim se qualquer outra pessoa lesse aquelas palavras. Mas se *Avery* as lesse, seria como abrir a caixa de Pandora.

— Então duas caixas com segredos. Na terceira, vocês vão encontrar algo muito mais valioso. Quem me disser o que encontrou na terceira caixa irá ganhar a marca. — Como um mágico, Rohan fez aparecer uma pedra redonda e lisa. Era metade preta, metade branca. — A marca pode ser trocada por uma página do livro-razão do Mercê que tenha vencido este ano ou por um ativo que o Mercê tenha reivindicado durante o mesmo período. Quanto às regras e limitações...

Rohan fez a marca desaparecer mais uma vez.

— Deixem a casa principal e os terrenos no mesmo estado em que os encontraram. Se fizerem buracos no quintal, precisam cobrir de volta. Tudo que for quebrado precisa ser consertado. Não deixem pedra sobre pedra, mas não podem contrabandear nada. — Rohan apoiou as palmas das mãos sobre a mesa escura e reluzente, inclinando-se para a frente, os músculos do braço repuxando o tecido do terno. —

Da mesma forma, vocês não podem causar danos a seus colegas de jogo. Eles, assim como a casa, devem ser deixados na mesma condição em que foram encontrados. Qualquer tipo de violência será punido com a expulsão imediata do Jogo.

Três chaves. Três caixas. Sem danificar a casa, o terreno ou outros jogadores. Jameson catalogou reflexivamente as regras em sua mente.

— E é só isso? — perguntou Katharine. — Sem outras limitações e regras?

— Vocês têm vinte e quatro horas — disse Rohan —, começando quando completar a próxima hora, em ponto. Depois disso, o prêmio será considerado perdido.

— E nesse caso, deixa eu adivinhar — disse Zella, prolongando a última palavra —, se falharmos, *você* vai ganhar a marca.

Rohan abriu um sorriso lento e perverso.

— Se essa é sua maneira de perguntar se facilitei para vocês, não facilitei. Para os perversos, não há paz, minha querida. Mas não seria um jogo se eu não tivesse fornecido todas as informações que precisam para vencer.

Sem dizer mais nada, Rohan caminhou em direção à única saída da sala. Ele passou por ela, então fechou a pesada porta de madeira. Um momento depois, Jameson ouviu o som de um ferrolho sendo colocado no lugar.

Eles estavam trancados.

— O Jogo começa quando vocês ouvirem os sinos — avisou Rohan pela porta. — Até lá, sugiro que coloquem as engrenagens pra funcionar e se familiarizem com a concorrência.

Capítulo 52

JAMESON

Jameson cresceu com os jogos do avô. Todo sábado de manhã, um desafio era colocado diante deles. Uma lição que levou anos para Jameson aprender foi a de que, por vezes, a melhor forma de começar era dando um passo para trás.

Assistir.

Observar.

— Eu devia ter imaginado que ele ia mandar você. — Branford caminhou para ficar ao lado de Katharine. Seu tom era educado, a expressão austera.

— Talvez eu esteja aqui por conta própria — respondeu Katharine, maliciosa. — Afinal, Ainsley tem um segredo em jogo, e você sabe que eu adoraria vê-lo destituído.

— Então você está dizendo que não veio por causa de Vantage? — Branford arqueou uma sobrancelha. — Que *ele* não tem interesse nisso?

— Acho bem interessante — disse Katharine calmamente — que você queira tanto a resposta para essa pergunta.

Jameson teria trocado olhares com Avery para ver o que ela estava entendendo daquilo, mas Zella escolheu aquele momento para se colocar entre eles.

— Analisando a concorrência? — murmurou ela.

— Quem é aquela mulher? — perguntou Jameson, ciente de que Zella *também* era competição.

— Katharine Payne. — Zella tinha um jeito de modular a voz que o fazia se esforçar para ouvi-la. — Ela é MP há mais tempo do que você existe.

MP. O cérebro de Jameson viu a abreviação como um código. A resposta surgiu na mesma hora. *Membro do Parlamento.*

— Quem é *ele*? — perguntou Avery baixinho.

— E *ele* está jogando por Vantage? — murmurou Jameson.

— Duvido — disse Zella. — Eu sei para quem ela trabalha, e digamos que Bowen Johnstone-Jameson não faz o tipo sentimental.

Jameson se lembrou de quando Ian disse que o apartamento de King's Gate Terrace não pertencia a Branford. *Eu tenho dois irmãos,* dissera ele dias antes. *Ambos mais velhos, ambos totalmente irrelevantes para esta história.* Mas, ao que tudo indicava, não era bem assim. Havia cinco jogadores no Jogo. Um era o irmão mais velho de Ian; outro, ao que tudo indica, representava o irmão do meio.

Se Katharine é uma figura política poderosa, o que isso quer dizer do homem para quem ela trabalha?

Jameson pensou no apartamento, na maneira como o segurança enfatizara a palavra *ele* ao se referir ao dono, da mesma forma que Branford fizera agora, como se Bowen Johnstone-Jameson não fosse um nome que alguém pronunciasse em vão.

A não ser, pensou Jameson, *que você seja Zella.*

— E você faz — perguntou Jameson para a mulher ao lado dele — o tipo sentimental?

Zella deu de ombros.

— Do meu jeito, sim.

— Você invadiu o Mercê do Diabo — comentou Jameson.

— E acabou sendo convidada para ser membro — acrescentou Avery.

Um sorriso delicado, que não mostrava os dentes, enfeitava o rosto de Zella.

— Eu sou *Aquela Duquesa*. Não há nada que não possa fazer.

Ou ao menos é o que as pessoas dizem, deduziu Jameson, e depois corrigiu esse pensamento. *Pessoas racistas.* Quantas mulheres negras havia, no total, na posição de Zella? Na aristocracia? No Mercê?

— Pelo que você está jogando? — perguntou Jameson.

Zella inclinou a cabeça.

— Você adoraria saber, não?

— A situação dela é mais perigosa do que ela deixa transparecer.

Jameson olhou além de Zella e Avery para ver Katharine caminhando em direção a eles. Seus passos não eram longos nem rápidos, a postura perfeitamente ereta.

— Seu marido — disse Katharine, encontrando o olhar de Zella. — O duque. Ouvi dizer que ele não está bem.

Por mais que Zella soubesse esconder suas emoções, aquilo obteve uma resposta — por uma fração de segundos, um leve estreitamento de seus olhos, mas que Jameson percebeu. Um instante depois, o olhar polido e ligeiramente divertido estava de volta no lugar.

— Onde você ouviria uma coisa dessas?

— Do meu irmão, aposto. — Branford não se aproximou dos quatro. Ele lançou um olhar penetrante para Katharine. — O que Bowen quer com ela? — Simon Johnstone-Jameson, Visconde Branford, não mediu palavras.

Em resposta, Katharine bufou de maneira pouco delicada. Dada a sua postura, maneirismos e aquele terno imaculado, Jameson tinha quase certeza de que, para Katharine, a *indelicadeza* era uma escolha.

— Eu bati em você uma vez quando você era criança — disse Katharine a Branford. — Você se lembra?

O homem ruivo respondeu com uma bufada idêntica.

— Sério, Katharine, isso é o melhor que você pode fazer para me colocar no meu lugar?

— Você me conhece melhor que isso. — A expressão de Katharine *parecia* suave, mas seus olhos estavam verde-azulados e muito duros. — Você conhece seu irmão melhor do que isso.

Jameson percebeu que o Proprietário poderia ter escolhido os jogadores deste jogo por razões próprias, razões que iam muito além de quem o impressionara ou não ou cujos segredos ele estava mais curioso para ouvir.

Eu. Avery. Um irmão Johnstone-Jameson e uma mulher poderosa trabalhando em nome de outro. Se Jameson tinha aprendido alguma coisa com os jogos das manhãs de sábado era procurar por padrões.

Ler códigos.

Como a duquesa se encaixa nisso?

— O menino é filho de Ian. — Branford nem olhou para Jameson enquanto informava Katharine disso. — Não tente fingir que Bowen descobriu esse segredo há muito tempo. Se ele soubesse que havia uma conexão com os Hawthorne, teria feito alguma coisa quando o velhote estava vivo.

Ouvir Branford se referir a seu avô como *o velhote* atingiu Jameson com mais força do que deveria.

— E como você sabe que ele não fez? — retrucou Katharine. Então ela olhou para Jameson, o que já era mais do que o tio fizera até então. — Você está jogando para recuperar Vantage então, sr. Hawthorne, não por um amor infantil por novidades.

Você está jogando para Ian. Era isso que a mulher queria dizer. *Você é só um fantoche.*

Jameson se virou, em vez de tentar manter o rosto inexpressivo.

— Estou jogando para mim mesmo. — Isso poderia ter sido verdade no começo, mas agora? Recusando-se a pensar nisso, Jameson voltou sua atenção para a sala.

A mesa. A lareira. Os registros. O desenho no teto. O livro na janela. Foi o último que chamou sua atenção e o prendeu. *Deixe o resto dos jogadores pensarem que tenho problemas mal resolvidos com meu pai. Os Hawthorne têm problemas mal resolvidos com o avô.*

Problemas como o fato de que parte do cérebro de Jameson sempre olharia para o mundo em camadas, sempre questionaria o propósito por trás de qualquer ação que parecia, à primeira vista, não ter propósito algum.

Ações como Rohan trazer um livro para esta sala — e deixá-lo aqui.

Permitindo-se parecer zangado, talvez até magoado, Jameson virou-se para a janela... e pegou o livro discretamente.

As Cavernas dos Contrabandistas e Outras Histórias. Bastou olhar para a capa para determinar que o que ele tinha nas mãos era uma coleção de histórias infantis — antigas. *Agora, por quê*, pensou Jameson, sem se preocupar em esconder o sorriso em seu rosto, já que estava de costas para a sala, *Rohan estaria lendo isso?*

No mesmo instante, seu cérebro começou a repassar tudo o que o Factótum havia dito sobre o Jogo. *Mas não seria um jogo*, dissera ele para Zella, *se eu não tivesse fornecido todas as informações que precisam para vencer.*

A adrenalina de Jameson aumentou. O Jogo? Não era esconde-esconde. *É sábado de manhã.* Não exatamente — mas Rohan havia deixado uma pista. *Quem sabe até mais de uma.* O cérebro de Jameson se prendeu a outra coisa que Rohan havia dito ao enumerar as regras. *Não deixem pedra sobre pedra, mas não podem contrabandear nada.*

O maldito tinha usado a palavra *contrabando*. E deixara aquele livro ali. Jameson olhou pela janela — de verdade, desta vez, e deixou seus olhos absorverem tudo o que via. Vantage não fora construída sobre uma colina. Ficava em um penhasco, com vista para muita água.

O tipo de água em que contrabandistas navegavam, pensou Jameson. Ele olhou de novo para o livro que tinha em mãos. *Quer apostar que, se descermos o penhasco, vamos encontrar cavernas?*

Ciente de que não deveria se prender a uma única interpretação, Jameson examinou discretamente o livro. Avery se aproximou para ficar atrás dele. Ela passou os braços em volta de seu corpo, o que parecia um gesto de conforto, e olhou para além dele, para o livro.

Ela não se deixara enganar.

Jameson folheou as páginas do livro e, quando algo caiu, pegou antes que pudesse ir longe. *Uma flor prensada.* Jameson revirou a mente procurando o tipo da flor. *Uma papoula.*

— Continue — murmurou Avery atrás dele, palavras suaves, cheias de significado, só para que ele ouvisse.

Jameson continuou. Na contracapa do livro, ele encontrou três palavras, escritas em tinta roxo-escura familiar.

Primeiro as damas.

Capítulo 53

GRAYSON

Grayson olhou para a fotografia. Ele parecia ter dezesseis anos nela. Estava em uma via pública, sozinho. Com base no ângulo da foto, fora tirada por um observador pelo menos um andar acima.

Um detetive particular? Ou o próprio Sheffield Grayson?

— É você — disse Gigi, pegando a foto. Ela a segurou nas mãos por um minuto, depois voltou a prestar atenção no cofre. — E você — acrescentou, erguendo outra foto. — E você.

Cada foto era como uma facada. De repente, tudo o que ele podia ouvir era a pergunta de Acacia: *você gosta de brincar de e se, Grayson?*

Não, ele não brincava. E não faria isso. *Avalie a situação.* Grayson voltou aos padrões de pensamento familiares e se aproximou do cofre. Estava cheio de fotografias. Dúzias de fotos.

— E você? — perguntou Gigi, pegando uma foto de quando ele tinha oito anos.

Competição de artes marciais. O fotógrafo estava em algum lugar no meio do público. Grayson continuou a avaliar a situação e decidiu responder Gigi com uma única palavra.

— Sim.

Não fazia sentido.

Não importa o quanto avaliasse a situação, não fazia sentido. *Sheffield Grayson tinha um cofre cheio de fotos minhas.* Sentiu um nó na garganta.

— Acho que já vimos o bastante. — Savannah foi em direção ao cofre para fechá-lo, mas Gigi foi mais rápida e o manteve aberto.

— Não. — Com a mão livre, Gigi vasculhou o cofre, até as fotos quase no fundo. — Você parece ter quatro anos aqui — disse para Grayson. Sua voz falhou, mas ela não parou. — Talvez dois aqui?

Tudo que Grayson podia fazer era se concentrar nela e não nas fotos.

— Deve ser um de seus irmãos com você nesta aqui — continuou Gigi, e então ela puxou uma foto final e respirou fundo e audivelmente. — Por que meu pai tem uma foto de quando você era recém-nascido? — Ela balançou a cabeça, os lábios tremendo. — Por que ele tem todas essas fotos?

Grayson não se permitiu pensar demais em nenhuma das perguntas e respondeu apenas à primeira, forçando seu tom a permanecer equilibrado.

— Ele deve ter subornado uma das enfermeiras.

Na foto em que era recém-nascido, seu eu bebê estava dormindo em um berço de hospital. Os bracinhos ao lado do corpo. Um chapéu havia sido puxado para baixo sobre sua testa, obscurecendo parte de seu rosto minúsculo e espremido.

— Eu achei que você trabalhava para o meu pai. — As palavras de Gigi conseguiram romper a parede de silêncio em sua mente. — Ou talvez até que tivesse raiva dele — acrescentou. — Você me deu aquele aviso e tudo mais, só que...

Grayson passara a vida toda praticando como controlar suas emoções com firmeza. Outras pessoas podiam se dar ao luxo de cometer erros. Ele não. *Examine a situação e aja de acordo.*

— Por que meu pai tem um cofre cheio de fotos suas, Grayson? — Gigi pressionou. — Um cofre que nem estava no nome dele. *Não faz sentido.*

Não faria sentido para ela — até que fizesse. Ela entenderia sozinha, no fim das contas.

Grayson se endureceu.

— Davenport é meu nome do meio — disse calmamente para Gigi. — O nome do meu avô era...

— Tobias Hawthorne — concluiu Gigi. — E a caixa estava com o nome de Tobias Davenport. Eu não entendo.

O coração de Grayson se apertou.

— Gigi, querida... — Acacia começou a dizer, mas Savannah não a deixou prosseguir.

— Papai teve um caso. — A mais velha, mais alta e mais contida das gêmeas manteve sua voz tão uniforme quanto a de Grayson. — Antes de nascermos. Logo depois que Colin morreu. Com Skye Hawthorne.

Gigi ficou muito quieta. Grayson tinha parado de notar o quanto ela se movia, até que, de repente, não havia movimento algum. Ele viu o momento exato em que Gigi percebeu o que Savannah estava dizendo, o momento exato em que cada peça se encaixou.

— É um nome bonito — disse com voz rouca a irmã cujos olhos costumavam brilhar. — Skye.

Grayson engoliu em seco.

— Gigi...

Ela se virou para ele, afastando-se da mesa, afastando-se do cofre.

— Você mentiu pra mim. — Ela balançou a cabeça, fazendo seus cachos balançarem. — Ou pode ser que não, pode ser que tenha omitido a verdade como se omitir fosse seu nome do meio... ou segundo nome do meio, talvez? *Grayson Davenport Omisso Hawthorne*. Soa bem.

— Respira, Gigi — disse Savannah baixinho.

Gigi deu mais um passo para trás e balançou a cabeça de novo. Ela afastou o cabelo do rosto com as palmas das mãos.

— Você sabia — disse para Savannah, e então olhou para Grayson, para Acacia. — Todos vocês sabiam. Todos, menos eu, e... ah, meu Deus, seu nome é Grayson. — Ela falava rápido demais para que alguém ousasse tentar interromper. — *Grayson* Hawthorne. — Ela lançou um olhar de Grayson para Savannah. — E vocês dois... É por isso que você pirou na batatinha quando eu fingi que a gente estava se pegando! *Eeeecaaa...* E eu pensei que vocês dois... — Ela fez um gesto com as mãos entre eles. — E também, *eca*.

— Sei que é muita informação para absorver — disse Acacia para a filha.

Gigi ergueu a mão.

— Acabei de vomitar um pouquinho. Tipo, na minha própria boca. Meu pai tinha tipo uma família secreta esse tempo todo? Tipo, quando a gente achava que ele estava em viagens de negócios, ele estava com o *filho*? — Gigi fez uma careta. — E alguém tem uma bala de menta?

Grayson abaixou a cabeça, olhando nos olhos dela.

— Não — respondeu, a voz tão baixa quanto a de Acacia segundos antes.

— Sem bala? — indagou Gigi.

— Seu pai não tinha uma família secreta — explicou Grayson. *Seu pai, Gigi, não meu.* — Nós só nos encontramos uma vez. Eu tinha dezenove anos, e ele deixou bem claro que não me considerava filho dele.

Claro. Até. Demais.

— Aparentemente, não deixou tão claro assim — provocou Savannah.

— Savannah — vociferou Acacia.

Gigi ignorou a mãe e a irmã. Seus olhos suplicantes e cheios de lágrimas focaram apenas Grayson.

— Então por que meu pai tinha todas essas fotos?

Essa era a pergunta, o inevitável buraco negro de uma pergunta ameaçando sugá-lo quando a resposta nem importava. Não deveria importar.

— Por que você está aqui, Grayson? Por que você está me ajudando a procurar por ele? — Gigi ficou sem fôlego. — Você deve odiá-lo. Odiar a gente.

— Não — falou Grayson com toda a força da autoridade que fora criado para imprimir em cada interação. A autoridade que nunca funcionara com ela. — Juliet, *não.*

Eu não odeio você. Não poderia odiar você nunca. Grayson se lembrou tarde demais que Gigi havia dito que seu pai era o único que usava seu primeiro nome completo.

— Por quê? — Gigi repetiu, a voz falhando.

— Estou aqui — disse Grayson — porque ele não está. Meu avô tinha um ditado: família em primeiro lugar.

— Não somos uma família — respondeu Savannah, com a voz baixa e quase gutural. Pela primeira vez, Grayson percebeu que *ela* não tinha parado de olhar para as fotos. Nem por um instante.

— Ele é nosso irmão — respondeu Gigi.

A palavra *irmão* significava algo para Grayson. Sempre tinha significado algo para ele, sempre foi uma parte fundamental de quem ele era.

— Não. — Savannah finalmente desviou o olhar do cofre. — Ele não é. Papai não queria que ele fosse.

Ele não me queria. Ele me desprezava. Grayson deveria ter sido capaz de interromper seus pensamentos nesse instante. Deveria ter a disciplina de parar ali. *Mas as fotos. Minha vida inteira, ele...*

— Achei que ele era um bom pai. — Gigi olhou para o teto e fechou os olhos com força. — Não perfeito, mas... — Ela parou e apertou os lábios. — Achei que era um bom marido. — Sua voz estava ganhando força novamente. — É por isso que estava procurando por ele! Porque não acreditava que ele pudesse trair nossa mãe e nos abandonar, mas acho que toda essa coisa de trair e abandonar faz parte do jeito dele de agir.

Gigi estava praticamente vibrando de intensidade agora. Grayson queria se aproximar dela, mas algo o impedia.

— Você devia ter me contado. — Gigi deu um passo para trás, depois outro e mais um. — Vocês todos deveriam ter me contado. — Ela chegou na parede, lançou um último olhar furioso para cada um deles e saiu correndo da sala.

— Gigi! — Savannah começou a ir atrás dela, mas Acacia estendeu a mão gentilmente para detê-la.

— Deixe ela ir. — Acacia fechou os olhos por um longo momento, depois os abriu de novo. — Tem mais alguma coisa — perguntou — no cofre?

Grayson retirou e empilhou as fotos, recusando-se a olhar muito de perto para qualquer uma delas. *Sheffield Grayson sabia de mim durante toda minha vida. Durante toda minha vida, ele ficou de olho em mim.*

No fundo do cofre, próximo de uma das paredes, Grayson encontrou um envelope de banco. Era grosso. Estava cheio. Ele o puxou e abriu, esperando encontrar uma fortuna em notas grandes, mas tudo o que viu foram pedaços de papel. Dezenas deles.

— Talões de depósito? — perguntou Acacia, e Grayson sabia o que ela estava pensando. *A investigação. As fraudes. Suas contas drenadas.*

Ele examinou os papéis.

— Recibos de saques, na verdade — disse Grayson, removendo um punhado deles, folheando cada um com eficiência brutal. — Alguns trocados. Este é de duzentos e dezessete dólares. Outro de quinhentos e seis dólares. Trezentos e vinte e um dólares. — Ele virou um dos papéis. — Há algo escrito atrás. K. M. — Ele olhou para a esposa do pai. — Você conhece alguém com essas iniciais?

Savannah deu um suspiro longo e controlado.

— Deve ser mais uma qualquer.

— Savannah, não gosto que você fale de outras mulheres desse jeito.

— Acho que você quer dizer *a* outra mulher. — Savannah atacava o ponto fraco, como se tivesse perdido a habilidade de fazer qualquer outra coisa. — Ou outras mulheres, no plural, acho eu — continuou, friamente —, não que você se importe.

— *Já chega.* — Grayson não pretendia usar esse tom, mas também não se arrependeu. Ele pensou em Acacia dizendo que não conseguia nem pensar em uma vida sem suas filhas.

Pensou em pinturas infantis exibidas como belas artes e marcas de mãos capturadas no cimento.

Grayson olhou *feio* para Savannah e falou com um tom capaz de causar arrepios na espinha:

— Sua mãe não merece isso de você.

— *Minha* mãe — retrucou Savannah. Sua expressão era uma fria como gelo, arruinada apenas pelas lágrimas em seus cílios loiros. — E quanto ao meu pai... — Ela ergueu o queixo. — Sempre soube que ele queria um menino.

Aquela declaração atingiu Acacia mais do que qualquer outra farpa que Savannah tivesse soltado. Ela abraçou a filha. Para a surpresa de Grayson, Savannah não resistiu. Ambas ficaram ali por um longo tempo, abraçadas como se suas vidas dependessem disso, e deixando Grayson com um sentimento que ele mal conseguia reconhecer.

Os Hawthorne não deveriam desejar coisas que não podiam ter.

Por fim, Savannah se afastou, e Acacia se virou para Grayson.

— Nós vamos embora — disse para ele. — Tudo nesse cofre... é seu.

Capítulo 54

GRAYSON

As fotografias. Os recibos de saques. Grayson só se permitiu focar no último. *Evidências sabe-se lá do quê.*

— Senhor. — A voz do funcionário do banco era dura. — O cofre deve ser colocado de volta na parede antes que a dona saia.

A dona. Acacia. Savannah iria junto com ela. Grayson percebia o quanto seus pensamentos estavam fragmentados, mas a alternativa — pensar de verdade, com detalhes, em tudo o que acabara de acontecer — era ainda menos desejável.

— Vou precisar de uma maleta. — Grayson não formulou a frase como uma ordem ou um pedido, mas havia certa diferença entre dizer *eu preciso* e *vou precisar*. A frase no futuro implicava que a necessidade deveria ser atendida antes que se tornasse premente.

— Uma maleta?

Grayson o encarou.

— Isso vai ser um problema?

Dez minutos depois, ele saiu do banco segurando uma maleta.

* * *

Os manobristas do hotel gostavam da ideia de levar a Ferrari até ele. Pode ser até que gostassem demais, mas quando chegaram ao banco, Grayson teve a cortesia de fingir não notar a arruaça cheia de adrenalina.

— Isso foi *incrível*!

De acordo com o plano, um manobrista iria levar o outro para casa, deixando o carro *incrível* para trás. Grayson não saberia dizer quanto tempo ficou sentado no estacionamento do banco, atrás do volante da Ferrari, a maleta no chão ao lado do banco de passageiro, fora de alcance.

Ele deveria ter deixado as fotos no cofre. Deveria — mas não o fez.

O que importava que Sheffield Grayson o tivesse vigiado? *Minha vida inteira.* Essas palavras conseguiram penetrar no silêncio forçado de seu cérebro. *Ele me observou durante minha vida inteira.*

A mão de Grayson serpenteou e apertou a ignição. Ao sair do estacionamento, ele pensou no olhar dos manobristas. Era óbvio que os dois tinham dado umas voltas com o carro. Grayson se perguntou a que velocidade teriam chegado. Que emoções se permitiram sentir.

Quando entrou na estrada, Grayson pisou fundo no pedal — cada vez mais. Ele olhou para o posicionamento dos carros à sua frente, calculou o espaço entre eles. Quando Jameson precisava escapar de alguma coisa, encontrava uma desculpa para ir muito rápido ou muito alto. Grayson só tinha uma dessas opções no momento.

Não demoraria muito para fazer a Ferrari ir a mais de cem por hora.

Você não é Jameson. O que é aceitável para ele não é aceitável para você. Grayson ouviu a voz de Tobias Hawthorne tão alta e clara como se o velho estivesse sentado ao lado dele. *E sabe por quê?*

Grayson não era imprudente. Ele não flertava com riscos desnecessários.

Porque será você. Quantas vezes ele tinha ouvido isso? E o tempo todo, o avô sabia que era mentira. Tobias Hawthorne já tinha tirado a família do testamento antes mesmo de Grayson nascer.

Nunca seria eu. Os nós dos dedos de Grayson ficaram esbranquiçados quando ele apertou o volante com mais força. Um músculo em sua panturrilha ficou tenso, seu corpo esperando. Tudo o que ele precisava fazer era pisar fundo no pedal.

Silenciar o velho.

Parar de pensar em Sheffield Grayson.

E *ir*.

Grayson mudou para a faixa da esquerda e, como mágica, os outros carros saíram do caminho. Não havia nada que o impedisse agora. Não havia razão para que ele não pudesse deixar o carro fazer o que carros desse tipo faziam de melhor.

Eu poderia voar. Perder a cabeça. Mandar a segurança e as regras para o inferno. Algo parecido com raiva cresceu dentro dele, porque ele *não podia*.

Ele não podia se machucar. Não podia correr riscos ou ignorar possíveis consequências, nem pensar demais no fato de que o pai que ele tinha certeza de que o desprezava havia colecionado fotos dele, guardando-as por todos esses anos.

E de que isso importa? Ele está morto agora.

Grayson mudou de faixa, depois mudou de novo e, quando percebeu, estava estacionando o carro no acostamento.

Conseguiu desligar o motor, mas a outra mão ainda segurava com força o volante.

Grayson se inclinou sobre ele, a respiração destruindo seu corpo como socos brutais, quebrando costelas.

E então seu celular tocou e, de alguma forma, ele conseguiu largar o volante. Ele atendeu com os olhos fechados.

— Alô.

— O que houve? — *Nan*. Grayson podia praticamente sentir sua bisavó cutucando-o com a bengala enquanto fazia aquela pergunta como uma exigência.

— Não houve nada. — *Diga. Acredite. Faça com que seja verdade.*

— Meu jovem, será que você começou a acreditar que mentir pra mim é uma *boa* ideia? — retrucou Nan. — É claro que tem algum problema! Você disse alô.

Grayson fez uma careta.

— Eu falo alô!

— E agora está gritando — resmungou Nan, e Grayson podia *ouvir* seus olhos astutos se estreitando. — Xander estava certo.

Os olhos de Grayson se estreitaram em resposta.

— O que foi que Xander falou para você?

— *Hmmpff* — respondeu Nan. Grayson a conhecia bem o bastante para saber que aquela *era* sua resposta, e a única resposta que ele obteria.

Nota mental, pensou Grayson, *matar Xander.*

O pensamento, como o pigarro de Nan, era familiar, e essa familiaridade permitiu que ele *respirasse*. E respirar fez com que seu foco voltasse.

— Está tudo bem?

Nan não costumava ter o hábito de ligar para jogar conversa fora.

— Eu te dei permissão para se preocupar comigo? — Nan limpou a garganta de novo. — Não fui eu quem atendi o telefone *desse jeito*. O que aconteceu com você, rapaz?

Grayson pensou na maleta, nas fotos, *e se,* Gigi, Savannah. Pensou em Acacia, em Skye, em Sheffield Grayson.

— Nada.

Nan deixou o que pensava daquela resposta bem claro:

— Bah.

Grayson sentiu seus olhos se fecharem de novo.

— Skye costumava tirar fotos nossas quando a gente era pequeno? — A pergunta saiu rouca. — De mim?

— Quando convinha. — O tom de Nan demonstrava o que pensava disso. Skye entrava e saía da vida dos filhos. Tudo o que fazia era quando lhe convinha.

— Ela teria enviado alguma dessas fotos para meu pai biológico? — Grayson não sabia por que estava perguntando. Skye não estivera presente na maioria das fotos que vira. Por que ele deveria ligar caso ela tivesse enviado uma ou duas fotos para Sheffield Grayson?

— Acho que não. — O tom de Nan parecia mais suave. — Volte para casa, menino.

Casa. Grayson pensou na Casa Hawthorne. Em seus irmãos. Ele encostou a cabeça no apoio, o pomo de Adão e a traqueia apertados contra a pele de sua garganta. Ele se permitiu um instante para respirar, apenas um instante, e então abaixou a cabeça.

— Nash me deu o anel que você deu pra ele. — Grayson não sabia por que estava dizendo aquilo. — Por segurança.

— Hummmm. — Na língua de Nan, aquela resposta era bastante diferente de *hmmpff*. — Me pergunte como anda meu dia — ordenou de repente.

Os instintos de Grayson explodiram. Com certeza ela tinha um motivo para ter ligado.

— Como anda seu dia, Nan?

— Péssimo! Passei tempo demais revendo os arquivos do seu avô.

A Lista, pensou Grayson. Os arquivos que o velho mantinha, em que constavam todas as pessoas que havia prejudicado. De repente, a afirmação de Xander de que tinha "contatos" na Casa Hawthorne parecia fazer mais sentido.

— Xander pediu para você examinar a Lista.

— Ele me disse o que você está procurando.

Meu pai se matou com um tiro quando eu tinha quatro anos, disse uma voz de mulher na memória de Grayson.

— Você achou? — perguntou para Nan. — Encontrou ele?

— O que você acha que eu sou, garoto? Claro que o encontrei.

Um Hawthorne fez isso.

— O que o velhote fez? — perguntou Grayson, a voz grave.

— Comprou uma participação minoritária na única patente do homem.

— Para que era a patente? — Grayson pressionou.

— O arquivo não dizia. Também não tinha nenhum número.

Grayson assimilou aquilo.

— Tinha mais alguma coisa?

— Um recibo. Seu avô mandou flores para o funeral do homem. Um tanto sentimental para Tobias, se você quer saber.

— Qual era o nome do homem? — perguntou Grayson. *Qual era o nome do pai dela?*

Qual o nome dela?

— Primeiro nome Thomas, último nome Thomas. — Nan riu, irônica.

— Thomas Thomas? — Os olhos de Grayson se estreitaram. Com certeza aquilo era algum tipo de código. *O que faz uma aposta começar*, pensou ele. *Não é isso.* — Suponho que o arquivo não dizia nada sobre uma filha?

Capítulo 55

GRAYSON

Grayson deu exatamente um passo no saguão antes que a gerente o visse e caminhasse a passos largos para cumprimentá-lo.

— Sr. Hawthorne, queria me desculpar pelo mal-entendido mais cedo, com sua convidada.

Gigi. No segundo em que Grayson pensou no nome, uma imagem do rosto dela surgiu em sua mente: olhos azuis brilhantes se arregalando quando percebeu o que ele era para ela.

— Tudo bem — disse Grayson, e um gerente de hotel menos ambicioso teria entendido seu tom como um pedido para que se retirasse.

Esta mulher, no entanto, não se deixava dissuadir com facilidade.

— Quer que eu mande saírem da piscina?

Grayson pisou no andar e se deu conta de duas coisas no mesmo instante. A primeira era que a piscina *não* estava vazia. E a segunda era que a pessoa que nadava na parte mais funda era Eve.

— *Dói?*
— *Minha existência?*
— *Seu machucado.* — De repente, Grayson sente uma vontade intensa de afastar o cabelo dela do machucado. Ele se controla, com brutalidade, por completo.
— *Algumas pessoas gostariam que eu dissesse que sim.* — Há um desafio nas palavras de Eve. — *Algumas pessoas gostam de pensar que garotas como eu são fracas.*
Grayson não vai tocá-la, mas ele se aproxima.
— *A dor não te torna fraca.*
Eve olhou nos olhos dele e, por alguns instantes, não se parecia em nada com Emily.
— *Você não acredita nisso de verdade, Grayson Hawthorne.*

Afastando esse pensamento, Grayson canalizou uma apatia capaz de congelar todo o resto. Tinha sido um tolo, e ninguém conseguia fazer Grayson Hawthorne de bobo duas vezes.

Ele se virou, com toda a intenção de sair. Mattias Slater surgiu das sombras. À luz do dia, o cabelo loiro-escuro do sentinela beirava o dourado, mas seus olhos ainda pareciam quase negros. Com um único passo, ele bloqueou o caminho de Grayson para que ele voltasse.

Rápido. Sem medo de nada. Armado. Todas as características que Grayson atribuíra antes ainda pareciam se aplicar. A tatuagem no bíceps do sentinela estava mais visível agora — não era só uma, mas muitas, linhas enormes, pretas e curvas, como pauzinhos para marcar contagem refletidos em espelhos distorcidos.

Ou marcas de garras.

— Sai da minha frente — ordenou Grayson.

Mattias Slater não obedeceu.

Grayson deu um passo para o lado. Seu adversário antecipou o movimento e fez o mesmo.

Grayson se virou e começou a caminhar em direção a um portão lateral, mas antes que pudesse chegar lá, ouviu o clique inconfundível de uma arma.

Você não vai atirar em mim, Mattias. Grayson não se virou. Ele nem ao menos diminuiu o passo. Mas a próxima coisa que ouviu foi Eve saindo da piscina, e *isso* o fez parar onde estava.

Não deveria.

Ele sabia que não.

— Olá, Grayson. — Ouviu os passos dos pés molhados de Eve, que vinha em sua direção.

— Eu não tenho nada para dizer a você. — Grayson voltou a se mexer, mas Mattias Slater tinha surgido à sua frente, bloqueando o portão.

— Mentira. — Eve passou por ele, e se virou devagar em sua direção, ficando frente a frente. — Mas, no fim das contas, sempre fomos mentirosos.

Grayson sentiu aquelas palavras — e a presença dela — em um lugar profundo e oco. Um único músculo em sua mandíbula se tensionou.

— Não tem essa de *nós*, Eve.

— Ao menos, quando eu minto, tem certa utilidade. Um propósito. — Eve deu um único passo adiante. — Ao menos eu não minto para mim mesma.

Ela o usara. Fizera gato e sapato dele e depois o descartara. Perseguira a família dele. Apatia era o que ela merecia

— a *melhor* entre as muitas coisas que ela merecia, e isso só porque Grayson não se arriscaria com todas as complicações que poderiam se seguir caso cobrasse o preço justo pela traição dela.

Então ela não recebia *nada*.

— O que você está fazendo aqui? — indagou Grayson, uma pergunta Hawthorne, que mais se parecia uma ordem ou exigência.

— Como vão as coisas com as suas irmãs? — Eve respondeu com outra pergunta.

A raiva começou a dominar Grayson por dentro. Se aquilo fosse uma ameaça...

— Não é fácil — acrescentou Eve — chegar em uma família como uma estranha, ver o que poderia ter sido. O que *você* poderia ter sido se as coisas fossem diferentes.

Grayson entendeu como ela iria jogar. *Nós não somos iguais, Eve.*

— Você fez sua escolha. — A voz dele era baixa, carregada de advertência.

Ela deveria ter aceitado a advertência.

Mas não aceitou.

— Você quer que eu diga que me arrependo do que fiz para ser nomeada herdeira de Vincent Blake? Que eu preferiria ter escolhido ficar à mercê de vocês? *Dela?* — Aquilo era uma referência a Avery. Tinha que ser. — Você espera que eu diga que dinheiro e poder não importam?

É claro que importavam.

— Não espero nada de você. — Não havia um pingo de emoção no tom de Grayson... nenhuma abertura, nenhum ponto fraco que ela pudesse explorar.

— Você não faz ideia de como é estar na minha pele agora, Gray.

Ela o chamou de *Gray*. Se esperava que, de alguma forma, isso o fizesse sentir afeto, só iria se desapontar.

— Você conseguiu o que queria — respondeu ele, com uma precisão abrasadora e sem emoção. — Você é a única herdeira de uma fortuna enorme.

— Me sinto sozinha. — As palavras escaparam de sua boca como uma confissão.

Vulnerabilidade sempre foi a arma preferida de Eve.

— Tenho que provar meu valor todos os dias — continuou ela — sabendo que, se eu falhar, ele vai tirar os selos de mim, um por um, e eu vou ficar sem nada. — Ela olhou nos olhos dele, à espera de uma resposta e, quando viu que não obteria, se virou para o guarda. — Slate, conte para o Grayson quantos dos homens do meu bisavô são leais a mim.

O rosto de Mattias Slater permaneceu neutro, perigosamente neutro.

— Um.

Você, pensou Grayson.

Eve agarrou o queixo de Grayson, forçando seu olhar para ela.

— Você pode ao menos olhar pra mim?

Por que eu deveria?

— O que você quer de mim, Eve?

Algo como mágoa cintilou nos olhos dela.

— O que eu quero de você? — Eve respirou fundo. De novo. — Nada. — Ela ergueu o queixo. — *Ainda*. Quando eu quiser alguma coisa, você vai saber.

Ela o estava provocando. E, caramba, ele mordeu a isca.

— Fique longe de Gigi e Savannah — vociferou Grayson, força brutal em cada palavra.

— É isso que Tobias Hawthorne faria? — provocou Eve. — Ele abriria mão dessa vantagem? Você abriria mão, Gray? — O olhar de Eve era tão penetrante quanto o dele... quando ela queria que fosse. — Eu me pergunto... O que foi que suas irmãs acharam naquele cofre?

Aquilo *com certeza* era uma ameaça.

— Sai da frente — ordenou Grayson, em um tom que poderia ser descrito como *glacial*. — Chame seu cão de guarda e caia fora daqui.

— Ou você vai fazer o quê? — Eve o olhou de um jeito que o obrigava a retribuir o olhar.

— Sai da frente. — Grayson repetiu, pronunciando as palavras devagar. — Ou eu vou fazer você sair.

Ela não saiu.

— Pode mentir o quanto quiser, Grayson. Pra você. Pra mim. Mas não se esqueça que eu sei que seu pai não *sumiu*. E a única coisa que me mantém de boca fechada, sem contar quem são os responsáveis, é a promessa de um velho honrado que não estará por perto para sempre. — Ela olhou nos olhos dele, dentro dele. — Você vai preferir cair nas minhas graças até lá.

E lá estava o que ela queria.

— Se você atacar Avery — disse Grayson, rebatendo a ameaça dela com outra —, se você sequer pensar em se aproximar das minhas irmãs, eu vou te destruir.

Eve se aproximou para sussurrar no ouvido dele.

— Isso é uma promessa?

Capítulo 56

GRAYSON

Grayson nem sequer olhou para a piscina depois que Eve saiu. Em vez disso, voltou para o hotel, caminhou rapidamente até o elevador, apertou o botão do andar e esperou que as portas se fechassem. Assim que isso aconteceu, um único músculo em sua mandíbula tremeu. O elevador deu uma guinada para cima.

Grayson subiu três andares antes de sua mão agir sozinha e apertar o botão de parada de emergência. O elevador parou de repente entre os andares. Um zumbido agudo começou a soar.

Ele cerrou os punhos ao lado do corpo. *Eu estou no controle.* Ele acreditava naquilo. Ainda *estava*. Mesmo assim, se viu tirando o celular do bolso e abrindo o rolo da câmera. De forma mecânica, voltou até as fotos que tinha tirado das senhas de Kent Trowbridge e da chave do cofre. O que viu a seguir foi uma foto de Jameson e Xander, cada um segurando um rolo de fita isolante.

A despedida de solteiro de Nash. Grayson deixou a lembrança o dominar, esvaziando sua mente de qualquer outra coisa como uma onda quebrando na areia. *Regras da casa da árvore.* Os lábios de Grayson se curvaram ligeiramente para cima e ele subiu ainda mais no rolo da câmera. A maioria das fotos que tirava era de objetos, da natureza ou de multidões — a beleza momentânea, capturada do jeito que era: real, verdadeira, *dele.*

Grayson parou quando chegou na foto de uma mão segurando o cabo de uma espada. *Uma espada longa. A mão de Avery.*

Real, verdadeira, *dele.* Não do jeito que ele imaginou ou desejou um dia, mas isso não a tornava menos importante, não tornava o que eles *tinham* menos importante. Se Eve pensou que poderia entrar na cabeça de Grayson Hawthorne, se ela pensou que ainda tinha algum poder sobre ele — estava enganada.

Completamente enganada.

Grayson colocou o celular na palma da mão e apertou o botão de parada de emergência com a mão livre. O elevador voltou a funcionar. *Eu estou no controle.*

O elevador chegou ao último andar. As portas se abriram, e assim que isso aconteceu, Grayson foi saudado pela visão de Savannah sentada no corredor, do lado de fora da suíte do cartão preto, olhando para a frente. Seu cabelo loiro estava preso em uma trança apertada, tão apertada que ele se perguntou se doía.

— Você não deveria estar aqui — disse Grayson baixinho, diminuindo o espaço entre eles.

— Estou ficando cansada dessa história de *deveria*. — Savannah olhou para ele. — Fui até a casa do Duncan depois que saí do banco. O pai dele me contou tudo.

Grayson era a própria definição de estável.

— Acho que não sei...

— Você sabe. — Savannah se levantou e ele percebeu que ela não estava de salto. Usava sapatilhas, o que a fazia parecer uma atleta, ombros retos, músculos marcados.

— E o que seria esse *tudo*? — perguntou Grayson. Acacia não queria que as filhas soubessem sobre a situação atual da família. Trowbridge sabia disso.

— O FBI. As contas congeladas. Os fundos da minha mãe. — Savannah o encarou sem estreitar os olhos, sem olhar feio, mas ainda assim, ele sentiu o poder daquele *olhar*. — Era por isso que você queria abrir o cofre do meu pai né? Evidências. Antes eu achei que você queria que ele fosse pego, acusado e condenado, mas... — Ela arqueou uma sobrancelha. — Família em primeiro lugar.

Ele havia dito essas palavras no banco.

— Nunca tive a intenção de expor seu pai — disse Grayson baixinho.

— Mas você *estava* procurando por evidências — rebateu Savannah, e então fez uma pausa, o primeiro sinal de incerteza que demonstrou — para poder destruí-las?

Grayson podia senti-la encontrar um sentido naquilo, tentando encontrar um sentido *nele*.

— Destruir provas seria um crime. — Grayson a deixou ler nas entrelinhas, sem fornecer informações que poderiam ser usadas contra ele.

— Seria — concordou Savannah. Ela olhou para ele por mais um momento, os olhos ainda mais claros, e então pareceu olhar para além dele. Demorou alguns instantes para que se decidisse. — Família em primeiro lugar.

Dessa vez não havia zombaria ou provocação no tom de Savannah. Não estava questionando as prioridades dele. Estava dizendo quais eram as dela.

— Minha mãe não é forte o bastante para proteger esta família — disse Savannah, ainda sem olhar para ele — e Gigi é uma criança.

— Vocês são gêmeas — ressaltou Grayson.

— E o que isso quer dizer? — perguntou Savannah, seca, voltando a olhar para ele. — Porque o que *eu* quero dizer é que nós precisamos cuidar disso.

— Nós. — Grayson manteve sua voz neutra, mas o fato de ela ter decidido que confiar nele ser o menor dos males o atingiu como uma lâmina deslizando entre suas costelas. Trair Gigi, que era um livro aberto desde o momento em que a conhecera, já era ruim o bastante.

Mas Savannah? *Eu devia mandar ela voltar para casa, para perto da mãe.*

— K. M., as letras atrás dos recibos de saques, não eram iniciais. — Savannah parecia presunçosa. — Depois que o pai de Duncan me contou tudo, eu voltei para casa. Liguei o computador do meu pai e abri o calendário nos dias logo antes de ele ir embora.

Grayson se perguntava o quê, exatamente, ela estaria procurando.

— Aqui. — Savannah mostrou o celular. Ela esperou que ele pegasse, uma batalha silenciosa para ver quem ganharia.

Grayson a deixou vencer dessa vez. Ele pegou o celular. Havia a foto de um calendário mensal — provavelmente de Sheffield Grayson.

— Terça à noite — explicou Savannah. — Terceira terça-feira do mês.

O olhar de Grayson foi reflexivamente para a data. Havia três eventos programados, mas foi o último que chamou sua atenção: JG *SVNNH*.

— Eu tinha um jogo naquela noite — disse Savannah, a voz alta, clara e firme de uma forma que demonstrava seu esforço para mantê-la assim. — Foi o último que ele assistiu.

Grayson registrou a forma que Sheffield Grayson anotara o evento. Ele deu uma olhada no resto do calendário e encontrou alguns outros escritos da mesma forma.

— Jogo da Savannah. — A irmã soletrou para ele, caso não tivesse entendido.

Ele não tinha.

— Sem vogais. KM não é mencionado nesse calendário, mas CC é. — *Não são iniciais. É um nome escrito sem as vogais.* — CC é Acacia. JLT é Juliet.

— O que parece sugerir — respondeu Savannah, calma — que KM pode ser Kim ou Kam. Ele só usava essas abreviações para a família, mas não dá para descartar que também usasse para uma amante.

Grayson balançou a cabeça.

— É Kim, e ela não é uma amante. — Ele incumbira Zabrowski da tarefa de ficar de olho nas meninas e na mãe... e no resto da família de Sheffield Grayson. — Kimberly Wright.

Savannah não pareceu reconhecer o nome.

— Sua tia — explicou Grayson —, irmã do seu pai.

Savannah entendeu em um instante o que ele queria dizer.

— A mãe de Colin. — Ela sabia a respeito do primo. Deveria ter concluído que havia uma tia ou tio, mas pelo que Zabrowski havia relatado, a interação entre Kimberly Wright e as meninas parecia ser pouca ou nenhuma.

— Meu pai nos contou que ela era viciada. Ele nem falava dela. Não queria que ela se aproximasse da gente.

— Ela está sóbria agora — relatou Grayson — e os outros filhos já estão grandes. Eles não parecem visitá-la com frequência.

Se Savannah se perguntou como Grayson sabia daquilo, não demonstrou.

— Pode não ser nada — disse ela —, os recibos. KM. Pode ser que não importe. A gente *deveria* parar.

Mas ela já havia dito que estava cansada de *deveria*.

— Vou dar uma olhada nisso — prometeu Grayson.

Os olhos de Savannah se estreitaram.

— Gigi ainda não tinha voltado para casa quando eu saí. O que quer que seja, os recibos de saques, seja lá qual lei que meu pai tenha infringido, Gigi não precisa saber. — Os olhos cinza-claros de Savannah se fixaram nos dele. — Ela não precisa, mas *eu* preciso.

O som da porta do elevador se abrindo no corredor alertou Grayson de que eles tinham companhia. Xander saiu, seguido por Nash.

Nash carregava Gigi, que mancava.

Capítulo 57

GRAYSON

O coração de Grayson congelou. *Ela está tão quieta.* Então Gigi virou a cabeça na direção deles, um sorriso bobo nos lábios.

— O que é preto e branco e preto e branco e preto e branco — disse ela, as palavras arrastadas —, e preto e branco e preto e branco e...

— A resposta é um pinguim rolando morro abaixo — sussurrou Xander.

Gigi se contorceu nos braços de Nash e tentou cutucar Xander.

— Sem spoilers!

— Você está bêbada? — perguntou Savannah, incrédula.

— Que nem um gambá! — concordou Gigi se divertindo, e arregalou os olhos. — Ei! Eu tenho uma boa! O que é preto e branco e preto e branco e...

Grayson olhou nos olhos de Nash.

— Pode deixar que eu cuido disso.

Nash colocou Gigi de pé, e ela cambaleou um pouco, então começou a cair na gargalhada.

— Como você quiser, irmãozinho — falou Nash, com a voz arrastada.

Gigi apontou um dedo para Grayson.

— Ele sente cócegas? — quis saber.

— Grayson? — respondeu Xander, inocente. — Demais.

Gigi se arrastou em direção a Grayson, parecendo achar que estava sendo furtiva, as mãos erguidas, os dedos balançando no ar.

— Nem pense nisso — ordenou Grayson.

Gigi escondeu as mãos atrás das costas — por cerca de meio segundo —, depois continuou sua perseguição.

— Obrigado por isso — disse Grayson para Xander, sombrio. Ele, de fato, sentia *muitas cócegas*. Tanto que estava com dificuldades para não reagir à lenta progressão de Gigi.

— Cosquinhas... cosquinhas... cosquinhas... — disse ela, se aproximando. Então parou. — Eu teria sido uma *excelente* irmã mais nova.

Savannah deu um passo em direção à irmã gêmea.

— Vou levá-la para casa.

— Nananinanão — disse Gigi, bêbada e alegre.

— Vou sim — respondeu Savannah.

Gigi olhou travessa para Grayson.

— Savannah também morre de cócegas.

— Deve ser genético — respondeu Xander.

Ele — e Nash, aliás — pareciam gostar demais daquilo.

— Vou deixar as cócegas de lado quando você concordar em negociar com os terroristas das cócegas! — declarou Gigi. — Ou terrorista, acho eu. Só uma. Eu. Quero ver as fotos do cofre. Eu estava pensando: e se elas forem falsas?

Tipo, alguém olha no cofre e pensa, *Ah, esse tal de Sheffield Grayson era uma alma atormentada, devastada de dor pelo filho que nunca conheceu, amaldiçoado a ter só filhas meninas,* mas sério... as fotos são uma pista!

— Uma pista do quê? — Grayson tinha a sensação de que ia se arrepender daquela pergunta.

— Exatamente! — respondeu Gigi.

Um som escapou da boca de Nash.

— Não ouse rir — ordenou Grayson.

Nash deu de ombros.

— É possível que meus irmãos mais novos também deem trabalho.

Grayson tinha resistido em pensar nas gêmeas daquele jeito, sendo, para ele, o que ele, Xander e Jameson eram para Nash. Mas tudo estava exposto. Ele podia quase ver como as coisas poderiam ter sido diferentes. Se não fosse pelos segredos que guardavam. As formas que as havia traído.

E ainda as trairia, se fosse necessário. *Proteger Avery. Proteger as duas. Família em primeiro lugar.*

Gigi saltou para o lado de Grayson.

— Você está com as fotos no bolso? — perguntou, revistando-o e percebendo, tarde demais, que ele estava só de sunga. — Você não tem bolsos — disse ela, devagar. — Só esse tanquinho. — Ela franziu a testa. — Irmãos *não* deveriam ter tanquinho.

— Concordo — disse Xander de forma solene. — Vai se vestir, cara!

Grayson ia matar os irmãos. Tinha dito explicitamente para Nash que não precisava de ajuda.

Como se tivesse ouvido esse pensamento, Nash se balançou no lugar.

— Regras da casa da árvore. — O que acontecer na casa da árvore fica na casa da árvore... e nenhum deles poderia expulsar os outros.

Os olhos de Grayson se estreitaram.

— Como você já deve ter notado, não estamos na casa da árvore. — Antes que Nash pudesse responder, Grayson se virou para Savannah. — É melhor você levar Gigi para casa.

— Não fale de mim como se eu não estivesse aqui. — Até agora, Gigi tinha sido, como era de se prever, uma bêbada muito alegre. Mas ela não parecia particularmente alegre agora. — E pare de agir como se eu precisasse que outras pessoas tomassem decisões por mim. Eu sou uma pessoa autônoma! Um dínamo de boas decisões. Eu sou... um *autônimo*! — declarou Gigi. — Me mostre as fotos.

Capítulo 58

GRAYSON

Gigi era bastante determinada quando estava bêbada. Grayson acabou permitindo que ela entrasse na suíte do cartão preto. Savannah veio logo atrás, e Xander e Nash agiam como se estivessem em casa.

Grayson abriu a maleta com as fotos. Ele virou uma sem se permitir registrar a idade que tinha quando foi tirada.

— Data escrita no verso — disse, com a voz controlada. — Nada além disso.

Ele verificou uma segunda foto e uma terceira — a mesma coisa. Gigi começou a espalhar as fotos.

— E se o papai estiver tentando nos dizer alguma coisa? — indagou.

— E se ele foi embora — rebateu Savannah — porque não se importa?

— Não fale assim — Gigi implorou. — Você acha mesmo que eu estou procurando respostas, procurando papai, para *mim*?

A expressão de Savannah era muito difícil de ser lida.

— Gigi.

— Você — respondeu Gigi — era tudo o que ele queria em uma filha.

Savannah olhou para baixo.

— E ainda assim, não era o suficiente.

Grayson desviou o olhar das duas.

— No caminho para cá, eu disse a mim mesma que, se tivesse uma pequena chance de o papai ser inocente, eu iria provar — disse Savannah. Ela engoliu em seco. — Mas talvez eu só queira entender. Por que ele nos deixou. Por que nada nunca foi suficiente para ele.

Gigi abraçou Savannah, então seus olhos azuis se estreitaram.

— Provar que papai é inocente do quê?

Grayson esperou que Savannah mentisse para ela. Foi ela quem insistiu que Gigi, assim como a mãe, precisava ser protegida.

— De desviar dinheiro da Grammy. De esvaziar os fundos da nossa mãe.

Gigi absorveu aquela informação.

— Acho que estou começando a ficar sóbria, infelizmente. Preciso de outra mimosa.

— Você ficou bêbada com mimosas? — perguntou Nash calmamente.

Gigi levantou um único dedo.

— Com *uma* mimosa? — Xander interpretou.

— E quatro xícaras de café — admitiu Gigi.

Os olhos de Savannah se estreitaram.

— Meu Deus do céu.

Gigi olhou para a irmã gêmea.

— Eu te perdoo — disse ela, e o fato de as palavras terem vindo do nada pareceu fazer com que atingissem Savannah com mais intensidade. — Você só estava tentando me proteger. — Gigi se virou para Grayson. — E eu te perdoo, Senhor das Mentiras, porque você precisa de mim na sua vida. — Ela olhou para Xander e para Nash. — Ele se leva a sério demais.

— Não me levo não — resmungou Grayson.

Gigi se moveu como um raio e fez cócegas na lateral do corpo dele.

— Agora, sobre aquelas fotos...

Grayson afastou a mão dela e pulou para trás quando ela tentou fazer cócegas de novo.

— Não precisamos das fotos. — Savannah teve pena de Grayson e distraiu sua irmã gêmea. — Já sabemos o que temos que fazer a seguir.

Capítulo 59

JAMESON

O som dos sinos da igreja irrompeu no ar. Branford chegou primeiro à porta.

Estava destrancada.

Jameson deixou os outros saírem, então se virou para Avery e murmurou baixinho em seu ouvido:

— Estamos procurando cavernas de contrabandistas. Vão estar do lado do oceano, é claro. Vamos entender todo o resto quando encontrarmos as cavernas.

Mas primeiro, eles tinham que encontrar o caminho para sair do enorme *não-é-bem-um-castelo* que Ian dissera ser mais uma casa para ele e para os irmãos, conforme cresciam, do que as propriedades do pai.

Os irmãos dele, Simon e Bowen. Jameson afastou o pensamento enquanto serpenteava por um corredor, Avery vindo logo atrás.

No final do corredor, encontraram uma sala de banquete. Papel de parede adornava a metade superior de todas as quatro paredes; a metade inferior era coberta com painéis de madeira, com entalhes geométricos nos painéis. O teto era todo branco, com dezenas de molduras que pendiam como pingentes de gelo, cada uma terminando em uma ponta triangular afiada.

Do outro lado, o corredor se abria para outra grande sala, e essa sala — toda branca, sem móveis, contando apenas com uma elaborada escada de madeira que parecia pertencer a uma catedral — se abria para um hall, que levava para uma porta.

A porta da frente.

Jameson a abriu e pisou na pedra. A mansão se erguia atrás dele, mas seu olhar estava focado à frente. Uma extensão de verde se estendia ao seu redor. Perto da casa, havia jardins. Mas à distância?

Rochas. Penhascos, presumivelmente. E lá embaixo — e até onde a vista alcança — o oceano.

— Por aqui. — Jameson não olhou para trás para ver se Avery o tinha ouvido. Ele sabia que ela o seguiria de qualquer maneira. Sem sequer pensar nisso, ele tirou o paletó do smoking enquanto corria. Ela provavelmente estava desejando poder tirar o vestido de baile.

Um caminho pavimentado cortava o que poderia ter sido um jardim bem cuidado, mas que agora estava coberto de mato. *Árvores e flores, dois pequenos lagos com carpas — um retangular, outro circular, cercados por uma sebe circular.* Jameson observou os arredores, mas manteve os olhos no prêmio.

O horizonte.

O oceano.

Os penhascos.

Estavam se aproximando agora. Jameson fez uma pausa, ignorando suas costelas que gritavam, avaliando suas opções, e então avançou sob um arco de tijolos, para um jardim de pedra. Dezenas de milhares de pedras pavimentavam o terreno irregular, musgo e grama crescendo entre elas.

— Não tropece — avisou Jameson.

— Não sou eu quem pula sem olhar — respondeu Avery.

— Tem um portão ali na frente. Está fechado.

Jameson olhou para o portão, viu o muro que cercava o jardim de pedra naquela extremidade. *E se estivermos presos aqui?* Ele passou por uma série de estátuas, um relógio de sol, plantas crescendo desordenadas, grandes demais para seus vasos.

Ele começou a correr e não parou até chegar ao portão.

Havia uma grande fechadura de ferro fundido. Jameson puxou e a fechadura cedeu. Ele tentou o portão.

— Está emperrado — resmungou ele.

A mão direita de Avery agarrou uma das barras do portão, seguida pela esquerda.

— Vamos puxar juntos — sugeriu ela.

Um, dois, três.

Nenhum deles contou em voz alta. Eles não precisavam. E quando o portão cedeu e os dois passaram pelo muro de pedra, saindo para a grama verde selvagem, as rochas a menos de cem metros de distância, Jameson pensou no fato de que a chave que eles estavam correndo para encontrar poderia muito bem abrir uma caixa contendo seu segredo.

Agora não. Esse pensamento martelava em seu cérebro, bloqueando até mesmo a agonia da dor nas laterais de seu corpo. *Pense nisso mais tarde. Por enquanto, é hora de jogar.*

Jameson correu com Avery ao seu lado. Eles chegaram à beira, onde a grama se transformava em pedras e a terra acabava.

Jameson olhou para baixo. Ele não tinha percebido o quanto era alto ali. *Não é à toa que chamam esse lugar de*

Vantage. A queda até o oceano lá embaixo era íngreme — ao menos noventa metros de altura.

— Vamos precisar descer de algum jeito — murmurou Jameson.

Ele se virou e olhou em todas as direções. Onde quer que olhasse, a queda era íngreme. Não saberia dizer qual era a extensão da praia lá embaixo — e se havia uma.

Mas quando a mão de Avery foi até a parte inferior de suas costas, ele seguiu o olhar dela até uma parte dos penhascos salpicada de papoulas silvestres.

Iguais àquelas que ele havia encontrado no livro.

Capítulo 60

JAMESON

Perto das papoulas, os dois encontraram uma escada esculpida na lateral dos penhascos, quase totalmente camuflada. Não havia corrimão, nenhuma proteção.

Não permitia erros.

— Você deveria ficar aqui. — Jameson sabia que não devia dizer isso a Avery. Sabia mesmo. — Esse vestido não foi feito para escaladas.

Avery contorceu os braços, e a próxima coisa que Jameson ouviu foi um zíper sendo aberto.

— O vestido não vai ser um problema. — E, ao dizer isso, Avery o tirou. Usava uma pequena anágua preta por baixo que a cobria do quadril até a metade da coxa e um sutiã preto, e ele merecia uma medalha por manter o foco em qualquer coisa que não fosse ela, o cabelo escovado voando para longe do rosto e toda aquela pele à mostra.

— Quando encontrarmos a chave — disse Jameson, a voz grave —, vamos comemorar.

— Vamos comemorar — disse Avery Kylie Grambs, bem ciente de seu efeito sobre ele — quando encontrarmos as três.

Cada degrau parecia um pouco mais íngreme que o anterior. O corpo maltratado de Jameson protestava, mas ele ignorava. Felizmente, equilíbrio e ignorar a dor faziam parte da natureza de Jameson quase tanto quanto correr riscos, e Avery fora feita para isso. Feita para ele.

Ele saltou os últimos degraus, aterrissando na praia. Ela fez o mesmo. De onde estavam agora, podiam perceber várias coisas. A praia era estreita, mais cascalho do que areia. A maré estava baixa no momento. Era possível ver algumas cavernas de onde estavam, mas tinham quase certeza de que havia mais — talvez dezenas.

— Para onde agora? — perguntou Avery, e Jameson sabia que ela estava mais pensando em voz alta do que perguntando, que sua mente estava trabalhando nisso, do jeito rápido e metódico típico como o dos Hawthorne.

Desta vez, ele chegou à resposta primeiro.

— Ali.

Os olhos de Jameson se fixaram em uma estátua de pedra à distância. Ficava perto da beira da praia e ele sabia que na maré alta ficaria parcialmente — mas não totalmente — submersa.

Eles correram em direção a ela, porque correr parecia ser a única opção. O vento os chicoteava de volta. O cabelo de Avery parecia se rebelar, mas isso não a impediu. Nenhum deles diminuiu a velocidade até chegarem à base da estátua.

Jameson deu uma olhada e registrou uma coisa: a estátua representava uma mulher. Ele se virou para Avery.

— *Primeiro as damas.*

Capítulo 61

JAMESON

A estátua poderia ser de uma pessoa real, de um ser mitológico ou de uma imagem que existia apenas na imaginação do escultor. Seu cabelo era comprido, ondulado e grosso, capturado como se estivesse sob uma leve brisa. Ela usava um vestido, o corte simples em cima, quase como uma camisola longa; o tecido ondulava mais próximo à base da estátua, como se a mulher vestisse o próprio oceano. Era possível ver seus pés descalços onde as ondas quebravam. A postura lembrava a de uma dançarina. Três colares de pedra enfeitavam o pescoço. O mais curto era uma gargantilha, o mais comprido chegava quase na cintura. Cada punho continha dezenas de braceletes e os ombros e antebraços estavam parcialmente cobertos pelo cabelo. Uma das mãos estava colada à lateral do corpo e a outra apontava em direção ao oceano.

Primeiro as damas. Jameson levou em consideração a dica e depois se virou na direção oposta à estátua para analisar os arredores. Próximo a eles, Jameson contou cinco cavernas.

Cavernas de contrabandistas. Mas em qual delas estaria a chave?

Esqueça as cavernas um pouco. Concentre-se na Dama.

Jameson examinou a área embaixo da estátua, seguindo a direção que ela apontava, para o mar. E então, graças à paranoia causada pelos jogos de sábado de manhã em que seus irmãos poderiam aparecer a qualquer momento, Jameson olhou para a escadaria esculpida no penhasco.

E viu uma mulher que vestia um terninho branco descendo.

— Katharine — disse a Avery. Fazer uma busca minuciosa em cada uma das cavernas não era mais uma opção. Seguindo seus instintos, ele entrou na água e foi em direção ao oceano, continuando a sua busca. *A Dama está apontando para cá.*

Rohan poderia ter colocado alguma coisa em uma rocha abaixo da superfície da água ou usado um peso para fazer algo submergir.

Jameson se curvou para apalpar o fundo e não encontrou nada. E de novo, e de novo. Nada. Não havia tempo para tentar adivinhar. Não havia tempo a perder. Katharine estava em uma posição de vantagem neste lugar. Ela devia saber se uma das cavernas era mais adequada para esconder tesouros.

Primeiro as damas.

Ela está apontando para cá.

— Mas e se não estivesse? — perguntou Jameson. Antes mesmo que Avery pudesse responder, ele estava correndo na água em direção à estátua. Avery estava ajoelhada na areia, analisando a base. E então, quando Jameson parou ao seu lado, ela olhou para cima.

— Acho que a estátua gira.

Jameson podia ouvir na voz de Avery aquela coisa que sussurrava *nós somos iguais,* que dizia que ela nunca recuaria diante de um desafio, que não havia nada que sua mente não pudesse fazer.

— Juntos — falou Jameson, e com a mesma sincronia que tiveram com o portão, eles jogaram os seus pesos para girar a Dama. A estátua se mexeu, e após um ou dois segundos, encontraram resistência. A estátua parou de se mover, como se estivesse encaixada em algum lugar, e ouviram badalos vindos da estátua.

Sinos. Rohan tinha preparado para que o jogo começasse ao badalar de sinos.

A cabeça de Jameson estava a mil. Ele olhou para cima — para o dedo da Dama. Ela ainda apontava para a água.

— Cinco — disse Avery ao seu lado. — Foram cinco sinos dessa vez.

E de repente, Jameson entendeu. *Primeiro as damas.*

— Continua empurrando — insistiu Jameson. — Quando chegarmos na posição em que só um sino tocar, ela vai apontar para onde precisamos ir.

Primeiro. Ou seja, número um.

Jameson e Avery repetiram o processo pelo qual já tinham passado, girando a estátua, ouvindo os sinos quando ela travava, e então a giravam de novo.

E finalmente, no instante em que Katharine chegou à praia, a cerca de noventa metros deles, a estátua travou em uma posição em que apenas um sino soou. Jameson olhou para cima. A Dama apontava para a frente.

De novo, os dois correram — direto para a menor das cavernas. Logo após a entrada havia uma curva fechada, e quando eles a seguiram, a luz que vinha de fora desapareceu quase por completo. Jameson teve o reflexo de pegar seu celular para usar como lanterna, mas então lembrou: *sem celulares.*

— Não temos tempo — vociferou Jameson. — Precisamos seguir em frente.

Ele seguiu tateando um dos lados da caverna e Avery o outro. Após um minuto, chegaram a um ponto onde a caverna se dividia em dois caminhos. *Por onde ir?*

— O que você acha? — perguntou a Avery.

Ele podia ouvir a respiração dela na escuridão e, independente do que estivesse em jogo, não podia desligar a parte de seu cérebro que imaginava o peito dela subindo e descendo.

— Água — disse Avery. — A caverna deste lado é molhada.

Jameson se perguntou o quão alto a maré subia. Durante alguma hora do dia, com o teto baixo e pouca iluminação, ficar naquela caverna poderia ser mortal?

A água fazia com que o lado de Avery da caverna parecesse muito mais traiçoeiro.

— Vamos nos separar — sugeriu Jameson. — Eu vou pelo seu lado e você pelo meu.

— Nós estamos atrás de uma chave. — Avery não disse aquilo como um lembrete para ele, ou mesmo para ela. Ela estava se acalmando.

Como se ela precisasse.

Como se sua Herdeira não estivesse sempre extraordinariamente calma.

Jameson avançou, ciente de que Katharine estava se aproximando deles e de que era provável que que tivesse visto por onde eles tinham ido.

E talvez ela tenha lembrado de trazer uma lanterna.

Jameson seguiu em frente, apalpando a desagradável parede daquela caverna à medida que ia adiante e acompanhando suas curvas até que ele viu algo.

Luz.

A caverna terminava em uma piscina pouco profunda, em um beco sem saída. Parado dentro daquela piscina, com água até as canelas, estava Branford.

O tio de Jameson segurava dois itens: uma lanterna e uma chave.

Capítulo 62

JAMESON

A chave que Branford tinha em mãos era de ouro reluzente, decorada com joias verdes.

Branford achou a chave primeiro. Com os ouvidos zunindo, Jameson deu meia-volta. Enquanto retornava, ele nem se importou em se apoiar nas paredes. Avançou rápido, sem nada para o proteger de uma queda.

Jameson *odiava* perder.

Ele passou por Katharine perto da entrada, mas não lhe dirigiu a palavra. Ao retornar para a luz do sol, Jameson se perguntou há quanto tempo Branford estava na caverna. Com certeza fazia alguns minutos. Mas quantos?

Quanto tempo antes da gente?

Dada a familiaridade de seu tio com a propriedade e o casarão, Branford não precisou procurar às cegas o caminho para sair, não precisou achar um jeito de chegar até a beira do penhasco ou um modo para descê-lo.

Será que ele tinha de fato decifrado a dica na fala de Rohan? Ou tinha apenas deduzido que obviamente uma das chaves estaria dentro de uma das cavernas? Será que aquela caverna em particular era conhecida como caverna do contrabandista?

Será que ele brincava com o pai de Jameson ali, quando eram crianças?

Não, Jameson não entraria nesse espiral agora — ou em qualquer outro espiral que não fosse descobrir onde raios estavam as duas chaves restantes.

Katharine e Branford estão aqui. E a Zella?

E se ela já tivesse encontrado uma?

E se o Jogo já estivesse perdido?

Não. Jameson se recusou a pensar nessa possibilidade. *Se Rohan suspeitava que Branford acharia a chave da caverna dos contrabandistas com tanta felicidade, então não seria essa que abriria a caixa com o prêmio.*

Mas pode ser a chave que abre meu segredo.

— Jameson?

A voz de Avery o trouxe de volta para o presente. Nem Katharine ou Branford tinham saído da caverna ainda. *A não ser que exista um outro modo de entrar e sair.* Mais uma informação que Branford saberia por ter crescido ali, e Jameson não.

— Nossas chances não são boas — disse Jameson, não para reclamar, mas como um fato. — Branford conhece bem esse lugar. Ele achou a primeira chave. E Katharine... eu não sei bem quem ela é, ou há quanto tempo ela possui ligações com esta família, mas se tivesse que chutar, diria que há muito tempo.

Jameson apostaria tudo que tinha que aquela não era a primeira vez que Katharine ia até Vantage. Era óbvio que conhecia Branford desde que ele era criança.

Desde que meu pai e tios eram crianças. Pensar em Ian agora só iria atrapalhar — e se tinha uma coisa que Jameson tinha certeza é de que não podia se dar ao luxo de se distrair.

Não podia se dar ao luxo de perder outra chave. — Vamos subir de volta. — O tom de Avery era firme. — Ainda faltam duas chaves, e considerando que dos cinco, quatro vieram parar primeiro aqui nas cavernas, eu duvido que esta chave seja *a* chave.

A mente de Avery tinha o hábito de imitar a de Jameson, portanto ela sabia tão bem quanto ele: a próxima chave era *deles*. Tinha que ser.

Voltaram pelo mesmo caminho, e durante todo o trajeto Jameson repassou o que Rohan dissera a eles antes do começo do Jogo. O Factótum não tinha insinuado que dera informações o bastante para encontrar *uma* chave; sugerira que tinham o que precisavam para *vencer*.

Quais foram as palavras exatas dele? Jameson quase podia ouvir o velho perguntar. As vitórias e derrotas nos jogos dos Hawthorne eram decididas nos mínimos detalhes. Do mesmo modo, fortunas eram feitas e perdidas.

Jameson recorreu a uma imagem de Rohan falando e escutou mais uma vez suas palavras exatas. *Se essa é sua maneira de perguntar se facilitei para vocês,* Rohan dissera para Zella, *não facilitei. Para os perversos, não há paz, minha querida. Mas não seria um jogo se eu não tivesse fornecido todas as informações que precisam para vencer.*

Jameson olhou por onde andava para não escorregar. Avery estava à sua frente, e ele a observou subir, desejando que sua mente visse o que os outros deixavam passar.

Para os perversos, não há paz...
Mas não seria um jogo...
Rohan não tinha usado o termo *contrabandear* por engano. Ele não tinha deixado aquele livro por *engano*. Quais eram as chances de que cada umas das expressões que ele usou também tivessem sido intencionais?

Volte mais no tempo. Jameson continuou subindo o penhasco. Vinte metros, trinta metros. Não havia margem para erros.

Ele repassou cada pronunciamento de Rohan, desde o começo.

Escondidas em algum lugar desta propriedade estão três chaves. A mansão, os terrenos... tudo está valendo. E também existem três caixas. O Jogo é simples. Encontrem as chaves. Abram as caixas. Duas das três contêm segredos. Dois dos segredos de vocês, na verdade.

Jameson não perdeu muito tempo nisso. Um pé depois do outro, trinta e cinco metros e subindo.

Então, duas caixas com segredos. Na terceira, vocês vão encontrar algo muito mais valioso. Quem me disser o que encontrou na terceira caixa irá ganhar a marca.

Se chamava marca. Não era uma ficha. Não era um token. Uma *marca*. E qual era a necessidade de uma *marca*? Àquela altura, já estava estabelecido que todos sabiam o que estava em jogo.

Deixem a casa principal e os terrenos no mesmo estado em que os encontraram. Se fizerem buracos no quintal, precisam cobrir de volta. Tudo que for quebrado precisa ser consertado. Não deixem pedra sobre pedra, mas não podem contrabandear nada.

Não deixar uma pedra sem revirar — poderia ser uma referência à estátua. Mas e se não fosse?

Sessenta metros.

Da mesma forma, vocês não podem causar danos a seus colegas de jogo. Eles, assim como a casa, devem ser deixados na mesma condição em que foram encontrados. Qualquer tipo de violência será punido com a expulsão imediata do Jogo.

Tudo certo até aqui. As únicas palavras que chamavam remotamente a atenção de Jameson eram *condição* e *danos*.

Estariam eles à procura de algo danificado?

Algo cuja condição fosse superimportante? *Arte. Antiguidades.*

Setenta metros.

Vocês têm vinte e quatro horas, começando quando completar a próxima hora, em ponto. Depois disso, o prêmio será considerado perdido.

— Em ponto. — Jameson imaginou quantos relógios teriam no casarão.

Oitenta metros.

Se essa é sua maneira de perguntar se facilitei para vocês, não facilitei. Os pensamentos de Jameson corriam em círculos agora, e ele e Avery já tinham quase terminado de subir. *Para os perversos, não há paz. Mas não seria um jogo se eu não tivesse fornecido todas as informações que precisam para vencer.*

Jameson chegou ao topo do penhasco. *O Jogo começa quando vocês ouvirem os sinos. Até lá, sugiro que coloquem as engrenagens pra funcionar e se familiarizem com a concorrência.*

— Você está pensando — comentou Avery, enquanto colocava o vestido de volta. — Você está longe.

Longe, mergulhado nas profundezas de sua mente, longe e imerso nas complexidades do Jogo.

Jameson fechou o zíper na parte de trás do vestido de Avery, dessa vez sem perder muito tempo na tarefa.

— Estou repassando tudo o que Rohan disse. Algumas frases se destacaram.

— *Não podem contrabandear nada?* — sugeriu Avery, irônica.

— Essa seria uma, sim — concordou Jameson, com um certo entusiasmo crescendo dentro de si. — Mas têm outras.

— *Para os perversos, não há paz* — foi a que Avery escolheu primeiro. — *Não deixem pedra sobre pedra.* — Ela fez uma pausa. — Me faz lembrar da primeira pista do meu primeiro jogo Hawthorne. As expressões nas suas cartas, lembra?

Jameson a observou. Claro que se lembrava. Ele se lembrava de tudo daqueles primeiros dias.

— Tecnicamente — disse ele —, aquela não foi a primeira vez que você jogou com os Hawthorne. As chaves — lembrou ele. Eram uma tradição dos Hawthorne. — *Para os perversos, não há paz. Não deixem pedra sobre pedra. Buracos no quintal. Cobrir de volta. Tudo que for quebrado precisa ser consertado. A marca.*

A mente de Jameson estava em ebulição diante de todas as possibilidades.

O portão para o jardim de pedra ainda estava aberto. Assim que Jameson entrou e olhou para todas as milhares de pedras que cobriam o chão, ele entendeu.

— Não deixem pedra... — começou a dizer.

— ... Sobre pedra — concluiu Avery. Por um momento eles ficaram imóveis, contemplando o enorme palheiro e pensando na possibilidade de achar a agulha pequenina.

— Deve ter milhares de pedras nessa mansão — comentou Avery. — As paredes da sala em que começamos eram de pedra.

Jameson apoiou a mão na fechadura de ferro, que estava aberta desde que eles chegaram lá. Ele a virou e encontrou uma mensagem na parte de trás:

DICA: VOLTE PARA O INÍCIO.

Capítulo 63

GRAYSON

Bastou uma única ligação para que Zabrowski conseguisse o endereço de Kimberly Wright, há duas cidades de distância.

— Xan e eu vamos esperar do lado de fora — disse Nash a Grayson assim que chegaram. — Aposto que a gente vai achar um jeito de se distrair.

Isto era algo que Grayson e *suas irmãs* tinham que fazer sozinhos. Agora que a verdade tinha sido revelada, os últimos vestígios das barreiras que ele tinha erguido para evitar de pensar nelas daquele jeito tinham desabado. As gêmeas *eram* irmãs dele, independente de que ele fosse algo para elas ou não.

— Já faz tempo que não temos notícias de Jamie — acrescentou Xander, amável. — Ele está pedindo por um canto tirolês. Demore o tempo que for preciso, Gray.

Grayson desceu da SUV e esperou que Savannah e Gigi fizessem o mesmo, então os três subiram até a porta de entrada de Kimberly Wright. Uma cerca de arame de quase metro de altura rodeava o jardim, que tinha só sujeira e ervas daninhas, sem grama alguma. A pintura amarela dava um ar alegre para a casa e contrastava com as barras de metal escuras das janelas.

Havia um cartaz na entrada que dizia "Sem visitas não solicitadas".

Gigi bateu à porta. Dois segundos depois, Grayson ouviu um cachorro latindo, e depois de mais dois segundos a porta abriu, revelando uma mulher que vestia um roupão de banho florido bastante surrado. Ela usou um dos pés para segurar um dachshund particularmente roliço para a raça.

— Mas que salsichinha gordo — disse Gigi com os olhos arregalados.

— São só pelos — disse a mulher de roupão. — Não é mesmo, Cinnamon? — A cadela rosnou para Grayson e tentou colocar suas patas da frente em cima do pé que a estava segurando.

Ela não conseguiu.

— Eu diria que não quero o que quer que vocês estejam vendendo — acrescentou Kimberly Wright —, mas você tem os olhos dele. — Ela estava olhando para Savannah quando disse isso, mas então desviou seu olhar para Grayson. — E você também.

Gigi sorriu de modo amigável para a mulher.

— Eu sou a Gigi e esta é a Savannah.

— Eu sei quem vocês são — respondeu Kim, grosseira. — *No chão*, Cinnamon.

Grayson não pôde deixar de notar que Cinnamon já estava no chão.

— E este é Grayson — acrescentou Gigi —, nosso irmão.

Grayson esperou que Savannah corrigisse a irmã, mas ela não o fez. *Nosso irmão.*

— Bem, não fiquem parados aí — disse Kim, se abaixando para pegar Cinnamon, o que não era uma tarefa fácil. — Entrem.

A casa era compacta: à direita da entrada havia uma sala de estar, logo à frente uma cozinha, com um pequeno corredor à esquerda, que provavelmente levava até os quartos. Kim os levou até a sala de estar.

— Gostei das poltronas reclináveis — confessou Gigi. Havia quatro delas em uma sala onde não cabia muita coisa além disso. No encosto de cada poltrona tinha um cobertor de crochê. Os cobertores combinavam, as poltronas não.

— Você é bem sorridente, né? — perguntou Kim a Gigi.

— Eu tento — respondeu Gigi, mas desta vez suas palavras não soaram tão alegres quanto Grayson esperava. Ele se deu conta de que talvez Gigi não fosse um labrador humano.

Talvez aquilo fosse uma escolha.

A tia deles observou Gigi por um momento.

— Você se parece com ele, sabia? Meu garoto.

— Eu sei — respondeu Gigi com doçura.

Grayson se lembrou de quando Acacia contara que essa semelhança fizera Gigi cair nas graças do pai quando era bem nova, e por motivos que ele não podia entender nem explicar, sentiu uma angústia em seu peito.

Essa mulher era a tia dele. A tia *deles*, e ela não conhecia nenhum dos sobrinhos.

— Vocês estão aqui para me explicar por que seu pai não retorna minhas ligações? — perguntou Kim de maneira áspera.

Savannah foi a primeira a criar coragem para responder:

— Nosso pai sumiu.

— Como assim? — Os olhos de Kim se estreitaram.

— Há um ano e meio ele foi para uma viagem de negócios e nunca mais voltou. — A voz de Savannah era decidida, sem hesitação.

— Vocês chamaram a polícia? — Kim colocou a dachshund em uma das poltronas e Cinnamon pulou para o chão.

— Nossa mãe chamou. Mas ele não está *desaparecido* — disse Gigi. — Ele foi embora.

Era claro para Grayson o quanto dizer aquelas palavras a machucava. *Agora você acredita que ele foi embora.* Aquilo deveria fazer Grayson feliz, afinal este era seu objetivo: evitar que ela — que ambas — questionasse aquela explicação e chegasse à verdade.

Eu só preciso garantir que continue desse jeito.

— Parece que seu irmão estava com alguns problemas — comentou Grayson com a tia. — Financeiros e com a justiça.

Kim foi até o outro lado da sala e pegou um quadro que estava pendurado na parede.

— Olha ele aqui. — Ela voltou, dessa vez a passos lentos, e mostrou o quadro. — Shep. Ele tinha doze ou treze anos aqui. Esse do lado dele é Colin.

Grayson se forçou a olhar para a foto. Um adolescente magricela de olhos cinzentos segurava uma bola de basquete. Um bebê ao lado tentava alcançá-la.

Kim respirou fundo.

— Shep veio morar comigo logo depois que Colin nasceu. Nossa mãe tinha morrido e o marido se cansou de cuidar de filhos que não eram dele. Ou Shep vinha morar aqui ou iria para adoção, então ele veio para cá. O pai de Colin foi preso diversas vezes ao longo dos anos, então na maior parte do tempo, eu cuidava dos dois meninos.

— Você chama ele de Shep — disse Grayson, já que essa observação parecia menos destrutiva do que olhar para o quadro e procurar por semelhanças entre ele e os garotos da foto.

— Era o nome dele. Não é uma abreviação. Só Shep. Ele mudou de nome no verão antes de ir para a faculdade. E de sobrenome também. — Ela riu, irônica. — *Sheffield Grayson.* — Ela bufou. — *Sheffield Grayson.* Ganhou uma bolsa de estudos graças ao basquete. Conheceu uma linda garota.

Kim sentou-se em uma das poltronas e esperou os outros fazerem o mesmo antes de continuar.

— Meu irmão não queria mais nada comigo nem com os meus filhos depois disso, mas ele amava Colin. — Ela fez uma breve pausa. — Shep cuidou muito de Colin enquanto eles cresciam. Talvez até demais. Ele costumava levar Colin junto para o treino de basquete enquanto eu estava... — Kim olhou para baixo. — Trabalhando.

Kim era uma dependente química em recuperação. O irmão não cuidava do filho só enquanto ela estava *trabalhando.*

Como se pudesse ouvir seus pensamentos, a mulher desviou seu olhar de Grayson e olhou para as garotas.

— Depois que Shep se casou com a mãe de vocês, ele me disse que Colin iria morar com eles.

— E você deixou seu irmão levar o seu filho — disse Grayson com delicadeza.

— Eu tinha outras bocas para alimentar. Shep concordou em me ajudar, mas queria que Colin fosse com ele.

Grayson não tinha se tocado que, quando Sheffield Grayson dissera que o sobrinho era o mais próximo que ele tivera de um filho, era porque tinha criado o garoto desde quando ele também era uma criança.

Grayson se perguntou — por um breve momento — se um homem que amava o sobrinho daquele jeito, se sacrificava pelo sobrinho daquele jeito, poderia ser tão mau.

Ele se lembrou das fotos no cofre e respirar se tornou uma tarefa mais árdua. *Não viemos aqui para falar do passado,* ele advertiu a si mesmo.

— Seu irmão continuou a te ajudar financeiramente depois que Colin morreu? — perguntou Grayson, trazendo a conversa de volta para o real motivo que estavam ali.

Os recibos de saque. Pouco dinheiro, com algo escrito na parte de trás.

— Não como ele poderia — falou Kim com certa amargura. — Não como teria ajudado se Colin estivesse vivo. O Shep me culpava, sabe? Dizia que Colin tinha herdado os vícios de mim, mas não é verdade. Ele nunca tinha tocado em um único comprimido até romper o ligamento cruzado anterior. Ficou de fora por uma temporada inteira, mas você acha que o grande *Sheffield Grayson* deixou pra lá?

Grayson não sabia muita coisa de Colin Anders Wright além do fato de que ele e um jovem Toby Hawthorne, tio de Grayson, tinham se conhecido em uma clínica de reabilitação para a alta sociedade há duas décadas. Certa vez, Colin e Toby se juntaram para uma viagem regada a drogas e álcool que terminou com três mortos na ilha Hawthorne, incluindo Colin.

— Meu Colin estava sempre sob tanta pressão — disse Kim. — Shep estava determinado em fazer com que Colin jogasse pela universidade. Deveria ter trazido meu bebezinho de volta para casa assim que eles começaram a brigar, mas o que poderia oferecer em troca? Eu disse para mim mesma que ficaria tudo bem, que Acacia estava lá. E Colin a endeusava. Na verdade, ele também endeusava Shep quando não estavam brigando.

— Eles eram uma família — disse Savannah com ternura.

Kim fechou os olhos.

— Eu sempre achei que Shep tinha se casado com a mãe de vocês por dinheiro, mas quando ele viu como ela tratava o Colin... foi ali que se apaixonou.

Grayson sentiu como aquela afirmação atingiu suas irmãs, as duas.

— Você ainda tem os recibos? — perguntou Savannah. Curta e grossa, mudando de assunto de propósito.

Grayson fez que sim com a cabeça e os pegou em seu paletó.

— Antes de ir embora — contou à tia —, seu irmão sacou regularmente pequenas quantias de dinheiro. Duzentos e dezessete dólares. Quinhentos e seis dólares... já deu pra entender. Seu nome, ou a abreviação do que achamos ser seu nome, está escrito na parte de trás dos recibos.

— Ele me trazia algum dinheiro de vez em quando — admitiu Kim, na defensiva. — Não era muito, ele não confiava em mim com muito dinheiro. — Ela estreitou os olhos e se concentrou em Grayson. — Mas eram só valores redondos. Duzentos, quinhentos e o que for. O resto ele devia guardar pra ele.

Grayson não acreditava que Sheffield Grayson tinha sacado dezessete dólares — ou seis — para necessidades pessoais.

— Ele vinha aqui e te trazia dinheiro — resumiu Savannah. — Ele trazia mais alguma coisa quando vinha?

Grayson entendeu a lógica da pergunta. Se Sheffield quisesse esconder alguma coisa — como registros de transações ilegais —, a casa de sua irmã distante, em um mundo completamente diferente do seu, seria um bom lugar para fazê-lo.

— Além do dinheiro? Não. — Kim fez que não com a cabeça... e desviou o olhar.

Gigi se inclinou para a frente em sua poltrona.

— O que você está escondendo da gente, tia Kim?

Na mesma hora Grayson entendeu o que significava, para aquela mulher, que Gigi a chamasse assim.

— Shep conversava um pouco comigo — disse Kim com a voz rouca —, depois deixava o dinheiro em cima do balcão da cozinha e se trancava no quarto de Colin.

— O que ele fazia lá dentro? — perguntou Savannah.

— Não sei — respondeu Kim. — Só... ficava sentado, eu acho. — Ela fez uma pausa. — Uma vez eu tentei entrar para conversar com ele. Ele me mandou sair aos gritos. Tinha alguma coisa no chão. Uma caixa.

— Que tipo de caixa? — insistiu Grayson.

— De madeira. Bonita. Muito bonita. Ele a deixou lá dentro, no armário de Colin, e disse que se algum dia eu encostasse naquela caixa, ou sequer olhasse pra ela, ele ia parar de vir e não me daria mais nenhum centavo.

Grayson trocou olhares com Savannah. *Precisamos dessa caixa.*

— Podemos ver o quarto de Colin? — perguntou Grayson, mas não era de fato um pedido.

Os olhos de Kim se estreitaram.

— O quarto — Kim repetiu, áspera — ou a caixa?

Dessa vez Gigi respondeu:

— Nosso pai foi embora — disse, direta —, ele foi embora e nunca mais voltou. E agora estamos descobrindo que ele não era quem a gente achava que era. — Ela engoliu em seco. — Quem *eu* achava que era — corrigiu.

Savannah e sua irmã se entreolharam por um momento antes que Savannah voltasse sua atenção para a tia.

— Quando tinha catorze anos, descobri que nosso pai traía nossa mãe e que tinha outro filho por aí — disse Savannah.

Grayson achava que ela nunca tinha pronunciado estas palavras em voz alta.

— E o meu pai agia como se aquilo não fosse nada de mais. Mas eu não conseguia parar de pensar... — Savannah diminuiu o ritmo. — No *filho* que ele tinha. Basquete era uma coisa nossa, e quando eu cheguei na sétima série, reparei que ele parou de falar que eu jogava basquete e começou a dizer que eu jogava no time de basquete das *meninas*. — O tom de Savannah era claro e sem hesitações, mas Grayson pôde sentir o quanto ela estava se esforçando. — Ele começou a me perguntar por que eu era tão masculina.

A expressão de Kim era de desaprovação.

— Você não parece masculina pra mim.

Savannah acariciou as pontas de seus longos cabelos loiros.

— Pois é. — Ela tomou fôlego mais uma vez antes de continuar. — Nosso pai amava o Colin. Pode ser que também nos amasse, mas nós não éramos o Colin.

— Por que você tá me contando isso? — perguntou Kim.

— Porque eu quero que você entenda — respondeu Savannah. — Nosso pai nos abandonou, e nós temos o direito de saber o porquê. Nossa mãe está passando por problemas. Seja lá o que nosso pai guardava naquela caixa... e se puder ajudar?

Cinnamon decidiu que aquele era o melhor momento para fazer suas necessidades. Sem pensar duas vezes, Kim saltou para pegá-la.

— Lá fora, Cinnamon! Lá fora! — Ela correu até a porta e colocou a cachorra no jardim. Ao voltar para dentro, parou na metade do caminho.

— No fundo do corredor — apontou de forma ríspida —, última porta à esquerda. Era o quarto de Colin. Façam o que quiserem com aquela maldita caixa. Não é como se Shep fosse voltar algum dia.

Capítulo 64

GRAYSON

Eles encontraram a caixa escondida atrás de algumas tábuas soltas no fundo do armário. Grayson a examinou. *De madeira e grande o suficiente para caber um notebook ou uma pilha de documentos.* A madeira era rígida e cor de areia. Não tinha nenhuma dobradiça ou tampa visível na caixa, nenhuma dica de como abri-la.

Grayson liberou espaço na cama e apoiou a caixa. Suas irmãs se aproximaram.

— Pé de cabra? — sugeriu Gigi. — Ou um martelo tipo marreta?

Grayson fez que não com a cabeça. A parte de cima da caixa — assumindo que aquela fosse a parte de cima — parecia ser feita de tiras de madeira que tinham o comprimento e a largura de uma régua e estavam encaixadas bem rente uma das outras. Algumas fendas eram visíveis, mas impenetráveis, então Grayson fez o que qualquer Hawthorne faria nesta situação: ele girou a caixa noventa graus e empurrou as laterais de cada uma daquelas tiras de madeira.

Na sétima, foi recompensado e uma das tiras deslizou para fora. Ele a empurrou de leve até que ela caiu da caixa, então conseguiu analisar o que estava dentro: outro painel de madeira, bastante sólido a não ser por um único buraco do tamanho de um dedo.

Grayson investigou tanto o painel quanto o buraco antes de tentar usar o buraco para levantar a tampa da caixa.

Nada feito.

— O que você está fazendo? — perguntou Savannah.

— É uma caixa quebra-cabeça. — Grayson deu uma resposta curta enquanto voltava sua atenção para a tira de madeira que tinha tirado. Ao virá-la, foi gratificado. Na parte de trás da tira havia um entalhe fino e comprido — e naquele espaço, encontrou uma ferramenta. Tinha mais ou menos o comprimento de uma escova de dentes, mas muito mais fina. Em um dos lados tinha uma ponta, parecida com a de uma caneta. O outro era chato e mais pesado. *Deve ser um ímã,* pensou Grayson.

— O que você quer dizer com caixa quebra-cabeça? — perguntou Gigi, séria.

— O quebra-cabeça é descobrir como abrir a caixa — respondeu Grayson. — Pode-se dizer que é "um nível a mais de segurança", caso sua tia decidisse saber o que tinha dentro.

Ele enfiou a ferramenta dentro do buraco que tinha achado, primeiro o lado da caneta, depois o do provável ímã. Nada aconteceu. Então Grayson começou a passar o lado do ímã pelo resto da caixa — a parte de cima, os lados; virou a caixa e tentou o fundo.

O ímã ficou preso, e quando Grayson puxou, outro pequeno painel de madeira saiu da caixa, este na forma de um t. Após uma rápida inspeção, encontrou mais um buraco

— largo o suficiente para que conseguisse inserir o lado em forma de caneta da ferramenta. Grayson a enfiou lá e ouviu um clique, em seguida testou quais movimentos podia fazer com a caneta e viu que ele podia deslizar o buraco — do lado esquerdo superior do T até a parte de baixo, no centro.

Quando fez isso, a caixa deu outro clique.

Grayson a virou para cima de novo.

— Sério — disse Gigi —, o que tá acontecendo aqui?

— Meu avô era fã de caixas quebra-cabeças — explicou Grayson. — Eu acabei de abrir alguma coisa, precisamos descobrir o quê.

Ele tentou tirar a tampa da caixa de novo, sem sucesso.

— Por que a gente não usa uma serra? — perguntou Savannah.

— E arriscar destruir o que está aqui dentro? — respondeu Grayson gentilmente.

— Eu tenho noventa e sete por cento de certeza de que eu posso, com muita delicadeza, abrir esta coisa com uma serra — afirmou Gigi.

— E se for à prova de violação? — perguntou Grayson. — Por exemplo, pode haver dois pequenos frascos de vidro com líquido dentro projetados para se partir se a caixa for quebrada. E se estes líquidos se misturarem... — Deixou as palavras pairarem no ar de forma assustadora.

— Sério? — respondeu Savannah. — Você acha que nosso pai *plantou uma armadilha* em sua própria *caixa quebra-cabeça*?

— Eu acho — respondeu Grayson — que ele não queria que ninguém além dele acessasse seja lá o que for o que tem dentro.

Ele voltou a prestar atenção na caixa. *Alguma coisa* tinha sido aberta. Grayson tentou de novo chegar até a parte de cima pelos lados. Nenhuma das tiras que tinham sobrado estavam soltas, nenhuma poderia ser empurrada para fora. Mas quando apertou a borda de uma delas, ela afundou, fazendo um estalido, e o outro lado se ergueu.

Grayson tentou usar o buraco para levantar a tampa de novo, mas não deu certo.

Gigi se aproximou e encostou em outra tira, fazendo com que ela afundasse do mesmo jeito que tinha acontecido com Grayson antes. Ela sorriu.

— Vamos tentar com todas elas!

Antes mesmo que Grayson pudesse abrir a boca, Gigi já tinha apertado todas as tiras, como se estivesse tocando uma escala em um piano. *Pop, pop, pop, pop, pop, pop, pop.* Dessa vez, foi ela quem tentou enfiar um dedo no buraco e levantar o painel.

Sem chance.

— É uma combinação. — Savannah encarava a caixa, mas não se mexeu para tocá-la. — Nós só precisamos descobrir quais são as teclas certas para apertar.

Grayson encarou o painel. *Sete teclas, cada uma delas podendo ser apertada em ambos os lados ou deixada na posição original.*

— Existem mais de duas mil combinações possíveis — disse.

Gigi sorriu.

— Melhor a gente começar então!

Foram necessários quarenta minutos de tentativas sistemáticas para que enfim acertassem a combinação. E quando o fizeram, ouviram outro clique, e dessa vez, quando Grayson enfiou o dedo no buraco do painel de madeira, conseguiu tirar a tampa da caixa por inteiro.

Dentro eles encontraram mais madeira. Escura, mais lisa e polida. Grayson passou a mão pela superfície e viu que era em um único pedaço de madeira. Sem nenhuma fenda ou qualquer outra parte que pudesse ser mexida ou removida.

Contudo, havia uma pequena abertura de formato retangular em sua superfície. *Não,* notou Grayson. *Não era um buraco.*

— A gente precisa de alguma coisa para colocar ali, né? — disse Gigi. Ela se inclinou sobre ele e iluminou o retângulo com seu celular. — Alguma coisa com pininhos bem pequenininhos?

Savannah pegou a ferramenta que Grayson tinha achado antes, mas ela era muito grande. O retângulo como um todo não era muito maior que...

Um pen drive. Grayson ficou imóvel. Ele se lembrou do objeto que tinha achado, escondido em uma moldura no escritório de Sheffield Grayson. Aquele objeto não era um pen drive.

Agora, estava óbvio que aquele objeto era uma chave.

SEIS ANOS E ONZE MESES ATRÁS...

O feriado de quatro de julho, Independência dos Estados Unidos, na Casa Hawthorne era sinônimo de parque de diversões — particular, com direito a roda-gigante, carrinho de bate-bate, uma montanha-russa gigante e dezenas de desafios e jogos. Jameson podia ver tudo do alto de sua casa da árvore.

E ninguém podia vê-lo.

— Não precisa me carregar, Grayson. — *Emily*. Jameson era capaz de reconhecer a voz dela em qualquer lugar. Ele não conseguiu ouvir a resposta de Grayson, mas logo os dois já estavam abrigados na casa da árvore, e Jameson podia ouvir tudo.

— Cuidado, Em.

— Não vou cair. — Seu tom era de provocação. Não eram muitas pessoas que tinham o hábito de provocar os Hawthorne. — Se bem que seria bem feito pra minha mãe por não querer me deixar sair hoje à noite. Tipo, na boa, acho que meu coração aguentaria uma voltinha na montanha-russa.

A montanha-russa em questão não era pequena, e quando se tratava de Emily, nunca era só *uma* vez. Ela sempre queria mais.

Jameson e Emily eram parecidos nesse quesito.

Deveria ser eu tirando ela de casa escondido, pensou Jameson. *Deveria ser eu trazendo ela aqui em cima.*

Mas não era. Era Grayson. O sr. Perfeitinho, nunca-faço-nada-de-errado Grayson, que agora quebrava as regras. Aos doze anos, Jameson já fazia ideia do motivo. Emily também tinha doze anos, e Grayson, treze.

E ele a trouxe para a nossa casa da árvore.

— Eu vou te beijar, Grayson Hawthorne — disse Emily, sua voz clara como o dia.

— Quê? — Grayson ficou atônito.

— Não diga não. Eu tô tão cansada de ouvir *não*. Minha vida toda é um *não*. Só dessa vez, posso ter um *sim* como resposta?

Jameson esperou, quieto de forma que não lhe era natural, que seu irmão respondesse. Mas ele não respondeu, e então Emily falou de novo.

— Quando está com medo — disse à Grayson —, você olha para a frente.

— Os Hawthorne não sentem medo — respondeu Grayson, ríspido.

— Não — rebateu Emily —, *eu* não sinto medo. Você sente medo o tempo todo.

Jameson viu uma deixa. Ele deixou seu corpo escorregar do galho onde estava sentado e o agarrou com as mãos, para em seguida se balançar e entrar pela janela da casa da árvore. Seu pouso não foi dos melhores, mas ele deu um sorriso mesmo assim.

— Eu não sinto. — *Medo*. Ele não mencionou a palavra, mas Emily não precisava que ele dissesse nada.

— Você não tem medo de nada — disse ela enquanto jogava os cabelos —, mesmo quando deveria ter.

Jameson olhou para Grayson e depois de volta para Emily. Ela e a irmã, Rebecca, eram as duas únicas crianças não Hawthorne que tinham permissão de passar um bom tempo desse lado dos portões. *Os irmãos Hawthorne. As irmãs Laughlin.* Era alguma coisa.

— Eu te beijo se você quiser — Jameson se ofereceu de forma corajosa.

Emily deu um passo em sua direção.

— Então vai.

Ele a beijou. *Seu primeiro beijo — e o dela também.* Emily sorriu e então se virou para Grayson.

— Agora você.

Por um breve segundo Jameson pôde sentir o olhar de seu irmão sobre si, mas não por muito tempo.

— Não posso — disse Grayson.

— Não pode, não deveria, mas vai mesmo assim. — Emily colocou uma das mãos no rosto de Grayson, e Jameson observou a garota que ele tinha acabado de beijar aproximar os lábios dos do irmão.

Jameson se forçou a olhar enquanto Grayson também a beijava. O beijo deles pareceu durar mais. *Muito* mais. Quando finalmente acabou, Emily encarou Grayson. Só o *encarou.* Então ela jogou sua cabeça para trás e gargalhou.

— É como a brincadeira de girar a garrafa... mas sem a garrafa. — Por um segundo pareceu que ela iria beijar Grayson de novo.

— Achei vocês, meninos — Tobias Hawthorne falou em um tom grave e suave enquanto subia as escadas da casa da árvore. — Não gostaram dos festejos?

Jameson se recuperou primeiro.

— Você manipulou os jogos do parque — acusou Jameson. A princípio era por isso que ele tinha ido para a casa da árvore.

— Então os manipule de volta — respondeu o velho. Seu olhar perspicaz não deixava escapar nada, e ele analisou um por um: primeiro Jameson, depois seu irmão e por último, Emily.

— Sobre o que você acabou de ouvir... — Grayson começou a falar.

Tobias Hawthorne levantou a mão.

— Emily. — Ele a olhou com ternura. — Seu avô está lá embaixo em um carrinho de golfe. Sua mãe está prestes a chamar a Guarda Nacional.

— Então eu acho que preciso ir. Mas não se preocupe, sr. Hawthorne... — Emily olhou mais uma vez para Jameson, e depois para Grayson, seu olhar se demorando nele por mais tempo. — Está tudo bem com o meu coração e seu defeito.

O velho não disse uma palavra até que Emily estivesse a uma boa distância dali. O silêncio era desconfortável, e provavelmente era essa a intenção, mas Jameson e Grayson eram espertos o suficientes para não abrirem a boca.

Tobias Hawthorne esticou os braços, cada um na direção de um dos netos, e os dirigiu pelos ombros até a janela mais próxima da casa da árvore.

— Vejam — ordenou o velho. Jameson observou enquanto explosões iluminavam o céu de roxo e dourado e pontos de luz escorriam pelo ar como um salgueiro-chorão. — Mágico, não é? — sussurrou o velho.

Jameson ouviu nas entrelinhas: *eu dou tudo o que vocês precisam, garotos, e tudo que eu peço em troca é foco.*

— Eu não tive irmãos — comentou Tobias Hawthorne enquanto outra rodada de fogos iluminava o céu de vermelho, branco e azul. — Não tive o que vocês quatro têm. — As mãos do velho ainda estavam em seus ombros. — Ninguém nunca vai entender vocês como seus irmãos. Ninguém. São os quatro contra o mundo, e será sempre assim.

— *Família em primeiro lugar* — Grayson disse aquelas palavras, e Jameson soube, pela forma que falou, que já as dissera antes.

— Sabe, Emily tinha razão — disse Tobias Hawthorne, soltando os dois —, você olha para a frente quando está com medo, Grayson.

Ele tinha ouvido tudo. Jameson não teve tempo de processar aquilo porque seu avô ainda não tinha terminado.

— Já dei motivos para ter medo de mim? — perguntou… ou melhor, ordenou. — Já levantei a mão para qualquer um de vocês?

— Não. — Jameson foi mais rápido que seu irmão na resposta.

— Eu levantaria? — desafiou o velho. — Alguma vez?

Dessa vez, Grayson respondeu:

— Não.

— Por que não? — Tobias Hawthorne fez aquela pergunta como se fosse uma charada. — Se isso levasse vocês a serem as pessoas que eu preciso que sejam, se fizesse de vocês pessoas melhores… por que eu não *usaria* a força física contra vocês?

Jameson sentia que precisava responder primeiro — e responder bem.

— Porque você é melhor do que isso.

— Porque eu amo vocês. — A correção foi cruel, apesar do sentimento transmitido. — E os Hawthorne protegem aqueles que amam. *Sempre.* — Ele acenou com a cabeça em direção à janela de novo. — Vejam. Observem. — Ele não estava falando dos fogos. — Tudo isso. Tudo o que nós temos, tudo o que somos, tudo o que eu construí.

Jameson olhou. Ao seu lado, Grayson fez o mesmo.

— Foi só um beijo — disse Grayson com teimosia.

— Acredito que foram dois — respondeu o velho. — Vocês estão pisando em terreno perigoso, garotos. Alguns beijos são só beijos. Uma frivolidade e nada mais do que isso.

Jameson se lembrou do instante em que pressionou seus lábios contra os de Emily.

— Vocês não têm tempo para essas coisas — ironizou o velho. — Um beijo não é nada, mas amor? — Agora o volume da voz de Tobias Hawthorne era baixo. — Quando vocês tiverem idade o suficiente e estiverem prontos, estejam avisados: não tem nada de frívolo no modo como um homem Hawthorne ama.

Na hora, Jameson se lembrou da avó que nunca tinha conhecido, na mulher que tinha morrido antes de ele nascer.

— Homens como nós só amam uma vez — esclareceu o velho mansamente. — Por completo. De corpo e alma. Nos consome por inteiro e é eterno. Faz anos que sua avó se foi... — Os olhos de Tobias Hawthorne se fecharam. — E nunca mais houve outra. Não pode haver e não vai haver. Porque quando você ama uma mulher ou um homem ou quem quer que seja como nós amamos, é impossível voltar atrás.

Aquilo pareceu mais um aviso do que uma promessa.

— Qualquer coisa menos do que isso e você vai acabar com ela. E se ela for a pessoa certa... — O velho olhou primeiro para Jameson, depois Grayson, então depois de volta para Jameson. — Um dia, ela vai acabar com você.

Ele não disse aquilo como se fosse uma coisa ruim.

— O que ela teria achado da gente? — perguntou Jameson por impulso, mas não se arrependeu. — Nossa avó?

— Vocês ainda não estão prontos — respondeu o velho. — Vamos deixar a opinião da minha Alice para quando vocês estiverem prontos.

Após dizer isso, Tobias Hawthorne se virou e se afastou deles, da janela e dos fogos. Quando ele falou de novo, usou um tom que Jameson conhecia muito bem:

— Existem milhares de tábuas nessa casa da árvore. Eu afrouxei uma. Achem qual foi.

Um teste. Um desafio. Um jogo.

Quando eles encontraram a tábua, os fogos já tinham acabado fazia tempo.

— Quebrem a tábua — ordenou o velho.

Sem falar uma única palavra, Jameson segurou a tábua. Grayson ficou a postos e em seguida a atingiu. A palma de sua mão acertou a tábua pouco acima de uma rachadura e ela se partiu.

— Agora — ordenou Tobias Hawthorne —, encontrem uma tábua que não pode ser afrouxada. E quando vocês a encontrarem — prosseguiu o velho, encostando na parede da casa da árvore, os olhos estreitos ardendo com um tipo familiar de fogo —, me digam: qual tipo de tábua que se parece mais com vocês?

Capítulo 65

JAMESON

Como indicado na fechadura, Jameson e Avery voltaram para o início de tudo, para a sala onde Rohan tinha explicado as regras do jogo.

Não deixem pedra sobre pedra.

De todas as frases que o Factótum tinha falado, aquela tinha ficado em sua cabeça.

— Para a primeira chave — disse em voz alta —, havia uma pista verbal, *não podem contrabandear nada,* e uma pista física nesta sala.

— O livro. — Avery seguia seu raciocínio. — Se as outras chaves seguirem a mesma lógica, então aqui têm pistas que apontam para onde as chaves estão escondidas, seja lá aonde for, e estas pistas...

— ... Vão se conectar com algo que Rohan disse — concluiu Jameson, voltando sua atenção para as paredes da sala. As paredes de *pedras,* uma em cima da outra.

Não deixem pedra sobre pedra.

Avery apoiou a mão aberta em uma das pedras.

— A primeira pessoa que encontrar uma pedra que vira escolhe o destino da nossa próxima viagem, combinado?

Jameson sorriu.

— Combinadíssimo, Herdeira.

As pedras — ao menos aquelas baixas o suficiente para que pudessem alcançar — eram sólidas. Nenhuma delas virou ou sequer estava solta.

— Acha que aquela mesa é muito pesada pra ser arrastada para o outro lado da sala? — perguntou Jameson, olhando para as pedras que estavam fora de alcance.

— Com certeza. — Avery fez uma pausa. — Me levanta?

Ele a obedeceu, como se os dois fossem dançarinos em um salão de festas, desafiando a gravidade enquanto andavam, mais uma vez, ao redor da sala. Avery se esticava e Jameson a segurava firme enquanto ela checava pedra por pedra.

E mesmo assim, nada. *Ainda têm pedras mais para cima.* Jameson colocou Avery no chão e subiu no parapeito da janela. Ele tentou encontrar algum ponto de apoio entre as pedras para escalar a parede ao redor da enorme janela, mas tudo que ganhou como recompensa por seus esforços foi uma bela queda.

De bruços no chão, Jameson se viu de frente para a lareira. Estava vazia, sem lenha — *e era todinha de pedra.* Jameson ficou de pé e atravessou a sala para checar as pedras dentro e atrás dela.

— Nada aqui — disse em voz alta, mas sem parar de procurar. Em vez disso, ele se concentrou na abertura ao lado da lareira, usada para armazenar madeira. Havia uma pilha de lenha na altura da cintura. Jameson começou a desmanchá-la, arremessando a madeira no chão e se concentrando apenas nas pedras atrás da pilha.

Então ele sentiu algo gravado em um dos pedaços de lenha.

— Algo escrito — murmurou Jameson.

Avery estava ao lado dele, seu corpo pressionado contra o de Jameson, que colocou o pedaço de lenha no chão com a parte chata virada para cima. Ali, gravada na madeira, estava a letra B.

Jameson voltou para a pilha de madeira ainda intacta. Ao seu lado no chão, Avery checava a lenha que Jameson tinha arremessado.

— Achei uma — ela gritou. — R.

— Nos dois lados dessa aqui — respondeu Jameson. O e L.

No fim, eles encontraram quinze letras gravadas em treze pedaços de lenha. O, S, H, L, O, A, R, A, B, M, S, O, M, B e E.

— Pega o R — sugeriu Jameson. — Pode ser que ele encaixe com alguma vogal, tipo o A, O ou E. — Ele procurou por outras combinações óbvias. — Vamos tentar o M com o A e o R com o E.

— E-R ou R-E? — perguntou Avery.

Jameson fez que não com a cabeça.

— Tanto faz, pode ser dos dois jeitos. Só tem três consoantes repetidas e nenhum C ou N, então provavelmente o H vem depois do L ou no começo de uma palavra.

Jameson pegou quatro letras. A-L-H-O.

— Quantas sobraram?

— *Samba?* — sugeriu Avery. Jameson pegou as letras. Sobravam cinco: S, R, O, M e E.

— Alho, samba e remos. — Avery pronunciou as palavras em voz alta. — Talvez a gente precise procurar por algum tempero. Algo musical. Algo para impulsionar.

Você não aprendeu nada comigo, garoto? Jameson nem tentou se livrar da lembrança das muitas lições de seu avô. *A primeira resposta nem sempre é a melhor.*

Ele juntou de novo as letras — todas elas — em uma pilha. Dessa vez, ele puxou o H primeiro. Ele tinha dito que provavelmente vinha antes de uma combinação de consoantes ou no começo de uma palavra.

— H — murmurou Jameson. — O, L, H...

Ele fez uma pausa rápida e foi pegar outra letra O e o S. *Olhos.*

A, R, A, B, M, S, O, M, B e E.

— E-M? — sugeriu Avery. Assim que ela fez aquela sugestão, Jameson adivinhou. A resposta. Ele pegou o B, mais a combinação que ela tinha identificado, e formou a palavra *bem*, restando apenas sete letras.

A, R, A, B, M, S e O.

Ou então...

— Abram os... — falou Jameson.

Então ele dispôs a nova mensagem, dessa vez mais coesa do que a mistura de palavras que eles tinham conseguido antes:

ABRAM BEM OS OLHOS.

De um certo ponto de vista, aquilo parecia um aviso. Mas dentro do contexto do jogo — dentro do contexto dos muitos jogos que Jameson tinha jogado quando era criança — soava diferente.

— Um espelho? — murmurou Jameson. — Ou uma câmera?

Ele quebrou a cabeça tentando lembrar qualquer expressão que Rohan tivesse dito em seu discurso que poderia dar mais alguma dica, mas sem sucesso.

— Abram bem os olhos — murmurou Jameson. — Não deixem pedra sobre pedra. Claro, esta pista e aquela podem não combinar. Ainda falta encontrar duas chaves mais as caixas.

Eles tinham achado *uma* pista — mas de qual charada?

A mente e o corpo de Jameson estavam um turbilhão. Jameson reclinou a cabeça para trás, olhando para o infinito, de modo que aquele caos que reinava em seu cérebro se dissipasse até que tudo que sobrasse fosse um plano.

— Vamos continuar procurando pela sala — disse a Avery. — Cada canto, cada fenda, até que não sobrem pistas para encontrarmos, e então tentamos organizar nossas ideias. Afinal de contas, a gente não quer só uma das chaves.

Avery jogou seus cabelos para trás.

— Queremos as duas.

Capítulo 66

JAMESON

Forçando seus olhos a notarem cada detalhe da sala mais uma vez, Jameson percebeu que a única coisa decorada era o teto. Detalhes em azul e dourado, um requintado x com quadrados posicionados em cada um dos lados como se fossem diamantes. *Dentro dos diamantes, brasões. Dentro dos brasões, símbolos.* Jameson conseguiu distinguir uma ou duas letras gregas, uma flor, um leão e uma espada.

Jameson repassou as frases principais que Rohan falara e nada saltou aos olhos — até que ele parou de olhar apenas os detalhes no teto e começou a observá-lo de maneira mais ampla.

O x.

— Como se o x marcasse o lugar exato?

— *Marcas* — repetiu Avery. — Rohan disse que nós estamos jogando por isso. Pela *marca*.

Logo embaixo do x estava a mesa. Num piscar de olhos, Jameson estava deitado de costas no chão embaixo dela. A parte de baixo da mesa era lisa e plana, exceto nos cantos.

Ali Jameson encontrou pequenos discos, cada um deles um pouco menor que um porta-copos.

— Discos não — disse Avery ao seu lado, tirando a palavra da boca de Jameson, sua mente e a dele como se fossem uma. — *Engrenagens*. Você se lembra da última coisa que o Rohan disse, bem no finalzinho do discurso?

Jameson buscou na memória.

— *O Jogo começa quando vocês ouvirem os sinos. Até lá, sugiro que coloquem as engrenagens pra funcionar…*

E se familiarizem com a concorrência. Jameson não disse a última parte em voz alta. Era desnecessário.

— As engrenagens. — Jameson e Avery se entreolharam. — Gire elas.

Ela segurou em um dos lados da mesa e ele no outro. As engrenagens não *queriam* girar, mas se você puxasse a mesa para cima e a girasse ao mesmo tempo, aquela resistência desaparecia. As engrenagens giravam. E quando todas as quatro terminaram de girar — de novo e de novo, até que elas não se movessem mais —, um compartimento secreto ao lado da mesa se abriu.

E guardadinha ali dentro estava uma chave.

Capítulo 67

JAMESON

A chave era à moda antiga, feita de ouro e com joias vermelho-sangue incrustadas no alto e no centro. Videiras douradas rodeavam o corpo da chave, se entrelaçando até o alto, onde formavam uma flor e eram decoradas com pequenas pérolas.

— Menos uma chave — disse Jameson. As palavras foram dirigidas a Avery, mas ele não conseguia tirar os olhos do prêmio em suas mãos. — Falta só uma.

A probabilidade de a chave em sua mão abrir *a* caixa — a que eles precisavam abrir para ganhar — era uma em três. Uma em duas, se a hipótese de Jameson de que a chave da caverna dos contrabandistas não era a chave vencedora estivesse certa. Mas cinquenta por cento não era o tipo de chance aceitável para um Hawthorne. Não quando era possível fazer melhor.

— *Não podem contrabandear nada,* o livro, as cavernas — Jameson começou a listar. — A marca, a mesa, *coloquem as engrenagens pra funcionar.* A gente já achou uma terceira pista na sala, mas não sabemos bem a qual pista verbal ela está ligada, se é que está ligada.

— *Abram bem os olhos* — murmurou Avery. Ela tinha o hábito de falar sozinha, quase sem mexer a boca e quase sem emitir som algum. Jameson sempre tinha gostado de bisbilhotar os pensamentos de Avery, permitindo que se misturassem com os seus. — E o resto das pistas verbais — continuou. — As mais prováveis, pelo menos, são as expressões. *Não deixem pedra sobre pedra* e *para os perversos, não há paz.*

A imagem do jardim de pedras voltou, do nada, para a mente de Jameson. Dezenas de milhares de pedras pavimentavam o chão. Talvez o que eles procuravam estivesse ali, mas Jameson não colocaria seu jogo em risco por uma possibilidade.

Não quando ele tinha um pressentimento de que algo naquela sala apontava para a pedra *correta*.

Não quando ele quase podia sentir o gosto da vitória.

— *Uma pedra sem revirar* — Jameson repetiu, ecoando as palavras de Avery de volta para ela. — E *para os perversos, não há paz.*

O que chamou a sua atenção dessa vez foi a segunda frase. Rohan falou sem pensar, de um jeito meio encantador, aquelas palavras que eram dirigidas a Zella, mas Jameson sabia que o Factótum era uma daquelas pessoas que podia dizer qualquer coisa e fazer parecer que tinha sido sem pensar.

E soar encantador.

Para os perversos, não há paz. Jameson pensou e repensou aquelas palavras em sua mente. *Mas não seria um jogo se eu não tivesse fornecido todas as informações que precisam para vencer.*

Quais as chances de Rohan ter dado a eles tudo o que precisavam para vencer naquele exato momento na frase anterior?

— *Para os perversos, não há paz* — Jameson repetiu, dessa vez mais rápido, assim como seus batimentos. — De origem bíblica, essa frase era usada para mostrar que o trabalho nunca acaba, mas no contexto do Mercê do Diabo, poderia sugerir que sempre têm mais pecados para serem cometidos... ou que os perversos não são deixados em paz.

— Não há paz — repetiu Avery. — Não há alívio. Não há *mercê*. — Ela lançou um olhar impenetrável para ele. — O que isso significa em termos bíblicos? Fogo e enxofre?

O fogo do inferno, pensou Jameson. *Condenação. Mercê do Diabo.* Ele remoeu aquelas três coisas em sua cabeça, cada vez mais rápido, cada vez mais alto, até que pareceu que as palavras vinham de fora para dentro.

Então Jameson se concentrou na lareira e sua mente ficou em silêncio.

Avery acompanhou o olhar de Jameson e os dois, sem dizer uma única palavra, voltaram para a lareira.

— Você acha que temos chances — perguntou Jameson a Avery — de encontrar algo que ajude a gente a acender o fogo nesse não castelo?

Capítulo 68

JAMESON

Eles encontraram fósforos em uma gaveta na cozinha, perto do fogão. Cientes de que cada minuto contava — cientes de que em algum lugar daquela propriedade, na encosta do penhasco, seus rivais jogavam pelo mesmo prêmio —, Jameson correu de volta para o início mais uma vez.

Dessa vez, Avery foi mais rápida e chegou primeiro. Era rápida quando queria. Obstinada. Logo depois de passar pelo vão da porta, ela parou de repente. Jameson, que vinha atrás dela, fez o mesmo e logo entendeu o porquê.

Zella estava ali na sala, sentada em cima da mesa. Ela passou os dedos pelo compartimento aberto e vazio.

— Espero que isso tenha sido obra de vocês. Branford não pode ficar com toda a diversão para ele. Ficaria insuportável.

Em outras palavras: a duquesa sabia que Branford tinha achado a primeira chave. Visto que Zella também parecia saber que uma segunda chave tinha sido encontrada *ali,* ela devia estar pensando que só havia mais uma chance de ganhar o jogo.

Ela não parece incomodada com isso. Jameson pensou naquilo um pouco, pensou por tempo o suficiente para que Zella notasse o que ele segurava nas mãos.

— Fósforos? — A duquesa os estudou... e voltou sua atenção para a lareira. — *Para os perversos, não há paz.* Claro que Rohan tinha que fazer desse jeito.

Alguma coisa em seu tom de voz fez Jameson pensar em quanta história a duquesa e o Factótum tinham juntos — e que tipo de história.

— Bom, o que você está esperando? — disse Zella enquanto atravessava a sala, parando ao lado da lareira. — Acenda.

Jameson calculou bem seu próximo movimento. *Fazer isso na presença dela vai colocar a gente em pé de igualdade — mas se a gente não fizer, vamos ter que esperar até ela sair.* E vá saber por onde andavam Branford e Katharine a essa altura — ou o que eles haviam encontrado.

— Se tiver uma chave ali — disse Avery, erguendo a cabeça ao mesmo nível dos olhos de Zella —, ela é nossa.

— Não tem nenhuma chave ali, Herdeira — respondeu Zella. O apelido que Jameson tinha dado para Avery soava irônico e mordaz vindo da duquesa. — Duas na mesma sala? Duvido muito. Mas sim, claro. Se logo depois que vocês acenderem a lareira aparecer uma chave, ela é de vocês.

Zella pegou um pedaço de lenha e Jameson reparou que, apesar de ele e Avery terem jogado toda a lenha no chão, agora estava tudo arrumadinho.

Ela viu tudo. Ela leu as palavras e depois empilhou tudo de volta para que ninguém mais lesse.

— Mas dá pra queimar essa lenha? — A voz de Avery invadiu os pensamentos de Jameson. — As instruções não são para a gente deixar tudo como encontramos?

Jameson viu que os questionamentos de Avery faziam sentido.

— Não conseguimos desqueimar lenha. — Ele não tinha chegado até aqui para ser desclassificado por uma tecnicalidade. — A gente precisa queimar outra coisa.

Sem pensar duas vezes, Jameson começou a desabotoar seu colete. Segurando a chave — temporariamente — entre os dentes, ele tirou o colete e depois a camisa. Depois de vestir de volta o colete, agora sem nada por baixo, Jameson jogou sua camisa na lareira.

— Agora sim — disse às duas — a gente pode acender.

Levou mais tempo do que ele esperava para que a camisa pegasse fogo, mas quando pegou, as chamas se multiplicaram bem rápido. Jameson observou sua camisa queimar, as chamas dançarem e o fogo lamber a parede de pedras da lareira.

E então viu as palavras lentamente surgirem nas pedras. *Tinta invisível*. O calor era um gatilho comum. Pouco a pouco e pedacinho por pedacinho, a escrita apareceu diante de seus olhos. Seis letras, três números, uma pista.

DISCAR 216.

— Muito obrigada, Jameson Hawthorne — murmurou Zella.

E no segundo seguinte, a duquesa já tinha desaparecido.

Jameson se virou para Avery:

— Tomara que ela tenha ido atrás de um telefone — sussurrou bem baixinho, só para ela ouvir.

— E a gente não? — Avery lançou um olhar para Jameson.

Jameson sabia que o sorriso em seus lábios era algo que outras pessoas descreveriam como *perverso*.

— Me diga você, Herdeira.

Avery o encarou como se a resposta só pudesse ser encontrada atrás de seus olhos verde-esmeralda. Ele viu o momento exato em que ela a encontrou.

— *Não deixem pedra sobre pedra* — disse Avery com os olhos cheios de convicção e determinação.

— *Discar 216*. No jardim de pedras tem um relógio de sol, que é um disco.

Capítulo 69

JAMESON

Os dois saíram voando da casa e à medida que se aproximavam do jardim de pedras, Jameson, de maneira mecânica, checou os arredores. Isso era normal em um jogo como esse, sempre. Um método de jogar era fazer seu próprio jogo, e o outro era se esconder nas sombras e seguir os passos dos seus oponentes — e só dar as caras no final.

A área estava segura.

Jameson imaginava onde Branford estava com a chave dele e se já tinha encontrado a caixa que aquela chave abria. Imaginava se a caixa continha algum segredo — e se sim, de quem.

Duas chaves. Se nós acharmos duas chaves, tem uma chance de eu ganhar esse jogo e *não revelar meu segredo.*

No pior dos cenários, mesmo que Branford *conseguisse* o bilhete onde ele tinha escrito aquelas fatídicas quatro palavras, conseguir duas chaves significaria que ele e Avery teriam em mãos o segredo de Branford. *Destruição mútua garantida.* Havia jogadas piores.

Naquele momento, o mais importante era encontrar a segunda chave.

O relógio de sol era grande. Sua base era redonda, com números romanos inscritos dentro de um círculo interno e símbolos do zodíaco na parte externa. Uma haste — simples, sem nada escrito — estava encaixada de maneira angular, com a sua sombra projetada na base variando de acordo com a posição do sol.

— Dois, um, seis. — Jameson se inclinou para encostar no mostrador do relógio, apertando e cutucando os números romanos em questão.

— Você sabe que eu sou boa em matemática, né? — disse Avery ao seu lado.

Ele olhou para ela.

— E daí?

— E daí que — respondeu Avery, os cantos de sua boca formando um sorriso — duzentos e dezesseis é um cubo perfeito.

Jameson fez as contas.

— Seis vezes seis vezes seis. — *Para os perversos, não há paz. O Mercê do Diabo. Três seis, 666.* O Rohan pensou *mesmo* que era esperto, não é?

— Comece na haste — murmurou sozinho Jameson. — A pista não pode estar relacionada com a sombra, porque a sombra se move de acordo com a posição do sol. Mas a haste em si é fixa e um ponto de partida óbvio.

— É claro. — Avery conseguiu soar mais entretida do que sarcástica.

Jameson andou em volta do mostrador até parar ao lado da haste. Embaixo dos seus pés, o chão de pedras estava nivelado à perfeição, mas ao olhar para as outras milhares de pedras em volta, ele viu que algumas estavam rachadas e, em alguns lugares, grama e musgo cresciam.

Jameson começou a contar as pedras a cada passo que dava.

— Seis para a frente, seis para a esquerda e mais seis para a frente. — Ele testou a pedra embaixo de seu pé. *Nem um pouco solta.* — Seis para a frente, seis para a direita e mais seis para a frente. — *Mesma coisa.* — Seis para a frente, seis para a direita e de novo seis para a direita.

Nada solto aqui. Mas dessa vez Jameson notou um pouco de terra na pedra. E a grama ao redor da pedra *estava faltando em um dos lados.*

— Deixa eu adivinhar — disse Avery enquanto se abaixava ao lado dele —, nós vamos ter que cavar.

— *Se fizerem buracos no quintal...*

Jameson usou os dedos para cavar, com a terra entre as pedras ficando presa embaixo das unhas. Uma delas quebrou, mas ele não parou.

Dor não era importante.

A única coisa que importava era vencer.

Mas não posso deixar de me questionar. Quando você enxergar essa teia de possibilidades à sua frente, livre do medo da dor ou do fracasso, de pensamentos que dizem o que você pode e o que não pode, o que deve e não deve ser feito... O que vai fazer com o que vir?

A pedra se soltou e Jameson a virou. Não havia nada além de terra embaixo. Terra prensada.

Ele continuou cavando.

Minha mãe via algo em mim, ele podia ouvir a voz de Ian. *Ela deixou Vantage para mim. Ganhe de volta e um dia deixarei para você.*

Jameson não parou.

Ele não parava *nunca*.

E finalmente foi recompensado. Seus dedos encostaram em um pedaço de pano. *Um saco de estopa marrom.* Sangue escorria pelos seus dedos enquanto ele desenterrava o resto do saco e se levantava.

Dentro do saco tinha uma chave. Assim como a primeira, ela também era feita de ouro, mas as semelhanças terminavam ali. Não era fácil decifrar o design na cabeça da chave. Lembrava algo como um labirinto.

É isso. Jameson sentiu aquilo até em seus ossos. Sentiu aquilo na parte dele que tinha sido forjada pelo fogo de Tobias Hawthorne. *Essa é a chave que abre a caixa que vai me fazer ganhar o jogo.*

Ele endireitou a pedra.

— Ótimo. — disse uma voz límpida com o sotaque sofisticado. — Você encontrou a última chave. Agora, me dê ela.

Jameson se levantou e olhou para Katharine, que fazia uma enorme sombra. Seu terno branco estava em perfeitas condições, assim como quando ela estivera na praia.

— Por que raios a gente faria isso? — Avery foi mais rápida em perguntar.

— Porque... — Outra voz surgiu de trás deles. — Eu quero.

Jameson, apertando a chave em sua mão, se virou e viu seu pai entrar pelo portão de ferro forjado.

Ian Johnstone-Jameson olhou para Jameson e sorriu.

— Muito bem, meu garoto.

Capítulo 70

GRAYSON

Eu consigo abrir essa caixa, só preciso voltar para o meu quarto de hotel.

Ao lado de Grayson, Gigi se intrometeu.

— O que é? Você tá com a sua cara de *alguma coisa*.

Grayson gostava de pensar que não era tão fácil de ler assim.

— Perdão? — Ele voltou a falar de maneira formal, algo que funcionava como uma camada a mais de proteção para tudo o que ele pensava ou sentia.

— Como assim "perdão"? Eu vi a lâmpada em cima da sua cabeça explodir, senhor. As engrenagens na sua mente estão a mil por hora. O hamster está oficialmente girando na roda! — Gigi ficou de joelhos onde estava, ao lado de Grayson na cama de solteiro surrada, pegou a caixa quebra-cabeça e a inclinou para a frente. — Seis hamsters! — retificou ela de forma dramática. — Seis rodas! Estão todas girando.

Hora de controlar os danos.

— Acho que a gente precisa se concentrar na caixa — disse Grayson a Gigi. — Procure por alguma coisa que encaixe nessa entradinha.

Savannah bufou:

— Você precisou de seis hamsters para ter essa ideia?

Não. Grayson ignorou o comentário, mas não deixou seu rosto transparecer. *Não vamos encontrar o que precisamos examinando a caixa. Eu já tenho o que é preciso.*

Ele conseguia imaginar Sheffield Grayson pegando a chave do cofre dentro do seu computador, tirando o pen drive falso do quadro, dirigindo até o banco, sacando dinheiro, colocando o recibo dentro da caixa e indo embora dirigindo dali.

O pai deles claramente tinha um sistema, uma rotina.

— Parem. — Uma voz estridente atingiu os ouvidos de Grayson como unhas em uma lousa. — Largue já essa caixa! — Kimberly Wright parou no batente da porta, extremamente agitada. — Você não deveria estar aqui.

Por algum motivo, Grayson sabia que ela estava falando com ele — e *só* com ele.

— No quarto do meu filho — ela continuou, sua voz era estridente, mas também rouca. — Sentado na cama dele.

Isso não tem nada a ver com a cama. Ou o quarto. Grayson não sabia ao certo sobre o que *isso* se tratava — ou o que tinha mudado. Ele se levantou, mas não fez menção alguma em entregar a caixa.

Gigi franziu a testa.

— Tia Kim, a gente...

— Eu não era boa o suficiente para ser sua tia. Seu pai levou meu garoto. Meu *Colin*. E depois que ele estava morto e enterrado, não me deixaram nem mesmo conhecer vocês,

garotas. Shep não queria que eu chegasse perto de vocês.
— Kim fechou os olhos com força, e quando os abriu, eles atacaram Grayson, como dardos arremessados por uma mão instável que, de alguma maneira, acertaram o alvo.

— Vocês duas sabem quem é ele? — disse em tom de acusação. — Eu vi aqueles outros garotos lá fora. A Cinnamon escapou de mim e o mais alto foi atrás dela e depois se apresentou.

Xander, pensou Grayson. Alexander Blackwood Hawthorne nunca tinha conhecido um estranho, ou um bolo, para os quais ele não quisesse se apresentar na mesma hora.

— Eles são Hawthorne. — Kim cuspiu aquele nome e se voltou para Grayson. — Você é um Hawthorne — falou, como alguém diz *você é um assassino*. — O meu irmão às vezes trazia bourbon quando vinha aqui. Assim que ele começava a beber, ele começava a falar… sobre os Hawthorne.

Grayson avaliou o melhor jeito de acabar com aquela conversa. E rápido.

— A gente precisa ir — disse a Gigi e Savannah.

Kim fechou a cara.

— O Shep… sempre disse que o motivo de Colin estar morto era Toby Hawthorne, que era ele quem tinha acendido o fogo que matou o meu bebê. Incêndio criminoso. E o pai de Toby, aquele bilionário cretino… encobriu tudo.

Para a surpresa de Grayson, Gigi se colocou à sua frente, protegendo-o da tia.

— Mesmo se isso for verdade — disse ela —, Grayson não tem culpa nenhuma.

Gigi não era alta o suficiente para impedir o olhar desesperado e raivoso de Kim na direção de Grayson.

— Meu irmão odiava você — prosseguiu a mulher. — Odiava todos os Hawthorne. Mas ele disse... ele disse que faria com que todos vocês pagassem. Meu irmão ia...

Esta não era uma frase que Grayson pudesse permitir que ela terminasse.

— Ia o quê?

Seu tom não era de ameaça, mas sim de aviso: *pense muito bem antes de responder. Você não quer se meter comigo.*

Kim ficou quieta. Diferente de suas sobrinhas, ela não era imune à habilidade de Grayson de submeter tudo e todos dentro de uma sala às suas ordens.

— Saiam daqui — sussurrou Kim com a voz ríspida. — E deixem a caixa.

— A gente não pode. — Savannah se colocou ao lado de sua irmã gêmea e ao lado de Grayson, que por uma fração de segundo, ficou com o coração apertado.

— E eu te dei escolha, garota? — A voz de Kim vacilou. — *Saiam daqui.*

Grayson acenou sutilmente com a cabeça para as suas irmãs, e então começaram a remontar a caixa com toda a calma do mundo.

— Largue a caixa!

— Tia Kim — tentou Gigi.

— Eu disse...

— Largue a caixa — Grayson terminou a frase de forma tranquila. Ele enfiou a mão no paletó e pegou a carteira. Depois de a abrir, começou a contar as notas, mas não notas de dez ou vinte... eram de cem. Era esperado que alguém que se hospedasse na suíte de luxo fosse generoso nas gorjetas.

— Seu irmão não vai voltar. — Grayson não gostava de ser cruel, mas *suborno, ameaça, dar carteirada...* era como os

Hawthorne agiam. — E mesmo que ele volte, ele não tem mais dinheiro nenhum para te dar.

Oito notas pulavam para fora da carteira. Com um movimento rápido e certeiro, Grayson pegou todas e as dobrou no meio. Seu alvo encarava o dinheiro. *Bom.* Kim agora o encarava. *Melhor ainda.*

— Eu sei — disse Grayson com a voz serena — que seu irmão odiava a minha família. Ele não me queria. Nós nos vimos só uma vez e ele deixou isso bem claro.

Depois de encurralar uma pessoa, às vezes a melhor maneira de fazer com que ela aceitasse sua proposta era mostrar um pingo de humanidade — o bastante para que talvez ela pense que vocês dois não precisam ser inimigos, não o suficiente para que ela esqueça quem manda ali.

Grayson ofereceu o dinheiro à tia. Kim se apressou e tomou o dinheiro de suas mãos.

— Podem levar essa droga de caixa — disse com a voz cavernosa — e saiam daqui.

Capítulo 71
GRAYSON

Savannah dirigiu em silêncio, assim como o resto deles, até que Xander, que estava sentado no lugar do passageiro à frente com a caixa quebra-cabeça, não aguentou mais.

— Toc-toc. — Ele bateu na tampa da caixa.
— Quem é? — respondeu Gigi do banco detrás.
— *Scone*.
— *Scone* quem?
— Parece que é bastante difícil inventar piadas de toc--toc do nada. — Xander fez uma pausa. — Espera! Já sei! Toc-toc! — Ele bateu na caixa de novo.
— Não quebre nada — ordenou Savannah sem desviar os olhos da estrada.
— De maneira geral — respondeu Xander —, eu sou excepcional em lidar com coisas e pessoas que precisam de cuidado especial. E falando nisso... — Ele se virou e olhou para Grayson. — Jamie não atendeu quando eu liguei. O telefone dele nem tocou. E parece que Oren e a equipe não sabem onde está nossa dupla dinâmica.

Grayson permitiu que seus olhos se estreitassem.

— Oren não perde Avery de vista.

— Não é que Oren não saiba onde Avery está — admitiu Xander —, mas ele foi proibido de segui-la. Muito curioso, não é mesmo?

Grayson reconhecia uma tentativa de distração quando via uma.

— Quem é Oren? — Gigi mordeu a isca, mas não por muito tempo. — E já que é minha vez de fazer as perguntas, Grayson, o que você acha que o nosso pai quis dizer com aquilo de "os Hawthorne vão pagar por isso"?

Aquela pergunta se aproximava perigosamente do real motivo pelo qual Grayson estava ali, o motivo pelo qual ele já estava avaliando o melhor jeito de levar aquela caixa para longe de Savannah e Gigi por tempo o suficiente para abri-la e verificar o que quer que estivesse ali dentro. Por mais que ele odiasse ter que trair as irmãs mais uma vez.

O fato de você querer ou não fazer alguma coisa, Grayson, não é tão relevante quanto precisar fazer.

— Eu tenho algumas teorias para compartilhar com a turma. — Xander se voluntariou, dando corda para a pergunta-bomba de Gigi com prazer. — Muita gente odiava o nosso avô. Era meio que uma coisa dele, isso e criar os herdeiros perfeitos sem medir esforços, mesmo que sua intenção sempre tenha sido nos deserdar. Eram meio que as duas coisas dele.

Depois do fluxo de consciência bem-humorado de Xander, Grayson deu a sua própria resposta:

— Baseado na única conversa que tive com o nosso pai, eu tenho motivos para acreditar que fui concebido *porque* Sheffield Grayson odiava meu avô. Dormir com a filha dele, engravidá-la e depois abandonar ela... e a mim... — Grayson engoliu em seco. — Isso era fazer os Hawthorne pagarem.

Às vezes, o jeito mais fácil de mentir era dizendo a verdade.

— Então por que ele guardou todas aquelas fotos suas? — perguntou Gigi.

Por que tirar aquelas fotos, em primeiro lugar? Aquela pergunta saiu do subconsciente de Grayson, onde estava sendo remoída, direto para sua consciência.

— Esqueça as fotos — disse Savannah de maneira brusca — e a nossa tia. Precisamos focar a...

— Desculpa me intrometer, querida — Nash interferiu. — Mas a gente tem um problema.

Grayson virou a cabeça na direção da janela onde Nash estava e observou a cena do lado de fora da residência dos Grayson. Tinham carros na entrada da garagem e na rua. Pretos e sem identificação.

FBI. A impressão inicial de Grayson se confirmou no instante em que ele viu os homens de terno na entrada da garagem.

— Savannah, pare o carro aqui. — Grayson deu a ordem antes mesmo de terminar o pensamento. Eles estavam a duas casas de distância. — Fora do raio de qualquer mandato de busca. — Muito bem — disse Grayson quando Savannah fez o que lhe foi pedido. — Agora pule para o banco detrás. Xander...

— Banco do motorista — respondeu Xander de forma mecânica. — Deixa comigo.

Grayson olhou para Nash.

— Você consegue passar para a frente sem sair do carro?

Nash tirou seu chapéu de caubói e deu uma olhada no espaço entre os bancos da frente.

— Nash é surpreendentemente flexível — retrucou Xander —, eu tenho fé que ele vai conseguir.

Savannah ainda não tinha soltado o cinto de segurança.

— Por que eu iria...

— Só faz o que estou pedindo — disse Grayson. Quando ela não se mexeu, passou pela cabeça dele que talvez tenha falado da mesma forma que o pai deles falava.

Savannah destravou o cinto e começou a ir para trás por meio do espaço entre os bancos da frente.

Depois de um jogo das cadeiras bem apertado, Grayson continuou dando ordens.

— Nash, esconda a caixa quebra-cabeça. Ache alguma coisa para jogar em cima.

Nash avaliou suas opções e então tirou sua camiseta branca surrada.

— Se alguém perguntar, vou falar pra eles que fiquei com calor.

Gigi não parava de piscar, como se a visão de Nash Hawthorne sem camisa tivesse dado um tilte em seu cérebro.

— Saia do carro — disse Grayson a ela com uma leve cutucada. — Savannah e eu vamos logo atrás. Xander vai acenar e ir embora. Savannah, sob nenhuma circunstância diga voluntariamente que esse carro é seu. E se eles fizerem alguma pergunta específica, sobre o carro ou qualquer outra coisa, finja que está indignada. Não responda nada. Gigi...

— Pode ter certeza de que minha irmã não vai *fingir* indignação — afirmou Gigi com alegria. — A gente precisa usar nossos pontos fortes, não é? Por sorte, eu ainda estou sob o efeito de cafeína e consigo ficar bêbada só de pensar em mimosas.

Ela fechou os olhos.

— *Mimosas* — sussurrou Gigi, e então os reabriu. — Os caras de terno não vão nem ver o que os acertou.

Capítulo 72

GRAYSON

— **Savannah e Juliet Grayson?** — Um agente do FBI deteve os três no fim da entrada da garagem.

— Ela atende por Gigi — respondeu Savannah —, não Juliet.

Tranquila e sem responder nada, pensou Grayson. *Muito bem, Savannah.*

— Nós precisamos que vocês fiquem aqui até terminarmos a nossa busca. — O sr. FBI nem deu um sorrisinho para tentar apaziguar aquela ordem. — Posso perguntar quem acabou de deixar vocês aqui?

— Não, não pode — disse Grayson enquanto olhava para além do agente. Esse era mais um dos muitos truques de Tobias Hawthorne para ganhar o controle de uma situação. Às vezes, encarar uma pessoa de cima a baixo não resultava em nada além de dar poder a essa pessoa. E por que um Hawthorne faria isso? — Presumo — prosseguiu Grayson — que a dona da casa tenha uma cópia do mandato?

Aquela não era bem uma pergunta, mas sim um aviso para o agente: Grayson era o tipo de pessoa capaz de ler as letras miúdas — e aplicá-las.

— E você quem é? — perguntou o agente do FBI, estreitando os olhos.

Grayson olhou para além dele de novo, como se toda aquela situação fosse entediante.

— Uma pessoa sem nenhuma obrigação legal de responder às suas perguntas neste momento.

Grayson finalmente encontrou a pessoa por quem procurava: Acacia. Ela estava parada de pé entre o chafariz e o pórtico, com agentes ao seu lado.

— Mãe! — Gigi quase que deu um pulo para a frente.

O agente que estava fazendo perguntas a Grayson se postou na frente dela. Quando Gigi tentou dar a volta nele, ele a agarrou pelo braço.

— Tire a mão da minha irmã — disse Savannah. — *Agora*. — Aquele *agora* foi surpreendente. Deveria ter funcionado. Teria funcionado se tivesse partido de Grayson.

Mas como resposta à exigência de Savannah, o agente levantou a mão que estava livre.

— Vamos todos nos acalmar — disse, como se Savannah estivesse histérica.

Grayson deixou que seu olhar encontrasse o rosto do homem.

— Ela me pareceu perfeitamente calma.

— Olha, garoto…

Grayson levantou uma sobrancelha.

— Eu pareço um garoto para você? — Havia um motivo para ele ter começado a usar ternos ainda adolescente.

Se você ainda não faz ideia com quem está falando — é melhor que faça.

Em voz alta, Grayson optou por outro caminho.

— Se você me der licença, eu vou me familiarizar com as limitações de seu mandato.

Os Hawthorne não esperavam por permissão alguma e Grayson começou a andar. Savannah o seguiu. Gigi, por outro lado, ficou na entrada da garagem encarando o agente do FBI com grandes olhos de coruja.

— Está tudo bem, senhorita Grayson?

Grayson olhou para trás. Gigi continuou encarando o agente intensamente, sem piscar. Então ela deu de ombros.

— Ainda não tenho poderes telecinéticos — anunciou antes de passar rapidamente pelo agente. Ela deu o braço para Savannah e disse: — Você nunca vai saber se não tentar.

— Vocês não deveriam deixar os agentes nervosos — disse Acacia aos três sem fazer muito alarde. Ela estava parada com as mãos grudadas ao corpo, postura ereta e pálida como Grayson nunca tinha visto antes. — Não tem por quê, logo eles já vão ter acabado.

Você quase conseguiu, mas não me convenceu que está segura com essa afirmação, pensou Grayson. Ela estava abalada — muito —, mas só deixava transparecer um pouco.

— Eles estão revirando nossa casa toda — disse Savannah baixinho enquanto dois agentes passavam carregando partes de um computador. Acacia estava com a respiração entrecortada.

— Vai ficar tudo bem — assegurou Grayson, apoiando uma mão reconfortante no ombro de Acacia. Para a surpresa dele, Acacia colocou sua mão sobre a dele e apertou. Grayson tinha a estranha impressão de que ela tentava consolar *ele*.

Grayson percebeu na hora e com muita clareza que se seu pai o *tivesse* reconhecido e se ele tivesse vivido nesse lugar durante sua infância, mesmo que só um pouco, seria ela que teria feito os curativos dos joelhos dele.

Grayson e seus irmãos faziam os curativos uns dos outros.

Eu que deveria estar reconfortando você, pensou enquanto olhava para Acacia, e depois para as garotas. *Todas vocês.*

— Você tem uma cópia do mandato? — perguntou sério e com a voz baixa.

Acacia o pegou na bolsa e, dois minutos depois, Grayson já tinha passado os olhos em tudo. O mandato era para a residência dos Grayson, o terreno e três veículos registrados no nome de Sheffield Grayson.

Os carros das garotas não faziam parte do mandato.

— Onde está seu advogado? — perguntou Grayson a Acacia. Os detalhes dessa busca não faziam sentido. O número de agentes. O momento. Considerando que Sheffield Grayson desaparecera há muito tempo, o caso já deveria ter esfriado.

A não ser que alguém o esteja esquentando de propósito. Na sua memória, Grayson conseguiu ver Eve nadando na piscina. Se lembrou de quando ela perguntou o que Tobias Hawthorne teria feito no lugar dela.

— Kent se ofereceu para vir aqui — respondeu Acacia. — Como amigo. Mas eu não posso pagar um advogado agora.

Os instintos de Grayson diziam que Trowbridge estava bem pouco interessado em ser *amigo* de Acacia.

— Savannah e eu vamos pagar por um advogado — Gigi ofereceu. — Com os nossos fundos.

Savannah olhou para o chão.

— A gente não pode. A não ser que...

Acacia deu um passo para a frente e buscou por algo no rosto de sua filha, Grayson não sabia ao certo o quê.

— Eu não permitiria — disse Acacia para Savannah, com a voz calma, mas decidida. — Nenhuma de vocês. Eu estou bem. *Está tudo bem.*

— Certo — concordou Grayson —, mas acontece que eu conheço um advogado que teria prazer em aceitar esse caso, e não vai te custar nada.

— Eu posso cuidar disso — insistiu Acacia.

— Não tem nada para ser cuidado. — Uma mulher vestindo um terno azul-marinho abordou os quatro. Qualquer outra pessoa interpretaria mal aquela situação, pensaria que os outros agentes tinham enviado alguém com um toque mais acolhedor e feminino para interrogá-los, mas a parte do cérebro de Grayson que avaliava dominância e hierarquia eliminou aquela possibilidade imediatamente.

Essa mulher estava no comando.

— Estamos à procura de evidências dos crimes e do paradeiro de seu marido — prosseguiu a agente do FBI. — Se você, como a senhora alega, de fato não tem notícias dele e de fato não possui nenhuma evidência material dos crimes que ele cometeu, então não precisa se preocupar.

Se, por outro lado, estiver escondendo algo...

Grayson tinha como regra não responder a ameaças veladas. Ele devolveu o mandato para Acacia.

— Eu pediria ao seu novo advogado para checar qual agente pediu o mandato e qual juiz o assinou — aconselhou Grayson. — Não sou um especialista, mas é bem estranho realizar uma busca quando o suspeito não é visto na localidade em questão há mais de um ano e meio, ainda quando os indivíduos morando naquele domicílio são, na verdade, as vítimas do suposto crime.

Grayson olhou para a agente que comandava a operação.

— Afinal de contas — prosseguiu —, se houve qualquer fraude, o suspeito estava fraudando delas. — Grayson não estava em busca de uma resposta, e ele não esperou por uma. — Por que só agora? — Grayson dominava a arte de fazer pausas de modo que ninguém o interrompesse. — Uma dica anônima? Uma pessoa poderosa mexendo os pauzinhos certos?

A agente do FBI não esboçou nenhuma reação diante daquela possibilidade, mas isso não impediu que Grayson respondesse como se ela tivesse revelado o segredo.

— Entendo.

— Grayson. — O tom de Acacia era firme agora, como se ela tivesse se lembrado de que era uma adulta e ele, de acordo com as palavras dela, um *menino*.

Grayson pegou a carteira no bolso do paletó e deu um cartão para ela. Depois de algum tempo, Acacia o pegou e olhou para a agente do FBI:

— Se você tiver mais alguma pergunta para mim — disse de maneira inabalável —, por favor, as envie para o meu advogado.

Grayson pediu licença para fazer uma ligação.

— Alisa? Vou precisar de um favor.

Dois minutos depois, ele fez outra ligação da entrada da garagem. Por mais que uma parte dele quisesse ficar ali para proteger sua família, quanto mais ele ficava, maiores as chances de alguém perceber que não havia nada para ser encontrado ali porque o que eles procuravam *já* havia sido encontrado.

— Haywood-Astyria. — O recepcionista particular atendeu no segundo toque.

— Sim — disse Grayson sem se importar em se identificar. — Preciso que alguém traga meu carro para mim de novo.

Capítulo 73

GRAYSON

Nash e Xander estavam esperando na suíte de luxo. A caixa quebra-cabeça estava no chão, e Grayson logo percebeu que seus irmãos tinham tido tanto sucesso quanto ele, Gigi e Savannah.

— É óbvio o que a gente precisa — disse Xander, observando a entrada na superfície da caixa.

— Só que a gente ainda não encontrou — acrescentou Nash.

Grayson tinha a clara sensação de que seus irmãos estavam evitando perguntar sobre a coisa toda com o FBI de propósito. *O jeito deles de me deixar respirar.*

— E nem vão encontrar — respondeu Grayson. Ele foi em direção à escrivaninha e pegou o pequeno pen drive falso na gaveta. — O que vocês procuram não foi construído dentro da caixa. Ele levava cada vez que visitava a irmã.

— Por "ele" você quer dizer... seu pai. — Xander falava com cautela. Dado que ele era o segundo menos cauteloso entre os Hawthorne, isso já dizia alguma coisa.

— Isaiah é um pai, Xan. — Grayson lutou contra toda e qualquer emoção que quis se manifestar naquelas palavras. — Sheffield Grayson era outra coisa.

Nash observou Grayson por um longo momento.

— Tudo bem lá na casa?

Grayson analisou bem a expressão de seu irmão mais velho.

— Alisa te ligou — presumiu.

— Ligou sim — confirmou Nash. — Ela vai fazer o que você precisar. — Sua boca se curvou num leve sorriso. — E conhecendo a Lee-Lee, ela vai gostar.

— Só se as coisas ficarem feias — insinuou Xander.

— Já estão feias. — Grayson foi direto ao ponto: — Sheffield Grayson supostamente estava drenando dinheiro da própria empresa, impedindo o sócio majoritário de ter lucros significativos. Esse sócio era a sogra dele. Ela faleceu e a parte dela da empresa passou para Acacia e as gêmeas. A empresa foi vendida. Meu suposto pai esvaziou os fundos de Acacia pouco depois disso, mas não conseguiu fazer o mesmo com os das garotas.

— E como bônus, o cara desapareceu. — Nash deu um assobio longo e baixo.

Nash sabia que Sheffield Grayson não estava *desaparecido*. Grayson sabia que ele sabia.

— Agora Eve está se metendo onde não foi chamada — prosseguiu Grayson com o maxilar mais duro que pedra. — Ela sabe o que aconteceu. A busca de hoje? Provavelmente foi uma cortesia dela.

Alguém estava mexendo os pauzinhos, e Eve tinha deixado claro que não se opunha a jogos de poder.

— Eve? — Nash repetiu. — Tudo bem aí nessa cabeça, Gray? — Aquela pergunta não tinha um pingo de julgamento.

Mas ele não precisava disso para julgar a si mesmo.

— Não está sempre? — respondeu, o tom igual à expressão, como se tivesse sido esculpido em gelo.

— *Traído pela garota que é a cara da namorada morta: a história de Grayson Hawthorne.* — Xander desceu da mesa.

Grayson sentiu seus olhos estreitarem-se como duas fendas.

— Agora não, Alexander.

— Cedo demais? — perguntou Xander. — Desculpa, desculpa mais uma vez, desculpa três vezes, desculpa mil vezes. Você precisava de alguém para te tirar da sua própria cabeça e o Nash fica falando que é inapropriado derrubar as pessoas no chão.

— Na maioria das vezes — disse Nash.

Xander não estava tão convencido.

— Eu, na verdade, acho que derrubar as pessoas é uma forma de demonstrar amor, mas não vamos discutir semântica aqui. — Seu olhar encontrou o de Grayson. — Do que você precisa?

Ser um Hawthorne significava muitas coisas, e a melhor delas era aquilo. *Eles. Nós.*

— Você tem biscoitos? — perguntou tranquilo.

— Eu sempre tenho biscoitos! — Xander desapareceu na cozinha da suíte e voltou com um pacote meio vazio de Oreo com recheio duplo e um único biscoito que era o mais alto que Grayson já tinha visto na vida.

— Oreo com recheio óctuplo? — ofereceu Xander.

Grayson aceitou.

— Foi feito com muito amor — disse Xander. — Do mesmo jeito que eu derrubo as pessoas com amor.

— Sem derrubar — avisou Nash.

Grayson comeu o biscoito em silêncio e então — só então — falou:

— Estou cometendo deslizes. — Seus irmãos eram as únicas pessoas no mundo para quem ele podia admitir isso. — Muito envolvido emocionalmente.

— Com Eve? — perguntou Xander.

Grayson tensionou a mandíbula.

— Com Gigi e Savannah... e até com a mãe delas.

— Isso não é deslize algum, Gray. — Nash tinha o talento de ficar quieto logo nas horas em que as coisas que ele estava dizendo importavam mais. — Isso é viver.

Inexplicavelmente, Grayson se lembrou — de novo — do maldito anel.

— Eu preciso me concentrar.

— Em abrir a caixa quebra-cabeça? — tentou adivinhar Xander.

— Em abri-la e examinar o conteúdo dela. — Grayson ficou de pé e parou próximo à caixa. — Em remover qualquer coisa que possa ligar Sheffield Grayson aos ataques contra Avery e qualquer coisa que sugira que ele não tenha só desaparecido. Em seguida eu vou remontar uma versão inofensiva da caixa e dos seus conteúdos para dar para as garotas.

— E tudo bem para você fazer isso? — perguntou Xander.

Grayson se lembrou de como suas irmãs se colocaram entre ele e a tia deles. Como o protegeram. Ele se lembrou de Acacia apertando a mão dele.

E tudo bem para você fazer isso?

Grayson se ajoelhou e encaixou o pen drive falso na caixa.

— Precisa estar.

Capítulo 74

GRAYSON

Grayson virou a fechadura e ouviu-se um clique. *Algo se soltou.* Ele continuou segurando o pen drive falso e puxou. Todo o painel saiu da caixa e revelou um outro compartimento na parte de baixo. Com as mãos firmes, Grayson virou o painel. Ele não se surpreendeu ao ver uma série de pequenos frascos de vidro presos na parte de baixo. *Quebra a caixa, quebra os frascos. Quebra os frascos, os líquidos se misturam. Os líquidos se misturam, o conteúdo da caixa é destruído. Especificamente...*

Grayson se concentrou no compartimento que ele tinha descoberto. Tinham duas, e apenas duas, coisas lá dentro: uma caneta Montblanc e um diário de couro.

— Ele tinha anotações. — Para Grayson, aquilo era óbvio.

— Anotações do quê? — Nash foi direto na pergunta-chave, a única que importava agora.

Se houvesse alguma anotação das últimas ações de Sheffield Grayson antes que ele "desaparecesse", se esse diário pudesse estabelecer uma ligação desse homem com Avery ou com a família Hawthorne... tinha que ser destruído.

Havia certo conforto na certeza.

— Posso ver a caneta? — perguntou Xander. Grayson passou a caneta ao Hawthorne caçula, que começou a sua inspeção imediatamente, desmontando-a por completo.

Certas partes de uma charada têm um significado, Grayson podia ouvir as palavras do velho, *e o resto não passa de distração.* Em um jogo dos Hawthorne, a caneta teria sido a pista, e não o diário. Mas Sheffield Grayson não era Tobias Hawthorne, e isso não era um jogo. Não havia *pistas*, apenas medidas extremas que um homem paranoico tinha tomado para esconder seus segredos.

Grayson abriu o diário. *Essa era a escrita do meu pai.* Aquele pensamento não cabia em sua mente, então Grayson o deixou de lado e se concentrou não na escrita, mas sim no que tinha sido escrito.

Números.

Grayson folheou as páginas — nada além de números, e os únicos que faziam algum sentido apareciam no início dos vários registros: *datas.*

Sheffield Grayson tinha datado os registros no diário. Grayson o imaginou isso. Ele *viu* seu pai sentado na beira daquela cama de solteiro barata no quarto de Colin e apoiando a caneta no papel.

Grayson foi até o último registro, em uma das últimas páginas do livro. *E ainda assim nada, só números.* Sequências aparentemente intermináveis deles.

— Um código. — Grayson chegou à conclusão mais óbvia.

Xander se enfiou ao lado de Grayson para dar uma espiada nas páginas.

— Cifras de substituição?

— É bem provável — confirmou Grayson.

— Monoalfabética, polialfabética ou poligráfica? — Xander disparou a falar.

Nash se recostou na parede.

— Essa, irmãozinho, é a questão.

Nenhuma das cifras simples funcionou. Grayson tentou todas as vinte e seis. Primeiro A por 1, B por 2, C por 3 até Z por 26. Depois A por 2, B por 3, e assim por diante, voltando até Z por 1. Não importa qual base Grayson usasse, a tradução do diário não fazia sentido.

A noite virou madrugada. Gigi mandou mensagem quando o FBI foi embora, mas Grayson não respondeu. Com os olhos exaustos, ele se recusava a desistir da tarefa que tinha em mãos.

Você não usou uma cifra básica. Grayson não queria se dirigir ao seu pai mentalmente, mas para resolver uma charada, às vezes você tinha que pensar em quem a tinha criado.

— Deixa eu tentar — disse Xander se encaixando entre Grayson e o diário. — Vou tentar achar combinações comuns de dois e três itens e continuar a partir daí.

Grayson não se opôs. Em vez disso, ele parou de lutar contra a imagem que insistia em aparecer em sua mente: Sheffield Grayson sentado naquela cama de solteiro, uma caneta na mão direita e o diário em uma mesinha de cabeceira ali do lado. *Ou na cama? No colo?* A imagem oscilava na mente de Grayson, mudava, e então Grayson se fez uma simples pergunta: *onde estava a colinha dele?*

A não ser que seu pai tivesse decorado o código — seja ele qual fosse — ele precisava de uma referência enquanto escrevia.

Grayson fechou os olhos e imaginou toda a cena: o homem, a caneta, o diário, algum tipo de referência... *A caixa.* Grayson abriu os olhos depressa. Ele se ajoelhou e apalpou o compartimento que agora estava vazio. E sentiu uma fenda.

E outra.

Mais uma.

O acabamento era impecável. Nenhuma das fendas era visível, mas elas existiam. Tinham o formato de um quadrado mais ou menos do tamanho da palma da mão de Grayson. As caixas quebra-cabeças eram assim, você nunca sabia se o último segredo da caixa já tinha sido descoberto.

Grayson pegou a ferramenta de duas pontas — nada dizia que o mesmo truque não podia ser usado duas vezes. Ele passou o lado do imã pela parte de dentro do compartimento, logo em cima do quadrado que tinha sentido.

Ficou presa.

Grayson puxou e o quadrado saiu. Ao virá-lo, ele viu dois discos de madeira concêntricos presos por um prego sem cabeça no meio.

— Um disco de cifra — disse Grayson aos seus irmãos.

No mesmo instante Nash e Xander se juntaram a ele. Não era a primeira vez que os irmãos Hawthorne encontravam um disco de cifra — nem a vigésima — então os três sabiam o que fazer. O disco maior possuía letras gravadas nas laterais, de A até Z, mais um punhado de dígrafos de uso frequente — *Mp, Ch, Tr, Nt, Br, St*. O disco interno continha números, de 1 até 32, mas não em ordem, o que explicava, junto com a inclusão dos dígrafos, porque as rudimentares tentativas iniciais de Grayson não tinham funcionado.

— Tudo o que a gente precisa descobrir agora — disse Xander com entusiasmo — é onde posicionar o disco interno.

Testar cada uma das opções de forma manual era uma possibilidade, mas o lado de Grayson que tinha crescido *correndo* para completar aqueles jogos matutinos de sábado não o deixaria fazer isso.

Sheffield Grayson tinha um sistema. Uma rotina. Ele buscava a chave do cofre e o pen drive falso no seu escritório, então buscava sua identidade falsa. Ele ia ao banco. Sacava o dinheiro e deixava os recibos no cofre. Depois ia para a casa da irmã.

Grayson evitou pensar sobre o que, além dos recibos, tinha dentro do cofre. Em vez disso, ele fez uma única pergunta em voz alta:

— Por que guardar os recibos?

A resposta caiu sobre ele como um raio. Ele voltou até a pilha. Em cada recibo tinha uma data. *As mesmas datas do diário?* Aquilo seria fácil de verificar. Ele estava mais interessado era no valor dos saques.

Duzentos e dezessete dólares. Quinhentos e seis dólares. Trezentos e vinte e um dólares.

Mas de acordo com a irmã de Sheffield Grayson, ele só tinha dado a ela valores redondos.

— Ele colocava o disco em uma posição diferente para cada registro. — Grayson não disse isso como uma possibilidade ou um pergunta. — E guardava os recibos como um modo de ajudá-lo a decifrar sua própria escrita.

17.6.21. Esses números devem corresponder à letra A. Ele só precisava combinar as datas nos recibos com as datas nos registros do diário, girar o disco até o lugar certo e...

Grayson remontou a caneta que Xander tinha desmontado e pegou seu próprio diário de couro. Ignorando o quanto era parecido com o do pai, ele voltou sua atenção para o primeiro registro que Sheffield Grayson tinha escrito e começou a decifrar.

No início, ele só encontrou coisas sem sentido. *De novo.* Mas dessa vez, Grayson não parou. Ele continuou, e enfim, os números na página se transformaram em palavras. *Cinquenta mil dólares como fachada para cinco, Ilhas Cayman, pela fachada dois, Suíça...*

Em algum momento, o código voltou a não fazer sentido, a ser incoerente. Ruído branco. Na página seguinte, Grayson encontrou a mesma coisa: informação importante misturada com incoerências. Nesta página, a informação relevante estava em outra parte.

Como isso era definido? Grayson não *precisava* saber a resposta para essa pergunta. Ele não tinha nenhum motivo real para saber como a mente de seu pai funcionava. Mas lá no fundo, ele queria, então quando reparou em dois pequenos rasgos no alto da página, virou-a e viu mais dois na página seguinte — em um lugar diferente — e passou os dedos levemente sobre eles.

Não são rasgos, Grayson pensou, seu olhar direcionado para a escrivaninha do hotel, onde ainda estava a ficha branca que ele pegara no escritório de Sheffield Grayson. *Perfurações.*

Capítulo 75

JAMESON

Muito bem, meu garoto. Jameson não apenas ouviu Ian dizer aquelas palavras, ele as *sentiu*. Fisicamente. Como se ele estivesse prendendo a respiração por muito tempo e enfim respirasse, só para descobrir que respirar dói.

Ele acabou de me pedir para lhe entregar as chaves. Para lhe entregar a porra do jogo todo.

Avery moveu-se para perto de Jameson, com a parte de trás de seu quadril encostando na perna dele. Sem dizer uma palavra, Jameson passou a chave que ele tinha acabado de encontrar — com seu topo brilhante e estilo labiríntico — para as mãos dela.

Como se não confiasse em si próprio com ela.

— O que você está fazendo aqui, Ian? — perguntou Jameson. Sua intenção era que a pergunta saísse com um tom mais ríspido.

Ian Johnstone-Jameson caminhou sem preocupações, como se sua aparição no meio do Jogo fosse a coisa mais normal do mundo, como se Jameson não devesse ficar surpreso em vê-lo ali.

— Este é seu jeito de perguntar se o Factótum sabe que estou pisando neste solo consagrado, atrapalhando o seu joguinho? — perguntou Ian com um sorriso quase malicioso. — Se sim, infelizmente, acredito que a resposta seja não.

Ele não deveria estar aqui. Jameson conseguiu desviar seu olhar de Ian e olhar de relance para Katharine. *Ela deve ter dado a dica de onde o Jogo estava acontecendo.* Ela estava com um celular escondido em algum lugar? Ou tinham deixado que ficasse com o dela? *Isso importa?*

— Você tem duas chaves — murmurou Ian, com o olhar fixo na chave que estava com Avery. — Duas de três... e apenas uma para meu irmão convencido. Gosto das nossas chances.

Nossas como em minhas e suas? Pensou Jameson com certa amargura. *Ou suas e de Katharine?*

— O que ela está fazendo aqui? — indagou ele.

Katharine pareceu entretida com a pergunta, como se tudo que Jameson dissesse ou fizesse não passasse de uma palhaçada de criança em sua mente.

— A formidável Katharine e eu meio que chegamos a um acordo. — Os lábios de Ian curvaram-se de novo, um sorriso menos malicioso dessa vez, cheio de si. — Você vai entregar as chaves para ela — continuou Ian, grandioso — e todo mundo vai sair feliz... menos meu irmão mais velho, é claro, o que preciso admitir que tem bastante graça.

— E a Vantage? — perguntou Jameson. Ele tinha consciência que a sua verdadeira pergunta era *e eu?*

Ian deu de ombros.

— Eu não vejo como isso possa ser um problema seu.

E aí estava, Jameson percebeu. Ian de fato *não* via. Se oferecera para deixar Vantage para Jameson por puro impulso, no calor do momento. *Já se esquecera.*

— Você me traiu. — Jameson conseguiu sentir a intensidade em sua voz. — Você me pediu para participar deste jogo. Você me mirou com uma flecha num objetivo quase impossível de atingir.

E agora, quando Jameson estava prestes a atingir o alvo — depois de tudo que ele tinha passado para participar do Mercê do Diabo, depois de tudo que ele tinha passado para entrar naquele Jogo, depois de arriscar *aquele* segredo, vir aqui e desvendar enigma depois de enigma — Ian esperava que ele *abandonasse tudo?*

— O que Katharine te ofereceu? — O tom de Avery era claro e direto ao ponto enquanto ela examinava Ian como uma partícula em um microscópio. — Ela está trabalhando para o seu outro irmão, certo? O que *ele* te ofereceu?

— Receio que os termos do nosso acordo sejam confidenciais. — Katharine não era do tipo que sorria, mas havia certa satisfação em sua voz. — As chaves, por favor, crianças.

— Não. — Jameson não pensou, não considerou suas opções, porque não havia. Ele não tinha chegado até aqui, colocado tudo em jogo, para desistir assim.

— Não? — Katharine arqueou uma sobrancelha e lançou um olhar para Ian, um silencioso *conserte isso.*

— Não — reiterou Jameson —, que é o oposto de *sim.* Declinar, negar, recusar. *Não.*

— Jameson. — Ian deu alguns passos, parou na frente de Jameson e colocou uma mão em seu ombro. — Você fez o que eu precisava que você fizesse, filho.

Eu tenho os seus olhos. Jameson se permitiu pensar isso, só dessa vez. *Grayson tem os olhos do pai dele, e eu tenho os do meu. Tenho a mesma risada.*

— Você disse que precisava de um jogador — respondeu Jameson, ignorando a mão em seu ombro. Nada podia machucar a menos que você permitisse. — Alguém inteligente e astuto, impiedoso...

— Sem ser maçante — completou Ian. — Sim, sim, eu sei. E você jogou. Muito bem, parabéns. Mas agora o plano mudou.

O seu plano, pensou Jameson, as emoções se retorcendo em suas entranhas como roseiras cheias de espinho. Ele sabia desde o início que Ian estava usando-o. Ele *sabia* disso. Até o momento, pelo menos, tinha sido indispensável para o plano. Mas e agora?

Eu sou descartável.

— Você queria um jogador bom em calcular as chances — disse Jameson, ouvindo a fúria selvagem crescer em sua voz. — Alguém que conseguisse desafiar essas chances.

E eu fiz isso.

— Eu precisava de um jogador, e você jogou — disse Ian, soando irritado. — Agora acabou. Me entregue as chaves.

Você adora um desafio, Jameson podia ouvir o homem à frente dele dizer. *Você adora jogar. Você adora vencer. E não importa o que você ganhe... você sempre precisa de mais.*

Por um segundo, Jameson se sentira compreendido.

— Eu não vou te dar nada — afirmou, intenso. — O seu acordo ao menos te daria Vantage de volta? — Jameson deixou a pergunta pairar no ar, mas ele já sabia a resposta, já sabia desde a primeira vez que ele tinha proferido as palavras: *E Vantage?*

Katharine e seu outro tio não estavam jogando por Vantage. Eles estavam jogando pelo maldito segredo de um homem poderoso, o que significava que Katharine deve ter oferecido outra coisa a Ian, algo que ele desejasse mais do que a propriedade que sua mãe tinha deixado para ele. O lugar onde ele crescera. Um imóvel que estava na família da mãe há gerações.

Ele não liga. Não liga para a família, para este lugar. Jameson suspirou. *Não liga para mim.*

— Estamos perdendo tempo — declarou Katharine de modo ríspido. — E eu ainda preciso encontrar as caixas que estas chaves abrem.

Os olhos de Ian se estreitaram.

— Eu sei que você não foi feito para perder, Jameson — falou com a voz mansa e aveludada. — Mas você precisa fazer o que eu te digo, porque eu também não fui.

Aquilo era um aviso, uma ameaça.

— Por acaso eu pareço uma pessoa fácil de se ameaçar? — Jameson sorriu, mesmo que isso causasse dor em seu rosto machucado e castigado.

— Não muito. — Rohan apareceu como num passe de mágica, surgindo de trás de uma estátua. — Algumas pessoas — acrescentou o Factótum — simplesmente não sabem quando desistir.

Jameson não tinha certeza se aquela era uma referência a Ian ou a ele. De qualquer modo, não importava. Jameson já tinha dito tudo que tinha para dizer. *O que acontecer com Ian agora — o que Rohan fizer por ele ter interferido — não é problema meu.*

— Vamos — disse a Avery com um nó na garganta. Ele tinha passado a vida toda sem um pai. Não precisava de um agora.

Tudo que Jameson Winchester Hawthorne precisava era vencer.

Capítulo 76

JAMESON

Duas das três chaves tinham sido encontradas na área externa. Jameson tinha o pressentimento de que as caixas que aquelas chaves abriam estariam na mansão. Ele seguiu seu pressentimento e ignorou a caótica tempestade de emoções dentro dele — e os gritos de Ian ao longe.

— Jameson. — Foi tudo que Avery disse quando os outros já não podiam escutá-los.

— Eu estou bem — disse. Era mentira, e ambos sabiam disso.

— Você está melhor do que bem — disse Avery com ferocidade. — Você é Jameson Winchester Hawthorne, e nós vamos ganhar esse jogo.

Jameson parou e virou-se para ela, de modo a acalmar a tempestade dentro de si do único modo que sabia. Ele tirou os cabelos revoltos e esvoaçantes de Avery de seu rosto. Ela inclinou gentilmente a cabeça para trás e ele levou seus lábios até os dela — dessa vez não de forma desesperada, mas suave e demorada. A boca dele doía. Tanto seu rosto quanto seu corpo doíam. Tudo doía. Mas beijar Avery?

Aquilo doía do melhor jeito possível.

— *Abram bem os olhos* — murmurou, seus lábios mal se descolando dos dela. Era isso que significava se concentrar. *Jogar.*

— A última dica — murmurou Avery de volta. — Uma última chance de ganhar esse jogo.

Foda-se Ian. Jameson não precisava de *Ian*. Eram — agora e sempre — Jameson e Avery contra tudo e todos.

Dentro do casarão, eles começaram a procurar por espelhos. Em uma casa daquele tamanho — daquele tipo — havia dezenas, muitos deles tão grandes e pesados que até mesmo duas pessoas não conseguiam levantá-los. Então em vez de fazer isso, Jameson e Avery começaram a examinar as molduras, passando seus dedos nas laterais, à procura de dobradiças, algum botão ou compartimento secreto.

Por fim, eles cavaram tanto que acharam ouro.

Em um longo corredor que ficava no quatro andar, encontraram um enorme espelho com a moldura em bronze. Quando Jameson puxou um dos lados, não houve resistência alguma e ele abriu como uma porta.

Abram bem os olhos. Jameson entrou em uma sala ampla e quase vazia. Avery veio logo atrás. A sala estava escura, iluminada apenas por velas em um único candelabro no centro. Apesar de o teto ter mais de seis metros de altura, o candelabro estava pendurado baixo, bem próximo ao chão. Olhar para ele fez Jameson se lembrar de um pêndulo.

Após o espelho se fechar logo atrás de Avery, Jameson reparou o quanto a sala era mal iluminada. As paredes verde-escuras pareciam pretas. Havia retratos pendurados na parede a cada três metros, que iam até o fim do ambiente amplo.

Jameson não viu nenhuma caixa dos tesouros, que dirá três. *Não tem mais nada nessa sala além do candelabro e dos retratos.* Ele foi a passos largos examinar o que estava mais próximo, sendo atingido pelo sorriso irônico de Ian no quadro.

Jameson manteve-se sério. Fazia sentido. Ian Johnstone-Jameson era o mais recente proprietário daquela casa. Então ele olhou para o próximo retrato e viu uma mulher. A semelhança entre ela e Ian era fora do normal.

— Acho que meus olhos não são só dele — disse baixinho —, são seus também.

Durante sua infância ele teve apenas um avô, nenhuma avó. A mulher no quadro era tão parente dele quanto Alice Hawthorne — e tão estranha quanto.

Você teve três filhos, disse Jameson baixinho para o retrato. *Você os criou aqui, quando podia.* Vantage era uma casa ancestral — *e isso faz com que seja minha.* Jameson passou os dedos ao longo da primeira moldura e depois da outra. Após ter certeza de que não havia nada ali, ele foi para a próxima.

— Jameson. — A voz de Avery rasgou o ar. — Este aqui é você.

Ele se virou para olhar para ela.

— Eu? — Jameson não tinha intenção alguma de deixar aquilo importar, então por que subitamente parecia que, a cada vez que respirava, sua garganta arranhava? Por que, enquanto atravessava a sala e encarava aquele quadro *dele* que alguém encomendara, uma parte de si desejava estar naquelas paredes?

Pertencer àquele lugar.

Jameson agarrou a moldura e puxou — primeiro um lado, depois o outro. Nada aconteceu até que Avery passou a ponta dos dedos nas laterais da madeira. Ele percebeu o exato instante em que ela achou o mecanismo de abertura. Assim que foi ativado, o quadro girou, revelando um compartimento secreto. Ali estava guardada uma caixa de joias, de cores predominantemente verde-esmeralda e dourado brilhante.

O Jogo está quase no fim agora. Sentindo a adrenalina correr em suas veias, Jameson absorveu cada detalhe daquele momento e logo chegou a três conclusões, cortesia dos instintos adquiridos a duras penas durante anos e anos de jogos com aquele: primeiro, que a caixa era verde, o que combinava com a chave que que Branford tinha encontrado nas cavernas. Segundo, que a caixa tinha sido escondida atrás do retrato de Jameson. Seria capaz de apostar que a caixa continha o segredo *dele*. E, por último, que este retrato não tinha sido pintado no mesmo estilo que os retratos de Ian e da mãe. Aquilo, aliado ao fato de que seus tios *pareciam* não ter conhecimento de sua existência, sugeria que este quadro provavelmente tinha sido feito há pouco tempo.

Pouquíssimo tempo.

Foi Rohan quem fez isso. Como ele sabia que o Proprietário sequer me escolheria para o Jogo?

Naquele momento, aquela pergunta não era a mais importante.

— Nós precisamos encontrar as outras duas caixas — disse Jameson.

Ele foi de retrato em retrato, com ainda mais adrenalina em suas veias, uma velha amiga, um impulso bem-vindo. Parou quando chegou no retrato de Branford.

Os dedos de Jameson encontraram o mecanismo de abertura quase no mesmo instante. O quadro girou e revelou outra caixa de joias — também dourada e incrustada de pérolas. *Combinava com a segunda chave.*

Jameson colocou a chave de pérola na fechadura. Funcionou e a tampa da caixa abriu. Dentro havia uma mensagem. Ele desfez o laço, desenrolou o bilhete e foi saudado com palavras em uma grafia nítida e elegante:

Eu tenho um filho.

Jameson não sabia quase nada de Simon Johnstone--Jameson, o Visconde Branford. Ele não sabia se o tio era casado, ou se tinha outros filhos, mas o Proprietário tinha sido bastante específico sobre o tipo de segredos em que estava interessado.

Do tipo que um homem mataria ou morreria para ter. Do tipo que faz o chão tremer sob nossos pés.

Jameson guardou o bilhete na cintura da calça e deu uma última olhada na caixa, só por garantia.

— Jameson! — A voz de Avery cortou o ar como uma faca. No mesmo instante, ele olhou na direção da porta. *Branford — e não estava sozinho.* Logo atrás do visconde entrou Zella, e Jameson se perguntou se Katharine não tinha sido a única a fazer um acordo.

— Avery! — Jameson gritou. — A caixa!

Se Avery estivesse em posse da caixa verde, Branford não conseguiria usar sua chave para abri-la. Jameson respirou aliviado quando ela chegou ao retrato antes e segurou a caixa em suas mãos.

Segurou o segredo dele em suas mãos.

Foi quando Jameson percebeu: Zella e Branford não tinham se mexido. Nenhum deles tinha tampouco olhando para Avery ou para a caixa verde.

Branford enfiou a mão em um dos bolsos do paletó.

Jameson então entendeu, antes mesmo que Branford pegasse o bilhete. *Ele já esteve aqui. Ele já encontrou a caixa verde. Ele já usou a chave verde para abri-la.*

Ele já tem o meu segredo.

— Eu sei que você encontrou as outras duas chaves. — Branford caminhava em linha reta e a passos largos na direção de Jameson, como um míssil na direção do alvo. — Acredito que tenho algo que pertence a você. Eu ainda não o li. Este segredo, seja lá o que for, vai continuar um segredo se você estiver disposto a fazer uma troca.

Jameson puxou o bilhete de Branford — o segredo *dele* — de sua cintura.

— Estou aberto a esta ideia.

Os perspicazes olhos de Branford não deixavam escapar nada.

— Você já o leu.

Jameson desejava não o ter feito.

— Posso entregar pra você e nunca mencionar uma palavra do conteúdo para ninguém.

Seu filho secreto pode continuar em segredo. Por que eu ia querer saber disso?

— Não é uma má proposta, Branford — disse Zella. — Talvez você devesse aceitá-la.

Havia algo no modo que ela fez aquela afirmação, em sua entonação, que levava Jameson a crer que seu real objetivo fosse incitar o visconde a fazer o contrário.

Qual é a sua, duquesa?

— A troca que você propôs — argumentou Branford — só seria justa se eu lesse o seu segredo antes de devolver a você.

De repente a sala pareceu pequena. Jameson conseguia escutar seu coração bater nos ouvidos e nas profundezas de seu estômago. *Existem formas, Jameson Hawthorne*, ele tinha sido alertado, *de resolver problemas.*

Ele se lembrou da conta que ofereceu ao Proprietário como prova de seu segredo. *Veneno*, tinham dito a ele em Praga, *indetectável e consideravelmente mortal.*

Aquilo tinha sido um alerta.

Sabia que estava se arriscando, mas ele disse a si mesmo que era um risco calculado. *Mal calculado.* Com suor escorrendo por seu queixo e pescoço, Jameson deu um passo em direção a Branford.

— Você não quer saber o meu segredo — falou para o tio. — Todos que descobrem esse segredo terminam mal.

— Tudo isso é por causa do que aconteceu em Praga, não é? — disse Avery, se aproximando lentamente dele com a caixa verde em mãos.

— Não — exclamou Jameson, com as palavras saindo de sua boca com força. — Não se intrometa, Herdeira. Mantenha distância.

Distância de Branford. Distância daquele bilhete. Distância de mim.

— Existe uma outra troca que eu estaria disposto a aceitar. — Branford não tinha a altura de Jameson, mas de algum jeito, ele conseguiu olhar para ele de cima para baixo. — Seu segredo em troca da chave restante.

A chave. A que abria a última caixa, a caixa que eles ainda nem tinham encontrado.

Nós estamos tão perto. Jameson olhou para cima, como ele sempre fazia quando estava pensando em suas opções, dispondo-as em uma teia de possibilidades em um teto ou no céu. E quando olhou para cima, ele viu a longa corrente ligando o candelabro ao teto.

No alto, em uma das pontas da corrente, ele viu uma caixa. Diferente das outras duas, esta não brilhava ou reluzia. Não tinha nenhuma joia. De longe, parecia prateada, talvez estivesse enferrujada.

Jameson olhou de novo para baixo — para Avery. *Ela tinha a última chave.* Quando ela se aproximou ainda mais, Jameson traçou uma seta na palma de sua mão. *Em cima.*

Ele percebeu quando ela notou. Não olhou para cima, não no mesmo instante, não de um jeito que Branford e Zella reparassem. *Mas ela sabia.*

Jameson se afastou de Avery e fez um movimento de modo a atrair para si a atenção de seus oponentes.

— Contraproposta — disse, andando na direção de Branford e Zella, para longe de Avery. — Você ateia fogo no meu segredo, Branford, e eu faço o mesmo com o seu. Você sai dessa sala. Eu ganho o Jogo, e quando eu ganhar o prêmio que nós dois queremos, eu te dou Vantage.

Jameson tinha agora toda a atenção de Branford — e de Zella. *Bom.* Ele continuou andando.

— Qual é a diferença — disse Branford de maneira sucinta — entre você me dar Vantage ou me dar a chave agora? Se você acha que vai me enganar...

— Eu não vou — rebateu Jameson. Sua voz soou rouca até para ele mesmo, como se tivesse gritado para o nada por horas. — Vantage foi de sua mãe, tem valor sentimental para você, aparentemente, mais do que para qualquer um dos seus irmãos.

Jameson não se permitiu pensar em Ian.

Ele tentou não pensar em Ian.

Ele falhou.

— Você perguntou que diferença existe entre a proposta que você fez e a que eu fiz. — Jameson não permitiu que sua voz titubeasse. — A diferença é que, com a minha proposta, eu ganho.

Jameson só precisava chegar ao fim daquilo. Para provar que ele conseguia.

— Você arriscaria seja lá o que for *isso* — desafiou Branford, segurando o bilhete de Jameson —, um segredo que você diz ser mortal, um preço que você jamais deveria ter pagado para estar aqui, tudo para ganhar um prêmio que você nem quer?

À esquerda de Jameson, Avery olhou para cima.

No espaço de menos de um segundo, Jameson pensou em qual seria seu próximo passo. Branford iria atrás dele se ele corresse? Avery seria capaz de subir pela corrente, pegar a caixa e abri-la?

Um deles vencer era igual a ambos vencerem. Jameson sabia disso, quase acreditava nisso.

— Você é mesmo meu sobrinho — disse Branford atentamente. — Parecido até demais com o meu irmão.

Aquilo magoava. Magoava, mas não importava que magoasse, porque Branford estava errado.

Eu não tenho nada a ver com Ian.

— Eu não posso aceitar a sua proposta, meu jovem. — Com um rápido movimento, Branford guardou o bilhete de Jameson de volta no bolso interno do paletó. — Meu pai não está bem. Para todos os efeitos, eu sou o chefe desta família, e gostando ou não, você tem o nosso sangue. Se você está em dificuldade, se *você* está em perigo, receio que eu precise saber. — A expressão do visconde era implacável. — Eu não posso te dar o segredo, nem mesmo pela última chave.

Família. Aquela palavra estava encravada na mente de Jameson como uma espada. Ele tinha a sensação de que não era uma que Simon Johnstone-Jameson, Visconde Branford, usasse de maneira leviana. *O cretino acha que tem o dever moral de me proteger. E ele está disposto a sacrificar Vantage por isso.*

Jameson tinha sido descartável para Ian. Para Branford, aparentemente, ele não era.

Isso não muda nada. Mesmo se Jameson acreditasse naquilo, não importava. Porque, na verdade, mesmo que as palavras de Branford significassem alguma coisa para *ele*, mesmo que *tivesse* mudado alguma coisa — não tinha alterado a vontade que Jameson tinha de vencer.

Ele *era* extraordinário. Tinha que ser. Não tinha outra escolha.

Ele respirou fundo e sentiu como se tivessem agulhas em seus pulmões. Jameson voltou em direção ao candelabro, tirou uma por uma as cinco velas e as colocou no chão. Em seguida, sem dizer uma única palavra — até mesmo para Avery —, ele calculou a posição da corrente do candelabro, pulou e a agarrou com as mãos.

Então começou a escalar.

Capítulo 77

JAMESON

A corrente não parecia muito firme, mas aguentou o peso dele. Os músculos dos braços de Jameson se enrijeciam e tremiam enquanto ele escalava. A dor não era nada. Seus machucados e costelas castigadas não eram nada. *Só mais alguns metros.*

Lá embaixo, Simon Johnstone-Jameson, Visconde Branford, ainda estava com o segredo dele. *Quatro palavras. Um* H. *A palavra está. As letras* V *e* A.

Jameson chegou lá em cima. A última caixa — prateada, feita com primor, uma antiguidade — estava conectada à corrente por fios. Jameson transferiu todo o seu peso para a mão esquerda e com a direita começou a puxá-los. Logo os músculos do braço começaram a queimar. O fio furava seus dedos, mas Jameson puxava com ainda mais força.

Mesmo quando sua mão começou a escorregar da corrente, mesmo com o fio cortando seus dedos e sua mão direita ficando lisa por causa do sangue, ele continuou insistindo. E por fim, conseguiu soltar a caixa.

— Herdeira. — Ele olhou lá para baixo por cima do ombro. — Pegue.

Ele jogou a caixa prateada, e ela a pegou.

Com as mãos escorregadias e os músculos doloridos, Jameson começou a descer. Ele chegou até a metade — um pouco mais talvez — e pulou. Ele aterrissou agachado, com suas pernas absorvendo o choque e seu corpo inteiro gritando de dor.

Em seguida, ele foi até Avery e recuperou a caixa. Ela tinha a chave, mas antes que pudesse pegá-la, Zella falou:

— Eu vou precisar disso — disse a duquesa, sem especificar se falava da caixa ou da chave. *Ambas.* Era o que dizia a intuição de Jameson enquanto Zella atravessava a sala e ficava frente a frente com Avery.

— O visconde aqui, talvez por ser bonzinho demais, pode não ter sido capaz de fazer um acordo pela última chave — falou Zella. — Mas o meu fardo não é tão pesado. — Não era possível perceber nenhum tom de vitória em sua voz, mas havia algo a mais, algo mais profundo. — Branford não está com o seu segredo, Jameson, eu estou. — Ela puxou um pedaço de pergaminho dobrado de seu vestido. — Me desculpe — disse Zella para Branford —, eu fiz uma pequena troca durante nossa vinda até aqui.

Branford a encarou, a expressão endurecida.

— É impossível.

A duquesa deu de ombros.

— Acontece que sou especialista em impossível.

Ela era a única pessoa que tinha conseguido invadir o Mercê do Diabo, e depois disso, conseguir um lugar como membro permanente. Jameson já sabia desde o segundo encontro deles: a duquesa era uma mulher com *visão*, que jogava o jogo olhando lá na frente.

Ela escolhia seus oponentes. Jameson a observou muito bem.

— Você leu o meu segredo?

— Estou prestes a fazê-lo — respondeu. — Em voz alta. Se você quiser poupar a herdeira de ouvi-lo, você vai dizer a ela para me entregar a última chave. Senão, qualquer perigo que possa vir desse pedacinho de conhecimento proibido... Bem, acredito que você gostaria de proteger Avery disso.

Jameson olhou para Avery. Ele não viu mais nada na sala *além* de Avery.

— Entregue a chave para Zella — pediu calmamente.

Ele não estava disposto a arriscar algumas coisas, nem mesmo para vencer.

— Você tem três segundos — ameaçou Zella. Ela começou a desdobrar o pergaminho. — Três...

— Entregue a chave — ordenou Jameson. — O Jogo... já não importa mais. — *Mentira*.

— Dois...

— Entregue a chave, Herdeira.

Avery murmurou duas palavras: *Não posso*. E quando Jameson percebeu, Avery já tinha saltado em Zella, as mãos envolvendo o pergaminho. Zella lutou. Jameson observou enquanto sua Herdeira derrubava a duquesa no chão.

— Chega! — A voz de Rohan ecoou pelo ar.

Zella ficou paralisada, mas Avery não. Ela se levantou com o pergaminho em mãos e o colocou na chama da vela mais próxima.

— Eu disse *chega*! — ordenou o Factótum.

Avery não recuou. Ela nunca recuava. E quando Rohan se aproximou dela, o pergaminho já estava em cinzas. O segredo de Jameson estava em cinzas. *Você não viu o que era, Herdeira. Você não o leu. Você poderia ter lido, mas não o fez.*

Zella se levantou, como um anjo na terra, e sorriu.

— Me corrija se eu estiver errada — disse a Rohan —, mas não tem uma regra que diz que qualquer tipo de violência será punido com a expulsão imediata do jogo? — Ela só tinha olhos para a chave, que ainda estava sob a posse de Avery. — E a expulsão daquele jogador do Jogo não significaria que qualquer chave que ele ou ela tenha em posse deva ser entregue?

Os olhos de Rohan indicavam alguma coisa — não era exatamente raiva —, mas no momento seguinte, seja lá o que fosse, já tinha desaparecido. Ele virou-se na direção de Avery com o sorriso a postos.

— De fato — disse respondendo à pergunta de Zella —, significaria.

Capítulo 78

GRAYSON

Decifrar o diário de Sheffield Grayson levou a noite toda. Quanto mais Grayson trabalhava, mais rápido ele ia transcrevendo a tradução em seu próprio caderno — com capa de couro, igual ao do pai. Grayson ignorou a coincidência. Ele ignorava tudo, exceto os códigos inconstantes e as palavras que saíam dali.

No início, parecia que Sheffield Grayson usava esse diário como um livro-contábil por debaixo dos panos, registrando para onde ia o dinheiro que ele desviava de sua companhia. Não havia números de contas, mas as datas e as localizações das contas já davam um rastro para seguir.

Do tipo que o FBI seria capaz de seguir com facilidade.

Mas à medida que Grayson avançava na tradução e as datas dos lançamentos mostravam o passar dos meses e anos, o tom e o conteúdo dos escritos de Sheffield Grayson mudaram. Os lançamentos no diário foram de documentar quase que exclusivamente transações ilegais para algo mais... *confessional*.

Enquanto Grayson traduzia e transcrevia o que seu pai tinha escrito, essa era a palavra para a qual ele continuava voltando — só que aquilo não soava certo. A palavra *confissão* sugeria culpa ou a necessidade de alguém tirar algum peso das costas. Sheffield Grayson não carregava nenhum peso nas costas.

Ele estava irado.

Hoje foi o funeral de Cora. Deveria ser um período de luto. Eu deveria ser o porto seguro de Acacia. Sem a interferência de sua mãe e de suas ameaças a mim, deveríamos ser nós dois, marido e mulher, contra o mundo. Mas não. Trowbridge se assegurou que não fosse assim. Ele deu um jeito de ficar sozinho com Acacia no velório. Ele disse à minha esposa coisas que não eram de sua conta saber, quanto mais contar.

Ela fez tantas perguntas.

Grayson não se permitiu fazer pausas durante a decodificação e não perdeu muito tempo com nenhum lançamento específico, não importa o que dissesse. Mas mesmo que ele mantivesse o foco em transformar números em letras e letras em palavras, em encontrar a localização exata em cada página onde algum conteúdo relevante tinha sido gravado, mesmo assim seu cérebro processava cada palavra que ele escrevia.

O panorama geral ficava cada vez mais claro em sua mente.

Cora deixou tudo para Acacia e as garotas. Sem surpresas aqui. Está tudo guardado em fundos. Até aqui, também nenhuma surpresa. Acacia é responsável pelos fundos dela, graças a Deus, mas Cora nomeou Trowbridge como responsável das garotas. O cretino já está pedindo para ver registros financeiros.

Eu vou forçar a venda da empresa antes de permitir que aquele palhaço me faça perguntas.

As páginas seguintes continham detalhes da venda da empresa e os esforços de Sheffield Grayson para que o comprador aceitasse os registros financeiros sem sequer verificá-los. Mas depois disso, o tom do seu discurso mudou mais uma vez.

Acacia está fazendo perguntas sobre "meu filho". Como se ele fosse da conta dela — ou, para todos os efeitos, minha. Como se a família Hawthorne já não tivesse usurpado o suficiente de mim. Acacia tem um coração mole demais para entender. Ela não dá ouvidos à razão — seja sobre o garoto ou sobre os fundos dela.

E então, duas páginas depois, tinha outro lançamento. Um curto dessa vez: *finalmente, Tobias Hawthorne está morto.*

Levou algumas semanas, mas então, logo após Avery ter sido nomeada herdeira, os lançamentos voltaram.

Aquele cretino conivente deixou todo seu dinheiro para uma garota pouco mais velha do que as gêmeas. Uma estranha, dizem, mas há boatos de que ela seja uma filha de Hawthorne.

Grayson podia sentir a raiva aumentando à medida que avançava. Os lançamentos ficaram mais frequentes. Alguns eram sobre Colin, sobre o incêndio, sobre as provas que Sheffield Grayson tinha juntado mostrando que se tratava de um incêndio criminoso — provas que a polícia ignorou. Outros lançamentos se concentravam em Avery e nas teorias obsessivas sobre qual era a ligação dela com o velho e com a família Hawthorne.

Teorias sobre o tio supostamente morto de Grayson, Toby Hawthorne.

Grayson era capaz de apontar com precisão o momento exato em que Sheffield Grayson decidiu rastrear Avery para espioná-la. Ele estava convencido de que ela o levaria até Toby.

E já que ele é um homem morto, bem... dificilmente eles poderão me acusar de assassiná-lo, não é mesmo?

Grayson não se permitiu fazer nenhuma pausa, nem mesmo por um segundo, depois que ele transcreveu a palavra *assassinato*. Ele simplesmente deixou que aquele drama quase shakespeariano se desenrolasse: o rei deposto, privado de seus poderes graças às conspirações de sua sogra; a nova herdeira com laços com o arqui-inimigo do rei. A família com sangue em suas mãos. Uma dívida que *seria* paga.

Grayson estava se aproximando do fim do diário. Então ele escreveu uma data que o fez desviar o olhar da página, que o fez fechar os olhos.

A entrevista. Minha e de Avery. Grayson se lembrava de cada pergunta que tinha sido feita a Avery e a ele. Ele se lembrava de como o corpo de Avery tinha se virado em sua direção, como ele tinha se permitido olhar para ela, olhar *de verdade*, de maneira que o mundo todo visse que a família Hawthorne tinha aceitado a herdeira escolhida por Tobias Hawthorne.

Mas acima de tudo, Grayson se lembrou do momento em que ele perdeu controle da narrativa — e como ele o tinha retomado.

Puxando o corpo dela para perto do seu.

Levando seus lábios até os dela.

Por um maldito momento ele se permitiu. Ele a beijou como se beijá-la fosse o que ele tivesse nascido para fazer, como se fosse inevitável, como se *eles dois* o fossem. E não muito tempo depois, tudo explodiu.

Como sempre acontecia. Como tinha acontecido com Emily, com Avery. Com Eve.

Por que não você? Grayson se esforçou para abrir os olhos de novo. Ele olhou para a data que tinha escrito, então olhou para a ficha de Sheffield Grayson, alinhou as perfurações com as da página que ele estava decifrando e ajustou o número apropriado no disco de cifra baseado no recibo de saque com aquela data. E então ele decifrou, leu e escreveu.

Sheffield Grayson tinha assistido à entrevista. Foi ele quem armou para eles serem atacados com a acusação bombástica de que o tio de Grayson, Toby, ainda estava vivo. Sheffield acreditava que Avery era filha de Toby. Ele queria a confirmação disso, mas tal confirmação nunca veio, porque Grayson tinha cuidado daquilo por conta própria.

Aquele beijo.

A raiva que o pai de Grayson sentiu era palpável, mesmo agora. *A filha de Toby Hawthorne*, ele escreveu, *não tem o direito de beijar o meu filho.*

Grayson inclinou a cabeça para trás até que engolir machucasse. *Ele me chamou de filho.* Sem aspas. Sem rejeição. Nada além de sentimento de posse e fúria — e com aquela fúria, um propósito.

— Gray? — disse Xander calmamente ao seu lado.

Grayson balançou a cabeça. Ele não iria falar daquilo. Não havia nada para ser dito. Ele se concentrou em terminar o que tinha se proposto a fazer. Tinham exatamente mais três lançamentos no diário. Grayson tratou deles com precisão militar e uma velocidade inabalável. Depois da noite da entrevista, Sheffield Grayson voltou ao jeito desapegado de como anotava os primeiros lançamentos.

O primeiro dos três lançamentos documentava um pagamento feito em criptomoeda para um "especialista". O segundo incluía detalhes de um pagamento para um armazém no Texas. O terceiro era apenas uma lista de provisões que Sheffield Grayson previu que precisaria: *clorofórmio, braçadeiras de plástico, acelerador e uma arma.*

E era isso, o fim de suas anotações.

Grayson parou de escrever e soltou a caneta, permitindo assim que o diário onde tinha escrito a tradução se fechasse.

— Acho que eu tenho juízo suficiente para não perguntar se você está bem — falou baixinho Nash.

— Eu comi o resto dos biscoitos — anunciou Xander em tom solene. — Toma aqui, Gray, um pedaço de torta!

Na distração do momento, Grayson apanhou o que seu irmão mais novo tinha oferecido.

— Quando você foi comprar torta?

— Quando eu *não* compro torta? — respondeu Xander, filosófico.

O torno que pressionava o peito Grayson diminuiu a pressão. Não muito. Não o suficiente. Mas pelo menos agora ele podia respirar — e *pensar*. Não sobre o fato de Sheffield Grayson ter se referido a ele como filho. Não sobre o papel que *aquele* beijo teve em desencadear tudo o que aconteceu em seguida: a bomba, o sequestro de Avery e a morte de Sheffield Grayson.

Não, Grayson pensou em qual seria o próximo passo, como sempre fazia. Algumas pessoas podiam cometer erros. Ele não era uma delas.

Mais cedo ou mais tarde — provavelmente em algumas horas — Gigi e Savannah viriam à procura da caixa quebra-cabeça. Sem o pen drive falso, talvez elas nunca conseguissem abri-la, mas Grayson sabia que não podia subestimar suas irmãs. Se elas abrissem a caixa e vissem que estava vazia, elas ficariam, e com razão, desconfiadas.

Com um plano traçado, Grayson roubou o garfo de Xander, comeu um pedaço da torta e então ligou para a recepcionista.

— Eu preciso de um diário com capa de couro — disse. — Couro marrom e de qualidade, com folhas pautadas e sem qualquer nome de marca ou similares na capa e nas páginas.

Capítulo 79

GRAYSON

Enquanto Grayson esperava que seu pedido fosse atendido, ele pegou a caneta-tinteiro de seu pai e um bloco de notas do hotel. Então voltou para a primeira página do diário de Sheffield Grayson e estudou minuciosamente os detalhes da escrita do homem. Seus *1* eram linhas retas. O modo como a linha engrossava levemente na parte de cima sugeria que ele as escrevia de baixo para cima. Os *3* eram curvados, com as pontas levemente apontadas para dentro. Seus *6* tinham uma voltinha menor que os seus *9*. Os *4* e *5* tinham ângulos retos e curvas incisivas.

Eu posso fazer isso. Com a caneta em mãos, Grayson replicou uma linha de texto numérico. *Parecido, mas ainda falta.* Ele tentou de novo. E de novo. Quando o hotel entregou o novo diário, ele estava pronto. Devagar, com muito cuidado, ele transcreveu os lançamentos numéricos, criando uma cópia do diário que terminava pouco depois do funeral da avó das garotas. Grayson colocou a cópia no compartimento central da caixa quebra-cabeça e em seguida começou a remontá-la. Dessa vez, ele escondeu o pen drive falso embaixo de uma tira de madeira na camada externa.

Suas irmãs mereciam uma chance de abrir a caixa, era o mínimo. Uma chance de decifrar o diário. Uma chance de saber quem o pai delas tinha sido — mesmo se Grayson não pudesse permitir que elas soubessem toda a verdade.

Já de pé, ele virou-se para Nash e entregou o diário para ele.

— Leve isso de volta para a Casa Hawthorne — disse. — Esconda na Davenport ao pé das escadas, escondida atrás das estantes da biblioteca — Grayson olhou de volta para o caderno dele, aquele em que tinha decifrado o original, e após alguns instantes, entregou-o para Xander. — Esse aqui também.

Com ambos escondidos na Casa Hawthorne aquela situação estaria resolvida. A verdade sobre a morte de Sheffield Grayson continuaria um segredo. Avery estaria protegida.

— Queimem isso — disse por último aos irmãos, entregando a eles o bloco de notas onde ele tinha treinado a escrita de Sheffield Grayson. *Uma última ponta solta a ser resolvida.*

— Você acha que nós vamos largar você aqui? — Nash se apoiou no batente da porta, cruzando o pé direito bem devagar sobre o tornozelo esquerdo, como quem quisesse dizer: *eu tenho todo o tempo do mundo, irmãozinho.*

— Eu estou bem — disse Grayson. — Ou pelo menos tão bem quanto sempre estou.

Por enquanto, pelo menos, ele tinha um propósito. As gêmeas ainda precisavam dele, de um jeito que seus irmãos não precisavam, como eles não precisavam já tinha um bom tempo. A situação com o FBI ainda precisava de atenção. Tinha também a situação financeira de Acacia; encontrar as contas estrangeiras mencionadas no diário; se inteirar dos pormenores dos fundos das gêmeas; ficar de olho em Trowbridge.

— Eu quero ficar — Grayson falou para Nash. — Pelo menos por algumas semanas. Alguém precisa evitar que Gigi se meta em confusões e Savannah já está carregando um peso muito grande nos ombros.

— Ela é você — afirmou enfaticamente Xander. — Só que mulher!

Nash se desencostou da porta.

— Parece que você vai estar bastante atarefado... irmãozão.

Em menos de uma hora, Nash e Xander já tinham ido embora. Grayson olhou para a caixa quebra-cabeça e então pegou seu celular. Ele mandou uma mensagem para Gigi e como resposta recebeu três mensagens seguidas — e também três imagens de gatos.

Minha mãe não dormiu nada essa noite. A casa está um caos. O FBI está na MINHA LISTA. Um gato mal-humorado com olhos cerrados acompanhava aquela mensagem. A próxima tinha um gato enrolado em papel pardo como um sanduíche. *Savannah se trancou no quarto.* A última imagem era de um gato de pé em suas patas traseiras, com a língua para fora e os olhos esbugalhados. P.S.: *Eu estou aqui na frente do seu hotel. Você é muito popular entre os manobristas.*

Grayson quase deixou escapar um sorriso. No elevador, a caminho de encontrá-la, ele recebeu uma quarta mensagem — sem foto de gato dessa vez. P.P.S.: *eu gosto do seu amigo!*

Capítulo 80

GRAYSON

Grayson Hawthorne não tinha amigos. Certamente, ele não tinha amigos em Phoenix. Os músculos entre suas omoplatas se enrijeceram quando ele saiu do elevador e atravessou o lobby.

Alguém tinha abordado Gigi afirmando ser amigo dele.

Com um rápido movimento de uma das mãos, Grayson escancarou a porta. Quase que imediatamente, ele ouviu a voz de Gigi.

— Toma essa! Fiz você sorrir.

Grayson avistou sua irmã mais nova parada a menos de um metro de Mattias Slater. *O espião de Eve.*

— Eu não sorrio.

Slate — era assim que Eve o chamava — encarou a irmã de Grayson.

— Claro que não — disse Gigi, de forma solene —, a curva pra cima nos seus lábios que eu acabei de ver acontecer não passa de um tique nervoso. Um tique nervoso de gente sombria e pensativa.

Em um instante, Grayson estava ao lado deles — entre eles. Olho no olho com a ameaça. Os cabelos loiros de Slate cobriam seu rosto, mas atrás deles, seu olhar sombrio era pungente.

— Vocês dois devem se divertir tanto juntos — disse Gigi, inexpressiva.

Grayson deu as costas para seu oponente — era uma ofensa, e Mattias Slater sabia disso. Grayson atraiu a atenção do olhar de Gigi.

— Vá para dentro.

Gigi não foi para dentro.

— Não posso! Seu amigo me prometeu mimosas e queijo-quente.

— Não prometi, não.

— Prometeu, sim — respondeu Gigi, se inclinando por trás de Grayson para lançar um olhar endiabrado na direção do lacaio de Eve. — Com os olhos!

Grayson se moveu de modo a proteger Gigi mais uma vez. Ele virou sua cabeça lentamente na direção de Mattias Slater.

— *Para. Trás.*

Um manobrista se prontificou.

— Algum problema por aqui, sr. Hawthorne?

Grayson manteve o controle, mesmo que a ideia de que esse cara tivesse chegado perto o suficiente de Gigi para machucá-la o fizesse ter vontade de resolver aquele problema de forma permanente.

— Tirem esse cara daqui.

O manobrista correu para chamar a segurança.

Mattias Slater ainda não tinha se afastado.

— Vincent Blake teve um ataque cardíaco hoje de manhã. Foi grave. — Não havia emoção alguma em sua voz, ou qualquer indício de humanidade, e isso era arrepiante.

— Ele está em cirurgia. Eve me mandou voltar para o Texas. Dada as circunstâncias, ela pode estar em perigo.

As circunstâncias sendo que ela era a única herdeira de Vincent Blake — mas não há muito tempo.

— E por que isso importaria pra mim? — perguntou Grayson.

— Talvez não importe — respondeu Slate. Então, com uma rapidez e graça nada menos do que letais, Mattias Slater passou por Grayson e Gigi de algum modo.

— Cuidado com esse aqui, raio de sol — murmurou o espião de cabelos claros e olhos escuros, apontando para Grayson com a cabeça. — Ele está jogando o próprio jogo. Eu odiaria ver você se dar mal.

Dessa vez Grayson não se segurou. Ele partiu para cima de Slate, mas o cretino era ligeiro e já não estava mais parado onde estava um segundo atrás. Ciente do desalento de Gigi e de que os seguranças estavam chegando, Grayson conseguiu se recompor. *Por pouco.*

— Diga a Eve que eu sei que ela deu a dica para o FBI. Se ela quer a minha atenção, ela conseguiu.

E ela vai desejar não ter conseguido.

— Pode deixar que eu digo. — Slater olhou para Gigi uma última vez. — Se cuida, raio de sol.

Grayson não tirou os olhos de Mattias Slater até que ele sumisse de vista. Então ele voltou sua atenção para a irmã.

— Por um lado — disse Gigi, com sinceridade —, meus poderes de dedução me dizem que ele provavelmente é encrenca? Mas por outro... — Grayson não gostava nem um pouquinho da excitação em seu tom de voz. — Provavelmente ele é *muita* encrenca. — Gigi disse aquilo como se fosse uma coisa boa.

Aquilo *não* era uma coisa boa.

— Nem pense nisso — advertiu Grayson.

A irmã sorriu.

— Quem é Eve?

Grayson se aproveitou do fato de que eles eram o centro das atenções do público para adiar a resposta daquela pergunta. Ele lançou um olhar para Gigi.

— Vamos subir.

Capítulo 81

GRAYSON

Gigi se controlou enquanto estavam no elevador, mas Grayson podia ver que ela tinha muitas perguntas a fazer. Em menos de um minuto ele teria que dar a ela algum tipo de resposta.

Pense nas suas opções. Faça uma projeção das consequências. Calcule os riscos.

Assim que os dois pisaram na suíte de luxo, Gigi não se conteve mais:

— Então... quem é Eve?

— É complicado.

Gigi sorriu.

— Eu amo complicado!

— Ela é a filha biológica recentemente descoberta de Toby Hawthorne... agora Toby Blake. — Grayson tinha um plano. Ele já tinha mentido o suficiente para Gigi. No futuro, ele provavelmente teria que mentir mais. Este não era um segredo que precisava ser mantido.

— Drama de família. — Gigi bateu palmas. — Tô ligada! E Toby é...

— Meu tio.

— Então Eve é sua prima?

O corpo de Grayson se contraiu ao ouvir aquela pergunta.

— Legalmente, não. Biologicamente, também não.

Toby foi adotado. Eve tinha o sobrenome de outro homem em sua certidão de nascimento. Ela conheceu os Hawthorne — incluindo Grayson e Toby — quando já era adulta.

— Como eu disse, é complicado. O que não é complicado é que ela é perigosa, assim como o cara que você estava falando lá fora.

— Só por curiosidade — disse Gigi com um tom bajulador —, *ele* tem um nome?

Mattias Slater.

— Não que você precise saber — respondeu Grayson. — Me prometa que se você o encontrar de novo, vai correr.

— Bem... — disse Gigi vagamente. — E se...

— Não — falou Grayson. — Não e não, Juliet. Se você encontrar com ele, saia de perto o mais rápido possível e me ligue. Eu tenho quase certeza de que Eve é a responsável por incitar o FBI contra a sua mãe ontem, e eu não posso prometer que ela não vá fazer coisas piores.

Eve tinha sido um erro, e se tinha uma coisa que Grayson Hawthorne sabia até o último fio de cabelo de seu corpo é que seus erros sempre voltavam para assombrá-lo.

— Por que ela faria isso? — perguntou Gigi torcendo o nariz. Quando viu que Grayson não estava muito disposto a responder, ela suspirou. — Tá bom. Se eu encontrar o sr. Alto, Olhos Escuros e Melancólico de novo, eu te ligo. Codinome: *mimosas*. E se você estiver pensando se é porque eu poderia ficar bêbada apenas olhando para aqueles olhos, maçãs do rosto, tatuagens, cabelos dourados cor de mel e pele bronzeada pelo sol, aquela pequena cicatriz perto da sobrancelha...

Grayson lançou um olhar de repreensão poderoso para Gigi, então ela se jogou no chão perto da caixa quebra-cabeça remontada.

— Algum progresso?

Grayson não disse que *não*. *Tecnicamente* ele não mentiu. Em vez disso, ele se sentou ao lado da irmã no chão e olhou em seus olhos.

— Pensei que poderia ajudar se eu tentasse do começo de novo.

E foi isso que eles fizeram. Eles removeram a tira de madeira solta da parte de cima da caixa, a deslizaram para fora e então a viraram para remover o instrumento. Gigi virou a caixa de ponta-cabeça e Grayson usou o imã de uma das pontas da ferramenta para retirar o painel do fundo da caixa, revelando um buraco onde o outro lado do instrumento podia ser colocado. Aquilo fez com que as tiras de madeira da parte de cima se afrouxassem, permitindo que suas laterais fossem pressionadas para colocar a combinação que soltaria outra parte. Então mais um painel da caixa se soltou, revelando uma pequena abertura que era pouco maior que um pen drive.

— E se nós a chacoalhássemos? — disse Gigi de forma muito prestativa. Ela não esperou por uma resposta e chacoalhou a caixa... e o pen drive caiu logo a seguir.

Grayson se perguntou se tinha sido um erro facilitar a abertura da caixa para as garotas, mas ele não se permitiu hesitar por muito tempo. *Arrependimento não dá lucro, garotos. Lembrem-se disso. No momento em que vocês começarem a duvidar de si mesmos, vocês já falharam.*

— Isso já estava aqui antes? — perguntou Gigi, coçando a testa. — Porque eu tenho a impressão que isso não tava aqui antes.

— Nós não olhamos — respondeu Grayson, à espera de que ela deixasse o assunto para lá.

Ela sorriu e deixou a pergunta de lado. Enfiou o pen drive falso na abertura e girou, então hesitou.

— Nós devíamos esperar pela Savannah — declarou ao mesmo tempo em que pegava seu celular do bolso e enviava uma mensagem. — Ela vai querer estar aqui para ver isso.

Havia algo no modo como Gigi tinha dito o nome de sua irmã gêmea que deixou Grayson em alerta máximo.

— Tá tudo bem com ela?

Gigi fez que sim com a cabeça, mas sem olhar em seus olhos.

— Ela e a nossa mãe brigaram ontem à noite depois que você foi embora. Sobre os nossos fundos.

Os fundos cujos documentos Zabrowski *ainda* não tinha entregado a ele.

— Vai ficar tudo bem, Gigi. — Por muito pouco Grayson não a chamou de *irmãzinha*, assim como Nash gostava de usar *irmãozinho*. — Eu prometo.

Grayson não se tocou que a estava puxando para um abraço até que a abraçou. Gigi o abraçou de volta. Ela encaixava direitinho embaixo do seu queixo, e por um breve momento, Grayson sentiu que estava exatamente onde deveria estar.

— Me dá seu celular — disse Gigi. Claramente era uma ordem.

Grayson entregou o celular. Ela o apontou na direção do rosto dele, desbloqueou o aparelho e depois ficou ao lado dele de novo.

— Agora sorria e diga: *eu gosto da minha irmã!*

Três dias atrás, Grayson se oporia a todas as partes daquele pedido.

— Eu gosto da minha irmã.

— Não sei se isso conta como um sorriso — informou Gigi depois de tirar a foto. — Mas parabéns pelo esforço. Agora vamos tirar uma perto da caixa. Diga: *nós conseguimos!*

— Nós conseguimos — disse Grayson.

— Nós somos os melhores! — Gigi estava tirando uma foto atrás da outra.

— Nós somos os melhores — Grayson repetiu.

— O nome verdadeiro do codinome Mimosa é...

Grayson estreitou os olhos.

— Gigi — disse, o tom indicando mais do que um simples aviso.

Ela estava inabalável.

— Que coincidência — falou com a voz séria —, meu nome também é Gigi. — Ela olhou as fotos que tinha tirado no rolo da câmera.

— Eu gosto dessa — disse a ele. — Você está de fato sorrindo. Vou colocar como seu papel de parede.

Grayson tentou pegar seu celular, mas ela não deixou.

— Agora vou mandar para mim mesma... e também para o Xander... E... pronto. — Gigi viajou por alguns segundos olhando para o celular de Grayson, então voltou sua atenção para a caixa quebra-cabeça.

— Mudei de ideia, não vamos esperar pela Savannah, não. — Gigi se abaixou, agarrou o pen drive falso e o puxou da caixa, a última barreira para o compartimento onde estava o diário.

Não o verdadeiro. Grayson enterrou a culpa, tão fundo que nenhuma discussão no mundo ou ligação com Gigi poderia desenterrar.

Sua irmã folheou as páginas do diário falsificado.

— Está cheio de números — disse com uma expressão carrancuda. — Só linhas e linhas de números.

— Deixa eu dar uma olhada — fingiu Grayson, assim como ele faria se fosse a primeira vez que visse aquele livro. Gigi entregou a Grayson, que fez sua própria inspeção, página por página.

— É claramente um código — disse. — Algum tipo de cifra de substituição talvez.

Não talvez. Não qualquer tipo de cifra de substituição.

— Eu vou precisar de café — declarou Gigi. — Ah! Olha! Uma máquina de café!

Grayson esticou um braço para impedi-la.

— Você não precisa de café.

— Você gosta de mim — Gigi o lembrou, o cutucando no peito. — Você me acha encantadora.

Os músculos na garganta de Grayson se contraíram.

— Eu gosto de você — disse baixinho. — Mas eu ainda não vou te dar nenhum café.

— Descafeinado? — rebateu Gigi. — Oferta final!

Grayson revirou os olhos.

— Tá bom.

Ele foi até a cozinha para preparar um café descafeinado para ela. Quando ele voltou, ela não estava sentada perto da caixa quebra-cabeça. Ela estava de pé — e olhando para o celular.

— Esta não é a foto que você me mandou — Gigi falava com a voz baixa. — As senhas. Aquelas do escritório do sr. Trowbridge. Você me mandou uma foto, mas isso... — Ela segurou o celular no alto com o rolo da câmera aberto. — Estas não são as senhas que você me mandou, Grayson.

Ele viu, de uma só vez, todos os erros que tinha cometido. Abaixar a guarda, deixá-la se aproximar, dar seu celular a ela, deixar ela ver as fotos que tinham tirados juntos no seu rolo da câmera, esquecer de pegar o celular de volta antes de sair da sala. *Estava desbloqueado ou ela descobriu o código de acesso?*

Fazia diferença?

— E a minha chave... — Gigi olhava as fotos, as olhava sem parar à espera que elas deixassem de ser aquilo que eram. — Você tirou uma foto da minha chave. Eu sabia disso. Não vi nada de mais nisso. Eu *te dei* a minha chave, e depois você a deu para Savannah. Mas a minha chave não funcionou. — Ela olhou para a frente, atônita. — Por que não funcionou, Grayson?

Grayson Hawthorne tinha sido criado para ter tudo sempre sob controle, mas ele não sabia como fazer isso parar. Ele não sabia como mentir para ela — mesmo que tudo que tivesse feito até agora fosse mentir para ela.

— Onde você conseguiu isso? — Gigi segurava o pen drive falso. — Não estava na caixa antes, não é? Você já abriu ela? — Gigi largou o pen drive, e quando Grayson percebeu, ela já estava segurando o diário, segurando como se a vida dela dependesse disso. — Isso sequer é real?

Era real, Gigi. Dentro de sua própria mente, Grayson não estava pensando no diário.

— Essa é a parte que você me diz que pode explicar — disse Gigi com a voz trêmula. — Então vai, Grayson, me explica.

O cérebro de Grayson preparou uma resposta. Ele olhou no fundo dos olhos dela.

— Eu estava tentando te proteger.

— Ok. — Gigi fez que sim, e uma vez que ela começou a acenar com a cabeça, não conseguia mais parar. — Eu acredito em você, ok? Porque eu sou do tipo que acredita nas pessoas. — Ela sorriu, mas não era um sorriso estilo Gigi. — Por que qual seria a graça da vida se fosse de outro jeito?

Grayson tinha a sensação de que ela estava arrancando seu coração fora. Ele não tinha outra escolha a não ser continuar mentindo para ela. E ela continuaria acreditando em tudo, acreditando nele, porque ela era assim.

— Só uma coisa... — A voz de Gigi vacilou. — Do que exatamente você estava me protegendo? — Ela ergueu o diário. — O que tem aqui? — Ela fez uma pausa. — *O que não tem?*

Grayson não podia responder. Mesmo se ele quisesse, seu corpo não o deixava. *Algumas pessoas podem cometer erros,* ele podia ouvir as palavras do velho, *mas você não é uma dessas pessoas.*

Ele sabia que estava comprometido emocionalmente. Sabia muito bem disso.

— Eu confiei em você — vociferou Gigi, como se as palavras estivessem sendo arrancadas dela. — Mesmo depois de você mentir para mim. Você é meu irmão e mentiu para mim, e *eu confiei em você mesmo assim*. Porque é isso que eu faço.

— Eu posso explicar — disse Grayson, mas era só mais uma mentira, porque ele não podia. Ele nunca poderia explicar nada para ela por causa dos seus segredos. Eles tinham que permanecer guardados.

A todo custo.

— Vai — ordenou Gigi, as lágrimas escorrendo por suas bochechas. — Diz que você não tava me sabotando, sabotando a gente, desde o começo.

Grayson não podia falar isso para ela. Ele não podia falar merda nenhuma.

— Aquele cara lá fora, que você diz ser superperigoso, disse que você estava jogando seu próprio jogo. Ele me avisou. *Cuidado com esse aqui, raio de sol.*

Grayson jamais se perdoaria se ela se colocasse em perigo por causa dele.

— Gigi... — Grayson não era do tipo que implorava, mas ele estava implorando agora.

— Não — disse Gigi com voz a voz baixa e gutural. — Só cala a boca e me dá o que você achou de verdade nessa caixa, porque nem por um segundo eu acredito que você ainda não abriu ela.

O peito de Grayson doía. Cada respiro doía. Tudo doía.

— Eu não posso.

Gigi engoliu em seco.

— Então fique longe de mim... e da minha irmã.

Ela abriu a porta. Savannah já estava a caminho, no fim do corredor, mas ela viu sua irmã gêmea e voltou seu olhar avassalador na direção de Grayson, e ali ele soube.

Tinha perdido as duas.

DOIS ANOS E OITO MESES ATRÁS...

Grayson sentou-se no chão da casa da árvore e abraçou os joelhos. *Uma postura não condizente com um Hawthorne,* ele pensou sem entusiasmo. As palavras não machucaram como deveriam.

Ele passou o dedão sobre o pedaço de metal que segurava em mãos. Grayson se lembrou de quando tinha oito anos e passava horas escrevendo haicai, eliminando palavras e arrancando com calma as folhas de seu caderno. Porque quando você só pode usar três linhas, elas tinham que ser perfeitas.

Ele queria — *tanto* — que fossem perfeitas. Ele se preocupava muito com a essência e o conteúdo, com as metáforas e a escolha de palavras. *Uma gota de água. A chuva. O vento. Uma pétala. Amor. Raiva. Tristeza.* Mas hoje, ao ler o produto final, ele só conseguia pensar em como o que ele tinha escrito não era perfeito.

Ele não tinha sido — e aquele era o preço a ser pago.

Para qualquer lado que ele olhasse, Grayson via Emily. *Os cabelos cor de âmbar de Emily soprados pelo vento. O sorriso do tamanho do mundo de Emily. Emily deitada na praia.*

— Morta — Grayson se forçou a dizer em voz alta. Não lhe doeu como deveria ter doído. Nada doía o suficiente.

Ele leu o maldito haicai de novo. O segurava com tamanha firmeza que o metal aferrava seus dedos. *Quando as palavras são verdadeiras o bastante*, ele se lembrou de ter dito a Jameson um dia, *quando são as palavras certas, quando o que você diz é importante, quando é bonito e perfeito e verdadeiro... dói.*

Grayson queria que Emily amasse a *ele*. *Queria* que ela escolhesse a *ele*. Estar com ela fazia com que ele sentisse que perfeição não era importante. Como se pudesse se permitir, de vez em quando, não ter o controle de tudo.

Era culpa dele. Ele a tinha levado para o penhasco quando Jameson não quis. *Algumas pessoas podem cometer erros, Grayson. Mas você não é uma dessas pessoas.*

Um som parecido com um punho atingindo carne quebrou o silêncio da casa da árvore. Selvagem. Repetitivo. Sem piedade. E quanto mais Grayson o escutava — imóvel, sem piscar e mal respirando —, mais ele percebia que o selvagem, implacável som que ele estava ouvindo não era obra de um punho.

Estilhaços de madeira. Um estrondo. Outro. Mais.

Grayson conseguiu ficar de pé. Ele foi em direção à janela e olhou lá embaixo. Jameson estava em um dos passadiços mais abaixo. Ele segurava um machado e havia outras ferramentas aos seus pés. *Uma espada longa. Uma machadinha. Um facão.*

O passadiço estava em pé a duras penas, mas Jameson não parou. Ele nunca parava. Ele atingiu a única parte que o mantinha de pé, como se estivesse ansioso para que caísse.

Lá embaixo, Nash correu na direção da casa da árvore.

— O que diabos você está fazendo, Jamie? — Em um piscar de olhos, ele estava subindo na direção de Jameson, que golpeou com o machado mais rápido e com mais força.

— Eu diria que a resposta está na cara — respondeu Jameson, com um tom que fez Grayson pensar que ele estava se divertindo em destruir algo que os dois tinham amado.

Ele me culpa. Ele deveria me culpar mesmo. É por minha causa que ela não está mais entre nós.

— Porra, Jameson! — Nash tentou continuar a subida, mas o machado passou raspando aos pés dele. — Você vai se machucar.

Ele quer me machucar. Grayson se lembrou do corpo de Emily, de seu cabelo molhado, do seu olhar vazio.

— Deixa ele. — Grayson se surpreendeu com o som de sua própria voz. As palavras pareciam guturais, mas soaram quase que robóticas.

Jameson jogou o machado e pegou o facão.

Nash avançou com cuidado.

— Em se foi — disse. — Isto não está certo. Não é justo. Se você quiser atear fogo em alguma coisa, qualquer um de vocês, eu ajudo. Mas isso não. Não assim, Jamie.

O passadiço estava dizimado, aguentando em pé por um fio. Jameson se posicionou em uma ampla plataforma e então golpeou. Nash mal teve tempo para saltar para o outro lado.

— Exatamente assim — exclamou Jameson enquanto o passadiço caía. As outras ferramentas caíram com violência no chão.

— Você está machucado. — Nash desceu da árvore e foi para o outro lado, até Jameson.

Tudo que Grayson podia fazer era olhar.

— Machucado? Eu? — respondeu Jameson enquanto se dirigia às paredes da casa da árvore com o facão.

Pá. Pá. Pá.

— Nada machuca a menos que você permita. Nada importa a menos que você permita.

Grayson não notou que Jameson tinha se deslocado, mas de repente, estava lá embaixo, ao lado da espada longa.

— Não se aproxime, Gray. — Nash deu o alerta.

Grayson engoliu em seco.

— Não me diga o que fazer. — Sua garganta parecia inchada e áspera.

Jameson olhou diretamente para ele.

— Assim diz o herdeiro natural.

Se você é tão perfeito, Grayson imaginou seu irmão falando, *por que ela está morta?*

— É culpa minha. — Parecia que as palavras estavam presas na garganta de Grayson, mas Jameson as ouviu mesmo assim.

— A culpa nunca é *sua*, Grayson.

Nash se aproximou, e quando Jameson foi erguer a machadinha de novo, Nash segurou seu punho.

— *Chega*, Jamie.

Grayson ouviu o som da machadinha caindo no chão da plataforma onde estavam seus irmãos. *É minha culpa,* ele pensou. *Eu matei a Emily.*

Aquelas frases ecoaram na cabeça dele: cinco, sete sílabas, tão reais e verdadeiras que machucavam. Grayson largou seu antigo haicai no chão. Em seguida, se abaixou e apanhou a espada longa, se virou na direção da casa da árvore e começou a golpeá-la.

Capítulo 82

JAMESON

— **Agora que a sra. Grambs foi removida** do recinto e do Jogo, tem a questão da chave. — O Factótum disse a palavra *removida* de um jeito que fez Jameson querer avançar em seu pescoço. Rohan não tinha encostado em um fio de cabelo de Avery, ao menos não na presença de Jameson, mas agora ela tinha ido embora, e o restante deles estava de volta na sala onde tudo isso tinha começado.

— Eu fui atacada — disse Zella, levantando o queixo de forma aristocrática. — Isso faz com que a chave do agressor seja minha, não é?

— Onde está Avery? — Jameson exigiu saber. — O que você fez com ela?

Branford colocou uma mão no ombro dele.

— Calma, sobrinho.

— Coração mole — ironizou Katharine. — Você sempre foi assim, Simon.

— Chega. — Rohan levantou a mão, silenciando os quatro jogadores restantes.

Então se dirigiu a Zella:

— Você acha mesmo que eu vou simplesmente entregar isto pra você? — disse ele, sacudindo a última chave.

— Não. — O sorriso de Zella era quase tranquilo, mas para Jameson, não *pareceu* um sorriso. — De verdade, Rohan, eu tenho uma regra de não criar nenhuma expectativa quando se trata de algo relacionado a você.

Por um momento, Rohan estudou a duquesa abertamente, como se ela fosse um enigma que ele ainda não tinha resolvido — e não tinha prazer algum em fazê-lo.

— Quanto à sua pergunta, sr. Hawthorne — disse o Factótum, ainda olhando fixamente para Zella —, Avery Grambs foi devolvida para o seu bastante protetivo guarda-costas. Um reencontro emocionante, posso te garantir. — Com um rápido movimento, Rohan ergueu a chave mais uma vez e subiu no parapeito de pedra.

— O Jogo vai recomeçar — anunciou — ao badalar do sino.

O Factótum sorriu. Jameson não confiava naquele sorriso.

— Eu espero, de verdade — Rohan continuou, descendo para ir na direção da porta —, que nenhum de vocês tenha medo de altura.

O tempo se arrastava. Jameson primeiro se concentrou no que Rohan disse, depois vasculhou a sala de cima a baixo, e por fim olhou para a caixa prateada em suas mãos. Bem elaborada, era decorada com entrelaçados em alto-relevo na parte de cima e nas laterais, metal de ótima qualidade que se assemelhava a cordas retorcidas em espiral.

— Pode colocar isso de lado, meu jovem — Katharine disse a Jameson. Ela andou na direção dele e parou em frente à mesa, apoiando as palmas de suas mãos na superfície. — Por enquanto ela é inútil.

Boa tentativa, Katharine. Jameson lançou um olhar para a velha.

— Você não conhecia meu avô, conhecia?

O brilhante mercenário Tobias Hawthorne não tinha criado nenhum tolo. Jameson podia ter perdido a chave, podia ter perdido sua parceira no jogo, mas ele tinha a caixa, e enquanto a tivesse, ninguém poderia vencer, a não ser ele.

— Isto — falou Jameson com a voz baixa e intensa — é meu.

— Você mereceu. — Katharine deslizou as mãos para fora da mesa. — É isso que você está dizendo para si mesmo, não é? — Ela deixou a pergunta pairar no ar.

Eu mereci, pensou Jameson.

— Mas na verdade... — O olhar astuto de Katharine estava fixado em seu rosto. Jameson sentiu como se estivesse no escritório do velho mais uma vez, cada feito seu sendo julgado. — Quando você, Jameson Hawthorne, mereceu alguma coisa? Mesmo agora, você se defende usando o nome do seu avô. O que você é sem ele? — Katharine fez um ruído, algo como *hummm,* porém de certo modo mais áspero, mais mordaz. — Sem sua Herdeira?

Em comparação aos seus irmãos, Jameson não conseguia parar de pensar, *sua mente é comum.*

— Pela minha experiência — acrescentou Katharine —, os terceiros filhos são... decepcionantes. Sempre têm algo para provar, nunca conseguem provar nada de fato.

— Já chega, Katharine — disse Branford de maneira dura.

A mulher de cabelos prateados não deu ouvidos a ele.

— Quem é você sem o sobrenome Hawthorne? — perguntou a Jameson, cada palavra como se fosse um corte de faca. — Sem o dinheiro. Sem usufruir do poder de outra pessoa. Sem Avery Grambs aos seu lado?

Comum. Jameson tentou não dar ouvidos àquela palavra e tudo que ela representava. Sabia que Katharine estava tentando manipulá-lo, tentando entrar em sua mente e induzi-lo a cometer um erro.

— Eu disse *chega,* Katharine. — Branford atravessou a sala para ficar na frente dela.

Seja lá o que mais o visconde disse a ela, Jameson não conseguiu ouvir. Ele estava agarrado à caixa que tinha conseguido, sua única vantagem no Jogo a partir de agora. Jameson Winchester Hawthorne não iria desistir daquilo, não iria desistir, ponto-final.

Quem é você sem o sobrenome Hawthorne?

Ele não era Grayson, que ganhava o respeito de todos com tanta facilidade quanto ele podia respirar, que era o braço direito de Avery em sua nova fundação, que tinha basicamente nascido com um propósito. Ele não era Xander, que transformava rabiscos em um guardanapo em patentes e pensava tão fora da caixa que às vezes ele nem podia *ver* a caixa. Jameson não era nem mesmo Nash, que passou a maior parte de sua vida adulta fingindo que seu sobrenome não era Hawthorne e tinha se virado bem assim.

A verdade, Jameson, é que você é mesmo inteligente. Mas o que ele tinha feito em seu ano sabático? O que ele tinha feito, ponto-final, que era dele? Não de Avery ou do avô. *Dele.*

Faça coisas extraordinárias. Jameson passou a vida toda sabendo que se ele quisesse ser excepcional, teria que querer mais. Ele teria que estar disposto a arriscar mais.

Os terceiros filhos são... decepcionantes.

Jameson afastou aquele pensamento de sua cabeça, afastou qualquer possibilidade de chegar em segundo — ou terceiro, ou quarto. Ele respirou fundo uma vez de forma irregular, depois outra de maneira mais estável. Ele continuou respirando.

E então o sino soou.

Capítulo 83

JAMESON

Jameson foi o primeiro a sair da sala, foi o primeiro a passar pelos corredores, foi o primeiro a irromper pela saída da frente e olhar para cima. Rohan não tinha sido muito loquaz dessa vez, portanto não tinha como procurar por dicas em seu discurso, mas pelo que tinha dito, a chave estaria escondida em algum lugar alto.

Eu espero, de verdade, que nenhum de vocês tenha medo de altura.

Jameson não tinha uma boa visão de Vantage assim tão de perto, então ele se virou e correu para longe para ter uma ideia melhor. O entardecer estava chegando e luzes vindas do chão iluminaram a casa.

O castelo. Com essa vista, ele não conseguia pensar em Vantage como sendo nada além disso. Ele contou cinco torres, mas o ponto mais elevado ficava na parte de trás — uma torre grande e quadrada que se elevava acima das outras.

Jameson voltou a correr — ao redor do castelo, até a parte de trás —, e foi ali que ele percebeu que Vantage não tinha esse nome apenas por ser situado em uma posição elevada em relação ao mar. Deste lado havia penhascos também.

A propriedade inteira estava localizada no alto de uma grande e íngreme colina de topo achatado e era quase completamente cercada pelo oceano. Um mundo à parte. Uma única estrada sinuosa e encravada nos penhascos daquele lado era a única conexão de Vantage com o istmo e com o continente.

Jameson andou até a beira do penhasco com as palavras de Rohan martelando em sua cabeça: *eu espero, de verdade, que nenhum de vocês tenha medo de altura.*

Uma rajada de vento atingiu Jameson de surpresa, forte e selvagem, e parecia vir até ele de três direções diferentes. Ele se virou para olhar para o castelo, para a torre que tinha visto do outro lado. Ficava mais próxima da beira do penhasco do que o resto da casa e se elevava um ou dois andares acima dela.

Vinte e sete metros de altura? Mais? Próximo ao alto da torre, Jameson viu um grande relógio branco.

— Torre do relógio — disse em voz alta. Abaixo do relógio, uma plataforma com gradil preto e ornado circundava o edifício. E abaixo daquela plataforma, cerca de um metro e meio mais ou menos, Jameson conseguia identificar uma abertura nas pedras.

E através daquela abertura, ele quase que conseguia ver... *alguma coisa.*

— Não é alguma coisa. — Jameson percebeu, sua voz quase perdida no vento. — Um sino.

A torre do relógio também era um campanário, e pouco antes de Rohan fazer seu comentário sobre medo de altura, ele tinha dito que o Jogo iria recomeçar com o *badalar do sino.*

Jameson não correu dessa vez, ele voou. A porta na base da torre era feita de treliças de metal, do tipo que se podia imaginar um cavaleiro atirando uma flecha por entre as frestas. Parecia que o portão não podia ser aberto por fora, mas antes que Jameson pudesse formular um plano para dar a volta e encontrar uma entrada interna para a torre, ele ouviu um som que parecia um cruzamento entre um trovão e o movimento de engrenagens. Nisso o portão de metal começou a se erguer.

Simon Johnstone-Jameson, Visconde Branford, estava parado ao lado da porta. Seu olhar estava cravado em Jameson, que não tinha muita certeza de como interpretar aquilo.

— Por que você me ajudaria?

Como resposta, seu tio não sorriu, muito menos piscou.

— Eu já te disse — falou o homem ruivo —, para todos os efeitos, eu sou o chefe dessa família. O Ian pode fugir de suas responsabilidades, mas eu não.

Aquilo não tinha importado para Branford no Mercê do Diabo, não tinha importado no começo desse Jogo. Por que importava agora?

— Isso tem alguma coisa a ver com o seu segredo? — perguntou Jameson. *Seu filho.*

Branford não respondeu, e Jameson não perdeu mais tempo esperando por respostas que não importavam — não naquele momento, pelo menos.

Quem é você sem o sobrenome Hawthorne? Sem o dinheiro. Sem usufruir do poder de outra pessoa. Sem Avery Grambs aos seu lado.

Jameson passou por Branford. Havia uma tortuosa escadaria que contornava as laterais da torre — sem corrimão. Sem hesitar nem por um momento, Jameson segurou firme a caixa e começou a subir. Atrás dele, Branford fez o mesmo. A escada fazia uma curva de noventa graus cada vez que chegavam a uma das laterais da torre. Subia cada vez mais.

Eles subiam cada vez mais.

Quando finalmente subiram o suficiente para conseguir ver o enorme sino — tinha três metros de altura e chegava a um metro e meio no ponto mais largo —, os olhos de Jameson foram atraídos para outra coisa: um delicado pedaço de metal que brilhava sob a pouca luz que entrava de fora.

A chave.

Jameson subiu mais alto e mais rápido, e quando Branford acendeu sua lanterna, Jameson viu que estava errado. O que ele tinha visto não era *a* chave. Era *uma* chave, uma entre dezenas penduradas, presas por fios longos e quase invisíveis. Tinham pelo menos sessenta ou setenta chaves no total, espalhadas ao redor do sino, mas sem tocá-lo. Apenas um punhado delas podia ser alcançada da escada.

Ele sabia que nenhuma daquelas chaves era a que ele procurava. *Rohan não daria tudo assim de mão beijada.* Jameson calculou a distância entre a beira da escada de pedra e o sino. *Pouco mais de um metro.*

Branford colocou uma das mãos no ombro de Jameson, do mesmo modo que fizera durante a tentativa provocadora de manipulação de Katharine. Só que dessa vez sua mão não estava ali para reconfortar.

Estava ali para segurá-lo.

— Não — avisou seu tio, com um tom que fez Jameson se lembrar de Grayson, e também de Nash, quando Nash julgara que um dos dois estava prestes a fazer algo imprudente.

Jameson virou a cabeça e olhou para o homem.

— Agradeço o conselho.

— Não era um *conselho* — disse Branford.

O ranger da madeira foi o único aviso que eles receberam antes que um alçapão se abrisse no teto acima do sino. Um clarão azul apareceu e, no instante seguinte, Zella já estava em cima do sino.

Jameson observou mais uma vez a distância entre a escada e o sino. *Eu consigo*. A queda de cerca vinte metros quase não foi levada em consideração, mas mesmo ele não era imprudente o suficiente para tentar saltar segurando uma caixa.

— *Jameson*. — Branford praticamente grunhiu seu nome. Como resposta, Jameson correu um risco calculado.

— Segura isso pra mim. — Ele jogou a caixa para Branford, e assim que ele o tinha seguro em suas mãos, Jameson pulou.

Capítulo 84
JAMESON

Jameson atingiu o sino e se segurou com o corpo todo enquanto ele balançava.

— Obrigada por isso — Zella o repreendeu.

Quando o sino se estabilizou, Jameson o contornou. Então começou a analisar as chaves que estavam mais próximas. Ele sabia o que estava procurando. *Uma chave feita de ouro brilhante com a cabeça como um labirinto.*

— Você me perguntou mais cedo se eu li o seu segredo — perguntou Zella como em uma conversa casual enquanto fazia a própria busca mais acima. — Por que você não me pergunta de novo?

Ela estava tentando distraí-lo, tentando irritá-lo. Jameson não se permitiu pensar em seu segredo — ou em qualquer outra coisa. Ele se manteve concentrado em sua tarefa, mas isso não o impediu de virar o jogo contra a sua oponente.

— Prefiro fazer uma pergunta sobre você — disse enquanto se movia ao redor do sino e checava chave depois de chave. *Duas ali em cima. Mais uma ali. Uma pendurada mais embaixo*. — E Rohan. — Jameson não titubeou, não se questionou se tinha escolhido o melhor jeito de tirá-la do sério. — Vocês têm um passado. Em algum momento você aprendeu a não esperar nada dele. Mas eu me pergunto, que tipo de história? Você é o que, sete ou oito anos mais velha? E casada...

Jameson suspeitava que a história entre eles não era *esse* tipo de história, mas ele também estava certo de que a duquesa não queria que ninguém percebesse que havia uma história ali, seja ela qual fosse.

Já foram sete chaves — e nenhuma delas é a chave.

Na parte de cima, Zella se mexeu e o sino começou a balançar de novo.

— Obrigado por isso — disse Jameson.

— Você queria tanto se provar para si mesmo. — O tom de Zella não era cruel, mas claramente a coisa tinha ficado séria. — Para Ian. Para o velhote.

O velhote. Era como Jameson e seus irmãos chamavam o avô desde sempre. Como ela sabia disso? Ele tinha falado isso perto dela?

Ele não tinha certeza se tinha.

Zella escorregou para a lateral do sino. Ela se movia com uma beleza fora do comum, como se desafiasse a gravidade, como se não houvesse um único músculo em seu corpo sobre o qual ela não tivesse o mais absoluto domínio.

— Eu já te disse antes — murmurou —, a vantagem de escolher a concorrência é saber quem é a concorrência.

Jameson se forçou a ir mais rápido. Ele já tinha checado e eliminado vinte, no máximo vinte e cinco chaves. Lá em cima onde Zella estava tinha outras duas dúzias. Sobravam quantas? Cerca de vinte chaves que nenhum dos dois tinha verificado ainda?

— Você está jogando para ganhar, duquesa. — Jameson manteve a conversa viva porque ele já tinha marcado um ponto contra ela. Porque ele *acharia* um modo de marcar mais.

— O mundo é mais gentil com vencedores. — Zella ergueu os pés para descansá-los no sino. Jameson não entendeu bem o porquê, até que ela deu um impulso, conseguindo se segurar de algum jeito, mesmo com o sino balançando.

Cada um dos músculos de Jameson se enrijeceram. Mas ele não parou de procurar. Ele não podia.

Faça coisas extraordinárias.

Quem é você sem o sobrenome Hawthorne?

— O mundo é ainda mais gentil, é claro — prosseguiu Zella, com um tom impassível —, com garotos brancos e ricos, independentemente se eles merecem vencer ou não.

Jameson não deveria ter conseguido ouvi-la devido ao barulho do sino, mas ele ouviu — e isso não foi a única coisa que ele ouviu. O desagradável e estrondoso barulho do sino que ameaçava derrubá-lo — aquele não era o único som que o sino estava fazendo.

Havia também o som mais brando, mais fraco e inconfundível de um *tilintar*.

O som de uma chave, Jameson pensou, *pendurada dentro do sino.* Ele se perguntou se Rohan tinha perdido a cabeça, se o infame Jogo do Mercê do Diabo já tinha custado a vida de algum jogador antes — e se sim, de quantos.

Mas, principalmente, Jameson se perguntou como ele chegaria até a chave sem que Zella percebesse o que ele estava fazendo. Agora eles estavam em lados opostos do sino, e à medida que se estabilizava, Jameson escorregou seu corpo para baixo, permitindo que seus pés se prendessem na borda de baixo do sino. Ele se inclinou para o lado e também travou a sua mão esquerda em volta da borda.

Lá embaixo, no chão, uma pessoa vestida de branco adentrou no campanário. *Katharine.* Jameson se perguntou, assim, como quem não quer nada, se Rohan estava por ali, observando. Ele moveu sua outra mão para baixo, agora agachado na parte de baixo do sino, segurando com uma força que desafiava a gravidade.

Era de fato uma boa coisa que ele não tinha medo de altura.

E agora? O coração de Jameson acelerou, batendo cada vez mais forte com a familiar rapidez e urgência, do tipo que faz ser impossível esquecer que você está vivo. Do tipo que ele *amava*. Livre do medo da dor ou do fracasso, Jameson viu o mundo como ele realmente era.

Rohan não levou muito tempo para preparar tudo isso. Ele devia ter um plano B desde o começo. Ele devia ter um modo de colocar a chave dentro do sino. Se agachando ainda mais, Jameson passou cuidadosamente uma mão do lado de fora para dentro.

Ele sentiu alças, mais de uma. E quando ele se deu conta, o sino estava balançando de novo e Zella tinha agarrado duas daquelas alças com as mãos.

Dois anos antes, Jameson não teria hesitado em fazer o mesmo. O perigo e a adrenalina seriam bem-vindos e usados para tirar tudo que estivesse em seu caminho. Mas agora? Ele via Avery com clareza em seus pensamentos.

E não importa o que você ganhe, ele podia ouvir as palavras de Ian, *você sempre precisa de mais.*

Jameson respirou fundo e agarrou uma alça. Ele podia ouvir os gritos de Branford em sua direção, mas era como se estivesse muito longe. Com a outra mão, Jameson agarrou outra alça. Ele desceu seu corpo até que estivesse pendurado e então, num rápido movimento, soltou uma das alças e girou a mão. Em seguida fez o mesmo com a outra.

Jameson se puxou para cima e para dentro do sino. *Esta é uma péssima ideia,* pensou, mas então ele notou que o interior do sino, com exceção de onde a bola de metal batia, estava todo coberto de alças e apoios para os pés.

Afinal de contas, talvez Rohan não estivesse tentando matá-los.

Jameson procurou pela chave e a viu — mais perto dele do que de Zella. Ele estava mais bem posicionado, e apesar de ter hesitado, chegaria até lá primeiro.

Iria *vencer.*

Seu corpo sabia exatamente o que fazer. Com um movimento rápido e preciso, ele chegou até a chave primeiro. Uma mão agarrou a chave enquanto a outra o segurava nas alturas, então começou a tentar soltá-la do fio onde estava pendurada.

Foi nesse momento que Zella pulou. Ou talvez *saltou* seja o termo mais adequado. Voou. Ela aterrissou com uma das mãos segurando na borda do sino e a outra sobre a mão de Jameson e a chave.

— Você *perdeu o juízo?* — protestou Jameson. Agora os pés dela estavam pendurados, e o fio que segurava a chave era fino.

Vai arrebentar.

— Eu vou cair — disse Zella com a maior calma do mundo. — Se você não soltar a chave e me deixar pegá-la, se você não agarrar meu braço nos próximos três segundos, eu vou cair.

Ela iria.

Jameson a encarou. *Aquela Duquesa.* A pessoa que tinha acabado de dizer a ele que o mundo era mais gentil com vencedores — e mais ainda com garotos como ele.

Ela tinha corrido um risco, insensato, mas calculado. E ela tinha calculado bem.

Mais rápido do que uma piscada, Jameson soltou a chave, Zella a agarrou e ele agarrou a mulher.

Capítulo 85

JAMESON

Os dois sobreviveram. Os dois voltaram para a terra firme, e quando o fizeram, o olhar de Zella cruzou com o de Jameson.

— Te devo uma — disse ela. — E eu espero estar muito bem para pagar as minhas dívidas.

Então, para o espanto Jameson, a duquesa arremessou a chave pela qual ela tinha arriscado a sua vida sobre a escadaria de pedras, que caiu lá embaixo, no chão.

Aos pés de Katharine.

Jameson se virou para Branford, cujo rosto tinha ficado tão vermelho quanto os seus cabelos, a raiva estampada em seu rosto.

— A caixa? — perguntou Jameson. — Você pode gritar comigo mais tarde.

— Se eu tivesse participado da sua criação — afirmou Branford, com um olhar tão intenso quanto *aquele* tom de voz —, eu estaria fazendo muito mais do que apenas gritar.

— Simon. — A voz de Katharine ressoou pelo campanário. Ela começou a subir as escadas e falou de novo, três palavras pronunciadas com uma clareza amedrontadora.

— *Ontario. Versace. Selenium.*

— A caixa — pediu Jameson de novo.

Seu tio olhou lá embaixo.

— *Mas que porra, Bowen.*

Bowen era o outro tio de Jameson. Aquele para quem Katharine tinha trabalhado — Katharine, que tinha acabado de pronunciar três palavras aparentemente aleatórias que fizeram com que Branford xingasse o irmão.

Branford, pensou Jameson, *que ainda está com a caixa.*

— Não — vociferou Jameson.

— Me desculpe — respondeu Branford de maneira firme. — Meu irmão tem uma carta de vantagem sobre mim, apenas uma, e ao que tudo indica, ele entregou para ela hoje, para que viesse jogar. Aquelas palavras, elas são um código, um pedido para pagar minhas dívidas.

— Não — disse Jameson mais uma vez.

Katharine já estava com a chave. Quando ela terminou de subir, Branford entregou a caixa para ela.

Antes de abri-la, Katharine dignou-se a olhar para Jameson mais uma vez.

— Você não precisa ser um jogador para ganhar o jogo — afirmou, e ele se lembrou mais uma vez de seu avô e de uma das muitas lições do velho. — Tudo que uma pessoa precisa para ganhar é controlar os outros jogadores.

Tendo transmitido aquele pouco de sabedoria, a mulher mais velha enfiou a chave na fechadura e girou. A fechadura destrancou. A tampa abriu. Dentro havia uma pequena bailarina prateada que se equilibrava em um dedão do pé, com a outra perna estendida. A estatueta começou a girar em uma dança silenciosa e constante.

De maneira veloz e com espantosa eficiência, Katharine inspecionou a caixa. Não encontrando mais nada, pegou a bailarina em suas mãos e a arrancou da caixa, cheia de fúria. Após cumprir seu objetivo, ela empurrou a caixa, agora vazia, na direção de Jameson e começou a descer a escadaria de pedras.

Jameson observou enquanto ela partia, então começou a sua própria desesperada inspeção da caixa. Aquilo não tinha acabado. Não podia ter acabado.

— Deixa pra lá — sugeriu Zella gentilmente.

Mas Jameson não deixou. Ele arrancou a camurça que revestia o interior da caixa. *Nada*. Em seu interior ele ouviu diferentes vozes ecoarem.

Em comparação aos seus irmãos, sua mente é comum.

Você adora um desafio. Você adora jogar. Você adora vencer. E não importa o que você ganhe, você sempre precisa de mais.

Quem é você sem o sobrenome Hawthorne?

— Está tudo acabado — exclamou Branford.

Jameson ignorou aquelas palavras, porque em sua memória o velho falou mais uma vez. *Uma pessoa pode treinar sua mente para enxergar o mundo, para enxergá-lo de fato.* Jameson encarou a caixa. Ele refletiu sobre a bailarina prateada, e então refletiu sobre um dos jogos de sábado de manhã de seu avô e outra bailarina, feita de vidro. Jameson refletiu sobre truques, duplos significados e o que significava enxergar o próprio caminho até a resposta.

Mas não posso deixar de me questionar. Quando você enxergar essa teia de possibilidades à sua frente, livre do medo da dor ou do fracasso, de pensamentos que dizem o que você pode e o que não pode, o que deve e não deve ser feito... O que vai fazer com o que vir?

Jameson fechou os olhos. Ele pensou no início do jogo. Lembrou as instruções que Rohan tinha dado a eles. E então sorriu.

Capítulo 86

GRAYSON

Gigi tinha partido. Savannah tinha partido. E Grayson estava sozinho. Aquilo não era um problema. Não deveria ter sido um problema.

Estar sozinho nunca tinha sido um problema.

— Está feito. — A voz de Grayson soou calma para os seus próprios ouvidos. *Que bom.* Ele trancou a porta de seu quarto de hotel e começou a fazer as malas.

Ele tinha vindo até Phoenix para tirar Gigi da prisão, e ela estava livre. Ele tinha ficado para amenizar a questão com o cofre, e tinha de fato amenizado. Suas irmãs jamais iriam ler o diário verdadeiro de seu pai. Elas não sabiam por que Grayson as traíra.

E jamais saberiam.

Avery estava a salvo. O segredo do fim de Sheffield Grayson estava a salvo.

E eu estou sozinho. Grayson pegou o celular, abriu o e-mail de trabalho e começou a preparar uma lista de afazeres guardados em sua mente.

Era melhor assim.

Ele conseguiu acreditar naquilo, até que, por alguma razão, seu dedo indicador se desviou de seu e-mail e foi em direção ao rolo da câmera em seu celular. Ele tinha cometido um grave erro ao deixar a foto original da senha de Trowbridge acessível. Assim como tinha cometido um erro em ter, antes de mais nada, dado seu celular a Gigi. Ele tinha cometido muitos erros, e agora estava pagando o preço. Porque quando Grayson Davenport Hawthorne cometia erros, havia sempre um preço a se pagar.

Ele levara Emily para saltar do penhasco, e ela havia morrido.

Ele deixou de ir ao encontro de Avery quando a bomba de seu pai quase a matou, e a perdeu para seu irmão.

Ele confiou em Eve, e ela o traiu.

Algumas pessoas podem cometer erros, Grayson. Mas você não é uma dessas pessoas. Ele sabia disso. Sabia desde quando era uma criança, mas continuava a cometê-los, e sempre deixava a desejar, sempre cometia um erro de julgamento, cada pequeno erro custando a ele alguém de quem gostava.

A cada vez que se permitira gostar de alguém, perdera a pessoa.

Grayson percorreu o rolo da câmera e deu de cara com ele e Gigi. Cada uma das fotos que ela tinha tirado deles dois estava descentralizada ou muito próxima deles. Ela tinha um sorriso radiante em cada uma delas.

Grayson minimizou as fotos e focou o que precisava ser feito. Reservou um voo de volta para o Texas. Terminou de fazer as malas de modo automático, restando apenas a caixa quebra-cabeça, as fotografias e os recibos de saque.

Não posso deixar estas coisas aqui. Ainda precisava levar em conta o FBI. Se eles recuperassem a caixa, se percebessem que o diário era falso, se eles achassem suas impressões digitais em todos lugar...

Grayson cansara de cometer erros.

Ele colocou os recibos de saques e o diário dentro da caixa e a remontou. Chamou a recepcionista e pediu que comprasse uma bagagem adicional em seu nome, enviando em seguida as especificações do que precisava.

Então Grayson voltou sua atenção para as fotografias. Ele começou a empilhá-las de cabeça para baixo, evitando olhar para elas.

Ele não pensou em seu pai.

Ele não pensou no garoto naquelas fotografias, o garoto que ele tinha sido um dia.

Não pensou em nada, exceto no que precisava ser feito naquele momento.

Tudo corria bem, até que não mais. A fotografia que perfurou seus escudos protetores tinha sido tirada durante seu ano sabático, do outro lado do mundo. *Meu pai me observou durante minha vida inteira. Mesmo quando eu já era adulto. Mesmo quando eu estava viajando.*

Quanto dinheiro ele tinha gastado tirando estas fotos?

Quanto tempo ele tinha gastado olhando para elas?

Com as mandíbulas tensas, Grayson virou a foto que estava em sua mão e empilhou junto com as outras. Seu olhar fixou-se na data anotada atrás da fotografia. *Ele colocou a data errada.* Grayson não sabia o dia ao certo, e o ano estava correto, mas o mês estava errado.

Por que isso importaria? Por que qualquer uma dessas coisas importaria?

Grayson terminou de empilhar as fotografias e as colocou de volta na maleta que o banco tinha disponibilizado.

— Feito. — Assim que terminou de pronunciar aquela palavra, seu celular tocou, um número desconhecido. Ele atendeu: — Grayson Hawthorne.

— A maioria das pessoas diz simplesmente *alô*. — O som da voz da garota tomou conta dele, um bálsamo de feridas abertas, e tão logo Grayson notou os efeitos que tinha sobre ele, os músculos de seu rosto se enrijeceram.

— O que você quer? — perguntou, sucinto.

— Suponho que você não tenha nenhuma resposta para mim. — O tom agora não era como uma rosa, mas sim como um espinho, áspero e afiado.

Grayson engoliu em seco.

— Eu não tenho respostas para ninguém — disse ele. — Pare de ligar.

Após alguns segundos a linha ficou muda. Não importava. *Nada* disso importava. Ele tinha uma vida para voltar e trabalho a fazer.

Quando estava a caminho do aeroporto, seu celular tocou mais uma vez. *Eve*. Grayson não se importou em dizer alô.

— Eu estou cansado disso — disse. Era o único cumprimento que ela merecia. — Estou cansado de você.

Ela tinha ameaçado a ele, às irmãs dele. A batida surpresa do FBI na casa dos Grayson era prova suficiente de que Eve já tinha começado a fazer bom uso daquelas ameaças.

— Você não tem o direito de se cansar de mim — rebateu Eve.

Grayson estava prestes a terminar a chamada quando ela falou de novo.

— Blake ainda está sendo operado. — Sua voz ficou rouca. — Está demorando muito. Os médicos não me dizem nada. Eu não acho que ele vá sobreviver.

A morte de Vincent Blake não seria uma grande tragédia. Ele era um homem mau, um homem perigoso. Grayson se protegeu contra o tom de Eve e se concentrou na *única* coisa que ele tinha para dizer a ela.

— Eu te avisei para ficar longe das minhas irmãs.

— Eu não fiz droga nenhuma para suas irmãs. — Era fácil acreditar em Eve. É sempre assim com bons mentirosos.

— Você atiçou o FBI contra a mãe delas. — Os dedos de Grayson apertaram o volante. — Você mesma disse: se Vincent Blake morrer esta noite, não haverá mais nada te impedindo.

— Eu digo muitas coisas, Grayson.

Ele sentiu um aperto no peito, mas não deu a ela o prazer de responder.

— Esquece. — Eve ficou meio aérea. — Esqueça que eu liguei. Me esqueça. Eu já estou acostumada.

— Não, Eve.

— Não o quê?

— Não sofra por mim. Não me mostre as suas feridas e espere que eu cuide delas. Eu não vou fazer este joguinho com você de novo.

— É tão difícil assim de acreditar que eu não estou fazendo joguinho algum? — perguntou Eve. — Vincent Blake é minha família, Grayson. Talvez você ache que eu não mereça uma. Talvez eu nunca tenha merecido. Mas você pode pelo menos acreditar em mim quando eu digo que não quero estar sozinha agora?

Grayson se lembrou de quando a chamava Evie. Lembrou-se da garota que achava que ela era.

— Você tem Toby. Ele é seu pai.

Por um longo período o outro lado da linha ficou em silêncio.

— Ele queria que eu fosse ela.

Para Eve, havia apenas uma *ela*. Eve era a filha biológica de Toby, mas Avery foi aquela de quem ele cuidou por mais tempo, aquela cuja mãe ele tinha amado como nunca, um amor eterno, avassalador, digno de um Hawthorne.

— Eu não sou quem você precisa, Eve. Não me ligue. Não me peça nada.

— Mensagem recebida. Eu não importo. Não para você. — A voz de Eve ficou perigosamente baixa. — Mas pode ter certeza, Grayson, eu vou.

Ela desligou — ou foi ele. De qualquer modo, Grayson dirigiu o resto do caminho até o aeroporto com a sensação de ter cometido mais um erro.

Quem ele iria perder desta vez?

Tentando tirar aquele pensamento da cabeça, Grayson estacionou a Ferrari no estacionamento para longas estadias, colocou a chave embaixo do tapete e mandou uma mensagem para o contato que tinha arranjado o carro para informar de que o havia devolvido. E então, encarando o celular, ele pensou em tudo que tinha acontecido, tudo mesmo, desde o dia em que ele tinha chegado em Phoenix. Ele pensou em tudo que tinha acontecido antes daquilo.

Olha onde reprimir meus sentimentos me levou no passado. Grayson agora era mais experiente — ou pelo menos deveria ser. Se ele não conseguia parar de cometer erros, pelo menos ele podia evitar de cometer os mesmos erros de novo e de novo.

Desta vez ele poderia admitir que, assim como Eve, não queria estar sozinho.

Grayson deu um longo, lento e doloroso suspiro, e enviou uma mensagem para seus irmãos. Três letras.

SOS.

Capítulo 87

JAMESON

Jameson encontrou Katharine e Rohan do lado de fora, perto do penhasco. A mulher mais velha estava com o braço estendido, com a bailarina prateada deitada na palma de sua mão.

— Me entregue a marca. — As palavras de Katharine quase foram levadas pelo vento que, no instante seguinte, parou por completo.

— Receio que não seja assim que funcione. — A camisa branca de Rohan estava para fora da calça e desabotoada quase até a metade. O modo como ele estava parado em pé fazia Jameson se lembrar do camaleão que ele tinha conhecido na frente da boate, e do lutador que ele tinha conhecido no ringue.

— Você disse que quem te trouxesse o conteúdo da última caixa ganharia o jogo e receberia a marca. — Katharine se endireitou.

— Tecnicamente — acrescentou Jameson, indo em direção aos dois com um sorriso desinibido no rosto — não foi isso o que ele disse. Acredito que as palavras eram exatamente: *duas caixas com segredos. Na terceira, vocês vão encontrar algo muito mais valioso. Quem me disser o que encontrou na terceira caixa irá ganhar a marca.*

Rohan não disse que o vencedor seria aquele que trouxesse o objeto que estava na caixa. Ele disse que seria a pessoa que *dissesse* a ele o que estava na caixa — e seja lá o que fosse, teria que ser mais valioso do que os segredos mais perigosos.

— Está bem então — disse Katharine, enérgica. — Uma bailarina. Uma estatueta. Um pedaço de prata. É isso o que está na caixa.

— Resposta errada — disse Rowan. Lentamente ele se virou na direção de Jameson. Da última vez que os dois tinham se encarado, Rohan tinha acabado de dizer a ele *fique no chão*.

Jameson achava que o Factótum o conhecesse um pouco melhor agora.

— Você tem uma resposta diferente, Hawthorne? — perguntou Rowan.

— Na verdade — respondeu Jameson —, eu tenho. — Rowan o observou atento. Jameson resistiu à descarga de adrenalina que ardia em suas veias. — *Silêncio.*

Jameson deixou a resposta pairando no ar por alguns segundos.

— Mais valiosa do que segredos — complementou ele. *A habilidade de não dizer nada, de guardar aqueles segredos. Silêncio.* — E isto — disse Jameson, apontando em direção à caixa prateada — não é uma simples caixa. É uma caixa de *música.* A música toca, a bailarina gira. Só que dessa vez não houve música. *Silêncio.*

Os lábios de Rowan calmamente moldaram-se num sorriso, sem mostrar os dentes.

— Parece que temos um vencedor.

Jameson explodiu em euforia, como um trem em alta velocidade atravessando um muro, e depois outro, e depois outro. O mundo ficou mais iluminado, sua audição mais acurada, e ele sentiu *tudo* — cada machucado, cada ferida, a descarga de adrenalina, a brisa do mar, o ar em seus pulmões, o sangue em suas veias —, *tudo*.

Isto era *mais*.

— E então — continuou o Factótum —, o Jogo deste ano está encerrado. — Com um floreio, Rohan relevou a pedra marcada: metade branca, metade preta, completamente lisa. Ele a entregou para Jameson, que a segurou. A pedra estava gelada, como um disco feito inteiramente de gelo.

Eu consegui.

— Você tem um dia — comunicou a Rowan — para decidir pelo que você quer trocá-la.

Tudo que Jameson conseguia pensar era que *isto* era o que ele era — sem o sobrenome Hawthorne, sem o velho, inclusive sem Avery. Jameson tinha jogado à *sua* maneira, e tinha vencido.

Ele conseguia sentir o olhar de Katharine, analisando-o, decidindo qual seria seu próximo passo.

Você não precisa ser um jogador para ganhar o jogo. Tudo que uma pessoa precisa para ganhar é controlar os outros jogadores. Ela iria propor algo a ele — ou ameaçá-lo. Talvez as duas coisas. Ela já tinha tentado usar Ian contra ele, e quem sabia onde estava Ian — ou o que ele estava fazendo — naquele momento.

Jameson não iria dar a Katharine mais vinte e quatro horas para que ela — e o tio misterioso de Jameson, Bowen — decidisse qual seria o próximo passo.

— Eu não preciso de um dia — disse a Rowan.

O Proprietário do Mercê do Diabo mantinha o controle dos associados através de um livro-mestre que continha segredos deles. Segredos poderosos de homens poderosos — e algumas mulheres, mas não muitas.

Jameson observou Zella. Seus lábios se curvaram ligeiramente para cima nas extremidades. O que quer que fosse que ela desejava de Katharine — ou Bowen Johnstone-Jameson — era provável que tivesse conseguido. Ela tinha cumprido a sua parte do trato com eles, seja ele qual fosse, ao lhes entregar a última chave. E agora, a duquesa devia uma para Jameson, uma dívida que ela parecia pensar que em breve estaria em ótima posição para pagar.

Jameson então virou seu olhar para Branford. Tio, chefe de uma família à qual Jameson não estava ligado de nenhuma maneira, apenas por sangue. E mesmo assim... Jameson precisou se esforçar muito para desviar o olhar do homem, e quando ele conseguiu, foi para olhar para Vantage. Ele se lembrou do retrato de sua avó por parte de pai. Esta era seu lar ancestral, e por meio de seu sangue, também era de Jameson.

Ele devolveu a marca a Rowan.

— Eu gosto deste lugar — disse a ele. — Mas acho que vou me livrar daquele maldito sino.

Capítulo 88

JAMESON

Entrar pela porta da frente do Vantage pareceu diferente desta vez. Pareceu *certo*. Jameson caminhou devagar até a base da majestosa escadaria. Ele olhou para cima. *Minha*. Crescera com privilégios, com oportunidades, luxo, em uma mansão facilmente maior do que aquela, mas nada, em toda sua vida, tinha sido dele.

— Combina com você — sugeriu Zella de algum lugar atrás dele.

Jameson não se virou. Ele mal a tinha escutado.

— Pois é. — Aquele era Rowan, também atrás dele. Katharine tinha ido embora.

Branford, a passos largos, superou os outros e alcançou Jameson, encarando-o tão intensamente que trouxe de volta a memória de uma ameaça: *se eu tivesse participado da sua criação, eu estaria fazendo muito mais do que apenas gritar.*

— Nós precisamos conversar. — Branford nem esperou pela resposta de Jameson, indicando rispidamente as escadas. Enquanto Jameson começava a subir, o visconde lançou um olhar de aviso para qualquer um que ousasse segui-los.

— Eu preciso de um momento com o meu sobrinho. *A sós.*

No alto da majestosa escadaria, Jameson encontrou uma janela que dava para o jardim de pedras, com uma vista que se estendia para muito além do penhasco, oceano adentro, vendo a tempestade que começava a se formar no horizonte.

— Você tem vontade de morrer, sobrinho? — O tom de Branford estava no limite entre uma acusação, uma ordem e uma ameaça. — Me responda.

Jameson lembrou de dizer ao seu tio para brigar com ele *depois* — que, aparentemente, era *aquele momento*.

— Não. — Jameson desviou seu olhar da janela e observou o visconde ruivo, de feições bem definidas e carrancudo. — Eu não tenho vontade de morrer.

— Mas a ideia não te incomoda — rebateu Branford —, a ideia de morrer. — O tom do visconde era muito sereno, um sinal perigoso que Jameson conhecia muito bem.

— Eu não disse isso. — Jameson recordou do momento anterior ao salto no sino. Ele tinha hesitado. Uma coisa, na verdade uma pessoa, surgira em sua mente. *Avery.* Jameson adorava carros velozes e riscos tentadores, ria na cara do perigo e se aproximava de penhascos íngremes.

Mas ele também era *dela*.

— Eu não diria que a ideia de morrer não me incomoda — complementou Jameson. — Não é verdade. — *Não mais.* Ele já *não* fazia de tudo para arriscar a própria vida.

As sobrancelhas de Branford se aproximaram, sua expressão era séria.

— Então a única conclusão possível é que você perdeu o juízo? Que você sofreu algum tipo de lesão traumática na cabeça quando era criança? Talvez várias? Porque eu não consigo pensar em nenhuma outra explicação para a exibição imprudente, impensada e impulsiva de mais cedo.

Era uma sensação estranha ser repreendido como uma criança. Como se ele fosse filho de *alguém*. Jameson deu meio passo à frente, suas mãos soltas ao lado do corpo.

— Eu não preciso de um pai — disse ao visconde.

Branford também deu um passo à frente, sem meias palavras:

— Você não tem um. — O tio não diminuiu o golpe. — Eu tenho alguma culpa pelo fato de você não ter, pelo tipo de homem que o Ian é. Esta família já deixou ele se safar com muita coisa e por muito tempo. — Branford assumiu um tom sério. — Isso vai acabar. Agora. — Sua atenção estava inteiramente voltada ao olhar de Jameson. — Com você.

Jameson pensou no acordo que ele tinha feito com o pai e como Ian tinha jogado tudo por água abaixo.

— Eu não quero nada do seu irmão — disse, e ele falava sério.

Ele não precisava nunca mais ver, falar ou ouvir sobre Ian Johnstone-Jameson de novo.

— O meu irmão — rebateu Branford — vai querer muito de você.

As palavras pareceram afundar como pedra na areia movediça. Se Ian esperava que Jameson entregasse Vantage depois do que ele tinha feito, o filho mais novo do Conde de Wycliffe iria ficar tremendamente desapontado. Mas Branford?

Jameson não conseguiu deixar de observar o tio, estudá-lo, pensando em como aquele homem tinha lhe dado uma bronca por correr riscos desnecessários. Ele se importava — se importava de verdade.

— A oferta que eu te fiz — disse Jameson, de repente — quando o jogo ainda não tinha acabado. Vantage...

— ... É sua. — Branford encarou Jameson. — Isso eu não vou discutir. Nem com você, nem com meus irmãos. Você venceu. De maneira justa e honesta.

Jameson levantou uma das sobrancelhas.

— Você não estava agora mesmo gritando como um britânico comigo por *como* eu venci?

— Todos nós já nos sentimos invencíveis uma vez na vida. — A voz de Branford soava mais calma. — Todos tínhamos algo para provar.

— Eu não tenho nada para provar — argumentou Jameson. — Eu venci.

— Você — rebateu Branford — desistiu do jogo. — Aquelas palavras pairaram no ar. — Eu consegui ouvir tudo o que você disse, Jameson, tudo o que Zella disse. Quando ela mal conseguia se segurar, quando você teve que escolher entre vencer e salvá-la... você não achou que ela estivesse blefando.

Jameson se sentiu novamente naquele momento.

— Eu não tinha certeza de que ela estava blefando.

— Ian teria arriscado. — O tom de Branford era comedido, sem firula, sem ilusões. — Ele teria deixado ela cair. Bowen também, mas teria um plano para que ele não levasse a culpa. Mas você? — O visconde deu outro passo à frente, até que ele e Jameson estivessem praticamente olho no olho. — Você achou que estivesse entregando o jogo, Jameson, e colocou a vida de outra pessoa acima da vitória. Você pode chamar isso como quiser, mas eu chamo de honra.

Jameson engoliu em seco, sem saber bem o porquê.

— De qualquer modo, eu ganhei.

— E eu vou tratar para que — ressaltou Branford — ninguém tire de você, tire *isto* de você. — Quando Jameson deu por si, as mãos do tio estavam em seus ombros, girando-o de novo em direção à janela, em direção àquela vista. — Agora Vantage é toda sua. Existe um fundo reservado para a manutenção da casa, que eu administrei para Ian e vou fazer o mesmo por você. — A voz do visconde estava mais suave. — Você pode ir e vir a seu bel-prazer, ela é sua agora.

Ela como em aquele lugar, um pedaço de história, uma herança de família pela qual Jameson já estava disposto a lutar mesmo quando ainda não era considerado parte da família.

— Por que você faria isso por mim? — A pergunta estava entalada na garganta de Jameson. — Por que você faria qualquer coisa por mim?

— Se eu tivesse sabido de você quando nasceu — respondeu o tio com a tranquilidade e a intensidade de como um rio que repentinamente se aquieta —, eu teria feito algo.

Jameson se lembrou de Xander e Isaiah, de como deve ter sido o momento em que seu irmão percebeu que ele tinha um pai que o *queria*.

Meu tio teria vindo me resgatar. Jameson engoliu em seco de novo.

— Meu avô jamais permitiria. — O que aconteceu com o pai de Xander era uma prova disso.

— Audácia sua — respondeu seu tio — de achar que eu teria dado a ele a opção de escolher.

Jameson bufou.

— Você não conhecia o meu avô.

— E Tobias Hawthorne — disse o visconde — não me conhecia.

Por um breve segundo, Jameson quase acreditou que Branford pudesse enfrentar o velho. Mas acreditar que ele o *teria* enfrentado? Jameson fez que não com a cabeça.

— Você não deve nada a mim — disse ele.

— Se você tivesse escolhido deixar a duquesa cair, talvez eu pudesse acreditar nisso. Mas os semelhantes se reconhecem, Jameson. Você não é igual ao seu pai. Temo que você seja muito mais parecido comigo.

Aquela afirmação deveria ter soado ridícula. Deveria ter *parecido* ridícula. Não deveria ter significado nada — mas significou.

— Eu não sou responsabilidade sua. — Jameson tentou mais uma vez, o coração apertado no peito.

— Tudo é minha responsabilidade. — Branford levantou uma sobrancelha. — Quanto ao seu segredo...

Virou cinzas, pensou Jameson. *E a salvo. A prova vai ser devolvida para mim. O Proprietário não vai dizer nada.*

— Você vai me dizer o que eu preciso saber para te proteger — ordenou Branford.

Felizmente, graças a Grayson, Jameson era um perito em ignorar ordens.

— Desde que o Proprietário mantenha a palavra dele, meu segredo continuará um segredo e eu vou ficar bem. — Ele fez uma pausa. — A não ser que a duquesa seja um problema.

— Ela não será. — Branford pareceu ter certeza demais daquilo. — Mas você ainda vai ter que me dizer...

— Nadica de nada? — sugeriu Jameson, com um sorriso encantador para o visconde.

— Eu não confio neste sorriso — disse seu tio.

Jameson deu de ombros.

— E é porque você não deveria mesmo. — Ele pausou. — E sobre o seu segredo...

Branford alterou seu tom:

— Precisa continuar um segredo. — Por um breve momento houve silêncio. — *Ele* precisa.

Jameson foi acometido com a sensação de que Branford raramente, ou nunca, fazia referência ao próprio filho. Um milhão de perguntas inundavam sua mente:

— Você espera que eu acredite que teria feito parte da minha vida se soubesse de mim, mas eu sou só seu sobrinho. Se você tem um filho...

— Ele tem um pai. — Era evidente o tremor em sua voz ao dizer aquelas palavras. — Um bom. E um título.

— Um bom pai? — sugeriu Jameson.

A voz de Branford se abrandou enquanto ele olhava a vista lá fora, o oceano e a tempestade no horizonte.

— Se a verdadeira paternidade viesse à tona, vidas seriam arruinadas, a dele e da mãe entre elas. Não posso permitir que isto aconteça. — Ele saiu da janela e concentrou toda a força de seu olhar em Jameson. — Você entende?

— Sim. É melhor que alguns segredos sejam esquecidos.

Jameson se lembrou das palavras que tinha escrito no bilhete, de como aquela noite em Praga o tinha atormentado por semanas, do modo como ele tinha lutado e lutado consigo mesmo, resistindo ao desejo de contar — não porque ele não confiava em Avery, mas porque não confiava em si mesmo.

Jameson Hawthorne tinha sido criado para resolver enigmas e correr riscos difíceis de compreender, para estar sempre no limite e superá-lo caso fosse necessário para vencer. Mas pela primeira vez, a voz que ele ouvia em sua cabeça não era a do velho.

Era a de Branford. *Eu chamo de honra.*

— Acredito que Vantage esteja em boas mãos — disse Branford ao seu lado. — Minha mãe... ela iria aprovar.

— Eu não preciso da aprovação de ninguém — afirmou Jameson e, de alguma forma, pela primeira vez, era verdade.

Capítulo 89

JAMESON

De volta ao andar debaixo, Jameson encontrou Rohan e Zella à espera deles em lados opostos do átrio.

— Negócios de família resolvidos? — perguntou Zella. Ela desviou seu olhar de Branford para Jameson. — Aliás, eu não li o seu segredo.

O instinto de Jameson dizia que ela não estava blefando. Provavelmente.

— Você ainda está me devendo — disse a ela. — Vossa Graça.

— Eu sempre pago minhas dívidas — respondeu ela. — Garoto.

— O *garoto* que ganhou de vocês dois. — Rohan desencostou da parede e avançou. — O Proprietário vai ficar desapontado. Ele tenta disfarçar, mas você claramente era a favorita, duquesa.

Zella sorriu para Rohan.

— Eu ganhei o que tinha a intenção de ganhar, e duvido que o Proprietário vá ficar assim *tão* desapontado. Sinceramente, eu acho que ele me colocou para jogar este ano apenas para me preparar para o ano que vem.

A expressão de Rohan não se alterou, mas Jameson *sentiu* uma mudança.

— Ano que vem? — disse com gentileza o Factótum. — Já está contando com outro convite para o Jogo?

Zella andou na direção de Rohan sem desviar seu olhar do dele.

— Ano que vem — afirmou ela — eu vou organizar e executar o Jogo. O Proprietário já me prometeu. — Ela não parou de andar até que seu corpo estivesse ao lado do dele, e então inclinou a cabeça para o lado. — Claro que você não achou que era o único herdeiro, Rohan. Se tem uma coisa que aquele homem ama, é competição.

— Você ganhou. — Aquelas foram as primeiras palavras que saíram da boca de Avery assim que ela o viu, uma afirmação, não uma pergunta. — Me conta tudo.

Os lábios de Jameson se curvaram em um sorriso torto.

— Por onde você quer que eu comece, Herdeira? Pelas setenta chaves, pelo campanário, o momento em que eu, altruisticamente, escolhi salvar uma vida e perder, ou o momento exato em que eu descobri como vencer?

Avery ergueu a cabeça, alinhando seus lábios com os dele.

— Eu disse *tudo*.

Ele a beijou do mesmo modo que a teria beijado se ela estivesse lá no momento em que venceu — toda a adrenalina, seus batimentos cardíacos acelerados, a necessidade de que aquela sensação durasse, a necessidade de que ela também sentisse tudo aquilo.

O corpo dela encaixou com perfeição no dele, rígido em algumas partes, macio em outras. Ele a desejava como sempre, como da mesma forma como o fogo deseja queimar. Dessa vez, o beijo veio carregado de memórias — as maneiras que seus corpos se conheciam, o modo como *eles* se conheciam, as muitas, muitas vezes quando a única coisa que parecia certa era *aquilo*.

Jameson afastou seus lábios dos dela — um pouco.

— Você forçou a sua eliminação de propósito por mim, Herdeira.

— Esse jogo era seu, Jameson, não meu.

— Você queimou o meu segredo. — Ele olhou nos olhos dela. Tinham anéis coloridos neles, mais tons de marrom e dourado e verde que um simples "cor de mel" tinha direito a ter. — Você não leu o que eu escrevi. Você poderia ter lido, mas fez isso.

— O segredo era seu — disse ela —, não meu.

Jameson fechou os olhos. Antes, ele não confiava em si mesmo para contar a ela. Mas agora?

— Basta você dizer, Herdeira. — *Taiti.* — Diga e...

— Eu não preciso saber. — A voz de Avery era firme. — Se o que você precisa é que eu não saiba, então eu não preciso saber.

Jameson voltou a aproximar seus lábios dos dela e murmurou uma única palavra:

— Mentirosa.

Ao lado deles, Oren limpou a garganta. Alto.

— O sinal de celular voltou — anunciou ele. — Eu estou com o seu celular, Jameson, cortesia de Rohan.

— Antes ele estava bloqueando chamadas — esclareceu Avery. Jameson ouviu o que ela não disse: *Eu não estou mentindo sobre não precisar saber. Eu estou fingindo. Tem uma diferença. E se o que você precisa é que eu continue fingindo, Hawthorne — eu continuo.*

Jameson sentiu um nó crescendo em sua garganta, uma única frase ainda estava sua cabeça. Um H. A palavra *está*. As letras *v* e *a*.

Hoje não, Jameson disse a ele mesmo. Hoje, ele iria saborear a vitória, saborear a ela. *Mas em breve.*

— Eu sei que você transferiu a maior parte das propriedades estrangeiras para a fundação — murmurou ele —, mas o que você acha de castelos escoceses?

Vantage era *dele* — e baseado na expressão de Avery, ele tinha a impressão de que iria adorar a opinião dela sobre castelos escoceses.

Mas antes que ela pudesse cumprir a promessa estampada em seu olhar, o celular de Jameson vibrou com as mensagens de voz, mensagens de texto e chamadas perdidas que estavam chegando com atraso. Ele encarou a mais recente, uma mensagem de texto.

De Grayson, ele percebeu.

sos.

Capítulo 90

GRAYSON

Quando Grayson chegou aos portões da Casa Hawthorne, ele saiu do carro alugado e dispensou o motorista. Era uma longa caminhada até a Casa — e uma ainda maior até a casa da árvore.

Ou o que tinha sobrado dela.

Grayson encarou os estragos que ele e Jameson tinham causado após a morte de Emily. Ele tirou o paletó, pendurou em um galho baixo e começou a escalar. A maioria das passagens entre as árvores tinha sido destruída. Apenas uma das torres de observação tinha ficado inteira. A estrutura principal da casa tinha buracos grandes e profundos.

Grayson seguiu pelo caminho formado por uma série de galhos até um dos escorregadores e entrou por uma janela.

— Achou! — Xander pulou de uma das vigas. — E seja bem-vindo de volta. Sua mensagem continha poucos detalhes, então eu tomei a liberdade de extrapolar um pouco.

Grayson observou seu irmão, então analisou a casa da árvore. O "extrapolar" de Xander raramente significava algo de bom.

— Eu não quero falar sobre isso — disse Grayson. *A razão por trás do SOS e o que aconteceu depois que você e Nash foram embora de Phoenix.*

— Então não fale — sugeriu Nash lá de baixo. Sem dirigir mais nenhuma palavra a Grayson, ele levantou uma série de sacolas de compra marrons para dentro da casa da árvore, entregando-as para Xander.

— Vocês têm alguma notícia de Jamie? — perguntou Nash.

Xander levantou a mão.

— Eu tenho. Ele e a Avery estão voltando. Devem chegar amanhã de manhã.

Nash voltou seu olhar para Grayson.

— Acho que nós vamos curtir uma festa do pijama por aqui antes.

Jameson chegou na manhã seguinte, enquanto os outros estavam acordando. Assim como Nash, ele também tinha vindo preparado. Diferentemente de Nash, ele não fez os outros esperarem para mostrar o que tinha na mala.

A primeira coisa que tirou da mala foi uma garrafa de água enorme. Uma garrafa de água enorme e *vazia*. A seguir mais três coisas: ketchup, um galão de leite e um litro de refrigerante de gengibre.

Grayson logo percebeu que caminho aquilo estava tomando — assim como Xander, que encarnou com alegria o personagem do apresentador.

— Está na hora — anunciou ele — de um clássico Hawthorne... Bebida ou Desafio!

Dez minutos depois, a garrafa de água antes vazia agora estava cheia de um perturbador líquido com um tom de marrom-claro.

— Eu começo. — Xander se voluntariou. — Jamie, eu te desafio a nos contar a coisa mais maluca de todas que aconteceu com você lá na Inglaterra.

— Eu conheci o meu pai, ganhei um castelo, salvei uma duquesa da morte certa. Não necessariamente nesta ordem.

Jameson se recostou na parede da casa da árvore, fingindo — como todos tinham feito a noite toda — que ainda estava intacta.

— Qual deles explica a sua cara? — perguntou Nash a Jameson. Os machucados e inchaços claramente indicavam que o irmão deles tinha estado em uma briga e tanto.

— Algumas caras não precisam de explicação — respondeu Jameson. Ele apontou para ela. — Obra de arte. E agora é a minha vez. Nash. — O brilho no olhar de Jamie era claramente travesso. — Eu te desafio a comer seu chapéu.

Grayson quase soltou uma risada, mas disfarçou com uma tossida.

— O quê? — indagou Nash.

Jameson se inclinou para a frente.

— Literalmente. Coma. O. Seu. Chapéu.

Pela primeira vez desde que Gigi tinha encontrado aquela foto com as senhas em seu celular, Grayson quase sorriu.

— Uma mordida é o suficiente — acrescentou Jameson.

Nash alisou a aba de seu chapéu de caubói com as mãos.

— E como raios eu vou...

— Eu trouxe utensílios! — exclamou Xander. Porque é óbvio que ele tinha trazido. — E tesoura de cozinha. Nunca se sabe quando vamos precisar de uma tesoura de cozinha.

Nash observou o líquido turvo na garrafa de água. De acordo com as regras do jogo, o jogador que não cumprisse o desafio teria que tomar um grande e longo gole, com pelo menos três segundos de duração.

— Me diz de novo o que tem ali dentro?

— Leite, refrigerante de gengibre, ketchup, suco de picles, orégano, pimenta chili em pó, caldo de carne e xarope de chocolate — anunciou Xander com um sorriso no rosto.

Nash tirou seu chapéu de caubói e lançou um olhar minucioso a Jameson.

— De qual tamanho de mordida estamos falando?

Três horas depois, Grayson estava sem camisa e com um rosto gigante desenhado em sua barriga com uma caneta permanente. As sobrancelhas de Jameson estavam pintadas de roxo neon. Nash *ainda* fedia a bafo de cachorro e manteiga de amendoim. E Xander tinha construído com sucesso uma geringonça com o objetivo único de dar palmadas em sua própria bunda.

O aperto no peito e o mal-estar que Grayson sentia tinham desaparecido.

Então Jameson, claro, entendeu aquilo como uma deixa para ir mais a fundo.

— Grayson. — Olhos verdes encontraram os olhos azul-gelo de Grayson. — Eu te desafio a admitir que você não está bem.

Ele não estava. Claro que ele não estava. Mas um Hawthorne não admitia tão fácil assim essas coisas — especialmente aquele Hawthorne em particular. Grayson estendeu a mão em direção à garrafa agora meio vazia, mas Nash a pegou antes dele.

— Este é um espaço seguro — Xander o encorajou. — A não ser que você seja minha bunda.

Grayson bufou, então a bufada se transformou em risada, e então a risada se transformou em algo diferente, em um horrível som suprimido que vinha de sua garganta. Quando ele enviou aquele sos, sabia que o resultado final não seria só jogos e diversão.

— E então? — perguntou Jameson — O que vai ser, Gray? *Eu te desafio a admitir que você não está bem.*

— Eu não estou bem — disse Grayson. — Minhas irmãs provavelmente nunca mais vão falar comigo, e eu não lido bem com isso de perder pessoas. — Grayson fez uma pausa. — Ou isso — acrescentou com a voz rouca —, ou eu sou excepcionalmente bom em lidar com perdas.

Todas as vezes que ele tinha deixado alguém entrar...

Todas as vezes que ele tinha baixado a guarda...

Todas as vezes que ele não tinha sido perfeito...

— Você não perdeu a gente, irmãozinho —, disse Nash, intensamente.

— Você quer zoar ele por causa disso? — Jameson perguntou a Xander. — Ou eu faço?

Nash alcançou uma das malas que ele tinha trazido e pegou uma pilha de copos de metal e um pouco de uísque.

— Só por isso — disse para Jameson —, eu não vou dividir, ao menos não com você.

Nash pegou um dos copos e se serviu de um pouco de uísque, então fez o mesmo com um segundo copo e o deu para Grayson. Nash deu um gole em sua bebida e então olhou pela janela da casa da árvore.

— Há alguns anos — disse com uma voz que de alguma maneira combinava com o uísque —, quando eu percebi que

Alisa e eu não iríamos dar certo, eu sabia dentro de mim que era porque tinha algo de errado comigo. *Olhe para mim,* eu pensei. Sem pai. Skye nunca foi do tipo maternal. Até mesmo o velho, ele não me tratava do mesmo jeito que tratava vocês. O que eu sabia sobre confiar em alguém, contar com alguém, estar lá? O que eu sabia sobre estabilidade? Como uma pessoa como eu poderia sequer pensar nas palavras *para sempre?*

Grayson nunca tinha ouvido seu irmão falar daquele jeito.

— E agora você tem Libby — disse a Nash. Grayson lembrou-se do anel de família que Nash tinha dado a ele. Sua garganta estreitou. — Eu nunca terei uma Libby.

— Deixa de conversa fiada. — Nash o encarou. — Você sabe muito bem como amar os outros, Gray. Todos nós sabemos. A prova disso está bem aqui.

O pai de Grayson não o quis. Sua mãe nunca foi presente para ele. O velhote estava mais preocupado em moldá-los em quem eles precisavam ser do que com o que *eles* precisavam. Mas Grayson sempre — *sempre* — pôde contar com seus irmãos.

— Eu não quero me machucar de novo. — Grayson finalmente podia admitir para eles.

— Faz de conta que seu coração é um osso — aconselhou Xander. — Quando foi que um osso quebrado atrapalhou um Hawthorne? Dê tempo ao tempo e a fratura vai se regenerar mais forte.

Grayson conseguia ver a lógica-Xander naquilo. Mesmo assim, ele se voltou para Jameson.

— Você se lembra do que o velhote nos disse naquele quatro de julho, quando ele pegou a gente aqui em cima com Emily?

— Por completo — murmurou Jameson. — Eterno. E só uma vez.

— Sabe o que eu acho, Gray? — Nash terminou seu uísque e se levantou. — Acho que o velhote era cheio de conversa para boi dormir.

— Plantão — anunciou Xander. — A notícia completa no noticiário das onze.

Nash o ignorou.

— E o seu coração partido... aqui e agora — Nash continuou, seu olhar fixado em Grayson. — Não é por causa de romance, é coisa de família. É por você ter medo de que, se deixar alguém entrar, nem que seja um pouco, acabe sendo abandonado. E você não pode deixar isso acontecer, então você vai embora primeiro.

Grayson apertou o copo em sua mão.

— Isso não é verdade.

Mas era. Não era isso que ele tinha feito com Avery?

— Você foi embora de Phoenix — apontou Xander do jeito mais prestativo possível.

Grayson fez que não com a cabeça.

— Gigi deixou bem claro que ela não queria nada comigo. Savannah vai sentir a mesma coisa quando descobrir o que eu fiz.

— E aí você foi embora — disse Nash, levantando uma sobrancelha.

Grayson bateu seu copo com violência no chão.

— Eu não consigo fazer melhor do que isso! Eu não posso me explicar para elas. Eu não posso me desculpar. Eu não posso fazer porra nenhuma, não sem colocar Avery em risco.

Jameson se inclinou, pegou o copo de Grayson e tomou um gole.

— Então talvez você e o *Monsieur Pança* — Jameson sinalizou com a cabeça em direção ao desenho na barriga de Grayson — devessem conversar com ela.

Capítulo 91

GRAYSON

Naquela noite Grayson decidiu ir nadar — não para se esquecer dessa vez, mas para postergar o que precisava fazer. Não funcionou. Ele sentiu a presença de Avery no momento em que ela colocou os pés no pátio. Ele deu mais uma volta e então saiu da piscina.

Avery viu o desenho em seu torso.

— Eu nem vou perguntar.

Grayson cerrou os dentes.

— É melhor.

— Jameson me contou sobre as suas irmãs. — Avery lançou um olhar, uma daquelas expressões de Avery que valiam mais do que mil palavras. Neste caso, seus olhos diziam: *eu sinto muito que você esteja sofrendo*. A forma como sua boca se apertava dizia: *você deveria ter me ligado*. O delicado traço de sua mandíbula dizia: *você continua sendo um dos homens mais irritantes do mundo*.

Grayson não conseguia rebater nenhum daqueles argumentos, então ele refutou sua comunicação verbal em vez disso.

— Eu não contei muito a Jameson.

— Você disse o suficiente — rebateu Avery. — Se eu pudesse voltar no tempo para quando seu pai me sequestrou, para quando Mellie atirou nele, eu chamaria a polícia.

Arrependimento. Grayson reconheceu muito bem a emoção em sua voz.

— Toby e Oren cuidaram do assunto — disse Avery. — Mas eu não deveria ter deixado. Chamar a polícia teria causado um circo midiático, mas nós teríamos sobrevivido.

Grayson direcionou seu olhar a ela e não disse uma palavra até ter certeza de que tinha capturado sua total atenção.

— Nós fazemos isso — falou ele, baixinho. — Sobrevivemos.

Avery sorriu, ou ao menos tentou algo parecido com isso, e ali, pela primeira vez desde que ele tinha conhecido Avery Grambs, Grayson percebeu que não sentia dor ou tensão alguma em ficar perto dela.

Ela dissera a ele certa vez que eles eram como família. Talvez uma parte dele estivesse fugindo daquilo também.

— O que suas irmãs acham que aconteceu com o pai delas? — Avery sempre encontrava um modo de ir direto ao ponto.

— Eu não tenho certeza no que elas acreditam — respondeu Grayson. — A fofoca é que ele fugiu da cidade. Agora acho que elas pensam que ele seria capaz de fazer isso. Sabem que ele está sob investigação do FBI.

— Então talvez ele tenha mesmo fugido da cidade — apontou Avery. — Mas pode ser que ele tenha contratado alguém para ir atrás de mim enquanto fugia. Você não precisa contar tudo para suas irmãs, mas poderia contar a elas que ele estava por trás do ataque à bomba, contar que você as estava protegendo da verdade e me protegendo de reviver o pior momento da minha vida.

Essa é a Avery, sempre me protegendo.

— Via de regra — disse Grayson —, abrir uma caixa de pandora por conta própria não costuma dar certo.

— Via de regra, Gray, quando as pessoas se aproximam de você, você dá no pé.

Ninguém, a não ser os irmãos dele, podiam falar daquele jeito. Ninguém, a não ser ela.

— Toby me ligou — prosseguiu Avery depois de uma pausa. — Ele achou que Eve tinha te ligado.

Em se tratando de Avery, o que parecia ser uma mudança de assunto, provavelmente não era.

— Você não precisa se preocupar se Eve me ligou ou não. — Grayson foi sucinto. — Você não precisa se preocupar comigo e Eve, ponto.

— Toby disse que Vincent Blake sobreviveu à cirurgia de ponte de safena dupla — disse Avery usando um tom comedido. — A expectativa é que ele se recupere sem sequelas.

Ela deu um passo em direção a Grayson, tão comedido quanto às suas palavras.

— Toby pediu para te avisar que Eve está vigiando suas irmãs.

— Estou ciente. — Grayson lançou um olhar que dizia para acabarem com aquela conversa, mas ela era Avery Grambs, e ele era Grayson Hawthorne, e ela nunca tinha sido impedida por nada que ele tinha dito ou feito a ela.

— Eve mandou alguém *ficar de olho* nas suas irmãs — reiterou Avery —, só isso, Grayson. Vigilância, nada além disso. Eve não fez nada contra a sua família, Toby tem certeza disso.

Grayson era cético de nascimento, mas em Avery ele acreditava piamente.

— Toby tem certeza disso — avaliou Grayson —, e você acredita em Toby.

— Ele me chamou de *garota horrível*. — Avery sorriu melancolicamente. — Ele está dizendo a verdade.

— Você é muito horrível — concordou Grayson impassível, mas com um princípio de sorriso em seus lábios. Sua mente começou a examinar minuciosamente as consequências da alegação de Toby, desmontando um quebra-cabeça que achava que já estava resolvido e rearranjando as peças em uma nova ordem.

— No que você está pensando? — provocou Avery.

Grayson pegou o celular no bolso para ligar para os irmãos.

— Estou pensando que se Toby estiver certo e que o repentino interesse do FBI no caso Sheffield Grayson não foi obra de Eve, eu preciso voltar para Phoenix.

Capítulo 92

JAMESON

A temporada de caça está aberta. Jameson saboreou aquele pensamento, sabendo perfeitamente que haviam saído do campo de jogos simples e passado para o tipo de jogo que era uma caçada.

Nenhum deles estava disposto a deixar Grayson ir caçar sozinho.

Aquele sos tinha acabado de ficar muito mais interessante.

— Detalhes — disse Xander encorajando Grayson enquanto todos se empilhavam em uma suv blindada. — Não seja tímido, Gray. Nós somos família, e a maioria de nós pode te olhar no olhos sem pensar no rosto desenhado na sua barriga.

Grayson estava mais uma vez de terno. Jameson tinha tomado a decisão simbólica de vestir um dos seus — e ele não era o único que tinha tomado aquela decisão. Quatro Hawthorne, quatro ternos. Avery vestia preto.

Jameson não sabia quem tinha entrado na mira de seu irmão, ou porque, mas descobrir era metade da diversão.

— Pouco antes de eu deixar Phoenix — disse Grayson, enquanto Oren começava o percurso até a pista onde o jato de Avery os aguardava —, o FBI realizou uma batida na casa da família Grayson. Faz mais de dezoito meses que Sheffield Grayson foi visto pela última vez. Mesmo que uma investigação sobre suas práticas comerciais questionáveis estivesse ocorrendo, um mandato daqueles não é emitido do nada, depois de dezoito meses, sem que alguém mexa os pauzinhos.

Alguém, pensou Jameson, *que vai se arrepender.*

Nash foi o primeiro a responder àquela declaração:

— Você achou que tinha sido Eve.

Xander se contorceu em seu assento.

— E não é?

— Kent Trowbridge. — Deixou escapar Grayson. Aquele nome não significava nada para Jameson, ainda. — Ele é um advogado — acrescentou Grayson. — Trabalhava para a mãe de Acacia Grayson. Há muita história por trás.

— História jurídica? — perguntou Xander.

— Se eu fosse homem de apostar — afirmou Grayson calmamente —, chutaria que a história de Acacia e Trowbridge é mais do tipo "você se casou com o pobretão do Sheffield Grayson em vez de mim".

Jameson inclinou a cabeça, indicando que as primeiras doses de adrenalina estavam chegando em sua corrente sanguínea.

— Eu *sou* um homem de apostar.

Grayson sorriu sinistramente.

— Eu sei.

Já fazia muito tempo desde a última vez que os quatro tinham tido um desafio daqueles — os cinco, contando Avery.

Jameson se recostou em seu assento.

— Nos conte mais sobre isso.

Grayson concordou.

— Sheffield Grayson tem uma origem pobre. Ele se casou por dinheiro, e os pais de sua mulher financiaram suas aventuras no mundo dos negócios. Ele desviou dinheiro destas aventuras para uso pessoal, guardando em contas no exterior. Quando a mãe da esposa morreu, ela deixou tudo atrelado em fundos para sua filha e netas. Acacia era a responsável pelos fundos dela, mas o responsável pelos fundos das gêmeas é...

— Kent Trowbridge? — opinou Jameson.

Grayson assentiu.

— Meu pai tinha um diário onde ele detalhava as transações ilegais que fazia. O que dizem é que ele tirou tudo dos fundos de Acacia, mas não tem nenhuma anotação sobre isso no diário. Anotações de desvios da própria empresa? Sim. Anotações do seu complô contra Avery? Sim. Mas não tinha *nada* sobre esvaziar os fundos de Acacia.

A cabeça de Jameson agora estava a mil.

— Trowbridge teria acesso aos fundos?

— Ele vem de uma família importante de advogados que possui laços estreitos com a família da mãe de Acacia — respondeu Grayson. — Se não foi Trowbridge quem criou os fundos, alguém de sua família deve ter feito. Supondo que as instituições financeiras que cuidaram dos fundos de Acacia foram as mesmas que das garotas, eu diria que Trowbridge encontraria um jeito de acessá-los. E se ele achasse que Sheffield Grayson estivesse envolvido em atividades ilegais e tinha fugido da cidade...

— Trowbridge poderia facilmente garantir que Acacia culparia seu marido pelas contas esvaziadas — concluiu

Jameson. — Qualquer um iria fazer o mesmo. De quanto dinheiro que estamos falando aqui?

Grayson fez algumas contas em sua cabeça.

— Se eu tivesse que chutar, diria entre dez e vinte milhões nos fundos de Acacia e a mesma quantidade para cada uma das garotas. É possível que Trowbridge estivesse passando por algum tipo de problema financeiro...

Jameson conhecia seu irmão muito bem e sabia interpretar o tom de sua voz.

— Mas você não acha que seja isso.

— Não. — Os olhos de Grayson se estreitaram. — Eu acho que envolve Acacia.

— Ele quer ter o controle sobre ela? — perguntou Nash. Nada o tirava mais do sério do que homens que tratavam mulheres mal.

— Ele está apertando o cerco contra ela — respondeu Grayson, deixando transparecer um tom sombrio em suas palavras. — Aumentando a temperatura. Eu o ouvi dizer, por acaso, que ela podia contar com ele, que só precisaria *de fato* contar com ele. Eu o ouvi relembrá-la que os pais dela não estavam mais lá, que o marido tinha partido, que ela não tinha mais ninguém. E quem diria, quando o FBI apareceu, ninguém sabia onde ele estava, porque ela não tinha dinheiro para bancar um advogado, e a única oferta de Trowbridge era estar lá como *amigo*.

Grayson fez uma pausa, mas Jameson sabia instintivamente que seu irmão não tinha terminado. Ele ainda estava pensando, juntando as peças para compreender melhor o panorama geral.

Ele só precisava de um pouco de tempo.

— Trowbridge contou para Savannah sobre as acusações contra o pai dela — afirmou Grayson com precisão milimétrica. — E sobre os fundos esvaziados da mãe. Além do mais, pouco antes da minha briga com Gigi, ela disse que Savannah e a mãe tiveram uma discussão sobre os fundos das garotas. Elas queriam usá-lo para ajudar a pagar por um advogado, mas Savannah disse que, de acordo com as regras dos fundos, aquilo não seria possível, a não ser que...

— A não ser que Trowbridge aprovasse? — falou pausadamente Nash.

— Talvez — respondeu Jameson. — Mas Grayson suspeita que tenha algo a mais por trás disso, não é, Gray?

— Eu diria que — disse Grayson com a voz baixa —, se meu detetive particular já não tiver uma cópia desses documentos dos fundos, ele está demitido.

Capítulo 93

JAMESON

Eles saíram da SUV direto para o jato particular e, nesse meio-tempo, Grayson já tinha obtido os documentos. Ele fez barulho ao colocar o tablet de lado para que todos notassem. Avery foi mais rápida do que Jameson, Xander e Nash e o pegou primeiro.

— O dinheiro ficará sob controle do responsável até o beneficiário completar trinta anos… — Avery arregalou os olhos e levantou a cabeça de onde estava lendo. — Ou se casar.

Grayson estava de cara fechada.

— Savannah tem dezessete anos e vai completar dezoito em sete meses. Ela tem um namorado, e ele é o filho de Kent Trowbridge.

Jameson não sabia nada dessas pessoas além de seus nomes em uma história, mas ele pensou no que Grayson já tinha contado. O Trowbridge mais velho estava encurralando Acacia Grayson, drenando suas finanças, usando o FBI para desnorteá-la e assegurando que suas únicas opções fossem ele… ou seu filho.

— Vou supor que nós não gostamos desse namorado, certo? — perguntou Xander.

A expressão de Grayson tinha se tornado, em uma palavra, *assassina*.

— Ele a toca quando ela não quer ser tocada. Eu já vi o pai fazer o mesmo com Acacia, uma mão no ombro que se move pouco a pouco em direção ao pescoço. — Naquele momento havia blocos de granito menos rígidos do que a mandíbula de Grayson. — O filho é um chorão — disse Grayson — e o pai é perigoso.

— Então nós tiramos ele de cena — disse Nash enquanto tirava seu segundo chapéu de caubói favorito.

Jameson sorriu. Kent Trowbridge não fazia ideia de onde tinha se metido. Ninguém tinha qualquer chance contra dois dos irmãos Hawthorne, imagina então contra todos os quatro.

— O que nós precisamos fazer, Gray?

A resposta de Gray foi imediata:

— Procurar por possíveis atividades ilegais para ameaçá-lo, caso a gente consiga provas de que foi ele quem esvaziou os fundos da Acacia. — Grayson exibiu um sorriso discreto. — Ele tem um cofre no escritório, em casa. Eu não tive tempo de arrombá-lo da última vez que estive lá, mas isto pede uma segunda visitinha.

Jameson se inclinou para a frente, pronto para entrar no jogo.

— O que mais?

Grayson se recostou.

— Eu tenho todas as senhas, que estavam coladas dentro de uma gaveta na mesa dele.

Para o azar dele, Jameson pensou. *E para nossa sorte.*

Do outro lado do corredor do avião, Nash olhou para Xander e depois Avery.

— Vocês dois estão pensando o que eu estou pensando?

Xander sorriu.

— Isso vai ser divertido.

Capítulo 94

GRAYSON

Todo problema tem soluções. No plural. Problemas complexos eram fluídos, dinâmicos. Mas acontece que Kent Trowbridge não era tão complexo assim, e Grayson tinha certeza de que ele não seria um problema por muito mais tempo.

Dois dias. Esse era o tempo que tinha levado para que Grayson e seus irmãos conseguissem o que precisavam, o que deu a Grayson tempo suficiente para pensar onde e quando iria confrontá-lo.

Raquetebol não era o esporte favorito de Grayson, mas a quadra que Trowbridge tinha reservado para sua partida semanal com um amigo da família era ideal para o que Grayson precisava — ainda mais pelo fato de que o amigo em questão era um juiz federal.

O mesmo juiz que tinha assinado o mandato do FBI.

A parede transparente que separava o corredor da quadra sete permitia que Grayson visse sua presa com perfeição. Melhor ainda, permitia que sua presa não soubesse, em momento algum, que estava sendo observada.

Grayson havia se vestido bem para a ocasião: terno caro, sapatos caros e um Rolex preto e dourado no pulso. Não parecia pertencer àquele lugar atlético, mas tinha a vantagem de fazer com que seu oponente sentisse que não estava vestido à altura.

O juiz reparou nele primeiro, mas Grayson nem titubeou. Ele continuou observando os dois, do mesmo jeito que um corretor da bolsa observa os painéis com as ações.

Demorou o total de um minuto para que a partida fosse paralisada. O juiz, incomodado, abriu a porta de vidro.

— Podemos ajudar?

— Eu posso esperar. — Grayson deu pouquíssima entonação àquelas palavras. — Odiaria atrapalhar a partida de vocês.

Trowbridge saiu para o corredor com a raquete pendurada em uma das mãos e fez cara feia.

— Sr. Hawthorne.

Grayson sentiu que Trowbridge tinha usado *senhor* do mesmo modo que um diretor de escola usaria. Estava claro que não era um sinal de respeito — mas de qualquer forma, a maneira de se dirigir a Grayson que ele tinha escolhido teve o efeito contrário.

— Hawthorne? — perguntou o juiz.

Grayson deu o sorriso mais superficial possível ao homem.

— Eu mesmo, culpado. — Ele direcionou toda a intensidade de seu olhar ao juiz. — Recentemente você assinou um mandato federal para a casa das minhas irmãs caçulas. — O tom de voz de Grayson era o de uma conversa normal. Ele tinha aprendido com o mestre no assunto que as pessoas mais poderosas do mundo não precisavam de nada além de uma conversa. — Que coincidência que vocês dois se conhecem.

Grayson notou com muita satisfação que Trowbridge estava ficando irritado.

— Seja lá o que você estiver fazendo aqui, meu jovem, não irá te render um agradecimento de Acacia.

Aquilo era indubitavelmente verdade.

— Imagino que ela também não irá agradecer aos contadores forenses que eu contratei.

Uma veia pulsou próximo à têmpora de Trowbridge, mas ele heroicamente manteve a calma. Se voltou para ser parceiro de raquetebol e perguntou:

— Mesma hora semana que vem?

O juiz fitou atentamente Grayson e então olhou de volta para Trowbridge.

— Vou ver e te aviso.

Logo Grayson e sua presa estavam sozinhos. O celular de Trowbridge vibrou no momento certo.

Grayson sorriu.

— Tenho certeza de que não é nada importante.

Claramente Trowbridge resistia ao impulso de atender o celular.

— O que eu posso fazer por você, Grayson?

Me chamou pelo primeiro nome agora, escolha interessante.

— Uma vez que você tiver a licença para advogar suspensa — respondeu Grayson, pronto para o embate —, não muito.

— Já chega — disse Trowbridge. — Eles não deveriam nem ter te deixado passar pela recepção.

Grayson encarou o homem por um momento, olhando aquela veia pulsar, e então disse uma sequência de números, um depois do outro, de maneira ritmada, sem dar ênfase a nenhum digito em particular.

— Esta é a conta para onde o dinheiro dos fundos de Acacia foi transferido. Os registros da conta no banco receptor em Singapura são, é claro, quase impossíveis de acessar. — Grayson deu de ombros, discreto. — Quase.

Trowbridge agora estava suando para valer, mas quando homens como ele se sentiam ameaçados, eles explodiam.

— Você está insinuando que sabe onde seu pai está?

Como resposta, Grayson recitou outro número.

— Esta é a combinação do seu cofre — explicou de forma muito solícita.

— *Como você se atreve...*

— Eu e meu irmão adoramos um desafio — respondeu Grayson. — E bancos estrangeiros, como o que você usou... eles adoram muito bilionários.

— Você não é um bilionário — Trowbridge cuspiu. — Você não tem nada.

— Um Hawthorne — respondeu friamente Grayson — nunca não tem nada. — Ele fez uma pausa, o silêncio como uma faca a ser empunhada. — Você está pensando em tudo que tem dentro do cofre.

— Vou mandar *prenderem* você.

— Ah, não se preocupe — disse Grayson ao homem. — Tenho certeza de que quando o FBI notar, se é que já não notaram, que toda a herança voltou para os fundos de Acacia Grayson, eles não vão parar até encontrarem o responsável.

O olhar de Trowbridge fixou-se em Grayson de modo que ele não se movesse. Grayson continuou:

— Tenho certeza de que a princípio eles irão achar que foi o marido dela...

— Você não quer dizer seu pai? — Trowbridge semicerrou os olhos.

Era quase divertido como aquele homem achava que ainda tinha cartas na manga naquele vaivém. O modo como ele não percebia — se negava a perceber — que o jogo tinha acabado.

— Meu pai — concordou com gentileza Grayson. — Não posso dizer que eu tenha alguma afeição por aquele homem. Mas ele, pelo menos, ou quem quer que tenha pegado o dinheiro de Acacia... teve um lapso de consciência. — Grayson inclinou-se só um pouquinho para a frente. — Eu espero, para o bem daquela pessoa — disse mansamente —, que ela não tenha sido descuidada.

Era uma arte dizer certas coisas sem de fato as dizer. Coisas como *eu sei que você pegou o dinheiro*. E *o FBI logo também vai saber*.

— Você está arruinado — vociferou Trowbridge. — Se você tem esperança de que seu nome irá te proteger...

— Eu não preciso de proteção alguma — disse Grayson. — Não era o meu cofre e aquelas não eram as minhas contas.

O celular de Trowbridge vibrou de novo.

Grayson, com muita satisfação, prosseguiu:

— Eu com certeza não enviei aqueles e-mails.

Aí está — o sobe e desce do pomo de adão de seu oponente.

— Quais e-mails? — exigiu Trowbridge.

Grayson não respondeu. Ele lançou um olhar em direção à quadra sete.

— Me avise se o juiz ainda quiser jogar semana que vem.

Dentro de uma semana, dizia a promessa por trás daquela frase aparentemente inocente, *ninguém vai arriscar ter ligação alguma com você.*

Grayson se virou para ir embora.

— Ele não merecia ela! — Trowbridge estava espumando de raiva. — Ela deveria ter me dado ouvidos.

— No dia do funeral da mãe dela? — Grayson nem se dignificou em olhar para trás. — Ou anos atrás, quando ela disse que era melhor que vocês fossem só amigos. Ou talvez mais recentemente, quando você convenceu Savannah de que ela teria o poder de resolver todos os problemas da família em sete meses?

Proteja elas.

— Acacia jamais permitiria que Savannah fizesse aquilo — retrucou Trowbridge.

Grayson ainda se recusava a se virar.

— Ela preferiria dizer sim a você — acusou sem alarde. — Era esse o plano, não era?

Trowbridge soltava fogo pelas ventas, quase tendo um ataque de nervos.

— Seu arrogante, mimado, convencido...

— Irmão — concluiu Grayson. — A palavra que você procura é *irmão*. — Agora sim ele olhou para trás. — Ninguém machuca a minha família.

Não importava o que Gigi e Savannah pensavam dele, ele *iria* protegê-las.

O celular de Trowbridge vibrou mais uma vez. Dessa vez ele olhou o que era e ficou pálido ao ver o número que estava em sua tela.

— Vou deixar você atender — disse Grayson com um último e certeiro sorriso no rosto. — Alguma coisa me diz que, afinal de contas, pode ser algo importante.

Capítulo 95

GRAYSON

Naquela mesma noite, após terem voltado para a Casa Hawthorne, Grayson estava deitado em sua cama olhando para o teto. Seria uma noite que o sono não viria fácil, isso se viesse. Sua mente não estava a mil, ele não estava se revirando na cama de um lado para o outro, ele apenas estava... acordado.

Ele já tinha lidado com Trowbridge, e o tinha feito de um modo que iria atrair a atenção do FBI por um bom tempo. Os problemas financeiros de Acacia estavam resolvidos e agora ela tinha um ótimo advogado. Grayson tinha resolvido todos os itens de sua lista de tarefas de Phoenix.

Sua lista de tarefas da família Grayson.

Você gosta de brincar de e se, Grayson? A pergunta que Acacia fizera retornou à sua mente e, por um breve momento, ele respondeu que *sim*. Se ele tivesse tido uma infância mais normal, se ele tivesse passado algumas semanas por ano com o pai, Acacia e as meninas, teria mudado alguma coisa?

Ele teria mudado?

Besteira, diria Nash. *Você sabe muito bem como amar os outros.* Grayson se lembrou do anel guardado dentro da mala. Em sua mente, conseguia enxergar aquela pedra maravilhosa como se estivesse olhando diretamente para ela.

Desesperado por uma distração, por algo — qualquer coisa — em que ele pudesse se agarrar, Grayson considerou uma charada, dita por uma garota cuja voz aveludada ele ainda conseguia escutar:

O que faz uma aposta começar? Isso que não.

Como se tivesse sido convocado por algum tipo de magia profana, seu celular tocou na mesinha de cabeceira, onde estava carregando. Grayson se sentou e o lençol escorregou de seu peito. Alguma coisa dentro de si e de seu corpo dolorido dizia que a pessoa do outro lado da linha era aquela garota.

Mas não era.

Também não era Eve dessa vez.

Era Gigi. Grayson olhou fixamente para o nome na tela, incapaz de atender o celular. Menos de um minuto depois, ele recebeu uma mensagem. Não era a foto de um gato dessa vez, eram apenas palavras.

Estou no portão.

Grayson não fazia ideia do que Gigi estava fazendo ali na Casa Hawthorne — ou como ela tinha chegado ali. Mas ela não deu a chance para que ele perguntasse.

— Para dentro — disse ela. — Vamos conversar lá dentro. Você me causa arrepios no escuro.

Grayson tentou não levar aquilo para o lado pessoal. Seja lá o motivo pelo qual ela estivesse ali, seja lá o que ela dissesse ou fizesse — ele não levaria para o lado pessoal.

Os dois caminharam do portão até a Casa Hawthorne em silêncio. Grayson estava ciente de que os passos deles estavam sendo monitorados pelos seguranças, mas nenhum dos homens de Oren tentou impedi-los.

No grande átrio, Gigi foi direto ao ponto.

— Minha mãe diz que o dinheiro dela reapareceu. — Seus brilhantes olhos azuis miraram os de Grayson. — Foi você, não foi? — Ela fez uma pausa. — Ou você convenceu o meu pai?

O coração de Grayson se retorceu em seu peito. Depois de tudo, ela ainda tinha alguma esperança. Afinal aquilo era o que a Gigi fazia. Ter *esperança*.

— Gigi...

Ela o cutucou com o dedo indicador.

— Como você se atreve a fazer algo maravilhoso quando eu estou brava com você?

Brava com ele? Ele achava que estava tudo *acabado* entre eles.

— Você sabe o quanto é difícil, para mim, ficar brava com os outros? — acrescentou ela, emburrada. — Como você se atreve!?

Grayson não podia deixar um sorriso escapar, nem mesmo um discreto. Ele não podia arriscar.

— Seu pai não devolveu o dinheiro — disse ele — porque não foi ele quem o pegou dos fundos de sua mãe. Foi Trowbridge.

Gigi o encarou.

— Kent ou Duncan?

— Kent.

Gigi deu um longo suspiro.

— Posso odiar Duncan do mesmo jeito?

Desta vez Grayson não conseguiu evitar que os cantos de sua boca se curvassem.

— Por favor, faça isso.

— Que bom. — disse Gigi. — Por mais que eu seja péssima em ficar brava com os outros, no que eu realmente sou boa é em guardar rancor de qualquer um que machuque a minha irmã. Que a virilha dele coce para sempre nos lugares mais difíceis de alcançar e que seus dedos das mãos se transformem em salsichas.

Provavelmente era uma coisa boa que Gigi ainda não tivesse tido sucesso em aperfeiçoar seus poderes mágicos.

— Antes, você estava errado — disse Gigi, mudando de assunto de maneira firme e decidida. — Você disse "seu pai", mas ele não é apenas o meu pai, Grayson, ou o da Savannah. Ele também é seu. Você deve ter tido uma boa razão para fazer o que fez, não as coisas boas, não a coisa do dinheiro, mas todo o resto.

Sabotar suas conquistas, traí-la.

— Desde o início eu te avisei para não confiar em mim — salientou Grayson. Ele esperou por uma raiva da parte dela que nunca veio.

— Por quê? — perguntou Gigi. — Mesmo depois de tudo, você nos ajudou, Grayson. Você arranjou um advogado para minha mãe. De algum modo você encontrou o dinheiro. Você venceu o vilão. — Ela fez uma pausa. — Você venceu o vilão, certo?

Grayson fez que sim com a cabeça.

— Sim — respondeu —, eu venci.

— Por quê? — Exigiu mais uma vez sua irmã mais nova.

— Porque, para mim, parece que você se importa, e muito.

— Ela o encarou. — Você se importa. Eu sei que sim. Então por que você...

— Eu tive que fazer. — Grayson não teve a intenção de dizer aquilo e de dizer daquele modo, baixo e brutal. — *Eu tive que fazer*, Gigi. — Talvez tivesse sido melhor parar por ali. Há uma semana ele teria. — Eu sei algo sobre o seu pai que você não sabe, algo que você não deveria saber.

— Nosso pai. — Gigi teimou em corrigi-lo.

— Ele não era bonzinho, Gigi.

— Por causa daquela coisa toda de fraude e evasão fiscal?

Eu poderia responder que sim e deixar por isso mesmo. E eu poderia perdê-la. Grayson se lembrou da conversa com Avery — Avery, a quem ele queria proteger mais do que quase qualquer pessoa no mundo.

Quase qualquer pessoa.

— Antes de desaparecer, seu pai — quando a irmã olhou feio, ele corrigiu —, nosso pai... ele tentou matar alguém muito importante para mim. Na época, talvez você não tenha visto nas notícias...

Gigi o encarou.

— Tinha uma bomba, não é? Num avião? Alguém tentou matar a herdeira Hawthorne. — Gigi franziu as sobrancelhas. — Sua mãe não foi presa por causa disso?

Grayson engoliu em seco.

— Eles prenderam o genitor errado.

Os olhos de Gigi estavam arregalados.

— Papai? — sussurrou. — Aquela coisa toda com a tia Kim e os Hawthorne pagando...

Agora Grayson estava pisando em um campo minado. Ele tinha consciência disso, assim como também sabia que, independente do que dissesse, ela ainda poderia escolher ir embora. Mas ele precisava tentar.

— Ele queria vingança. — Grayson contou o máximo da verdade que ele podia. — Por Colin.

Gigi respirou fundo e olhou para o teto, se esforçando muito para não piscar, *para não chorar*.

— É sempre Colin. — Gigi continuou encarando o teto. — Eu me lembro de quando eu tinha três anos e de saber que meu pai me amava... e que ele amava acima de tudo meu jeito — Gigi engoliu em seco —, porque eu me parecia com Colin. Enquanto eu estivesse feliz e radiante e continuasse a ser a garotinha bobinha que não tentava ter muita relevância, estava tudo bem.

Grayson a puxou para perto de si e, no momento seguinte, a cabeça da irmã estava apoiada em seu peito e seus braços a envolviam.

— Grayson? — disse Gigi calmamente. — Você disse *queria*. No passado. Você disse que o pai *queria* vingança. Mas quando ele quer algo... ele não desiste. Nunca.

Ele não parou depois da bomba. Ele não tinha nenhuma intenção de parar até que Toby Hawthorne pagasse — com a vida de Avery e a dele.

Gigi olhou para cima na direção de Grayson.

— Acho que eu sou como o papai nesse aspecto, com o não desistir.

Grayson se perguntou se aquele era o modo de Gigi dizer que ela não iria parar de fazer perguntas, de continuar insistindo. Ele se perguntou se por acaso tinha cometido um erro em contar a ela o tanto que tinha contado.

Mas tudo que ele disse foi:

— Você não se parece em nada com o nosso pai.

O que se seguiu foi um longo e doloroso silêncio.

— Ele não vai voltar, não é, Grayson?

Não responder já teria sido uma resposta, então ele ofereceu o que podia para ela.

— Não.

— Ele não *pode* voltar, não é?

Não responder era responder, a única que ele pôde dar a ela desta vez.

Gigi não se mexeu por mais de um minuto. Grayson a abraçou, se preparando para o momento em que ela deixaria aquele abraço.

Então ela o fez.

— Você vai ter que me devolver a caixa quebra-cabeça — disse ela. — Para Savannah. Vamos ter que nos certificar de que vai ter alguma coisa dentro da caixa, algo que ofereça uma resposta que ela possa acreditar. Uma em que o nosso pai não seja um gênio do mal não do tipo de colarinho-branco.

Grayson a encarou.

— O que você está sugerindo?

Gigi deu um passo atrás.

— Savannah tentou me proteger por toda a minha vida. Quer dizer, por muitos anos ela sabia sobre você, sobre a traição do nosso pai, e ela fez de tudo para que eu não soubesse de nada. E toda essa situação com o nosso pai? *Ela não precisa saber.* — Gigi pronunciou aquelas palavras como um juramento. — Savannah ama o nosso pai. Ela sempre foi mais próxima dele do que da nossa mãe. Ela se esforçou tanto *por ele*. Então, dessa vez, nós vamos protegê-la. Você e eu. Porque eu me lembro de outra coisa sobre o atentado à bomba contra o avião da herdeira Hawthorne. Pessoas morreram. Nosso pai *matou* pessoas, Grayson. E agora ele está... — Gigi não queria dizer a palavra *morto* — na Tunísia. — Ela terminou a frase com um tom impassível. — E lá é onde ele precisa ficar.

Grayson conseguia sentir o quanto ela reprimia o sofrimento e essa sensação quase acabou com ele.

— Eu não posso te pedir... — começou a falar.

— Você não está me pedindo nada — completou Gigi. — Eu estou te dizendo como serão as coisas. E caso você não tenha notado, eu sou muito boa em conseguir o que quero, e o que eu quero é uma irmã feliz e um irmão mais velho que tenha a mente aberta sobre os tipos misteriosos e nefastos que eu possa vir a escolher para breves casos amorosos.

Os olhos de Grayson se estreitaram.

— Não tem graça.

Gigi sorriu, e algo em na forma que seus lábios se moveram pareceu perfurar o coração dele.

— Eu nunca tive a intenção de te machucar — disse Grayson.

— Eu sei.

Ela não vai me deixar, eu não a perdi. Grayson não ignorou as emoções que cresciam cada vez mais dentro dele. Pela primeira vez na vida, ele deixou que elas fluíssem naturalmente.

— Eu gosto da minha irmãzinha — disse a ela.

Dessa vez, não tinha mágoa alguma no sorriso de Gigi.

— Eu sei.

Capítulo 96

GRAYSON

Na manhã seguinte, após remontar a caixa com o diário falso dentro para que Gigi o levasse de volta, Grayson foi até o cofre e pegou a maleta de fotos. Ele percorreu o caminho através da ala da casa onde ele e seus irmãos passavam horas e horas brincando quando eram crianças, até a biblioteca da infância — a biblioteca do sótão. Atrás de uma das prateleiras de livros havia uma escadaria secreta. Lá embaixo, no fim da escadaria, havia uma mesa Davenport.

Grayson a abriu e lá dentro encontrou dois diários: o original de Sheffield Grayson e a tradução que ele fizera. Ele abriu a mala e começou, metodicamente, a pegar fotos suas — dezenove anos de fotografias, começando no dia em que ele nasceu — e a colocá-las em cima da mesa.

Desta vez, viradas para cima.

Quando ele chegou na mesma fotografia que chamara sua atenção antes, ele a virou e observou a data escrita atrás. A data errada. E então ele parou.

Grayson procurou em meio às fotos por uma que soubesse precisamente a data. O ano estava certo. O dia também.

Mas o mês estava errado.

Grayson pegou outra foto, e depois outra. *O mês está sempre errado.*

Ele não se permitiu passar muito tempo pensando naquelas fotos, pensando no porquê seu pai, que tinha deixado muito claro que ele não era desejado, tinha tirado aquelas fotos e as guardado. Talvez parte daquilo estivesse ligado a algum tipo de sentimento de posse. O desejo por um *filho*. Mas estas fotos estavam em uma caixa com os recibos de saque que funcionavam como a chave para decifrar o diário. E naquele diário, Sheffield Grayson tinha documentado transações ilegais identificando países onde ele tinha contas bancárias. Apenas os países.

Não havia nenhum número de conta, nenhum número de roteamento, nenhum número de mais nada.

Grayson levou três dias para decodificar toda a informação a respeito das contas, usando os números atrás das fotos — dos meses que estavam errados, em ordem cronológica das fotos a qual cada número correspondia. Existiam sete contas no total, milhões de dólares.

Todas impossíveis de serem rastreadas.

Quando teve a certeza de ter toda a informação de que precisava, Grayson ligou para Alisa.

— Hipoteticamente, se de algum modo os dados das contas no exterior de Sheffield Grayson caíssem nas mãos do FBI, qual a probabilidade de eles continuarem procurando por ele?

Alisa ponderou.

— Hipoteticamente — disse —, se os pauzinhos mexidos forem os corretos? Bastante improvável.

Grayson desligou. Estava praticamente resolvido, mais uma história com um ponto-final, outro segredo enterrado — para valer, ele esperava.

Gigi sabe a verdade e eu não a perdi. Ela sabe e mesmo assim ela não se foi.

Mais tarde naquela noite, Grayson desfez a mala que ele tinha levado para Londres e Phoenix. Ele tirou da mala a caixinha de anel de veludo que Nash tinha confiado a ele. E pela primeira vez desde que Nash tinha dado a ele aquela maldita coisa, quando aquela pergunta ecoou em sua mente, Grayson não fugiu dela.

Por que não você, Gray? Algum dia, com alguém — por que não você?

Ele se lembrou da história que tinha inventado para Gigi sobre uma suposta "namorada", sobre ter conhecido alguém no maldito mercadinho comprando limões.

Ele se lembrou dos telefonemas e charadas, de se afundar até o pescoço em trabalho, de Nash terminando tudo com Alisa, certo de que havia algo errado com ele.

De como Nash *encaixava* com Libby.

Com um objetivo certo — como ele sempre tinha agido — Grayson pegou o anel de opala negra da caixinha e o girou em sua mão. Ele o observou, as manchas coloridas na joia e as pequenas folhas de diamante que a circundavam. E então ele engoliu em seco.

— Por que não eu?

Capítulo 97

JAMESON

Tinha sido ideia de Jameson reconstruir a casa da árvore. De vez em quando, enquanto trabalhavam, ele jogava no ar fofocas cativantes sobre o pai que ele tinha conhecido, do castelo que tinha ganhado, da duquesa que ele tinha salvado — não nessa ordem.

Ele não contou para os irmãos sobre o Mercê do Diabo, mas contou sobre o Jogo — não sobre os prêmios oferecidos ou sobre as pessoas poderosas por trás dele, mas as charadas, o penhasco, o jardim de pedras, o lustre, o campanário.

A bailarina prateada.

Os irmãos passaram boa parte do dia tentando adivinhar a resposta final, embora Jameson soubesse que eles teriam adivinhado muito mais rápido se tivessem visto a caixinha de música silenciosa com os próprios olhos.

Depois de resolverem aquela charada, Grayson veio com um novo desafio.

— Outra charada — disse a eles. — *O que faz uma aposta começar? Isso que não.*

Por mais que Jameson insistisse, Grayson não disse a eles onde tinha ouvido aquela charada. Mas uma noite, Jameson o pegou olhando um dos arquivos do avô, que ele escondeu no mesmo instante.

Uma aposta começava com um desafio, uma disputa, um acordo, um risco. *Um aperto de mão?* Jameson analisou as possibilidades por todos os ângulos possíveis. *Isso que não. Então qual é o oposto de um aperto de mão?*

Na noite em que o restauro da casa da árvore foi concluído, Jameson se viu sozinho com Avery em uma das torres, observando a propriedade Hawthorne.

— Eu andei pensando — disse ela.

Jameson sorriu.

— Pensar cai bem em você, Herdeira.

Ela apoiou a mão na parede atrás dele — quase o encurralando, mas ainda deixando alguma brecha.

— Sobre o Jogo.

Jameson a conhecia bem — e conhecia bem seu olhar.

— *Foi* divertido, não foi?

— Foi — concordou Avery. — Sempre é quando nós jogamos.

Seu olhar foi atraído para a boca dela, levemente curvada em um sorriso.

— Uma vez você me disse — acrescentou Avery — que os jogos do seu avô não eram feitos para te tornar excepcional...

— Mas sim para nos mostrar — murmurou Jameson — que nós já éramos excepcionais.

— Agora você acredita? — perguntou Avery. — Que você é *excepcional*? — O modo como ela disse aquela palavra o fez sentir que de fato era, que sempre tinha sido.

Como se vencer talvez nunca fosse o bastante, mas *ele* era. Juntos, eles eram.

— Sim, acredito — respondeu Jameson.

Avery levou a ponta de seus dedos até a boca de Jameson, então contornou suavemente as linhas de seu maxilar.

— Me pergunte de novo no que tenho pensado.

O olhos de Jameson se estreitaram.

— No que exatamente você tem pensado, Herdeira?

— Não é justo, não é? — disse ela com um tom de deboche. — Que apenas os ricos e poderosos tenham a chance de participar do Jogo?

Agora foi a vez dos lábios de Jameson se curvarem.

— Não é nada justo.

— E se existisse um outro jogo? — perguntou Avery.

— Sem ser escondido — murmurou Jameson — ou secreto. Sem ser exclusivo para os ricos e poderosos.

— E se a gente criar um? — disse Avery com entusiasmo na voz. — Todo ano.

Jameson adorava participar — mas *criar* um jogo? Bolar as charadas? Mostrar às outras pessoas do que elas são capazes?

— Um prêmio em dinheiro — sugeriu Avery. — Um grande prêmio.

— O jogo teria que ser difícil. Complexo, idealizado à perfeição — disse ele.

Ela deu um enorme sorriso.

— Eu vou estar muito ocupada com a fundação, mas todo mundo precisa de um passatempo.

Ele sabia que ela sabia — aquilo não seria apenas um passatempo para ele.

— O Grande Jogo — murmurou Jameson. — Você deveria colocar esse nome.

— A *gente* deveria colocar esse nome — respondeu Avery.

E naquele momento, olhando para ela, imaginando um futuro com ela, Jameson soube: ele iria contar tudo para ela. Se tinha uma coisa que ele tinha aprendido com o Jogo que ele tinha jogado — e ganhado — é que ele podia confiar em si mesmo para contar a ela. Ele não era só anseio, só desejo, só energia, ele era mais do que aquilo que Tobias Hawthorne o tinha criado para ser.

E ele queria ser *mais* com ela.

— Eu saí naquela noite — disse com uma voz tranquila e fluída — e voltei ao amanhecer, cheirando a cinzas e fogo. — As memórias estavam presentes, vívidas como sempre. Jameson se esticou para colocar a mão de Avery entre as suas. Ele pressionou os dedos dela na base de sua clavícula, no início de seu pescoço. — Eu fiz um corte *aqui*.

Os dedos de Avery se curvaram levemente, acariciando a pele que ainda não estava cicatrizada.

— Eu lembro.

Ele se perguntou se ela conseguia sentir a sua pulsação. Será que era a imaginação dele que o fazia sentir os batimentos dela? Sentir *ela*?

Algumas coisas, ele pensou, *não devem ser ditas em voz alta.*

No chão da torre tinha uma caixa — um jogo de tabuleiro que um deles deve ter esquecido lá em cima há muito tempo. *Palavras Cruzadas.* Jameson se ajoelhou e o pegou.

— Tem certeza? — murmurou Avery.

Ele tinha muita certeza, tanta certeza que conseguia senti-la. Este não era um mistério que ambos poderiam arriscar resolver. Eles iriam criar os próprios mistérios, o próprio Jogo. Mas ele não queria que porcaria nenhuma ficasse entre eles no meio-tempo.

Confiar nela. Confiar em si próprio. Dava tudo no mesmo.

Então Jameson contou em detalhes seu segredo, a verdade que ele tinha descoberto aquela noite em Praga, o que ele tinha escrito naquele bilhete para o Proprietário. Quatro palavras. Um H. A palavra *está*. As letras *v* e *a*.

Avery entendeu a mensagem no tabuleiro de Palavras Cruzadas e o encarou.

ALICE HAWTHORNE ESTÁ VIVA.

SEIS ANOS, DEZ MESES E TRÊS SEMANAS ATRÁS

— **Quando vocês tiverem idade** o suficiente e estiverem prontos, estejam avisados: não tem *nada* de frívolo no modo como um homem Hawthorne ama.

Na hora, Jameson se lembrou da avó que nunca tinha conhecido, na mulher que tinha morrido antes dele nascer.

— Homens como nós só amam uma vez — esclareceu o velho mansamente. — Por completo. De corpo e alma. Nos consome por inteiro e é eterno. Faz anos que sua avó se foi... — Os olhos de Tobias Hawthorne se fecharam. — E nunca mais houve outra. Não pode haver e não vai haver. Porque quando você ama uma mulher ou um homem ou quem quer que seja como nós amamos, é impossível voltar atrás.

Aquilo pareceu mais um aviso do que uma promessa.

— Qualquer coisa menos do que isso e você vai acabar com ela. E se ela for a pessoa certa... — O velho olhou primeiro para Jameson, depois Grayson, então depois de volta para Jameson. — Um dia, ela vai acabar com você.

Ele não disse aquilo como se fosse uma coisa ruim.

— O que ela teria achado da gente? — perguntou Jameson por impulso, mas não se arrependeu. — Nossa avó?

— Vocês ainda não estão prontos — respondeu o velho. — Vamos deixar a opinião da minha Alice para quando vocês estiverem prontos.

Epílogo

EVE

Na noite em que Vincent Blake faleceu — na noite em que Eve o encontrou morto após uma segunda parada cardíaca menos de cinco meses depois da primeira —, ela ligou para a emergência. Ela lidou com as autoridades e com o corpo, e então ela se refugiou nas entranhas da mansão Blake e ligou a televisão. Entorpecida.

Ele era minha família e agora está morto. Se foi. E eu estou sozinha. Na tela da televisão, Avery não estava sozinha. *Ela estava sendo entrevistada para o mundo todo ver.*

— Eu estou aqui hoje com Avery Grambs. Herdeira, filantropa, visionária... e com apenas dezenove anos. Avery, nos diga como é estar na sua posição tão nova?

Ela sentia o peito arder a cada vez que respirava. Eve escutou a resposta de Avery àquela pergunta e as perguntas e respostas que se seguiram entre a herdeira Hawthorne e um dos magnatas da mídia mais amados do mundo.

— Eu não assistiria isso se fosse você.

Eve olhou para Slate e se sentiu sem energias para se importar.

— Mas você não é — frisou ela secamente. — Você trabalha para mim.

— Eu te mantenho viva.

— Desde algumas horas atrás eu tenho uma equipe de segurança inteira para isso — respondeu Eve. — Herdada, como todo o resto.

Slate não disse nada. Ele era irritante daquele jeito. Eve então voltou sua atenção de volta para a tela — para Avery.

— Por que, tendo herdado uma das maiores fortunas do mundo, você doaria quase tudo? — perguntou o entrevistador. — Você é algum tipo de santa?

— É capaz que ela seja mesmo — murmurou Eve. — Para eles. *Os Hawthorne.*

— Se eu fosse uma santa — explicou Avery —, você acha mesmo que eu teria ficado com *dois bilhões*? Você tem ideia de quanto dinheiro é isso?

Eve tinha. *Sete vezes mais do que a fortuna de Vincent Blake. A minha, agora.* Aquela diferença em grandeza não importava para Eve. Quando você tinha crescido sem nada, um império era um império. Tudo que Avery tinha de vantagem sobre ela era, na verdade, os Hawthorne.

Eve tentou não pensar em Grayson, mas não pensar em Grayson Hawthorne era mais difícil em alguns dias do que em outros.

Aquele era um dos dias em que era bem difícil.

— Sério — pediu Slate ao seu lado —, desliga.

Eve quase desligou, mas então Avery disse algo que a impediu.

— Tobias Hawthorne não era uma boa pessoa, mas ele tinha um lado humano. Ele amava enigmas e charadas. Todo sábado de manhã ele trazia um novo desafio para os netos...

Os netos, Eve pensou de forma amarga. *Mas não a neta.* Ela deveria ter crescido na Casa Hawthorne. O falecido bilionário sabia de sua existência. Ela era a única filha de seu único filho. Era *ela* quem tinha sido traída — não o contrário.

Tudo o que ela sempre tinha feito era tentar cuidar de si mesma.

— Se tem uma coisa que os Hawthorne me ensinaram — disse Avery na televisão — é que eu gosto de um desafio. Eu amo *jogar.*

— Gosta? — murmurou Eve, fuzilando com os olhos a garotinha feliz que tinha roubado a vida que deveria ter sido dela. — Gosta mesmo?

— Uma vez por ano — disse a *perfeitinha, amada, brilhante Avery* —, eu vou ser a anfitriã de uma disputa com um prêmio em dinheiro considerável, transformador. Em certos anos o jogo será aberto para o público geral. Em outros... bem, talvez você receba um dos convites mais exclusivos do mundo.

Avery, o centro das atenções.

Avery, tomando as decisões.

— Este jogo. Estes enigmas. Você que será a responsável por eles? — perguntou o entrevistador.

Avery, com um sorriso no rosto, disse:

— Eu vou ter ajuda.

Aquelas palavras — mais do que qualquer outra parte da entrevista — foram como punhaladas direto no coração de Eve. Porque ela não teve ajuda alguma. Para além de Toby, que amava *Avery* como uma filha, e de Slate, que de certo modo a desprezava, ela não tinha mais ninguém.

Todo o dinheiro do mundo, e mesmo assim, ela não tinha ninguém.

Enquanto isso, Avery era perguntada quando o primeiro jogo iria começar. Ela segurava um cartão dourado.

— O jogo começa agora.

Eve desligou a televisão. Ela fechou os olhos, só por um momento, então olhou para Slate. Avery não era a única que gostava de um desafio. Não era a única que gostava de jogar.

Vincent Blake tinha falecido. Estava *morto*. Ela não tinha mais nenhuma obrigação com ele. Ela não tinha obrigação com *nada nem ninguém*.

— Eu tenho um trabalho para você — disse a Slate.

— Seja lá o que você estiver pensando — aconselhou ele —, a resposta é não.

— Faça — disse a ele —, e eu te concederei um dos meus selos, te tornando um dos meus herdeiros.

As expressões de Slate eram difíceis de ler. Ele era uma pessoa difícil. Ela gostava disso nele.

— O que você quer que eu faça?

— Eu preciso que você me ajude a ter uma conversa frente a frente — disse ela — com a irmã mais nova de Grayson.

— Gigi? — Os olhos de Slate estreitaram-se. Era espantoso que ela tivesse conseguido causar algum tipo de comoção em Slate.

— Não, a outra. — Aquela que lembrava Grayson. — Acho que está na hora de Savannah Grayson e eu termos uma conversinha sobre o pai dela.

Eve se imaginou novamente no tabuleiro de xadrez, frente a frente com Avery. *Ninguém vai me* deixar *ganhar dessa vez*, pensou. Avery tinha o próprio jogo agora.

E Eve tinha o seu.

AGRADECIMENTOS

Expandir o mundo da série Jogos de Herança e passar mais tempo com esses personagens me trouxe muita alegria, então quero começar agradecendo a cada leitor que, com sua paixão por esses personagens, me permitiu pensar grande e continuar a escrever neste mundo que amo tanto.

Para todos na Little, Brown Books for Young Reader, obrigada, obrigada, obrigada por tudo o que fizeram para que esses livros chegassem a tanta gente. Fico constantemente impressionada pelo brilhantismo e a criatividade; sinto que sou a autora mais sortuda do mundo por ter um time tão poderoso me apoiando, fazendo o que está ao seu alcance para que os livros cheguem nas mãos dos leitores.

Obrigada especialmente para minha editora, Lisa Yoskowitz, que é maravilhosa de se trabalhar e uma defensora incrível de minha carreira como autora e desses livros. Lisa quem criou o título deste livro, e suas observações editoriais aguçadas me ajudaram a transformar esta história de um rascunho que eu gostava em um livro que AMO. Alguns dos meus momentos favoritos deste livro vieram com base nas sugestões de Lisa, e não exagero quando digo o quão confortante é, como autora, trabalhar com uma editora cujas intuições, *insights* e críticas fazem com que eu me sinta capaz de mirar as estrelas todas as vezes, porque sei que, juntas, chegaremos lá.

Há muito envolvido em fazer um livro; as palavras nas páginas são só o começo. Minha equipe editorial, comandada pela incrível Megan Tingley e por Jackie Engel, é tão excelente em seu trabalho que alguns dias eu acordava e me perguntava "COMO ELES PODEM SER TÃO BONS?". Sou imensamente grata a todos na Little, Brown que ajudaram a trazer este livro à vida e levá-lo até os leitores, incluindo Marisa Finkelstein, Andy Ball, Caitlyn Averett, Alex Houdeshell, Virginia Lawther, Becky Munich, Jess Mercado, Cheryl Lew, Kelly Moran, Shawn Foster, Danielle Cantarella, Claire Gamble, Leah CollinsLipsett, Celeste Gordon, Anna Herling, Katie Tucker, Karen Torres, Cara Nesi, Janelle DeLuise, Hannah Koerner, Lisa Cahn, Victoria Stapleton e Christie Michel. Um agradecimento especial para a nossa designer de capa, Karina Granda, e ao artista Katt Phatt pela capa belíssima, e para Emilie Polster, Bill Grace e Savannah Kennelly pelos seus esforços extraordinários para encontrar formas divertidas de unir os fãs de Jogos de Herança e criar antecipação por este livro — e tudo o que vem a seguir!

Obrigada também a todos que nos ajudaram a preparar e revisar este livro. Parece que quanto mais livros você escreve em um mesmo mundo ficcional, mais coisinhas há para prestar atenção, e sou muito grata a Erin Slonaker, Jody Corbett, Su Wu, Marisa Finkelstein (novamente!) e Lisa Yoskowitz (mais uma vez!) pela atenção aos detalhes e por me ajudarem a manter o universo de Jogos de Herança em ordem!

Para minha agente, Elizabeth Harding, muito muito obrigada por me guiar e por defender minha carreira por quase vinte anos. Ter você ao meu lado é tudo para mim! Também agradeço a Sarah Perillo, que vendeu os direitos de tradução para mais de trinta países até agora, e para Holly Federick, por seu trabalho buscando trazer Jogos de Herança para as telas. Obrigada também para o resto do time da Curtis Brown, incluindo Eliza Johnson, Eliza Leung, Madeline Tavis, Jahlila Stamp e Michaela Glover.

Obrigada a Rachel Vincent, que se sentou à minha frente em um café uma vez por semana enquanto eu escrevia esse livro e me ajudou a passar pelos altos e baixos que acompanham o processo de escrita. E obrigada também, Rachel, por estar disposta a ouvir TODOS OS SEGREDOS do que está por vir no mundo de Jogos de Herança e por ser uma amiga tão brilhante, companheira, incrível e genuinamente gentil. Não sei o que seria sem você.

Os Irmãos Hawthorne é o primeiro livro que escrevi do zero depois de deixar meu trabalho como professora universitária e eu sou muito grata à minha família por me ajudar a atravessar essa transição. Para os meus meninos, meus pais, meu marido — muito obrigada!

OS JOGOS CONTINUAM EM...

O GRANDE JOGO

Este livro, composto na fonte Fairfield,
foi impresso em papel Lux Cream 60g/m² na gráfica Leograf.
São Paulo, Brasil, setembro de 2023.